De regreso a la casa Wilson

Salomón Malak

Published by Salomón Malak, 2024.

DE REGRESO A LA CASA WILSON

First edition. October 20, 2024.

Copyright © 2024 Salomón Malak.

ISBN: 979-8227484604

Written by Salomón Malak.

Tabla de Contenido

A mis amistades que perdieron la vida en ese trágico accidente.

SALOMÓN MALAK

DE REGRESO A LA CASA WILSON

Thriller sobrenatural

Preludio

"Estoy cayendo... hacia la tierra sin control como si fuera un pájaro herido, consciente de que mi destino final es incierto. Mi cabello ondea salvajemente en el aire mientras siento cómo mi cuerpo se desliza hacia el abismo. Miro hacia arriba y veo el cielo azul brillante, el mismo cielo que me hizo sentir tan libre y poderosa antes de este momento.

¿Cómo llegué hasta aquí? ¿Cómo pude ser tan ingenua como para confiar en alguien que me llevaría a un destino tan incierto? Quizás fui cegada por mi propia ingenuidad o tal vez simplemente, quería creer que él me amaba lo suficiente como para dejarme ser yo misma.

Mis alas ya no me sostienen, y mis poderes se han esfumado como el humo de una vela apagada. La caída me hace sentir como un cometa que se deshace en su propia estela. ¿Quién soy ahora sin mis alas? Una criatura caída que se desliza por el viento. Las estrellas se desvanecen a mi alrededor, y el mundo parece detenerse en mi caída. Ahora soy una peregrina en la oscuridad, una viajera que se mueve hacia el destino desconocido. Mis alas perdidas son un recuerdo borroso de lo que fui, de lo que solía ser.

Pero ahora, aquí estoy, cayendo sin control, con el corazón latiendo tan fuerte que parece que va a salirse de mi pecho. Me pregunto si sobreviviré a esta caída, o si mi vida terminará aquí, en este instante.

Mientras sigo cayendo con una velocidad vertiginosa, mis pensamientos divagan a través de mi mente, recordando los momentos de mi vida que han llevado a esta situación. Me acuerdo de las veces que fui herida por aquellos que decían amarme, y de cómo siempre encontré la manera de superar el dolor y seguir adelante.

Pero esta vez, no sé si seré capaz de superar lo que está por venir. La tierra se acerca cada vez más rápido, y aunque trato de encontrar una manera de salir de esta situación, parece que no hay escapatoria.

Sigo cayendo, sintiendo el viento aullando en mis oídos y el miedo apoderándose de mi corazón. Pero a pesar de todo, todavía hay una chispa de esperanza dentro de mí, la esperanza de que tal vez, solo tal vez, pueda sobrevivir a esta caída y encontrar un camino hacia quien es mi verdadera felicidad.

Recuerdo el momento en que todo comenzó, cuando me acerqué a esa persona y confié en ella. Me pareció amable y honesta, pero ahora me doy cuenta de que fue un gran error. No pude ver más allá de su máscara, de sus engaños.

Y ahora aquí estoy, cayendo hacia el suelo sin control, sin poder hacer nada para detenerme. Solo me queda esperar el impacto y preguntarme si sobreviviré.

El viento me golpea con fuerza y siento cómo mi cuerpo se desplaza hacia adelante. Veo el suelo cada vez más cerca, como si quisiera abrazarme y envolverme en su abismo. El miedo me invade y no puedo evitar pensar en lo mucho que me arrepiento de todo.

De pronto, siento un fuerte golpe y todo se oscurece. Abro los ojos y veo un gran agujero en el suelo, rodeado de girasoles. Me doy cuenta de que he caído en lo que parece ser un inmenso jardín, frente a una casa que tiene una hermosa plantación de girasoles.

Siento el aroma dulce de los girasoles, y con el vienen retazos de recuerdos que revolotean en mi mente como mariposas impacientes. Mi caída fue como la de un ángel desterrado, pero en lugar de las alas que me impulsaban al cielo, ahora solo tengo lágrimas que me arrastran hacia abajo.

Siento el dolor agudo en mis costillas y las heridas sangrantes en mi piel, una prueba inequívoca de que he caído como un ser humano, frágil y vulnerable. Por primera vez, soy consciente de mi propia mortalidad y de las consecuencias de mis acciones. Pero también sé que en este nuevo mundo, puedo encontrar una nueva fuerza y una nueva libertad para forjar mi propio destino. Y así comienza mi historia, con el sonido de mi caída resonando en mi mente como un cataclismo del que yo misma soy protagonista.

Los recuerdos se agolpan en mi mente como nubes oscuras antes de una tormenta. Sé que lo que viene a continuación es mi pasado, mi presente y mi futuro. Siendo esta, mi historia, que ahora se desenredará frente a mis ojos como un "film" en cámara lenta. Y aunque temo lo que pueda descubrir, sé que no puedo evitar revivir cada instante antes de mi caída".

Capítulo 1: Llorar es una debilidad

Días antes

En una mansión ubicada entre rocas volcánicas de un lugar fuera de este mundo, con una atmósfera oscura y un aura siniestra, árboles formados a partir de troncos de cráneos, ramas esqueléticas y hojas de fuego, la curiosa señorita Alabam se encontraba observando a los humanos a través de llamas carmesí. Se trataba de un fuego ubicado en medio de la mesa de su habitación. La llama ardía sin combustible, debido a la energía milagrosa que la mantenía encendida.

La forma y figura de esta entidad era la de una mujer coronada con una tiara de piedras preciosas y diamantes. Su cabello largo y negro dejaba un espacio de pava en su frente, asimismo, sus grandes ojos rojos semejaban un rubí.

Alabam fue testigo de la escena en la que un tren explotó y se descarriló ocasionando la pérdida de muchas vidas en el evento. Tras observar el suceso, apareció una sonrisa diabólica en sus labios. Dicha risa semejó una línea dibujada en sus labios, tal que si del mismísimo Dorian Grey se tratase. Una obra tétrica y aterradora que la literatura clásica creó. Ella rio y celebró la sangrienta escena.

—¿Qué es tan divertido? —Un hombre la interrumpió al entrar.

El críptico sujeto tenía forma humana, pero un cuerpo de mármol y ojos negros y profundos. Poseía dientes triangulares y su rostro era gobernado por una expresión estoica. El halito que expulsa desde adentro era repulsivo. Se encontraba rodeado por un aura oscura mezclada con ondulaciones púrpuras. Pese a su extraña apariencia y hedor putrefacto semejante a cadáver, para los suyos era un olor tan normal como lo son los perfumes para el ser humano.

—¡Padre!, no te vi venir. Ni siquiera sentí tu presencia al entrar —exclamó sorprendida.

—Te he estado siguiendo, Alabam —dijo, con una voz llena de desdén—, y no estoy nada contento contigo.

—Pero... —intentó explicar en vano.

—Pero nada, no me hagas enfadar. Durante millones de años, te he preparado para causar estragos en la humanidad y ganar almas, pero siento que aún necesitas más crueldad. Quiero que superes mis expectativas , no hagas que me arrepienta de poner a tu servicio el Cuerpo de los *Hollows*. Fui yo quien les ordené servirte, de lo contrario serías solo una princesa sin voz ni voto en este palacio.

—Padre, hace un momento provoqué en la Tierra un accidente que mató a muchísimas personas. Mire, mire de cerca, la confusión de algunas personas, el miedo en los rostros de sus niños pequeños, y el caos causado por los sonidos de los autos con las bocinas moviéndose de un lado a otro en un intento por salvar sus paupérrimas y miserables vidas.

—¡¡Eres muy estúpida!! Estas personas no están listas. Siempre he pensado que tu hermano Allulaya es más inteligente que tú. Él sabe exactamente cuándo poner a prueba sus miedos y debilidades, causar la muerte y, sobre todo, sabe quién está apto para morir. Tienes que entender que ellos son nuestro combustible, son nuestra granja. No debes matar personas solo porque sí, algún beneficio se debe obtener. Aunque me cueste trabajo admitirlo, sus almas son para nosotros la fuente de nuestra inmortalidad.

—Lo siento, padre, algo así nunca volverá a suceder —dijo Alabam cabizbaja.

—Debo retirarme, trata de no hacer nada estúpido. De lo contrario, haré que te arrepientas. Sabes de sobra que no tengo remordimiento, porque en mí no existe conciencia. Me da exactamente lo mismo privar de la vida a uno de mis súbditos o a uno de mis hijos. Nadie está por encima de mí, ni siquiera ustedes.

Alabam aguardó impaciente a que su padre saliera y cerrara la puerta al salir. Se echó a llorar en el silencio de la habitación. Sus ojos producían una secreción espesa, peculiar, de color marrón miel, muy diferente de las lágrimas humanas.

—Llorar es una debilidad humana —dijo asombrado Allulaya—. No te preocupes, Princesa Alabam, te aseguro que nuestro señor padre, Häel, será más condescendiente contigo la próxima vez.

Allulaya era un apuesto príncipe que sobresalía de entre sus otros hermanos varones por sus peculiares rasgos. Superaba a los demás en altura, en fuerza, en músculos y en atractivos físicos como lo eran sus extraños ojos verdes semejantes a esmeraldas. Vestía un traje de color rojo vino en tributo a su tierra volcánica, y en su mano derecha llevaba siempre una alabarda con doble filo y su báculo de plata.

—Nunca vuelvas a mi habitación —dijo ella con celos, secándose los ojos—. Está claro que eres el favorito de nuestro padre.

El imponente príncipe se acercó a su hermana, con intención de decirle algo, pero al final se tragó sus palabras y guardó silencio. Caminó hacia la salida de la habitación, no sin antes dedicarle otra mirada inquieta.

La princesa no se dio cuenta de que una de sus lágrimas había caído sobre el fuego que estaba en el centro de la mesa. Inmediatamente, la lágrima penetró en la atmósfera terrestre y fue empujada a gran velocidad por la gravedad. De un momento a otro, la lágrima empezó a descender a menor ritmo que si estuviera en tiempo congelado, pero seguro que caería sin que nada ni nadie pudiera detenerla.

Mientras tanto, en el palacio de este mundo extraño y desconocido, donde estas entidades observaban a los humanos, no se daban cuenta de lo que había sucedido. Allulaya salió de la habitación y la princesa se tumbó en la cama. El mundo y el cosmos procedieron de la forma más natural, incluida la vida humana. No obstante, todo estaba a punto de cambiar en la vida de los pobladores y expobladores de un pequeño pueblo llamado *Sunflower* en Carolina del Sur EE. UU. ¿Una simple lágrima podría ocasionar un caos o una bendición? ¿A caso podría desatar un infierno?

Horas antes del accidente de tren
(Planeta Tierra, Charleston EE. UU. Año 2019)

El reloj marcaba las 4:00 de la tarde cuando Sebastián se levantó de la silla de su escritorio. Agarró su abrigo, se ajustó la camisa y se ató la corbata. Justo antes de agarrar el pomo de la puerta para salir, su teléfono sonó con su característico tono de mensaje de *WhatsApp*. Era una nota de voz de su secretaria, Lorena.

"Disculpe, señor Alighieri, olvidé informarle que la señora Zelaya llegará a las 4:20 p. m. Se trata del divorcio. Le dije que usted podría atenderla hoy", decía la voz de Lorena.

Sebastián suspiró, pensando: "¡Qué pérdida de tiempo con Vanessa! No tiene sentido pensar que puedo tomar su caso y defenderla, especialmente cuando parece que mi amigo está siendo despojado de su dinero". Abrió la puerta ligeramente y comenzó a grabar una nota de voz en respuesta para su secretaria.

Mientras tanto, al final del pasillo, una tercera persona escuchaba la voz de Sebastián.

"Escucha, Lorena. Si Vanessa llama, o como tú la llamas, la señora Zelaya, dile que estoy de vacaciones y que no regresaré en mucho tiempo. Convéncela de que es mejor que se divorcie de Lorenzo sin esperar demasiado de él. Ella debería estar satisfecha con los dos mil dólares que él le pasa al mes. Después de todo, ni siquiera tienen hijos en común", expresó Sebastián en la nota de voz.

El tercer personaje, manteniendo en secreto su identidad, comenzó a caminar hacia atrás, con cuidado de no revelar su presencia. Sus tacones negros rozaron suavemente el suelo mientras se alejaba de la zona en dirección a la salida, donde había varias mesas de estudio vacías. Tuvo la suerte de que la mayoría de los empleados estuvieran trabajando desde casa esa tarde, debido a la polémica pandemia que azotaba al mundo en ese momento.

Desde los pies hasta la cintura, lucía un par de medias negras que realzaban sus sensuales piernas, enfundadas en un sexy vestido gris que combinaba a la perfección con una chaqueta a juego. Su silueta seductora y sofisticada resultaría atractiva a los ojos de un creativo, un cazatalentos o un millonario que deseara exhibir tal conquista.

De repente, el auto de Alighieri comenzó a perturbar el silencio del edificio con sirenas de alarma. El fuerte ruido obligó al hombre a bajar apresuradamente las escaleras desde el tercer piso; ni siquiera el ascensor lo ayudó, por lo que tuvo que descender corriendo rápidamente para averiguar la causa. Algo o alguien estaba provocando que el mecanismo del ascensor perdiera energía durante unos minutos. La incesante alerta del auto reveló un espectáculo indescriptible:

La calle estaba cubierta de pedazos grandes y pequeños de vidrio del parabrisas y de las ventanas. Alguien había destrozado el auto de una manera tan grave que quedó en peores condiciones que la basura. Parecía como si una docena de hombres fuertes y musculosos hubieran caído sobre el vehículo, armados con bates de béisbol y utilizando todas sus fuerzas para destruirlo. El hombre se sintió desconcertado al ver que incluso había un papel escrito y dejado en medio de una de las grietas en el automóvil abollado. "Claramente, hay alguien que está insatisfecho contigo, licenciado Alighieri. Seguramente has hecho algo muy grave para que te miren con tanto desdén. Es una lástima que no puedas disfrutar de tus vacaciones en tu lujoso *Rolls Royce Boat Tail: 2022.* Lamento que tu pérdida ascienda a aproximadamente veintisiete millones de dólares."

Sebastián se llevó las manos al rostro, abrumado por la impotencia y la rabia que lo embargaban. Inhaló y exhaló una y otra vez, siguiendo las indicaciones del psicólogo durante sus múltiples sesiones en el diván. Una vez que logró calmarse, consultó el reloj en su muñeca y se percató de que faltaban pocos minutos para que pasara el tren que recorría la ciudad de norte a sur, incluso llegando a un lejano poblado en su trayecto de regreso. Quizás un viaje en ese tren le proporcionaría algo de serenidad, tal como su terapeuta le había sugerido.

Sebastián era un abogado que había amasado una fortuna a los veintiún años. A pesar de su corta edad, parecía tener el espíritu de un hombre mayor, como si su padre viviera dentro de él. La crianza e instrucción paterna habían dejado una marca en él, ya sea para bien o para mal. Mientras otros adolescentes de su edad jugaban, Sebastián se dedicaba a aprender y cumplir con las exigencias que le imponía su padre. Esta influencia había moldeado su carácter, y a pesar de su juventud, poseía la seriedad y determinación de su progenitor.

No solo heredó su forma de ser, sino también su estilo de vestir. Optaba por pantalones de paño suave de algodón en tonalidades oscuras, combinados con camisas de mangas largas y chaquetas extravagantes. No faltaba la corbata de rayas, un elemento imprescindible en su atuendo.

Así, en la actualidad, a sus treinta y siete años, Sebastián se había convertido en un hombre responsable, reflejo de la crianza y las enseñanzas que había recibido desde temprana edad. Esta influencia paterna se manifestaba no solo en su éxito profesional, sino también en su estilo de vestir, que reflejaba su dedicación y seriedad.

A pesar de los extraños incidentes, los botones de su camisa seguían intactos, conservando la imagen impecable del distinguido abogado. Sus zapatos *Sperry* de cuero fino lucían tan limpios como si acabaran de salir de la fábrica. Su distintivo peinado con raya lateral no había cambiado, ni siquiera con el viento seco que llegaba a la ciudad desde un desierto cercano. Para ser sincero, era el único peatón cuyo cabello no se desordenaba, a pesar de ser fino y suave, propenso a enredarse fácilmente. Utilizaba laca para mantenerlo en su lugar. Era un hombre que siempre se preocupaba por su apariencia. Después de haber caminado durante un largo trayecto, llegó finalmente a la estación y se sentó en el banco para esperar la llegada del tren. Observó su entorno por un momento y percibió la presencia de una joven embarazada, cuya apariencia sugería que no estaba allí por elección propia. Ella dejó un bolso en el asiento de metal y se sentó junto a Sebastián. Sus ojos reflejaban una mirada fría y triste, como si ocultara una profunda tristeza en su interior.

De repente, Sebastián se dio cuenta de que se había perdido en sus pensamientos y de que el tren estaba frente a él a las 5:00 p. m. Mientras especulaba sobre las posibles razones del sufrimiento de la mujer, no notó cómo las señales y los sonidos del tren empezaron a anunciar su llegada. Tampoco se percató de que más personas habían llegado después de la mujer embarazada para esperar el tren y continuar con sus viajes.

Permaneció unos segundos observando a otros entrar y salir de los vagones. Por un momento, se arrepintió de haber llegado a la estación e intentado tomar el tren para escapar de su realidad. Pensó que lo mejor sería regresar e intentar averiguar más sobre lo que le había sucedido a su coche. Sin embargo, le gustó la idea de argumentar que nunca había necesitado tomar un tren en su vida y que quizás la vida le había planteado el desafío de relajarse un poco y disfrutar de una larga visita a la ciudad y de un recorrido por los campos, que ofrecía el tren al regresar. Después de todo, su terapeuta se lo había sugerido en semanas anteriores. Así que, subió al vagón 16 y se sentó al fondo del pasillo, justo en el asiento de la ventana. A través del reflejo del vidrio, observó cómo la embarazada se sentaba en otro de los asientos del vagón 16, y así sucesivamente llegaron más personas hasta que ya no hubo más espacio donde sentarse, y el tren continuó su viaje. Todos estaban exactamente donde el destino quería que estuvieran.

Ocho horas antes del accidente de tren

Chelsea entró al baño de la clínica con la esperanza de haber obtenido un resultado negativo en la prueba de embarazo que se había realizado esa mañana. Siguiendo las indicaciones, también le realizarían un ultrasonido. Sentada en el inodoro, encendió un cigarrillo y comenzó a fumar mientras observaba los rayones en las paredes. Pequeños dibujos obscenos y vulgares se repetían una y otra vez. Se quedó pensativa y soltó una sonrisa mientras exhalaba humo por su boca y nariz. "No solo los baños de hombres son vandalizados con garabatos en forma de penes y vaginas. Nosotras también lo hacemos y luego fingimos ser ángeles en comparación con los hombres", pensó mientras ajustaba su bikini. Luego, salió del baño.

Luego, parada frente al lavabo donde había un espejo rectangular que cubría la pared, Chelsea colocó su bolso negro de JRB en el mostrador y extrajo de su interior una botella de ron. Se dio un trago enorme y devolvió la tapa al pico de la botella. Después de saborear el líquido cálido en su boca, salió hacia el pasillo.

Al caminar de un lado a otro por el pasillo, miraba con impaciencia la pared de la habitación donde se encontraba un reloj que ya marcaba las nueve de la mañana. Pasaron algunos minutos y Chelsea seguía moviéndose inquieta, con la mirada fija en el reloj, mientras el tic-tac resonaba en sus oídos.

—Señorita O'Brien, por favor, sígame —sugirió la enfermera, señalando una de las habitaciones.

"Debe ser negativo, por favor, debe ser negativo", insistía Chelsea en sus pensamientos.

La enfermera entregó al médico una prueba de embarazo a pedido y se retiró, dejándolas solas en la oficina. Los nervios se apoderaron de la joven mujer mientras admiraba la mirada inquisitiva de la doctora Galina. En ocasiones, el silencio se interrumpía por las campanadas del reloj de la oficina.

—¿Ha obtenido mis resultados? —preguntó Chelsea.

—Los resultados son positivos —respondió la doctora Galina al leer el papel—. Sin embargo, confirmaremos los resultados con un ultrasonido. Por favor, recuéstate en esta camilla y descubre tu abdomen mientras preparo todo.

Chelsea quedó en estado de shock al enterarse de la noticia de su embarazo, confirmándose así sus sospechas y temores más profundos. Hacía varias semanas que no tenía su período y su esposo llevaba dos años trabajando en otro país. "No puede ser, ¡qué tonta fui! Me atreví a engañarlo con un despreciable individuo que desapareció en cuanto se enteró de la posibilidad de un embarazo", pensó, su rostro lleno de horror.

Chelsea yacía en la camilla, su estómago hinchado por el miedo. La médica comenzó a confirmar la presencia del feto, pero no podía evitar notar la expresión de terror y confusión en su paciente. La joven tenía su pálida cara, como si estuviera enfrentando una enfermedad terminal. Mientras tanto la doctora, Sentada a su lado, miraba la pantalla del ultrasonido, interrumpida por una pregunta impactante.

—¿Puedo abortar? —dijo Chelsea, sin mostrar compasión alguna.

La doctora se sorprendió por una pregunta que rara vez escuchaba en su consulta, especialmente durante un ultrasonido.

—Tu hijo está bien, su corazón late de manera natural —intentó suavizar el momento.

—¿No escuchas? —insistió Chelsea, alterada—. Quiero abortar, no quiero tener este bebé. No puedo ni debo tenerlo.

Chelsea estalló en llanto y saltó de la cama sin darle tiempo a la doctora Galina de responder. Rápidamente, salió de la clínica y cruzó la avenida. La galena miró por la ventana que daba a la calle y la vio llorando, entonces comenzando a hablar consigo misma en voz suave, como si tuviera a alguien frente a ella que pudiera responderle: "Me pregunto qué le habrá sucedido. No parece una adolescente castigada por sus padres por estar embarazada. Tal vez esté enfrentando algún problema. Espero que se encuentre bien y que no haga nada imprudente. Después de todo, algunas mujeres nunca tendremos la bendición que tienes en tus manos, Chelsea, y que estás rechazando".

Chelsea, por su parte, se detuvo en una intersección y se sentó en la acera. Tomó la botella de ron de su bolso y la llevó a la boca, sus ojos estaban húmedos por las lágrimas que trataba de contener. No quería enfrentarse a sí misma ni ser vista por otros en esa situación. Después, se puso de pie y dirigió su mirada hacia la clínica. Luego cambió su enfoque y miró hacia la calle principal. En voz baja, se dijo a sí misma: "Qué dilema, nunca antes me he enfrentado a una decisión tan difícil. Si decido abortar, probablemente cargaré en silencio con el sufrimiento por el resto de mi vida. Pero si decido continuar con el embarazo, tendré que admitir la verdad a mi esposo. Me siento tan indigna, he caído en la autodestrucción, siendo adicta al alcohol y a la nicotina. Es probable que nadie más que mi esposo me dé un centavo. No nos hemos visto en tantos años, no sé cómo reaccionará cuando finalmente nos encontremos de nuevo. Quizá me verá con repudio y me llamará ramera".

Países Bajos, provincia de Holanda del Sur. Doce horas antes del accidente de tren.

El hombre descendió apresuradamente del taxi, había perdido la noción del tiempo en una fiesta de despedida organizada por sus compañeros. Había estado en la provincia holandesa durante aproximadamente dos años, pero su segundo regreso al país le había atraído poderosamente. Ahora, una vez más, se despedía para regresar a su tierra natal.

Arrastrando una pesada maleta, se dirigió hacia la entrada principal del aeropuerto internacional de Schiphol. El hombre, de tez blanca y barba roja, observaba cómo su ansiado regreso se hacía realidad, ya que pronto estaría reunido con su esposa. Entregó sus documentos al agente de inmigración y pasó por un minucioso proceso de revisión. El agente le sonrió y le deseó un buen viaje, diciendo: "Que tenga buen viaje, señor Tyler Palermo". Tyler suspiró aliviado, aceptó de vuelta su boleto de avión junto con su pasaporte, y se unió a la fila para abordar el avión. Con algo de suerte y si el clima no era tan adverso como de costumbre, podría llegar a Carolina del Sur, Estados Unidos, en aproximadamente catorce horas y treinta y ocho minutos. Luego, se dirigiría hacia *Tulip*, donde su esposa lo esperaba con ansias.

Ocho horas antes del accidente de tren

La doctora salió del consultorio, visiblemente afectada por la extraña situación de su paciente. Le solicitó a su asistente los datos de contacto de Chelsea, los cuales había proporcionado al hacer la cita en la clínica. Una vez obtenidos, se sentó en la silla frente a la mesa del recibidor y comenzó a revisar los documentos. Con su teléfono celular, capturó una foto de la página que mostraba el número de teléfono, la dirección y el número de apartamento de Chelsea. Minutos después, instruyó a su asistente que cancelara todas las citas del día. Luego, subió a su automóvil, decidida a encontrar a la enigmática paciente que deseaba interrumpir su embarazo. En ese preciso momento, recibió una llamada angustiada de una de sus pacientes más frecuentes, alguien que a lo largo de los años había pasado a ser más que una simple conocida. Esta paciente demandaba atención médica con un tono de desesperación en cada palabra.

—¡Mi bebé no se ha movido desde anoche! Por favor, doctora Galina, ayúdeme —lloraba desesperada.

—Sra. Dottie, lamento no poder atenderla hoy. Creo que mi asistente se lo comunicó. Le recomiendo que acuda de inmediato a la unidad de salud más cercana. Mantenga la calma, por favor.

—Pero, doctora, es una situación de vida o muerte. Mientras hablamos, mi bebé puede estar muriendo y usted no está haciendo nada para evitarlo. Ahora veo cómo es usted: una persona despiadada, definitivamente no merece saber lo que significa llevar a un bebé en el útero.

—Sra. Dottie, le ruego que no se altere —dijo Andrea, intentando tranquilizarla.

—Nunca sabrá el horrible sentimiento que es el miedo de perder a un hijo —dijo Dottie, cambiando su tono—. ¡La odio! La odio por ser inhumana. No tiene corazón... no tiene corazón. Le juro por mi vida que si mi hijo muere, la buscaré y la mataré yo misma.

Andrea agarró el volante, aunque no salió del garaje de la clínica. Se sintió impotente, atrapada entre la espada y la pared. Sabía que Chelsea necesitaba ayuda, pero no sabía cómo brindársela. Por otro lado, sentía que la presión que Dottie ejercía sobre ella era injusta, ya que Andrea siempre había estado ahí como ginecóloga. "Siento que todo el mundo está en mi contra cada vez que quiero tomarme un tiempo de descanso en mi carrera médica. La gente me presiona y me trata como si no tuviera emociones. Piensan que es fácil ver y tocar las barrigas de estas mujeres embarazadas, sin darse cuenta de que yo misma no puedo ser madre", expresó Andrea, mientras las lágrimas fluían como un torrente desbordado.

La llamada se interrumpió abruptamente, dejando a Andrea paralizada ante la difícil decisión de volver a su vida rutinaria y abandonar la idea de tomarse un tiempo tan necesario solo para ella. Mientras tanto, en el parabrisas se reflejaba la imagen de aquella mujer que, por alguna extraña razón, no podía apartar de su mente. Era como si una fuerza misteriosa la instara a auxiliar a aquella pobre alma perdida, aunque eso significara ir en contra de sus principios y su labor humanitaria al dejar a la señora Dottie, quien clamaba desesperadamente por ayuda.

"¡Maldita sea! No soy la única doctora en todo el estado. Si la vida me está reclamando algo… eso será aceptar que por primera vez quiero ser egoísta y pensar solo en mí. Si Chelsea no quiere a su bebé, yo sí lo quiero. Es tan injusto que la vida le otorgue el título de madre a quien no se lo merece", pensó Andrea.

Casa de Chelsea. Siete horas antes del accidente de tren

Chelsea ingresó a su modesta casa ubicada en el pueblo de *Tulip*. En el interior, el ambiente pasó de lúgubre a melancólico. A pesar de su apariencia desconcertante, Chelsea todavía conservaba rasgos inocentes. Se sentó en la silla frente al viejo televisor y colocó su bolso a un lado. Luego, sacó una botella de ron para tomar un sorbo, pero para su decepción y sorpresa, descubrió que ya se había acabado. Encendió un cigarrillo y colocó el encendedor en la mesita de madera con un centro de cristal.

Seguidamente, Chelsea tomó el control remoto del televisor y observó la pantalla negra que aún no se encendía. Se sorprendió al notar que, gracias al brillo de la superficie del televisor, podía ver una figura detrás de ella apuntándole con un arma en la sien. La mujer dejó caer el control al suelo, que se partió en dos tapas. Luego, el cigarrillo se le escapó entre los dedos y cayó al suelo en un movimiento lento y escalofriante, como si estuviera saliendo de una película de terror. Finalmente, soltó un grito fuerte que fue rápidamente silenciado por una mano cubierta con un guante negro que le apretó con fuerza la garganta.

Media hora antes del accidente de tren

Sebastián Alighieri despertó después de haber dormitado durante unos minutos. El fuerte llanto de un niño lo despertó bruscamente. El tren había llegado a otra estación cercana, donde algunos pasajeros bajaron y otros subieron a los diferentes vagones. En el vagón en el que él viajaba, se sentó una monja a su lado, llamando su atención. También subió un hombre tatuado de pies a cabeza, sin espacio libre en su piel. Sebastián dirigió la mirada hacia la mujer embarazada y notó que ella sujetaba su bolso con manos nerviosas. Además, notó que movía uno de sus pies con impaciencia, revelando desesperación. En ese momento, pensó para sí mismo: "Parece estar apurada, tal vez su esposo la espera en casa. Pero qué tonto soy, comportándome como un detective. En realidad, no me importa quién la esté esperando. Su vida no me interesa... Bueno, quizás me interesaría si viniera a mi oficina y quisiera contratarme para demandar al padre de su bebé. Ja", sonrió. "El dinero es dinero". Después de hablar consigo mismo, apoyó la cabeza en el cristal de la ventana y observó los árboles y las casas que, debido a la velocidad del tren, parecían fotografías borrosas.

Seis horas antes del accidente de tren

La carretera por la que conducía la Dra. Andrea parecía tranquila y solitaria. Se distrajo por un momento al verificar la dirección de Chelsea en su GPS. De repente, un individuo cruzó rápidamente la carretera. Andrea pisó el freno y se sobresaltó. El olor a goma quemada llenó el aire, alertándola sobre la fuerte frenada. Sus manos temblaban mientras aferraba el volante, ni siquiera se le pasó por la cabeza soltarlo. Luego, bajó la cabeza entre sus manos y exhaló como si su vida hubiera llegado a su fin en ese preciso instante, con la posibilidad de haber matado a alguien.

Después de un momento de suspense, se dio cuenta de que había frenado a tiempo y la persona seguía de pie frente al capó. La miraba con asombro y se acercaba lentamente a la ventanilla del auto. Andrea lo observó y trató de hablar, pero solo logró balbucear. Las palabras simplemente no salían.

—¿Andrea? —preguntó el sujeto con una expresión fantasmal.

Cinco horas antes del accidente de tren

Mientras tanto, Chelsea se halló en el oscuro abrazo de una realidad distorsionada, con sus manos cruelmente amarradas y un pañuelo apretando sus labios en un silencio impotente. Frente a ella, emergiendo de las sombras como un espectro de pesadilla, un hombre de estatura imponente vestido con un abrigo rojo como la sangre. Este la sometía con una arma que centelleaba con la promesa de sufrimiento. El escenario que los rodeaba parecía destilar un aire de opresión, como si el espacio mismo se hubiera corrompido por la violencia que se avecinaba.

La sala, envuelta en penumbra y con el aliento contenido del miedo, fungía como testigo mudo de la creciente tensión. Los pasos del hombre resonaban en el aire como los tambores de una ejecución inminente mientras se dirigía a la nevera. Cada chirrido metálico, cada rincón helado del frío al abrir la puerta, parecían arrancarle a Chelsea pequeñas astillas de pavor, como si cada acción prolongara su tortura. Ella, que lo observaba todo, tiritaba y gemía del terror que la abrumaba.

El hombre regresó, portando una lata de cerveza como un trofeo de su vileza, y se sentó con un gesto parsimonioso en el sofá de cuero, depositando el arma sobre una mesa de cristal con la misma insensibilidad con la que se disponía a jugar con la vida de su rehén. Chelsea, atenazada por la mordaza, no podía hacer más que emitir gemidos sofocados, y lágrimas de desesperación brotando de sus ojos.

De repente, las palabras del hombre resonaron en la habitación como hojas secas arrastradas por el viento de un otoño oscuro.

—¿Sabes que te seguí esta mañana? —pronunció con una cadencia gélida que cortaba el aire como un cuchillo afilado. Cada palabra era un escalofrío que trepaba por la espalda de Chelsea, tatuando en su mente el oscuro propósito que había dado vida a este tormento —. No sé qué pasó, pero perdí la calma cuando me despertaste la sospecha de que estás embarazada. Así que... te seguí para comprobar si era verdad. Sin ofender, nada personal, pero eres una perra. Quería ver si tenías relaciones sexuales con alguien más, tal vez alguien que conozca.

El silencio que siguió a esas palabras era un eco ensordecedor, una pausa repleta de amenaza latente. El hombre se levantó, el crujir de su abrigo sonando como un susurro tétrico en la penumbra, quebraba el silencio como un espejo roto a propósito. Cada paso resonaba como el lamento de un alma atrapada en el abismo de su propia crueldad, acercándose inexorablemente a su víctima.

El regreso del hombre fue como la entrada en escena de un demonio de pesadilla. Aún sostenía la lata de cerveza en sus manos, un objeto que parecía ser un eco de la decadencia que le envolvía. Su voz, cargada de un sadismo oscuro, como un eco de la locura, desató una risa sardónica que reverberó en el ambiente. Las lágrimas de Chelsea se mezclaban con el sudor que corría por su frente, un testimonio visible de su agonía.

—El problema, querida perra —continúo hablando con rudeza—, es que de todas las clínicas en Charleston, elegiste la que no debías haber elegido. ¿Estás tratando de arruinar mi matrimonio? Si es así, pagarás con tu vida. Mi esposa y yo somos felices en nuestras vidas de casados, vamos a misa los domingos a escuchar los sermones del reverendo Harry McCartney. ¿Quieres dañar esta perfecta unión que Dios ha creado? Sinceramente... tendré que matarte, no me dejas otra opción.

El hombre hablaba, su voz goteando veneno, desvelando sus intenciones perversas con cada sílaba. Y entonces, su risa brotó como el aullido de una bestia desquiciada, retumbando en la atmósfera enrarecida de la sala. Los ojos de Chelsea, llorosos pero ardientes de desafío, lo desafiaban en medio de su impotencia, una declaración muda de que, incluso en la agonía, ella no se rendiría.

La afirmación del hombre, cortante y cruel, fue como un látigo sobre la piel de Chelsea. La manila que aprisionaban sus manos se convirtió en cadenas de tormento, las palabras suyas retumbando como martillazos en su alma. La mordaza sellaba sus labios, pero sus ojos ardían con la intensidad de sus emociones, una resistencia feroz ante el abismo que se abría ante ella.

Y entonces, nuevamente él tomó el arma y la golpeó en la clavícula con sadismo. El golpe y su consecuente quejido fue como el estallido de un trueno en medio de una tormenta interminable. El dolor que recorrió su clavícula se propagó como un incendio, pero su mirada seguía desafiante, sus ojos ardían con un fuego interior que ni siquiera el dolor podría extinguir. La mordaza no podía sofocar sus pensamientos, y sus ojos hablaban por ella, desafiando con cada centelleo la oscuridad que la rodeaba. Chelsea se retorció de dolor, al punto que, de manera súbita, la mordaza se soltó y sus labios fueron liberados.

—¿Crees que te suplicaré por piedad? —dijo la mujer escupiéndole en la cara—. Puedes matarme si eso es lo que quieres, pero te aseguro que no borrarás el hecho de que eres un cobarde.

—Ah, ¿aún tienes fuerzas para hablarme así? —preguntó el hombre riendo a carcajadas.

—Eres un idiota —dijo Chelsea, tratando de liberar sus manos esposadas detrás de su espalda—. El hogar dulce hogar al que te diriges si me matas será la prisión, porque siempre estás sometido a los látigos de la grandeza. ¿Crees que los privados de libertad te tratarán como a un rey solo porque les ordenes que cumplan tus caprichos? Te lo aseguro, cobarde, antes de ser tus sirvientes, preferirán degollarte.

—Cierra esa 'mama pitos' que solo para eso es que es buena —expresó el hombre con tono grotesco y corriente.

Las palabras del hombre, sus insultos y su sadismo, perforaban el aire como cuchillos, infligiendo heridas emocionales con cada frase. Sus manos esposadas parecían arder con la necesidad de responder, de luchar contra su captor de alguna manera. Las lágrimas seguían rodando por sus mejillas, como pequeñas gotas de desafío contra la opresión.

Entonces, un cambio en el viento invisible de la habitación, como el rugido de un huracán que cambia de dirección. Chelsea, liberándose de las cuerdas opresoras de sus manos, se lanzó hacia el hombre con la ferocidad de un animal acorralado. La lucha fue un frenesí de emociones en libertad, dos almas enfrentándose en una lucha caótica para morir o vivir.

La lucha comenzó mientras ella le clavaba las uñas en la cara y le rasgaba la piel. Rápidamente, él le dio una patada en el estómago y ella cayó al suelo. Él, por su parte, en la riña soltó el arma debido a la embriaguez.

La lucha continuó en el suelo mientras ella se asfixiaba con el cuerpo robusto del hombre, que le caía encima como quien aplasta a propósito a una cucaracha.

—¿Qué es lo que más te ofende? —preguntó con sadismo— ¿Qué te ate o que te llame puta? Puta, eso es lo que eres.

—¿Qué te duele más? —respondió Chelsea con otra pregunta, aún luchando y tratando de recuperar el control del arma—. ¿Qué te diga que careces de genialidad cuando solo eres un pobre demonio borracho? ¿O que me arrepiento de traicionar a mi esposo contigo porque es tan maravilloso lo que la naturaleza le ha dado a él entre las piernas, comparado con los centímetros que a ti te hacen falta?

—¡¡¡Maldita!!! Eso lo dices porque una perra como tú no hay quien la llene.

La riña se transformó en lo inimaginable; el revólver se disparó con una detonación que terminó devorando todo el ruido. El disparo, estallido de violencia en el silencio de la sala, marcó el clímax de la tragedia. El eco reverberó en el aire, como un último alarido en medio de un acto dantesco. La escena quedó congelada en el tiempo, dos cuerpos yaciendo en el suelo, en un charco de sangre que parecía haberse convertido en el testimonio mudo de la fatalidad.

Chelsea, que había sido una víctima, se irguió como un monumento a la resiliencia, su lucha culminando en un enfrentamiento final. Su cuerpo temblaba con la adrenalina, su respiración agitada marcaba el fin de la pesadilla mientras apartaba el cuerpo de encima. La sala, una vez testigo mudo de su sufrimiento, parecía exhalar un suspiro colectivo, liberando las tensiones que la habían envuelto.

Con manos temblorosas, Chelsea tomó el arma, la envolvió en un trapo que encontró cerca y la guardó en su bolso con cuidado, como si estuviera manipulando un objeto frágil. Su expresión, una mezcla de sorpresa y desconcierto, reflejaba el estado de *shock* en el que se encontraba. A pasos lentos y mecánicos, abandonó el lugar, llevando consigo la carga de una experiencia que cambiaría su vida para siempre.

Veinte minutos para el accidente de tren

En la carretera, la médico quedó varada cuando su automóvil comenzó a emitir humo del motor. Parecía haber sido afectado por un frenado repentino al detenerse. Al voltearse para mirar el neumático trasero, notó el rastro de goma quemada en el pavimento. El sol se estaba poniendo entre los árboles a lo largo del camino, mientras exuberantes campos de girasoles rodeaban el área, indicando la presencia de una granja cercana, ya que no se veían casas en ningún lado.

—¿No te alegra encontrarnos de nuevo en esta desierta carretera después de tantos años? —preguntó el hombre a Andrea.

—Sí, es tan divertido que casi te mato y termino en prisión por eso —respondió sarcásticamente—. No tendría la culpa si hubieras muerto. ¿Qué sentido tendría tu muerte en este lugar desolado?

—Tranquila, Andrea, el destino no quiere que ocurran esas tragedias que mencionas.

Andrea se rio.

—Vaya, hablando del destino. Supongo que deberías hablarme de la voluntad de un dios que creó el cielo y la tierra, ¿no es así, señor cura?

El hombre, de unos atractivos 40 años, irradiaba una masculinidad serena y una modestia evidente en su vestimenta. Llevaba una camisa blanca de botones, impecablemente planchada, que resaltaba su tez bronceada y resaltaba sus fuertes hombros. Sus pantalones de paño negro, de corte clásico y ajustados con elegancia, realzaban su figura esbelta y bien proporcionada.

Pero lo más notable de su atuendo era el cuidado con el que llevaba su hábito. Sobre su camisa, portaba el clerimán, esa prenda blanca distintiva de los sacerdotes, que caía con gracia y se ajustaba perfectamente a su cuello. La tela, sin ninguna arruga, mostraba el esmero y la dedicación con la que el hombre cuidaba su apariencia como representante de la fe.

En conjunto, su aspecto varonil y modesto transmitía una imagen de serenidad y autoridad, sin perder el encanto y la atractiva madurez que se desprendían de su rostro marcado por las líneas de la experiencia.

—Llámame como quieras —dijo, mirando hacia el horizonte.

—Entonces, ¿te llamo "Mani" como cuando solíamos salir juntos?

—Solo llámame Osmani —respondió el sacerdote después de un breve e incómodo silencio.

—Está bien, ¿qué hacemos ahora? —Andrea quiso saber, su rostro se enrojeció como tomate maduro—. Revisé mi celular antes y no había señal, tal vez por eso me perdí. Sin energía e Internet, estaríamos perdidos.

—Al igual que tú, también estoy perdido —respondió Osmani más relajado—. Estaba tratando de llegar a la ciudad, pero me equivoqué de autobús y terminé caminando hasta aquí sin rumbo ni dirección. Han pasado muchos años desde que dejé Carolina del Sur, así que tendrás que presentarme a mi abuela.

Ambos estallaron en risas, como los jóvenes que solían ser antes de que él se marchara de la ciudad para ingresar al seminario y convertirse en sacerdote. Aunque reían, ninguno se atrevió a mencionar los eventos que los separaron.

—No te preocupes —dijo Andrea tratando de calmar la situación—, cuando aún tenía señal en mi celular, el GPS me señaló la existencia de una estación de tren a un kilómetro de distancia. Si no me equivoco, ese tren pasa a las 5:30 por ese lugar, al menos eso es lo que leí. Podemos ir allí y luego enviar una grúa por mi auto. No puedo garantizar que la estación esté en uso, pero solo lo sabremos cuando lleguemos.

—Lamento haber causado el daño a tu auto —se disculpó.

—No te preocupes, este incidente podría haber tenido un desenlace fatal, pero como dices el destino no lo quiso así. Por lo cual estoy agradecida.

—Lo olvidaba, te has convertido en toda una doctora —sonrió con ternura al mirarla—. Me alegra saber que salvas vidas.

—Me alegra saber que salvas almas —agregó ella.

Una vez más, fueron invadidos por la risa al comprender la ironía de sus vidas entrelazadas pero al mismo tiempo separadas: uno sanaba cuerpos y el otro curaba almas.

El sol casi había terminado de ocultarse entre el campo de girasoles, mientras los suaves rayos se filtraban. Andrea tomó su billetera y las llaves del auto, y el sacerdote se dirigió a la orilla del monte, donde tenía una pequeña maleta. Ambos se prepararon para buscar la estación de tren, iluminados por la tenue luz del final de la tarde que pronto se convertiría en noche.

Diez minutos para el accidente de tren

Sebastián despertó por segunda vez, y a través de la ventana pudo ver un campo casi interminable de girasoles que se extendía hasta el horizonte infinito. Curiosamente, se dio cuenta de que en este lugar no había casas ni edificios, ni hablar de cabañas, solo una estación. Era una infraestructura abandonada que apenas atendía a los ocasionales pasajeros. Las cabinas estaban deterioradas y los bancos de metal corroídos por el paso del tiempo. Sin agregar nada significativo a sus pensamientos, lo que realmente llamó su atención fue la llegada de una mujer y un sacerdote que abordaron en ese momento. Cinco minutos después, cuando el tren recuperó velocidad, Sebastián perdió el juicio. El tren chocó contra algo y se descarriló. Luego, se produjo una explosión.

Capítulo 2: Bucle temporal

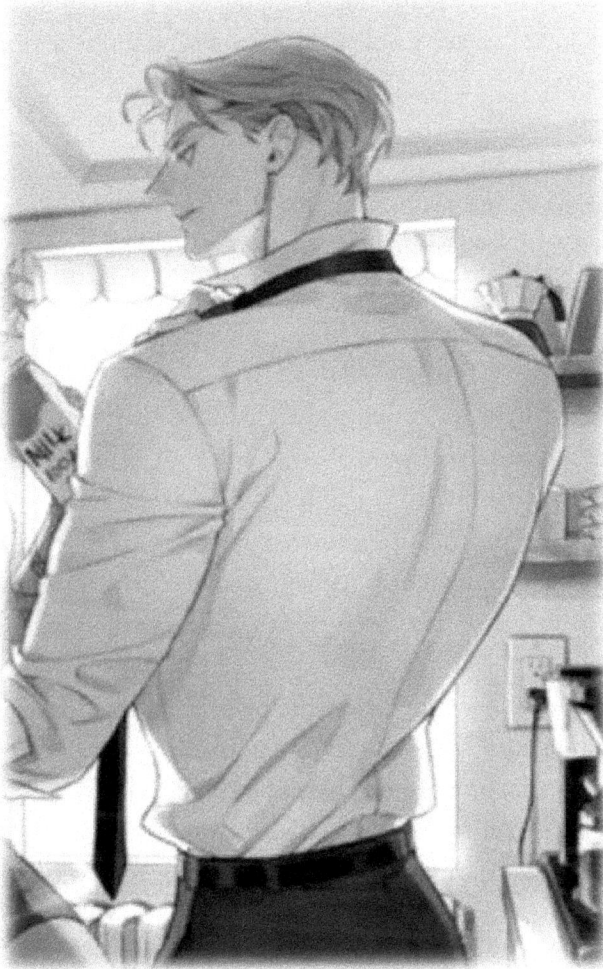

Cuando Andrea despertó aquella mañana, sus ojos se posaron en el umbral entreabierto de la habitación, donde vislumbró la figura de su esposo inmerso en la tarea de preparar el desayuno. La luminiscencia de su rostro aún reflejaba la pasión que habían compartido la noche anterior. Ella, Con la discreción de una amante de la rutina, se incorporó con sumo cuidado, ansiosa por tomar un baño con comodidad. Aún vestía la camisa de su esposo, que le quedaba enormemente grande debido a que él era un hombre alto y corpulento. La tela suave y holgada la envolvía mientras se dirigía al baño.

Mientras avanzaba hacia la ducha, sus pasos le revelaron la estela de prendas que habían sido arrancadas en un arrebato apasionado la noche precedente, un recordatorio palpable de la lujuria que compartían. Andrea se entregó al abrazo de las cálidas aguas en una ducha fugaz, dejando que el torrente templado acariciara desde su cabellera negra hasta su suave y blanca piel. Después, eligió vestirse con unos vaqueros azules y una camiseta adornada con motivos infantiles, un anhelo de normalidad en medio de la maraña de batas y uniformes médicos que dominaban su vida profesional.

—El desayuno está listo —llamó Kenneth.

Sonriente, se unió a su esposo en la cocina, donde el aroma tentador del jamón con huevos revueltos y queso derretido inundaba el espacio. Mientras él vertía jugo en su vaso, Andrea no pudo evitar una broma ligera.

—Tu cocina huele exquisitamente bien, Kenneth. Supongo que tu encantadora esposa fue tu maestra culinaria —comentó con un toque de ironía mientras saboreaba un bocado de su *sándwich*.

—De hecho, mi querida esposa tiene muchas virtudes, pero la cocina no es su fuerte —respondió él, esbozando una sonrisa cómplice mientras le aplicaba un toque de mayonesa en la nariz.

Kenneth rio y le limpió la mayonesa de la nariz con su dedo.

—Gracias por el desayuno, cariño. Huele delicioso.

Después de pronunciar esas palabras, Andrea se quedó en silencio por un momento, su mirada perdida en el desayuno que tenía frente a ella. Sentía un nudo en la garganta mientras reflexionaba sobre la difícil situación que enfrentaban. Kenneth notó la pausa y miró a Andrea, confundido por su silencio. Se acercó a ella y le tomó la mano con suavidad, mientras con la otra le servía jugo.

—¿Estás bien, cariño? —preguntó con preocupación.

—¡Es suficiente! —exclamó Andrea, interrumpiendo el flujo de la conversación.

—¿Suficiente? No entiendo —Kenneth levantó una ceja y arrugó la frente en señal de aparente confusión—. Siempre te ha gustado el jugo, mi amor.

Ella le devolvió la mirada, sus ojos llenos de determinación. Se tomó un momento en silencio antes de continuar.

—No estoy hablando del jugo —dijo con seriedad.

El marido miró a su esposa, buscando comprender.

—Entonces dime —dijo él, esperando una explicación.

Con determinación en su voz, Andrea habló.

—Ya he probado todos los tratamientos de fertilidad. Llevo cuatro años intentando quedar embarazada, pero no puedo. Estoy cansada de escuchar lo mismo de siempre, cuando los expertos nos dicen que la fertilización in vitro ha fallado.

La expresión en el rostro del esposo se transformó en una mezcla de sorpresa y comprensión. Aunque le costaba asimilar la realidad, entendió la frustración que Andrea estaba experimentando.

—¿Qué sugieres? —preguntó, su voz llena de ternura y preocupación.

Andrea tomó aire y se acercó más a él.

—Propongo que consideremos la adopción. Eso es lo que propongo. Sé que no es el camino que imaginamos inicialmente, pero creo que es hora de explorar otras opciones para construir nuestra familia.

El esposo la miró fijamente, sus ojos reflejando su amor y su compromiso.

—Si esa es una decisión que te hace feliz, te acompañaré hasta el final —aseguró, dándole su apoyo incondicional.

En ese momento, el abrazo entre ambos provocó un pequeño accidente. El jugo se derramó sobre la camisa blanca del hombre, dejando una mancha.

—¡Vaya! —exclamó él, sorprendido por el incidente—. Hoy no tengo prisa, no te preocupes. Quizás vaya a jugar al campo de golf y por la tarde pase por mi trabajo. Usaré una camisa más cómoda y la chaqueta roja, así sudaré más para compensar mi ausencia en el gimnasio el día de hoy.

Andrea sonrió, agradecida por el apoyo y la comprensión de su esposo. Juntos, enfrentarían los desafíos que la vida les presentaba, dispuestos a encontrar la felicidad y la plenitud en su matrimonio.

Mas tarde en la clínica

Una paciente salió del consultorio de Andrea, y en la tranquila atmósfera de la consulta médica, donde los murmullos de pacientes ansiosos habían desaparecido, la doctora permaneció en su silla, sumida en sus pensamientos. La sala de espera, ahora vacía, reflejaba el silencio que se cernía en su corazón, cargado de deseos incumplidos y una profunda frustración por no lograr concebir.

Fue en ese instante, mientras esperaba en soledad, cuando su mirada se posó en la fotografía enmarcada de una mujer mayor, de ojos amables y sonrisa cálida. Sin decir una palabra, Andrea besó la imagen con una tristeza que hablaba de una vida llena de obstáculos no superados, una vida en la que su madre, ahora ausente, había sido su confidente silenciosa. Y justo en ese momento, un *flashback* irrumpió en su mente.

***Flashback*:**

La Dra. Andrea conducía por una carretera tranquila y solitaria. Estaba tan distraída por un segundo mientras verificaba la dirección en su GPS que no vio a un hombre cruzar la calle, hasta que frenó bruscamente y se sobresaltó. El olor a goma quemada le llegó a la nariz y se estremeció de miedo mientras se aferraba al volante. Pensó que tal vez había atropellado a alguien y se hundió la cabeza entre las manos, exhalando como si su vida estuviera a punto de acabar.

Andrea se dio cuenta de que se había detenido a tiempo y el hombre seguía parado frente a su auto. Él la miró con asombro y se acercó lentamente a la ventanilla. Ella Intentó hablar, pero no pudo articular ninguna palabra. Sus palabras la abandonaron en un balbuceo torpe.

El hombre, con un rostro fantasmal, preguntó: "¿Andrea?".

Fin del *flashback*

La doctora recobró el conocimiento cuando se dio cuenta de que su nombre resonaba constantemente en su tímpano. Frente a ella estaba su asistente, quien llegó a la oficina para entregarle los resultados de una prueba de embarazo que le había hecho a una paciente esa mañana.

—Doctora, ¿se siente bien? —Preguntó la tímida Milagros.

Milagros vestía una camisa rosa y pantalones de enfermería del mismo color. Su figura escuálida, sus anteojos de ancho aro y su cabello peinado en cola de caballo, la hacían parecer una niña desnutrida de complexión baja.

—Nada, últimamente he estado soñando despierta —respondió Andrea, sin darle mucha importancia a la memoria.

—Si quiere, le puedo traer una pastilla —insistió la asistente.

—No, Milagros —suspiró con cansancio—, solo haz que pase adelante la próxima paciente.

Milagros abrió la puerta y llamó a la siguiente persona para que entrara a la consulta. Una mujer que estaba parada en medio del pasillo comenzó a caminar en dirección a la puerta desde donde la llamaban. El hermoso cabello cenizo, aparentemente teñido, se le movía de un lado a otro en bellas y brillantes ondulaciones. Vestía una falda corta y una camisa de botones con mangas en corte de mariposa. Cargaba un llamativo bolso blanco en el brazo. Andrea vio en ella una sombra que casi la hacía presa de un recuerdo inexistente, la vio sentarse frente a ella, gesticulando una leve sonrisa.

—¿Chelsea? —preguntó Andrea, perpleja.

—Sí, ese es mi nombre —respondió la mujer, sonrió y cruzó las piernas una sobre la otra.

—¿Se conocen? —preguntó Milagros—. Pregunto porque la doctora no ha abierto el sobre y no te llamé por tu nombre. Solo te pedí que ingresaras a la consulta porque eres la única en la sala de espera.

—Así es —dijo Chelsea—, ¿cómo sabes mi nombre? Vine a una consulta médica y no a una lectura del tarot. No te ofendas, pero es extraño que alguien mencione mi nombre cuando es la primera vez que me ve en toda su vida.

—No sé, tal vez un poco de suerte —dijo Andrea—. Solo bromeaba e intenté atinarle a tu nombre. En realidad no hay nada de qué preocuparte. No fue mi intención ponerte nerviosa.

Las dos mujeres no notaron nada, convencidas de la explicación de Andrea. Por otro lado, la doctora trataba de mantener la calma ante la llegada de un nuevo *"flashback"* que casi la hacía perder el aliento.

Flashback

En la orilla de una carretera desierta en el estado de Carolina del Sur, Andrea se quedó varada con su auto, el humo saliendo de las llantas y el motor. Salió del vehículo y se quedó parada al costado derecho, mostrando una expresión de intriga y sorpresa. No había explicación para este curioso reencuentro con un amor del pasado.

—¿No te alegra volver a encontrarnos en esta carretera desierta después de tantos años sin vernos? —preguntó el hombre a Andrea.

El hombre era alto, delgado, con ojos negros como el betún, pero brillantes y vivaces como el reflejo de la luna en un lago sereno, en ese punto donde el agua y el cielo se fusionan. Un lunar peculiar adornaba su labio derecho, lo que lo hacía aún más atractivo. Tenía una voz dulce y suave, como si estuviera tocada por un ángel, una voz privilegiada que parecía acariciar el alma más apenada.

En ese instante, un torrente de emociones invadió a Andrea mientras observaba al hombre frente a ella. Sentía una extraña alegría al volver a encontrarse en aquella carretera desierta después de tantos años de separación. Pero también se avergonzaba de sí misma, porque a pesar de saber que él era un sacerdote, no podía evitar desearlo como hombre.

En el fondo de su ser, Andrea sabía que debía resistir a esos sentimientos prohibidos. Él era un sacerdote, comprometido con su fe y su vocación. Sin embargo, en ese instante, todo parecía desvanecerse y solo existían ellos dos, atrapados en el pasado y en la intensidad de sus emociones.

Fin del *flashback*

Con un suspiro, Andrea regresó a la realidad, consciente de que debía seguir adelante y dejar atrás aquellos recuerdos que pasaban por su mente como si estuvieran tratando de transmitirle algo especial. Saliendo de su ensimismamiento, tomó el sobre en sus manos y comenzó a leer los resultados en su mente. En ese momento, sus ojos se abrieron como platos cuando se dio cuenta de que la prueba de embarazo había dado negativo. La sorpresa y la confusión se apoderaron de ella.

"No sé si estoy volviéndome loca, pero creo que he tratado a esta mujer en otro momento, tal vez ayer... Estoy desconcertada, no recuerdo bien", pensó Andrea. Observó detenidamente la imagen de Chelsea en su mente, con sus ojos, cabello cenizo y piel característica. Parecía ser la misma persona que aparecía en sus pensamientos. Además, tenía la sensación de que ya había leído este examen antes y que había dado la noticia de un embarazo. La situación era desconcertante y no lograba comprender lo que estaba sucediendo.

Andrea se sentía atrapada en una confusión que desafiaba su comprensión. El enigma de la coincidencia entre la paciente y sus recuerdos la dejaba perpleja y ansiosa por desentrañar la verdad detrás de todo aquello. Necesitaba respuestas para poner en orden sus pensamientos y aclarar la confusión que la embargaba.

—¿Qué dicen mis resultados? —preguntó Chelsea.

La pregunta impactó a Andrea, quien simplemente la miró sin decir una palabra. La curiosidad de Chelsea la llevó a tomar el papel de entre los dedos de la doctora y leerlo por sí misma. Cuando vio que decía "negativo", se puso de pie, agarró su bolso y comenzó a dirigirse hacia la puerta.

—Bueno... ya que es negativo, me voy. Agradezco su tiempo, doctora. Además, le aconsejo que no tome demasiados antidepresivos, se nota en sus ojos lo cansada que está. En realidad, no sé mucho sobre medicamentos, pero creo que inhiben su capacidad para brindar atención médica de calidad. Como en este caso, por ejemplo.

Andrea escuchaba atónita y luchaba internamente con la confusión que la abrumaba. Sentía que estaba perdiendo la cordura y finalmente dijo:

—Espera, Chelsea, todavía hay algo que debo hacer.

Después de unos minutos, la doctora persuadió a Chelsea para que se acostara en la camilla y le permitiera realizarle un ultrasonido. La mujer observaba con curiosidad los dispositivos que Andrea preparaba. Sin embargo, parecía no tomar en serio la ecografía que estaban a punto de realizar.

—¿Estás lista?

—Por supuesto que no —respondió Chelsea con una sonrisa irónica—. ¿Con qué frecuencia haces ecografías innecesarias y no solicitadas? Estoy de acuerdo siempre y cuando no tenga que pagar por ello. No estoy embarazada, y los resultados en este documento hablan por sí solos. Si tienen dudas sobre los análisis que realizan en esta clínica, ¿por qué los hacen?

—Tienes razón —dijo Andrea, confundida—. No estás embarazada, aunque se supone que deberías estarlo.

Andrea intentó localizar al feto en todas partes, pero sin éxito. No había embarazo.

—¿Debería estarlo? ¿Qué está pasando? —dijo Chelsea con una risa burlona e incontrolable—. Juro por Dios que nunca he conocido a una doctora más loca que una cabra en mi vida, hasta hoy. Disculpe —se encogió de hombros—, ¿está segura de que no escapó de algún manicomio por ahí?

—Lo siento, sigue adelante —respondió Andrea decepcionada—. Puedes irte, solo quería asegurarme de que todo estuviera bien. Lamento que te hayas sentido incómoda.

Entonces, Chelsea salió de la clínica y se perdió entre la multitud de personas que iban y venían en la calle cerca del consultorio.

Andrea recordó haberla visto llorar a través de la ventana, pero cuando se acercó, no había nadie. Rápidamente salió de la oficina y le pidió a Milagros los datos personales de la misteriosa paciente. Al observarlos, tuvo la firme convicción de que había revisado esos documentos anteriormente. Tomó su teléfono móvil para tomar fotos de los archivos, pero descubrió con asombro que los datos ya estaban guardados en una fotografía guardada en su dispositivo. Susurró para sí misma: "Así es, sé que no estoy volviéndome loca".

—¿De qué está hablando, doctora? —preguntó Milagros, curiosa.

—¿De verdad no recuerdas, Mila? Esa mujer vino ayer y estaba embarazada, a diferencia de hoy que no lo está.

Milagros sonrió y respondió:

—Doctora, recomiéndeme el libro de ficción que está leyendo, a ver si así puedo dejar de ser delgada y sin curvas. Quizás mañana ya tenga el cuerpo de Megan Fox, con mejores curvas y un trasero más pronunciado.

Andrea la miró con complicidad y respondió con una pizca de ironía:

—Bueno, Mila, tal vez en mi próximo chequeo médico te pueda recetar una píldora mágica que convierta los libros en realidad. Pero cuidado, podrías terminar en una serie de *streaming* y no saberlo.

Andrea se percató de que su asistente no recordaba nada. Como resultado, decidió cancelar todas las citas del día. Dirigiéndose al garaje de la clínica, subió a su auto mientras sostenía su celular, esperando ansiosamente la llamada de la Sra. Dottie. Observó la pantalla negra de su teléfono con los ojos fijos y atentos. Finalmente, aceptando que la espera había sido suficiente, pensó que algo no estaba bien: "Este era el momento en el que Dottie debía llamarme para pedirme que la cuidara durante su embarazo, pero terminó insultándome de manera bastante descortés". Cansada de esperar, lanzó su teléfono celular en el asiento vacío del acompañante, encendió el auto y salió del garaje hacia la carretera sur. Luego, ingresó las coordenadas en el GPS y siguió su camino.

De repente, el celular sonó. La tensión aumentó cuando miró fijamente la pantalla y, efectivamente, el nombre de la Sra. Dottie estaba allí. Andrea pensó: "Ya es tarde, pero sucedió. Esto prueba que no estoy delirando". Decidió no contestar: "Señora Dottie, no responderé", dijo Andrea, imitando la voz de Dottie. "Es una doctora malvada, se quemará en el infierno. Sí, se quemará en el infierno".

Después de imitar casi a la perfección la voz nasal e insufrible de Dottie, Andrea empezó a reír y puso un CD del grupo Prensado. Aumentó el volumen del estéreo y comenzó a cantar en voz alta. De vez en cuando, soltaba las manos del volante como si no le importara su vida.

Mientras realizaba todas estas tonterías, exclamó una frase que brotó de su alma con gran deseo y fuerza, lo cual asustó a una ardilla que se encontraba sobre una rama de un árbol seco. El pequeño roedor movió la cabeza para ver cómo el auto pasaba a toda velocidad por la carretera. "¡Que te pudras, maldita señora Dottie!"

A medida que el automóvil avanzaba, se acercó a una intersección donde debía decidir qué dirección tomar. Según su GPS, se encontraba a dos kilómetros de una antigua estación de tren y a trece kilómetros de la supuesta casa de Chelsea. En ese momento, Andrea pensó que lo mejor sería dirigirse primero hacia el destino que se encontraba a dos kilómetros, para así poner a prueba su teoría de que el día se estaba repitiendo, aunque con pequeñas variaciones que solo ella recordaba. Sabía que si perdía deliberadamente el rumbo, se encontraría nuevamente con el sacerdote en su camino.

Después de transitar por el desvío o ruta alternativa, Andrea se adentró en el árido paraje, deleitándose con la gradual y pausada aparición del vasto campo de girasoles que recordaba haber contemplado en el pasado. Confirmando su confianza en sí misma, observó con curiosidad el GPS averiado o falto de señal de telefonía móvil. Estaba convencida de que incluso el más mínimo descuido en el camino no representaría ningún peligro, siempre y cuando calculara todo con cautela. Sin embargo, lo inesperado volvió a acontecer. No se percató de que un hombre intentaba cruzar la calle. Lamentablemente, esta vez la situación fue muy distinta, ya que el individuo fue catapultado a una distancia de seis metros del automóvil. Los neumáticos chirriaron debido a la frenada repentina, y el penetrante olor a caucho quemado invadió nuevamente sus fosas nasales.

Ella se apresuró a socorrerlo con la esperanza de llegar a tiempo, hasta que se topó con el sacerdote, cuyo cuello se encontraba empapado en un charco de sangre. Lo contempló mientras se debatía entre la sangre que fluía de su nariz y boca. Se arrodilló frente a él y se inclinó en su auxilio. Sin embargo, el hombre pronunció dos palabras que la congelaron como un glaciar y dejaron su boca abierta como un cráter debido a la inesperada frase. Su rostro palideció y sus pies comenzaron a tambalearse por el temor.

—Te esperaba, Andrea —dijo el sacerdote antes de que sus ojos se cerraran, quedando en blanco, y perdiera completamente el aliento.

Murió en ese mismo instante ante sus ojos. El sol estaba a punto de desaparecer como la vez anterior. Los árboles se perfilaban en siluetas negras, mientras los rayos del astro resplandecían entre los campos de girasoles. De repente, un cuervo se posó en una rama seca no muy lejana, entre los frondosos árboles y el cultivo. Los graznidos se intensificaron, casi volviéndola loca.

—Lo lamento, Mani —suspiró con nostalgia—, desearía haberlo hecho todo correctamente.

El cuerpo inerte del sacerdote yacía en el suelo, mientras Andrea, con el corazón en un puño, se aferraba a él en un abrazo desgarrador. La penumbra envolvía el escenario, resaltando la palidez de su rostro sin vida. Las sombras se alargaban como dedos fríos de la tristeza, mientras el viento susurraba su lamento a través de los árboles marchitos. El silencio sepulcral se entrelazaba con el aroma metálico de la sangre derramada, creando una atmósfera lúgubre e inquietante. Las lágrimas resbalaban por el rostro de Andrea, reflejando su desolación en cristales salados que se desvanecían en la oscuridad. En ese sombrío rincón, el tiempo parecía haberse detenido, como si el universo mismo guardara luto por la pérdida. La sensación de melancolía se entrelazaba con un manto de desesperanza, tejiendo una telaraña emocional que aprisionaba el alma de Andrea. Cada suspiro resonaba como un eco desgarrador en el vacío, mientras el silencio aplastante le recordaba la fragilidad de la existencia humana. Era un cuadro desolador, donde la tragedia se dibujaba en cada detalle, y el dolor se enroscaba como una serpiente venenosa en su interior. En medio de esa desolación, Andrea se encontraba atrapada, sumida en un mar de emociones encontradas, incapaz de encontrar consuelo en aquel entorno desolado y desgarrador.

Inesperadamente, sin ninguna explicación plausible, Andrea se encontró dentro de su automóvil justo en el momento en el que estaba a punto de consultar las coordenadas en el GPS. Un cúmulo de asombro, tristeza y desconfianza invadió su ser al recordar la impactante muerte del sacerdote. Fue en ese preciso instante que se percató de que el día había reiniciado, pero únicamente desde el momento exacto en el cual se encontraría nuevamente con Osmani. En cuestión de segundos, Osmani atravesó la calle y Andrea logró detenerse a tiempo. No hubo neumáticos deslizándose ni motores envueltos en humo, tan solo las miradas penetrantes de dos individuos entrelazándose a través del parabrisas. Posteriormente, sentados dentro del vehículo, ella en el asiento del conductor y él en el asiento del pasajero, dieron inicio a una conversación en la cual el misterio y la confusión parecían impregnar el aire que respiraban.

—Bien... ¿de qué manera posees tal conocimiento? ¿Cómo es que lo sabes?

—No lo sé —suspiró Osmani—, por alguna extraña razón tenía la certeza de que nos encontraríamos en esta vía.

—¿Lo presentiste la primera vez que nos encontramos? —interrogó Andrea, notando el temblor en sus manos.

—No, la primera vez no. ¿Qué nos sucedió, Andrea? —preguntó con la ingenuidad de un niño.

—Eso mismo me pregunto yo. Solo hay una cosa que me reconforta —sonrió.

—¿Qué es lo que te brinda consuelo? —preguntó el clérigo, su mirada fija en el lugar donde había fallecido tan solo unos minutos atrás.

Andrea comprendió que Osmani también recordaba su reciente muerte.

—Lo lamento mucho, todo ocurrió tan rápido que no tuve tiempo de reaccionar. ¿Te aqueja algo? —preguntó tímidamente.

—Ni un ápice, como si nunca hubiera ocurrido.

Andrea relajó los hombros y finalmente respiró con mayor libertad. Él, por su parte, posó su mirada en ella como si deseara expresar algo, pero solo emitió un profundo suspiro que liberó el estrés acumulado en sus pulmones. Al final, deslizó su mano por el rostro de Andrea para asegurarse de que estaba bien.

—¿Me desvelarás aquello que te conforta mucho a pesar de las circunstancias en las que nos encontramos?

—La respuesta yace al final de tu pregunta —dijo Andrea con una serena calma.

A medida que el tiempo transcurría, la tarde avanzaba rápidamente y la noche parecía aproximarse. Los girasoles contemplaban el lado opuesto de la vía, hacia el oriente. El cuervo aún se posaba en la rama marchita. Un saltamontes brincó sobre el parabrisas del automóvil mientras una mariposa negra voló y se perdió entre las semillas oscuras de las flores adormecidas.

—Esta vez el automóvil se encuentra en buen estado —dijo Andrea—. ¿Deseas que te lleve a la casa de tu abuela o a tu parroquia designada?

—No... no comprendes, ¿verdad? No importa cuántas veces me conduzcas hacia mi destino, siempre nos veremos forzados a repetir el mismo día. Estamos condenados a vivir de esta forma. Al igual que tú, mi día comenzó de nuevo exactamente al mismo tiempo que regresé a Carolina del Sur. La primera vez me desorienté porque abordé el autobús equivocado, debido a que no había visitado esta ciudad en años. Sin embargo, las veces en que nos encontramos aquí, sí, esos eventos los pude prever, a excepción del accidente, por supuesto. Ya no se trata solo de una coincidencia: algo nos ha sucedido.

—¿Recuerdas lo que hicimos después de llegar a la estación? —dijo Andrea, con una expresión aún más sospechosa en su rostro—. Tal vez la respuesta radica en el tren que tomamos.

—Tienes razón, deberíamos dirigirnos a esa estación y descubrir qué aconteció.

El automóvil aceleró y rápidamente llegaron a la antigua estación, descendieron y se sentaron en uno de los bancos de metal, visiblemente deteriorado por el implacable sol y las inclemencias de muchos años. Presentaba un estado de deterioro similar al resto de la infraestructura, que representaba aproximadamente un sesenta por ciento del total. La maleza cubría algunas partes de las paredes de aquel edificio misteriosamente construido en medio de la nada. A lo lejos, un pasajero ocasional, al igual que ellos, aguardaba la llegada del tren. El joven solitario aparentaba no superar los veinticinco años, con unos ojos grandes y pupilas color miel llamativas. Vestía unos elegantes pantalones azules y una camisa blanca. De repente, se levantó al divisar la aproximación del tren. Cuando este se encontró frente a él, captó la atención de Andrea y Osmani, quienes lo observaron asombrados mientras el sujeto hacía señas a Chelsea para que bajara de inmediato del vagón 16.

Chelsea se encontraba sentada junto a la ventana, pero no se percató del hombre debido a que estaba inmersa en sus pensamientos, aferrándose a su bolso blanco. Tras unos minutos, el tren prosiguió su marcha y aceleró al abandonar la estación. El hombre de ojos miel solo pudo observar cómo los vagones pasaban uno tras otro, resignado. Dado que las vías se encontraban en línea recta y no había obstáculos en su campo visual, pudieron presenciar desde la distancia cómo el tren descarriló tras impactar contra un objeto que no estaba allí anteriormente, seguido de una explosión mortal.

—Entonces... ¿esto es lo que sucedió? —expresó Osmani con resignación, suspirando angustiado.

—Pero esa explicación no abarca por completo el motivo de nuestra presencia aquí, considerando que supuestamente estábamos en el mismo tren antes y abordamos en esta misma estación —añadió Andrea—. ¿Cómo es posible que aún nos encontremos aquí?

—Quizás se trate de una expiación —comentó el sacerdote—. Es posible que hayamos fallecido en el accidente, pero debido a nuestros pecados, no podemos ascender al cielo hasta que hayamos pasado por esta especie de purgatorio. Los seres humanos somos imperfectos y solo a través de la expiación podemos merecer el perdón.

—Y si así es, ¿qué pecado te impide ir al cielo siendo sacerdote? —cuestionó Andrea—. No lo tomes como algo personal, pero estoy comenzando a cuestionar lo que la sociedad nos ha enseñado. Ya no creo en las figuras inanimadas, ya que ninguna ha acudido en nuestra ayuda, y mucho menos en la doctrina cristiana, ya que nadie ha descendido del cielo a recoger mi alma.

—¿Quieres saber mi pecado, Andrea? —preguntó el sacerdote con determinación.

—Adelante, aprovecharé esta oportunidad para confesarte algunos de mis propios pecados, yo también. Después de todo, esa fue la elección que hiciste en tu vida.

—También tengo un pecado bien guardado, como cualquier persona. Quizás el pecado que voy a confesar sea mi mayor tormento desde que viajé al Vaticano para cursar el Seminario. Este momento será aquel en el que me libere de la carga que he llevado sobre mis hombros durante veintitrés años. Este pecado es...

Andrea volteó la mirada hacia el otro extremo y se percató de que el hombre al otro lado de la estación comenzaba a alejarse en la dirección por la que había llegado el tren. Ella empezó a perseguirlo, y el sacerdote, condenado al silencio y sin la oportunidad de revelar su secreto, no se quedó atrás. Mientras corrían, el joven de ojos de miel se detuvo y esperó a que Andrea lo alcanzara. Finalmente, se volvió hacia ellos.

—Sabes lo que ha ocurrido, ¿verdad? —preguntó Andrea.

—¿A qué te refieres? —respondió el joven de manera enigmática—. Cualquier respuesta que pueda darte, no la comprenderías.

—Solo queremos que nos cuentes lo que sabes, por favor —explicó Andrea—. Deseamos entender este enigma y saber por qué intentabas persuadir a Chelsea para que abandonara el tren.

—Soy Iskander —respondió el joven.

En ese instante, una gran gota de ámbar cayó del cielo sobre el tren en llamas. La gota avivó las llamas hasta crear lenguas de fuego que se alzaban en lo alto. Los gritos de terror resonaban a lo lejos. Los tres no pudieron evitar horrorizarse ante la macabra escena. Y de repente, Andrea vio cómo el joven desaparecía lentamente frente a ellos, pareciendo desvanecerse sin explicación alguna.

—¿Qué está sucediendo? —preguntó Andrea, con temor—. ¡Tu mano está desapareciendo, tú estás desapareciendo!

—No soy el único que está desapareciendo —respondió Iskander, señalándolos a ellos.

El sacerdote y Andrea comprendieron que el día iba a comenzar nuevamente, pero no deseaban desvanecerse sin obtener respuestas, después de haber llegado tan lejos en su búsqueda de la verdad.

—Al menos... dinos quién eres —insistió Andrea, con sus manos y pies ya difuminándose—. Queremos saber más cosas, por favor dinos cómo encontrarte de nuevo.

—Soy Iskander, el hijo de Chelsea O'Brien —dijo el joven, y se desvaneció de inmediato.

Ambos también desaparecieron. Sin embargo, Andrea fue borrada no solo por esa misteriosa y sobrenatural fuerza, sino también por la impresión de esas palabras resonando en su mente. ¿Cómo podía existir el hijo de Chelsea y ser un hombre de casi veinticinco años? ¿Cómo era posible si todavía era un feto en el vientre de Chelsea?

En un instante fugaz, el destino se enredó en los hilos del tiempo, tejiendo una narrativa enmarañada que desafía las leyes conocidas. En medio de la incertidumbre, Andrea y el sacerdote Osmani se encontraron inmersos en un torbellino de preguntas sin respuesta, donde la realidad se desvanecía y los enigmas se multiplicaban.

El aire, impregnado de un aroma etéreo, parecía susurrar secretos ocultos mientras los dos viajeros desaparecían en la bruma de lo desconocido. El susurro del viento acariciaba sus rostros, y en el manto celeste que los envolvía, las estrellas se agitaban con curiosidad, esperando revelar sus enigmas almas inquietas.

Andrea, consumida por la incertidumbre, se veía eclipsada por la enigmática figura del hijo de Chelsea, quien emergía del pasado para desafiar las leyes del tiempo. ¿Cómo podía existir un hijo de Chelsea, un ser con vida propia y una edad similar a la suya, cuando aún era un delicado brote en el jardín materno?

Las palabras resonaban en su mente como suspiros atrapados en el eco de una caverna antigua. Se debatía entre el asombro y el temor, como una mariposa atrapada entre los pétalos de un sueño incierto. Los misterios del universo se entrelazaban con los latidos de su corazón, y la razón vacilaba ante el abismo de lo inexplicable.

El lienzo del tiempo se desdibujaba, sus trazos difuminados desafiaban la lógica y la comprensión humana. Los destinos de Andrea y Chelsea se entretejían en un nudo de paradojas, donde los límites de lo posible se desvanecían en la penumbra de lo desconocido. En ese instante efímero, la verdad escapaba de sus manos como un puñado de arena resbalando entre los dedos. El velo de la realidad se rasgaba, revelando un panorama desconcertante y sorprendente. ¿Acaso el tiempo había tejido un engaño? ¿O existía una realidad más profunda y misteriosa de lo que podían comprender?

En el rincón más recóndito de su ser, una chispa de esperanza brillaba, susurrándoles que la respuesta aguardaba en el laberinto de su destino entrelazado. Aunque las dudas les pesaban como plumas en el alma, se aventuraron a explorar los caminos retorcidos de esa narración enredada, en busca de respuestas que solo el tiempo podía desvelar.

En el firmamento nocturno, las estrellas parecían guiarlos con su brillo fugaz, iluminando el sendero incierto que se extendía ante ellos. Las palabras enredadas en la mente de Andrea resonaban como versos en un poema inacabado, evocando la belleza y el misterio de ese encuentro inesperado.

Capítulo 3: ¿Qué sucedió aquí?

Eran las 7 p. m. cuando el detective encargado de la investigación, Dorian Twist, salió de su auto junto a su compañero, el oficial Michael Capel. Detrás de ellos, varias unidades de patrullas policiales, ambulancias y bomberos se encontraban estacionados en el borde de la pista. Frente a ellos se extendía una hilera de vagones inmensos, envueltos en humo y amontonados como una montaña de desechos en llamas. El penetrante aroma a carne quemada, caucho y cables invadió el aire, provocando que Twist vomitara al entrar en contacto con la fetidez del cadáver chamuscado. Vacilando por un momento, se dirigió hacia el tren, ahora convertido en un vertedero de chatarra, y se enfrentó a uno de sus mayores temores: tropezó con un brazo humeante, cuya piel estaba contraída y las uñas ennegrecidas. La sangre aún chisporroteaba debido a la alta temperatura. En un instante, sintió cómo un escalofrío recorría su cuerpo de pies a cabeza. A lo largo de sus dieciséis años de servicio de investigación y sus cuarenta y cinco años de vida, nunca había presenciado una escena dantesca comparable a la que ahora se le presentaba para su análisis.

La médico forense y criminalista, Delfina Brooks, comenzó a examinar los cuerpos recuperados por los bomberos, mientras que otros policías, acompañados de sus perros, se encargaron de buscar supervivientes entre los escombros. Se logró recuperar un total de 2,367 cuerpos.

El detective Twist inició el registro de las víctimas, aunque muchas de ellas solo fueron identificadas por el número del vagón en el que fueron encontradas. Justo cuando parecía que nada más podía sorprender al equipo, el oficial Michael Capel descubrió la escotilla del vagón 16, quedando completamente estupefacto.

—Debe ver esto, detective Twist —dijo Capel.

Dorian Twist se acercó rápidamente junto al resto de los rescatistas y, al contemplar lo que se encontraba dentro, sintió cómo su corazón casi se detenía del susto. Delfina, por su parte, mantuvo una actitud escéptica, mientras que los bomberos y el resto de la policía se mostraron sorprendidos e incrédulos.

En el interior del vagón encontraron los cuerpos sin vida de varias personas, entre los cuales figuraba Sebastián Alighieri, la doctora Andrea Galina, el sacerdote Osmani, una monja, Chelsea, dos personas de la tercera edad, un niño y un sujeto al que parecía tener tatuada hasta el alma. A diferencia del resto de los muertos, lo que dejó perpleja a la gente fue un enigma: los cuerpos no presentaban quemaduras, heridas sangrantes, ni huesos rotos. Resultaba inexplicable, ya que este vagón, que contaba con más de 60 compartimentos, era el único que no había sufrido daños tan pronunciados como el resto de la chatarra en la que se había convertido el tren.

—Lleven estos cuerpos a la morgue del Hospital Lucas Pierce —ordenó el detective—. Allí, el gobierno enviará personal especializado para analizar estos casos. Dra. Brooks, estará a cargo. También seguiré de cerca la investigación.

—Por supuesto —respondió la doctora Brooks, dando instrucciones a su equipo—. Chicos, suban los cuerpos con cuidado a las ambulancias.

El oficial Michael Capel se acercó a Twist, quien había quedado mirando cómo uno de los cuerpos sin vida se aferraba tanto a su bolso que ni siquiera en el momento del accidente había querido soltarlo.

—¿Podría tratarse de contrabando? —preguntó Capel.

—No lo creo —respondió Twist, restándole importancia—. Pero revisaremos si lleva alguna identificación.

Al abrir las manos del cuerpo, que las tenía crispadas, extrajeron el bolso, que no parecía tener mucho peso. Twist y Capel quedaron atónitos nuevamente al descubrir en su interior un paquete envuelto que contenía una pistola con manchas de sangre.

—¡Vaya, vaya! Esto es interesante —exclamó Twist.

—Lo es —añadió Capel—, especialmente porque ninguno de los cuerpos recuperados de este vagón presenta heridas sangrantes, y en el caso de ella, aún peor. Parece como si simplemente estuvieran desmayados. ¿Qué opina de esto, doctora Brooks?

—Dado que son manchas de sangre en la tela —respondió la médico forense—, cortaré pequeños trozos de la tela para enviar al laboratorio. Sin embargo, debo emplear una técnica diferente para analizar la sangre seca en la superficie sólida del arma. En cuanto al análisis de la explosión e incendio, realizaré pruebas en los residuos utilizando la cromatografía en capa fina, la cromatografía gas-líquido y la cromatografía líquida de alta resolución.

El apuesto detective Twist alzó las cejas, abrió los ojos y la interrogó con un gesto seductor y coqueto. Su personalidad se entremezclaba entre la seriedad y el ingenio, haciéndolo más ameno para sus compañeros sin importar la ocasión. Le resultaba aburrido escuchar las explicaciones ininteligibles y técnicas de la doctora Brooks; no obstante, la admiraba por su habilidad y profesionalismo.

—¿Y eso qué significa en palabras que un policía pueda entender? —preguntó Capel.

—Nos permitirá determinar el tipo de material utilizado para causar la explosión —respondió orgullosa de su contribución—. Lo que significa que pronto tendremos respuesta a este misterio, y ustedes dos podrán ir a divertirse a algún bar como lo acostumbran hacer cada fin de semana.

—¡Para nada! —exclamó Dorian sonriendo.

—Bueno, son solo unos tragos de *Wiski* —rio Dorian.

La criminóloga tomó muestras de sangre de la pistola con pequeños trozos de tela blanca limpia de 2 x 2 cm, sin apósito, humedecida con solución salina. Luego colocó el tejido en un tubo de ensayo, para llevarlo al laboratorio. Con otro trozo de tejido, preparado de la misma manera, se tomó una muestra de control de la zona de la gradilla que no estaba manchada de sangre. Después, nombró con etiquetas las muestras registradas de forma segura. En dicha información incluyó datos específicos del caso: Expediente 0023, 5 de enero de 2019. Fecha exacta en que se levantó la evidencia. Posteriormente, anotó el nombre del sitio donde se recolectó la evidencia, siendo el lejano y árido poblado de *Sunflower*, ciudad de Charleston, el escenario principal de la tragedia del tren, del hallazgo del arma y muestras de sangre de un posible homicidio.

—Aquí está su identificación también—intervino Twist, al examinar más en el interior del bolso—, responde al nombre de Chelsea O'Brien.

—Además —intervino la doctora—, posiblemente estaba en estado de gestación. No quiero ser concluyente aún, pero sus mamas hinchadas indican sensibilidad causada por el cambio hormonal del embarazo. Lo veo con más frecuencia de lo que parece. Así que no puedo descartarlo.

—Así es —confirmó Twist, con un papel en su mano—. Excelente trabajo, doctora. Este examen de embarazo lo confirma, estaba embarazada.

—El cannabis parece ser una alternativa multivitamínica para los niños —dijo Capel con sarcasmo, recogiendo un cigarrillo que se había caído de la bolsa en la que estaba husmeando Dorian.

Los tres se quedaron mirando, conteniendo las risas ante el hallazgo del cigarrillo de marihuana y el ingenioso comentario de Capel, manteniendo su profesionalismo. El detective Twist ordenó una prueba balística para determinar si Chelsea O'Brien había disparado un arma recientemente. Finalmente, después de asegurar la escena, recuperar los cuerpos y abrir una posible investigación de asesinato con el arma encontrada, se dirigieron hacia la ciudad de Charleston, a unos 20 kilómetros de *Sunflower*.

⚜

Eclipsis

En los confines más allá de la realidad conocida yace un mundo apartado del nuestro, un reino que desafía las leyes de la naturaleza y la lógica misma. Este lugar se llama "Eclipsis", un nombre que evoca la sombra y el misterio que lo envuelve. En Eclipsis, la realidad es maleable y las dimensiones se entrelazan en formas que desafían la comprensión humana.

Los árboles de Eclipsis son una manifestación de esta distorsión de la realidad. Al mirarlos, uno podría sentir que está observando la fusión de la vida y la muerte. Los troncos están formados por huesos y cráneos entrelazados, como si la esencia misma de los seres que una vez habitaron este lugar hubiera sido inmortalizada en la madera. Las ramas se extienden en siluetas caprichosas, sus contornos delicados contrastan con la macabra base de huesos.

La atmósfera en Eclipsis es una serpentina eterna de luces y sombras. El cielo, en lugar de azul, se tiñe de un rojo profundo que parece emanar de la misma tierra. El sol y la luna se fusionan en un solo cuerpo celeste, creando una iluminación tenue y sombría que parece revelar y ocultar al mismo tiempo. Las estrellas, en lugar de puntos brillantes, son líneas de luz que se entrecruzan en formas desconocidas.

En el centro de este mundo surrealista se alza un castillo imponente, una estructura que desafía la gravedad y la arquitectura conocida. Sus torres se alzan hacia el cielo en espirales retorcidas, mientras que sus murallas parecen fusionarse con la tierra misma. El castillo está rodeado de ríos de lava volcánica que serpentean en un ballet ardiente, creando un foso natural que parece protegerlo y aislarlo de cualquier intrusión.

Dentro de este castillo, en una de sus habitaciones más majestuosas, se encuentra la princesa Alabam. Su cabello negro como la noche cae en cascadas sobre sus hombros mientras ella lo cepilla con delicadeza. Su mirada, llena de inquietud y un toque de melancolía, se posa en el horizonte distante. Desde su posición, puede ver el pueblo de los Hollous, gobernado por su padre Häel. A pesar de la belleza macabra y el aire enigmático de Eclipsis, Alabam siente un vínculo inquebrantable con su mundo, una conexión que trasciende la realidad y la fantasía.

Mientras tanto, en la extraña y escondida mansión fuera de este mundo, Alabam cepillaba su largo y sedoso cabello con un peine de diamantes. De pie en el balcón, observando desde la última torre todo el Reino de Fuego de su padre, dejó escapar un largo suspiro. De repente, el príncipe Allulaya la sorprendió al aparecer con una extraña sonrisa que se dibujaba en sus labios.

—Hermana, ¿por qué estás aburrida? ¿No hay nada más que quieras hacerles a los humanos además de matarlos? No sé, tal vez... ir a molestarlos y dañar sus autos.

—Creo que tu vida es más aburrida que la mía —respondió Alabam con indignación—, porque debes venir a molestarme para satisfacer tu pobre vanidad. Quizás las princesas de otros reinos no se contentan con que solo tengas ojos verdes. Posiblemente... esperan ver en ti... déjame pensar. Oh, es cierto, están esperando que aparezca un poco de inteligencia en tu cabeza vacía.

—Mi querida hermana —sonrió el príncipe, susurrándole al oído—, no creo que debas hablar mucho sobre las relaciones amorosas, a menos que quieras escucharme decir una verdad que... créeme, no quieres escuchar.

—Vamos, ¿qué podría ser tan horrible como para resultar insoportable? Si se trata de que algún día morirás, hazlo pronto.

Déjame decirte que lo celebraré con mucha alegría. Podría llevar algunas flores a tu tumba... solo para asegurarme de que estás realmente muerto y podrido.

—¿Sigues tratando de ser graciosa conmigo? —dijo, mohíno—. Te diré dos errores que cometiste y serán la causa de tu miseria. Por supuesto, tu estupidez me beneficia. Después de todo, algún día seré el sucesor de mi padre. Cuanto menos le agrades a él, mayor será la potestad que recibiré. Déjame decirte que disfrutaré el momento de tu exilio, aunque pensándolo bien... también podría dejarte vivir en alguno de los calabozos.

—¿Y cuáles son los supuestos errores? —preguntó Alabam, rio descuidadamente.

—Ven. —Él tomó su mano y la condujo al armario.

La princesa casi se desmayó del asombro, no dijo ni una sola palabra. Allulaya le mostró un vestido negro gris, una chaqueta marrón, un par de zapatos de tacón negros y un par de medias del mismo color.

—Hermano... —tartamudeó—, yo no sé a qué te refieres con eso. Lo que me estás mostrando es simplemente ropa casual. Siempre usé tacones altos y medias altas. Además, este vestido no prueba nada.

—¡No me engañes! —gritó el príncipe—, te he estado observando de cerca, a diferencia de mi padre que te descuida. He visto muchas veces que has bajado a la tierra y has visitado a un ser humano. ¿Te suena el nombre de Sebastián Alighieri? Mmmm... por supuesto. He visto cómo lo miras de lejos cuando toma café en un establecimiento, cuando sale y llega a casa, cuando va a la oficina, cuando hace deporte en el barrio acomodado de tontos y mimados humanos. Estás enamorada, mi querida hermana. Es una pena que mi cuñado arrogante y mezquino fuera...

—¿Por qué te callas? Termina la frase. ¿Qué hiciste con Sebastián? —preguntó Alabam con una mezcla de ira y sorpresa.

—Al menos no lo niegas —se echó a reír—. Déjame corregir tu pregunta. ¿Qué le hice yo a mi amante platónico? Esta es la pregunta que debes hacerte. Bueno... lo mataste. Sí, tú lo mataste, hermana, aunque me veas con esa estúpida cara de sorpresa que tanto odio de los humanos. Al parecer, has aprendido mucho de ellos en cada escapada que te has dado del palacio. ¿Te has preguntado lo que pensará nuestro padre cuando lo sepa? Es algo que no me voy a perder por nada del mundo. Sin embargo, esperaré un poco más porque tú misma me estás facilitando el camino al trono.

—¿¡Qué!? Habla la verdad, cobarde.

—¿Recuerdas ese estúpido día en que provocaste un choque de tren? Pues Sebastián Alighieri subió en él porque alguien dañó su auto. No tuvo más remedio que ir al tren de la muerte, así lo llamé yo, el primer asesinato en masa que cometiste. La pregunta es... ¿quién dañó su auto y lo indujo accidentalmente hacia el tren?

—¡Sabes bien que yo no provoqué ese accidente! —gritó la princesa—. ¡Sabes que no lo hice!

En ese momento vino a la memoria de Alabam el acuerdo que pactó con su hermano el día del accidente de tren.

Flashback

La princesa Alabam acababa de retornar de una de sus incursiones secretas a la Tierra. Se despojó del vestido gris, las medias y los zapatos de tacones elevados, para luego resguardarlos en el armario. Tras la metamorfosis, tomó asiento en el asiento frontal de una mesa deshabitada. Repentinamente, tal como era costumbre, el príncipe surgió en el trasfondo del aposento. Ella percibió su presencia y supuso que la había descubierto. Sin embargo, las circunstancias no parecían ser conforme a sus conjeturas.

—¿Qué ha acontecido? ¿Por qué has irrumpido en mi aposento? —inquirió ella, anhelando conocer la verdad.

—Me agradaría ofrendarte un pacto —respondió Allulaya, emergiendo desde la penumbra—. Este será nuestro secreto fraternal.

Desidero asistirte en conquistar la buena voluntad de nuestro progenitor. Conozco bien que tu poderío aún se encuentra debilitado y hasta ahora poco has hecho para merecer sus alabanzas.

—¿A qué atañe tu deseo de socorrerme?

—Bien... si acaso rehúsas mi asistencia —mencionó manipulativamente—, me retiraré. A fin de cuentas, poseo la potestad y la fuerza para hacer cuanto me plazca.

Alabam meditó: "Efectivamente, mi hermano atesora poderes tan portentosos que en ocasiones temo que sobrepuje a mi padre".

—Acepto. Indícame cómo piensas llevarlo a cabo —consintió.

El príncipe percibió la cercanía de la imponente presencia de su progenitor, por lo que se apresuró hacia la mesa y con un sencillo gesto de sus dedos, una llama se erigió en el centro de la misma. Desde allí se podía observar a la humanidad en la Tierra. Con sus ojos poderosos y esmeraldinos, localizó las coordenadas de un tren que atravesaba *Sunflower* Charleston, en Carolina del Sur, y en un instante provocó una colisión horrenda y mortífera que culminó en una explosión. Numerosas personas perecieron al instante, consumidas por el fuego.

—Ahora es el momento de desempeñar tu papel supremo —manifestó el príncipe—, sorpréndeme con una actuación digna de lo que los humanos denominan obtener un "Óscar".

—¿Cuál es mi cometido ahora? —interrogó ella, confundida—. ¿Qué se supone que debo hacer ante la llegada de nuestro padre?

—Estupidez, de sobra hay en ti desde tu nacimiento, tal vez te hayas contagiado de los humanos —se burló Allulaya—. Empieza a actuar como si fueras la responsable de este infortunio. Nuestro padre quedará deleitado con este acto y acudirá prontamente a felicitarte.

El príncipe se tornó invisible para dar lugar a la representación. Alabam contemplaba el tren envuelto en llamas con sus ocupantes en su interior. Aunque simulaba un interés en causar daño, solo era una joven tímida y aterrada. En su corazón se desató una encarnizada batalla entre su conciencia, debatiéndose entre lo que era ético y lo que era inmoral, mientras observaba la macabra escena. No obstante, persistió en su fachada de crueldad hasta que finalmente su padre hizo su aparición.

Fin del *Flashback*.

—Me has engañado —replicó Alabam con desprecio.

—Así es, lo hice. Pero eso no es todo. Ese día, tu padre te reprendió severamente y lloraste. En ese momento, vi una de tus lágrimas caer sobre el fuego y luego sobre el tren. No puedes imaginar cuánto daño has causado a esa ciudad.

—¡Maldito seas, te odio! —lloró impotente—, seguramente planeaste quiénes subirían a ese tren.

—Me halaga que lo creas, aunque no lo voy a confirmar ni negar. Deberías regresar a la Tierra para reparar el desastre que has causado. Si estuviera en tu lugar, lo haría. Algunos humanos han obtenido poderes gracias a tu lágrima. Lo que los ingenuos no saben es que ese poder tan débil será la causa de sufrimientos aún mayores en sus vidas. Lamentarán no haber muerto. Date prisa, encuentra a Sebastián para ayudarlo a comprender la situación —añadió con una risa siniestra—, si es que puedes lograrlo.

—¿Él está vivo? —preguntó, con sus ojos brillando.

—Sobrenaturalmente, sí, el gusano sigue vivo. Pero si fuera tú, no tendría muchas esperanzas de salvarlo o de salvarlos. Ellos no creerán nada de lo que les digas, no querrán tu ayuda, pero sí gastarán el poco tiempo que les queda culpándote por sus desgracias. Los humanos están acostumbrados a hacerse daño a sí mismos y luego culpar a otros. Al fin y al cabo, todos tienen libre albedrío. En su momento, fueron libres de tomar la decisión que quisieran y, con libertad, caminaron hacia su propio infierno. Deberías saberlo después de tantas visitas secretas al insignificante individuo. ¿No te parece que la soledad es una forma de autodestrucción? En la soledad está el deleite de morir lentamente. Observa su vida, observa el vacío que le rodea. Ya tiene suficiente con su mezquina existencia. Ni siquiera se dio cuenta de tus acercamientos porque no le interesa nada más que el dinero a su alrededor.

—La soledad es solo otra forma en la que se viste la felicidad, y quien diga lo contrario es un estúpido —dijo la princesa con ira—. Su soledad no la comprendes porque para hacerlo debes tener más que corazón, y si no sientes empatía es porque jamás tuviste uno. Profunda tristeza he visto en carcajadas emotivas. Creo que eso va contigo. No puedes juzgar la personalidad de alguien sin conocer el duro camino que lo llevó a ser quien es. Hay millones de personas en el mundo, pero pocas eligen ser auténticas sin importarles lo que los demás piensen de ellos. Así es Sebastián, y lo sé porque lo he visto. Ya fue suficiente, no seguiré perdiendo mi tiempo contigo.

Alabam descendió como un relámpago y entró en las nubes iridiscentes de la atmósfera terrestre. El príncipe heredero se aprovechó de su falta de interés en cuidar su retaguardia, lanzándole un rayo sobre su cuerpo, robándole su débil poder al instante. La princesa cayó como ángel desterrado, dentro del perímetro de una granja en Charleston, en el alejado y solitario poblado de *Sunflower*. Una anciana que estaba rociando agua sobre algunas maceteras en el balcón, vio caer a la mujer cuyo impacto dejó un cráter humeante. Asombrada corrió hacia el hueco que se había formado entre la cerca de alambre y el inicio de la interminable plantación de girasoles.

La anciana llevaba un rosario católico al cuello, sujetaba su crucifijo y clamaba a Dios sorprendida, al ver caer a un hermoso ángel del vasto y sagrado cielo. En el centro del hueco, pudo contemplar a la linda jovencita de piel clara, ojos esmeralda y cabello liso. Asimismo, la desnudez con la que llegó a la tierra como si hubiese nacido ese mismo día. La princesa se puso de pie y segundos después cayó débilmente en los brazos de la anciana, quien la recibió con afecto maternal. Solo entonces, Alabam entendió que por primera vez había sufrido una lesión, costillas rotas y un fuerte dolor por múltiples heridas en la cara. Ella comprendió que fue su hermano quien le robó sus poderes y la hizo caer como un ser humano común. Una vez más había sido víctima de engaño.

Las nubes de la tarde lucían como un espectáculo de colores en polvo, o como una exhibición de cientos de algodones de azúcar; rosados y amarillos, naranjas y celestes, púrpuras y naranjas. El sol poniente se transformó en un hermosa bienvenida, apagando la escena con su muerte entre las verdes montañas a lo lejos. Los árboles se volvieron negros y el extenso campo de girasoles se convirtió en un dormitorio de flores amarillas y grises que descansaban hacia la puesta del sol.

Mientras tanto, el detective Twist, que se había bajado unos minutos antes de su coche para contemplar la puesta de sol desde una parada de camiones en las afueras de Charleston, presenció un aura misteriosa que descendía del cielo sobre el remoto poblado de *Sunflower*. Estaba sentado en el capó del coche, con la mirada fija en el cielo. La ubicación de la colina y las vistas en varias direcciones facilitaban la visión de este enigmático acontecimiento. En ese momento, sintió la necesidad de investigar, pero no tenía ninguna obligación, ya que su servicio del día había concluido. Además, no se atrevió a llamar a la Dra. Delfina Brooks, ya que era demasiado tarde. Luego pensó: "Resulta curioso que esta luz haya caído en un lugar cercano donde fallecieron todas estas personas. Informar a mis superiores o a la Dra. Brooks sobre rayos y auroras boreales sería absurdo e poco profesional. Pensarán que estoy volviéndome loco. Incluso si visito el lugar, estoy seguro de que solo encontraré los mismos restos de chatarra que dejamos al retirarnos. Tendré toda la noche para reflexionar y decidir qué hacer. Por ahora, no diré nada que suene fantasioso".

Por otro lado, la doctora Brooks estaba trabajando horas extras en la morgue del hospital Lucas Pierce, ubicado en la misma ciudad de Charleston. Esa noche, la forense instruyó a la patóloga de turno para que realizara las autopsias y brindara apoyo al detective Twist en el caso 0023. La Dra. Brooks se aseguró de estar presente durante todo el proceso y cooperar con su experiencia en todo lo necesario. En cuatro camillas de autopsia, yacían cuatro cadáveres preparados para el procedimiento de necropsia. La patóloga Florentina Díaz comenzó con una exhaustiva revisión de cada parte de la anatomía externa de Sebastián Alighieri, Andrea, Osmani y, especialmente, Chelsea. Luego, anotó en sus primeras observaciones que los sujetos del estudio no habían sufrido traumatismos y fracturas en el período perimórtem ni posmórtem. Finalmente, tomó el enterótomo para continuar con el examen interno y acceder con mayor facilidad al tracto digestivo de cada uno de ellos. Sin embargo, los sonidos hidroaéreos abdominales en el vientre de Chelsea alertaron sobre algo inusual.

—¿Percibió lo mismo que yo? —preguntó la doctora Díaz.

—Se trata de los movimientos intestinales —respondió la doctora Brooks—, es normal observarlos en ellos después de que hayan muerto, ¿no es así?

—Pero las heces y los gases no se mueven de esta manera en mi experiencia en patología —replicó la doctora Díaz.

—¡¡¡El feto se está moviendo!!! —exclamaron sorprendidas—, supuestamente ya se había comprobado que también estaba muerto.

Luego, los repentinos sonidos sibilantes que provenían del interior de Sebastián no permitieron que se recuperaran del asombro causado por el misterioso movimiento abdominal de Chelsea. Lo observaron nuevamente y comprobaron que su tórax se movía ligeramente, como si estuviera respirando. De repente, y contra toda probabilidad, los cuerpos inspiraron aire en abundancia, como si hubieran escapado de la asfixia. Chelsea y Sebastián se sentaron en las mesas de aluminio y se alarmaron al ver a las dos doctoras con instrumentos afilados en sus manos, a punto de escindirles la epidermis para examinar sus órganos internos.

—¡Es imposible! —dijo la doctora Florentina, atónita.

Sus ojos se desorbitaron y cayó de bruces sobre la mesa. Algunos instrumentos cayeron al suelo, seguidos de un breve y aterrador silencio. Los ojos de los cuerpos miraban a su alrededor y se centraban especialmente en Delfina. Esta yacía inmóvil, con la piel de gallina y ya bastante afectada por el intenso frío de la morgue. Sus rozagantes mejillas y labios se volvieron verdes, como si hubiera sufrido una bajada de azúcar. Sus pies temblaban mientras retrocedía lentamente hacia una esquina.

—¿Qué ha sucedido? ¿Dónde estoy? —preguntó Sebastián.

—Sí, ¿qué está pasando? ¿Por qué estoy desnuda? —preguntó Chelsea.

—¡También estoy desnudo! —descubrió avergonzado el hombre.

Rápidamente, Sebastián cubrió sus partes íntimas con las manos, imitado por Chelsea, quien tuvo más dificultad en decidir si cubrir sus senos o sus partes inferiores. Con movimientos lentos y torpes, Chelsea cruzó una pierna y luego uno de sus brazos para cubrir ambos senos, agarrándose con el otro brazo al borde de la helada mesa que le estaba enfriando implacablemente el trasero.

Sebastián, con toda su masculinidad y compostura, se vio sorprendido por una inoportuna erección que emergió en ese momento tan inesperado. Sin embargo, mostrando un gran autocontrol y determinación, apretó con fuerza sus manos sobre su entrepierna, buscando ocultar el incidente y mantener el ambiente tranquilo.

—¡¡¡No se acerquen!!! ¡¡¡No se acerquen!!! —gritó Delfina, cubriendo su cara con las manos.

—Yo soy quien debería tener miedo de usted por tenerme aquí desnudo —dijo Sebastián sarcásticamente—. ¿No debería haberme invitado primero a una copa para entrar en calor?

La extraña y tensa atmósfera se volvió relajada con el comentario del hombre, aunque no por mucho tiempo. Cuando ya nada parecía volverse más misterioso, los cadáveres de Andrea, y del sacerdote Osmani desaparecieron de las mesas, se esfumaron. La doctora Delfina vio el hecho por entre sus dedos con la misma sorpresa que lo vieron los recién resucitados.

—¿Qué clase de monstruos son ustedes? —preguntó Defina, aterrada.

—La pregunta es... ¿qué clase de monstruo es usted y qué hacía con nuestros cuerpos en pelota? —dijo Sebastián, manifestando su ira—. Ni somos monstruos ni estamos muertos.

—¿No recuerdan nada? ¿No recuerdan el accidente? —preguntó Delfina, lentamente salió de su postura defensiva.

—¿Qué accidente? —quiso saber Chelsea.

Delfina se percató de que ambos, Chelsea y Sebastián, habían perdido por completo la memoria de lo sucedido. Con precaución, se acercó a la Dra. Díaz para asegurarse de su bienestar, la ayudó a sentarse en una silla y, sin apartar la mirada, rebuscó en los cajones de un mueble para encontrar la ropa que llevaban puesta en el momento del accidente y se las entregó para que se vistieran. Luego, se sentó frente a ellos, compartiendo la misma conmoción. Inició una conversación que en otros tiempos nunca habría imaginado, relatándoles con minuciosidad cada detalle de la tragedia sin omitir ningún pormenor.

En cuanto a Andrea y el padre Osmani atravesaron su propio calvario al repetir el mismo día una y otra vez. A pesar de revivir cada escena en múltiples ocasiones, se volvieron más astutos y lograban llegar más lejos antes de desvanecerse debido a la influencia de esa fuerza sobrenatural. Descubrieron incluso la posibilidad de visitar diferentes lugares para evitar la repetición desde el comienzo del día, tomando diferentes direcciones. Fue así como, después de recogerlo en el lugar de encuentro habitual y llegar en auto a la estación de *Sunflower*, jugaron un truco a su destino al llegar dos horas antes del accidente. Se sentaron a esperar a Iskander, quien en esta ocasión no fue tan puntual como antes.

En contraste con las ocasiones anteriores, una brisa ligera comenzó a soplar, llevando consigo una especie de bruma que parecía traída por un viento gélido. Andrea empezó a temblar de frío, su nariz se volvió roja debido a la inhalación de aquel aire congelante, y metió sus manos entre sus piernas, encogiéndose de hombros mientras intentaba resistir las inclemencias del viento que azotaba desde el sur. El padre se sentía frustrado al no saber cómo actuar en ese incómodo momento, ya que como hombre común simplemente habría envuelto su brazo alrededor de ella para compartir su calor corporal. Sin embargo, su condición de sacerdote y su vestimenta se lo prohibían. Incluso consideró brevemente quitarse el alzacuello, pero finalmente no pudo hacerlo.

Andrea continuaba tiritando incontrolablemente por el intenso frío que la envolvía. La brisa gélida se colaba por cada poro de su piel, haciendo que su cuerpo temblara involuntariamente. Sus labios estaban ligeramente azules y su nariz enrojecida delataba el impacto del aire congelado. En lo más profundo de su ser, anhelaba desesperadamente el cálido abrazo del padre Osmani, un anhelo que luchaba por comprender y que la consumía por dentro. Se odiaba a sí misma por no saber cómo lidiar con aquel sentimiento absurdo que había surgido de nuevo hacia el padre, una atracción prohibida que desafiaba las normas y expectativas que rodeaban su reencuentro. Era una batalla interna que la atormentaba, mientras esperaba en silencio, deseando que él supiera cómo leer sus pensamientos y brindarle el consuelo que tanto anhelaba.

—Podríamos volver al auto —sugirió él.

Andrea se sumió en un silencio incómodo, su rostro reflejaba una aparente reserva emocional, pero en lo más profundo de su ser, anhelaba desesperadamente sentir los brazos del padre Osmani envolviéndola. Era un sentimiento contradictorio, una amalgama de amor y odio que había arraigado en su corazón desde hacía veintitrés años, cuando él partió del pueblo sin despedirse. Aunque intentaba mantener una distancia emocional, en el fondo de su ser, ansiaba quebrar esa barrera y recibir ese abrazo que se habían debido mutuamente durante tanto tiempo.

En el silencio, su mente viajó hacia el pasado, rememorando los momentos compartidos y las palabras no dichas. Sus puños se apretaron con fuerza, como si todavía albergara algún rastro de resentimiento, pero en realidad, era un gesto que ocultaba la mezcla de emociones que luchaban en su interior. Era un torbellino de sentimientos no resueltos, un amor oculto y un rencor latente que desafiaban su razón y su voluntad.

—Iré a ver si hay gasolina —insistió Osmani, caminó hacia una de las bodegas abandonadas.

En efecto, no solo encontró gasolina, sino que también algunos pedazos de sillas antañas de madera y un chispero para iniciar fuego. Algunos minutos después, encendió una pequeña pila de madera que amontonó cerca de la banca metálica. Después, regresó a sentarse junto a ella.

—¿Cuántas veces me has arrollado con el auto en el punto de nuestro encuentro? —preguntó curioso.

—¡Qué pregunta tonta, Osmani!, tú recuerdas lo mismo que yo. Pero si te sirve de algo, la octava vez lo hice por gusto, realmente te lo merecías por haberte ido aquel verano en silencio.

—Eso no lo haría la Andrea que yo conocí. La jovencita dulce y linda del pueblo, la más tierna criatura que mis ojos conocieron en mis años mozos.

—Es que ya no soy esa Andrea, Osmani. Ella murió el mismo día que te marchaste del pueblo dejándome con las manos vacías y el corazón roto. No sabes cuántas veces lloré repitiendo tu nombre mientras abrazaba mi almohada. Y tampoco sabes cuántas veces maldije tu nombre ahogándome en silencio con un nudo en la garganta que nunca pude tragar. Cada vez que pensé en ti, odié a la luna porque seguramente fue el único punto de encuentro de nuestras miradas. Fuiste el antes y el después que unía mis pedazos rotos. Sí, así como una cura o una maldita cinta adhesiva que sostenía el desastre que tú mismo habías causado. Nunca sabrás cómo te amé y con cuánta intensidad lo hice, hasta que descubras que ninguna persona será como yo. No sé si te odio porque representas lo que no fuimos, o si te odio por lo que somos ahora: dos conocidos unidos por un pasado.

—Al final te casaste, Andrea —comentó Osmani, con resignación—, es lo más importante. Pudiste darte una segunda oportunidad y formar una familia. Según supe, te casaste con el administrador de un complejo hotelero. No sabes el gusto que siento al saber que al final pudiste ser feliz, al menos eres feliz por los dos.

—¡Eres un tonto! Te abro mi corazón... ¿y es todo lo que puedes decirme? Siempre me pregunté por qué me tocó a mí, fijarme en un hombre que eligió ser sacerdote sin saber en qué momento tomó la decisión ni por qué. ¡Maldita sea! Ni siquiera te despediste ni me tomaste en cuenta. Un simple adiós... me habría bastado para saber que te estaba perdiendo. Si no me ibas a amar, ¿por qué uniste mis pedazos rotos para luego dejarme peor de como me encontraste?

—Algunas preguntas no tienen respuestas, Andrea —respondió Osmani, manteniendo una postura fuerte—. No puedo prometerte tampoco que un día lo sabrás. Pero quiero pedirte perdón, aunque no sea culpable de lo sucedido. Me disculpo por los enigmas que nos rodean y las incertidumbres que nos han unido de esta manera. Recuerdo aquel antiguo texto que habla de cómo los padres comieron las uvas y los hijos sufrieron las denteras, una metáfora que nos recuerda que a veces pagamos las consecuencias de acciones que no son nuestras. Que en medio de esta confusión y misterio, podamos encontrar la fortaleza para enfrentar lo desconocido juntos, buscando nuestra propia redención.

—Sigue pensando que está perdido, ¿verdad? —sorprendió Iskander, llegando sin aviso.

—¿Perdido? —replicó el Padre, volviendo la vista hacia un costado—. Yo diría que perdidos o en el purgatorio.

—¡Ehhhhh! No te vi llegar —dijo Andrea, admirando al apuesto joven que parecía trascender toda ley del universo.

—No está perdido, señor Cura, solo encuéntrese. Dejen de venir a la misma estación, como si su presencia fuese a cambiar en algo lo que ya sucedió. Regresar a sus tragedias es una manera de autoflagelarse sin látigo.

—¿Entonces por qué tú sigues regresando aquí? —inquirió Andrea.

—Yo soy una invención producto de los pensamientos de mi madre. Existo porque ella me imaginó así cuando supo que estaba embarazada. Un poder sobrenatural cayó desde lo alto sobre los cuerpos de los pasajeros del vagón 16. Esa es la razón por la que tanto ustedes como yo, estamos aquí. Señora, la vida es un misterio que solo debería vivirse sin tratar de comprenderla. En nuestras manos se entrelazan los hilos de la realidad y la imaginación, creando un vínculo inexplicable que nos une en este instante mágico.

"Eso significa que Chelsea lo quería tener", pensó Andrea, quien no pudo evitar notar cierta similitud entre el chico y su esposo.

De repente, el rostro de Osmani se iluminó con una explosión de emoción. Sus ojos brillaban como luciérnagas en las noches de invierno, reflejando una pasión desbordante. Sin vacilar, corrió velozmente hacia el campo de girasoles, sus pasos ligeros apenas tocaban el suelo mientras avanzaba sin descanso. Andrea, sin pensarlo dos veces, lo siguió de cerca, dejando atrás la idea de subirse al auto para llegar más rápido. No importaba lo que sucediera, debía estar a su lado, sin importar qué tan lejos o en qué dirección se dirigieran. Juntos dejaron atrás a Iskander, quien permanecía sentado esperando el tren como siempre, sin preocuparse ya por presenciar la escena recurrente del accidente una y otra vez.

Osmani abrió paso entre las altas plantas de girasoles hasta que finalmente se detuvieron frente a una antigua casa de campo con graneros y bodegas, acompañada de viejos tractores que contaban historias del pasado. Andrea lo alcanzó y ambos quedaron parados frente a un enorme hueco abierto en el patio de la casa, que abarcaba una pequeña parte de la plantación.

—¿Qué está sucediendo? ¿Dónde estamos? —preguntó Andrea, asombrada y desconcertada por la situación.

—Estamos en la casa de mi abuela —respondió Osmani con una sonrisa radiante, irradiando felicidad en cada palabra.

Un torrente de emociones se agolpó en el pecho de Osmani, incapaz de contener su alegría desbordante. A Andrea, el asombro la invadió por completo, quedando perpleja ante la revelación inesperada.

Capítulo 4: No ensucies tus manos en el lodo

Dentro de aquel rústico hogar campestre, reposaba un mueble de madera, celoso guardián de cientos de diminutas obras de arte esculpidas en cristal. Sus vetustas paredes de madera, envejecidas por los años, ostentaban una decoración que evocaba tiempos pasados, testigos y confidentes de misterios susurrados y lágrimas derramadas, de risas alegres y temores ocultos. Aquellas paredes albergaban con devoción numerosas figuras sagradas, cada una simbolizando un santo católico y una variada constelación de vírgenes, adoradas y coleccionadas con pasión por la dueña de la morada. Pero también, en su ecléctica singularidad, se manifestaba la presencia de otras creencias en desafío a la doctrina cristiana. Un Buda dorado se erguía sobre una mesa en la sala, testigo silente de intercambios culturales, y numerosas revistas de los Testigos de Jehová encontraban su espacio en aquel peculiar santuario. Entre las estanterías descansaban volúmenes sagrados como la Biblia y el Corán, así como las epopeyas de la Odisea y el Popol Vuh, ese antiguo tesoro literario de los ancestros mayas de Guatemala. Sobre el piso de madera, se desplegaban alfombras grises y pálidas, como trazos borrosos de memorias silenciosas. Aquella casa, en su totalidad, parecía anhelar con melancolía la presencia de sus amos, atesorando recuerdos y nostalgias en cada rincón.

En el opulento comedor, envueltos en sillas de madera tallada, obras maestras que atesoraban elegantes detalles de una manufactura de épocas pasadas, Andrea y Osmani se sumergieron en una serenidad profunda y sublime. La mirada del hombre se posó con devoción en la vitrina de cristal, donde una urna blanca resplandecía, engalanada con delicadas ramitas de púrpura cautivador. Sus párpados se cerraron y sus labios mordieron suavemente el inferior, mientras inhalaba el aire con un dejo de dolor en su corazón. Desde la cocina, la anciana regresó con pasos pausados, sosteniendo entre sus manos ajadas una tetera que temblaba al compás de su propia existencia, como si la vida misma le susurrara la necesidad de un merecido descanso. La morada se encontraba envuelta en un vacío sepulcral, una soledad que se reflejaba en cada rincón, donde el silencio imperaba desde el umbral hasta las estancias donde la luz ya no osaba adentrarse.

—Entonces ella... —intentó pronunciar Osmani, pero un nudo en su garganta le impidió desatar las palabras.

—Perdón, Padre Osmani —respondió la anciana con una voz suave mientras vertía el café en las tazas—, la señora Críspula deseaba que usted no supiera de su partida. Me hizo prometer que no intentaría contactarlo, pues consideraba injusto interrumpir su sagrada labor como sacerdote. Antes de caer postrada en cama, luchando contra una enfermedad terminal, se aseguró de despedir a cada trabajador de la granja y compensarlos generosamente por sus servicios. Consciente de su situación, sabía que no se recuperaría. En sus últimas semanas de vida, enfrentó con entereza todos los desafíos, y yo estuve a su lado hasta el último suspiro. Era su deseo que yo permaneciera aquí, esperando su regreso, padre Osmani, o el de su hermano. Se aseguró de dejar todos los asuntos en orden antes de rendirse ante la muerte. Al partir, una parte de sus cenizas fue esparcida sobre los campos de estas tierras, tal como ella lo deseaba; la otra parte descansa en esta urna.

—Necesito un soplo de aire fresco —respondió Osmani, abandonando la mesa sin probar el café.

—Lo lamento, Osmani —murmuró Andrea, con compasión en sus ojos.

Andrea intentó seguirlo, pero la anciana le sujetó la mano con delicadeza. En aquel gesto modesto y en su mirada amable, se escondían palabras no pronunciadas. La mujer se sentó, impotente, observando a Osmani con tristeza.

—Señora Benazir —pronunció Osmani, volviéndose hacia ella desde la puerta.

—A su servicio, Padre Osmani.

—¿Por qué hay un enorme agujero en el campo de la granja? ¿Acaso ha caído un meteorito?

—Pronto le explicaré todo a su debido tiempo —susurró Benazir—, le ruego que me dé un poco más de tiempo para encontrar las palabras adecuadas y empezar a contarle.

—No hace falta que me llame de esa manera. No está bien que lo haga después de haber envejecido cuidando de mí y de mi hermano durante tantos años en esta granja —dijo Osmani mientras se alejaba en busca de una bocanada de aire fresco.

El hombre caminó hacia el exterior de la casa, llevando en su garganta un nudo de emociones encontradas. Posó su triste mirada sobre la cerca y luego la desvió en distintas direcciones en donde comenzó a observar la propiedad de los Wilson. Los últimos rayos de sol se apreciaban sobre el amarillo dorado de ensueño de aquel campo de flores que parecía infinito.

El campo de girasoles de los Wilson se extendía como un mar dorado bajo el cielo abierto. Las enormes flores, con sus cabezas inclinadas hacia donde dormía el sol, parecían dar las buenas noches al astro rey con una elegancia única. El viento acariciaba sus pétalos amarillos, creando un murmullo suave y reconfortante que se mezclaba con el aroma dulce y terroso.

Las cabañas, modestas y rústicas, se alineaban en el borde del campo, sus techos de madera envejecida por los años y el clima.

Eran refugios acogedores que habían sido testigos de incontables momentos familiares a lo largo de generaciones. Cada cabaña tenía su propia historia, su propio eco de risas, lágrimas y conversaciones compartidas al calor de la chimenea.

El granero, imponente y majestuoso, se alzaba en el corazón de la propiedad. Su estructura de madera se alzaba hacia el cielo, resistiendo el paso del tiempo con una dignidad venerable. Sus paredes y vigas contaban historias de cosechas abundantes y temporadas difíciles. Dentro, el aroma del heno y la madera vieja llenaba el aire, evocando recuerdos de días de trabajo y esfuerzo.

Junto al granero, yacían los restos de tractores e insumos que en otro tiempo habían sido vitales para la labor en la granja. Ruedas oxidadas, piezas de metal y herramientas desgastadas se mezclaban con la tierra, recordando un pasado de trabajo duro y dedicación. Eran vestigios de una época pasada, testigos silenciosos de las manos que habían labrado la tierra con amor y determinación, pero también con mano dura y cruel.

Esa noche en que Osmani salió al patio, de repente, el campo de girasoles se sumía en la oscuridad, sus pétalos dorados desvaneciéndose en la sombra. La luna se alzaba en el firmamento, iluminando el paisaje con una luz tenue y melancólica. Los recuerdos de la infancia de Osmani, de días felices y simples en este mismo lugar, flotaban en su mente como destellos de nostalgia.

Osmani se detuvo junto a la cerca, levantó un pie sobre una línea de alambre y apoyó la cabeza en uno de los postes que sostenían el cercado, dejando que las lágrimas brotaran. El aire gélido de la noche mecía las flores de girasol en movimientos sincronizados, como si danzaran al compás del viento. Las nubes se dispersaron en el cielo, revelando la constelación del arado. En ese instante, un recuerdo especial de su infancia afloró en su mente.

Flashback

Corría el año 1987 en el remoto pueblo de *Tulip*, situado a unos 40 kilómetros de Charleston. El pequeño Osmani, de apenas ocho años, lloraba desconsolado al presenciar cómo unos hombres uniformados subían a su madre a un automóvil policial. Mientras su hermano permanecía en silencio, mirando a su madre gritar desde el vehículo, como si hubiera quedado mudo y sordo, el impacto de lo ocurrido lo había dejado sin emociones. Parecía estar muerto en vida, aquel día marcó un quiebre en su forma de relacionarse con los demás.

Marie también gritaba, tratando de abrazar a su único hijo que lloraba, pero se lo impidieron.

—Madre, por favor, no me dejes —suplicaba el pequeño.

Su abuela, Críspula, aparentemente inmutable ante la situación, lo sujetaba para que no corriera tras Marie.

—No te preocupes, mi niño. Tu madre estará bien. No llores, porque no estarás solo, yo estaré aquí para cuidarte. Velaré por ti y, en el nombre de Dios, haré todo lo posible para que te conviertas en un hombre virtuoso —dijo Críspula, volviendo su mirada hacia el otro niño—. Y tú, pequeño Tián, también vendrás conmigo.

—Quiero que mi mamá regrese, la quiero a ella —continuaba gritando Osmani.

—Me temo que eso no será posible. Ya no llores, criatura de Dios. Los llevaré conmigo y vivirán en un hermoso lugar donde tu abuelo y yo cultivamos el campo con la ayuda de muchos trabajadores. Podrás contemplar las magníficas puestas de sol y los amaneceres. Con el tiempo, la naturaleza y su aire puro te sanarán de todo el dolor que has experimentado esta noche. Rogaremos a Dios para que tenga misericordia de Marie por lo que hizo.

El tiempo se ralentizó, como si el universo mismo quisiera preservar cada detalle de aquel desgarrador momento. Los gritos desesperados y los llantos de Marie reverberaban en el interior de la patrulla, pero se estrellaban contra el vidrio inquebrantable de la ventana cerrada. Cada gesto de aflicción se prolongaba en el aire, como si el destino jugara a congelar el dolor en un baile de sufrimiento silencioso.

Desde el exterior, nadie era consciente de aquel lamento desgarrador, pero Osmani, en su joven inocencia, percibía cada lágrima no derramada, cada abrazo no dado. Aquella escena de desamparo dejó una marca indeleble en su alma, una herida que trascendería el tiempo y que lo acompañaría a lo largo de toda su existencia.

El llanto de Marie se convirtió en un eco triste, una sinfonía de desesperación ahogada en un mundo indiferente. Los sollozos parecían suspendidos en el aire, como flores marchitas que se desvanecían en la penumbra de la noche. Osmani, testigo impotente de aquel sufrimiento contenido, experimentó en su corazón una tristeza insondable, una conmoción que resonaría en su ser hasta el último de sus días.

En el rincón más oscuro de su ser, Osmani llevaba consigo aquel recuerdo en cámara lenta, como una película desgarradora que se proyectaba una y otra vez en su mente. La tragedia se inscribió en su existencia, tejiendo un hilo invisible de melancolía y despertando en él una sensibilidad exacerbada hacia el sufrimiento humano.

Aunque el tiempo continuara su implacable marcha, aquel instante congelado en la eternidad seguiría resonando en los ecos de su memoria, recordándole la fragilidad de la vida y el dolor que puede esconderse tras una ventana cerrada.

Fin del *flashback*

Osmani, inmerso en sus pensamientos, había perdido la noción del tiempo. El cielo, de repente, se oscureció y una suave brisa comenzó a acariciar su rostro. Con gesto ausente, soltó el poste al que se aferraba y alzó la mirada. En ese instante, sintió que una manta cálida se posaba sobre sus hombros, protegiéndolo del frío.

—Te resfriarás aquí afuera. Es mejor que entremos —dijo Andrea.

—Andrea... —murmuró Osmani, reconociendo su presencia.

—¿Estás listo para volver? Siento mucho lo de tu abuela. Lamento que hayas tenido que enterarte así —expresó ella con sinceridad.

—Trátame como lo hiciste esta tarde en la estación —respondió Osmani con voz ruda y fría—. No deseo tu compasión ni tu lástima. Es demasiado humillante dejar de ser odiado para convertirme en objeto de lástima. ¡Ódiame! Prefiero eso a que tus labios traten de engañarme. Mátame con tu mirada, destroza mi ser con tus pensamientos, pero nunca me hagas digno de compasión. Si alguna vez despierto compasión en ti, ese día habré sido derrotado.

Las palabras salieron con amargura de los labios de Osmani, como un grito desesperado por mantener su dignidad intacta. En su petición, resonaba el rechazo a ser visto como un ser débil y vulnerable, una súplica por conservar su fuerza interior en medio de la adversidad.

—No sigas, no sabes lo que dices —dijo Andrea con los ojos velados por lágrimas—. La razón por la que no puedo odiarte es porque ese sentimiento jamás ha sido más poderoso que mi amor por ti. Reconozco que no debería expresarlo, pues soy una mujer casada y tú eres un hombre consagrado a la fe. Perdóname, pero no puedo verte de otra forma que no sea como hombre. Eres la única persona a la que he amado, a pesar de mis acciones contradictorias. Desde que nos reencontramos, no he podido aceptar que la religión me arrebatara tu amor. Me siento pecaminosa, pues absurdamente siento celos de que Dios se haya interpuesto entre nosotros. No se trata ni siquiera de otra mujer, y sin embargo, siento como si me hubieran ganado, y lo que es aún peor... nunca entendí por qué lo hiciste. Jamás entendí tu hermetismo, ni siquiera sabía que tenías un hermano porque nunca lo dijiste. Es verdad que debería odiarte, pero no puedo hacerlo. Si pudiera, solo guardaría en mi memoria los momentos felices que viví contigo.

—Andrea —dijo el padre, interrumpiéndola al tocar sus labios—, por favor, no sigas. No puedo resistir la tentación de bes...

En ese momento, Osmani volvió en sí al percatarse de que la anciana Benazir pasaba cerca de una ventana, observando discretamente lo que ocurría afuera. Fue una mirada fugaz, sin reproche ni prejuicio. No obstante, sirvió como un recordatorio de su situación como sacerdote.

—¿Qué sucede? —preguntó Andrea, interesada.

—Nada.

—Entonces regresemos adentro —sugirió ella.

—No podemos —susurró Osmani.

—¿Por qué? —quiso saber.

El hombre les mostró cómo se desvanecían, como las sutiles volutas de humo que se elevan en el aire, desapareciendo lentamente en la vastedad del universo. Era un momento de profunda melancolía, donde el tiempo parecía detenerse y la tristeza se entrelazaba con la belleza efímera de su existencia. El destino cruel les separaba una vez más, condenándolos a revivir el mismo día una y otra vez sin piedad. ¿A caso el bucle temporal era su castigo o una segunda oportunidad?

—Al menos dime algo... antes de partir —suplicó Andrea, depositando un beso en la mejilla del hombre—, ¿Algún día dejaste de amarme?

Las palabras del hombre resonaron con una mezcla de dolor y sabiduría en el aire. Cerrando sus ojos, respondió con voz serena:

—Andrea, ni la voz interior ni el tiempo perdonan los errores cometidos —suspiró profundamente—, pero, así como la soledad tiene tantas formas de mutar, también el amor rara vez se queda quieto. Él amor no puede quedarse estático porque siempre está buscando cómo y a quien amar. La amistad que puedo brindarte hoy es una forma de amar, la compañía también es amor, un abrazo es amor, incluso el simple acto de decir "nos volveremos a ver" es una expresión de amor.

Andrea sintió un nudo en la garganta mientras absorbía las palabras del hombre, llenas de significado y esperanza.

—Mi pregunta es, ¿Alguna vez me amaste? —insistió Andrea.

—Si despertar por las noches sin poder conciliar el sueño no es amor, entonces dime qué es, porque yo no lo sé —respondió Osmani con un susurro tierno que el viento se robó.

—¿Y volveremos a vernos? —preguntó, luchando contra las lágrimas.

El hombre le sostuvo la mirada con ternura y certeza en sus ojos.

—Por supuesto, siempre volveremos a vernos. En los giros inesperados del destino y en los reencuentros que el universo nos reserve, nuestros caminos se cruzarán una vez más. Créeme, cuando dos almas están destinadas a estar juntas y son separadas, siempre habrá un desvío en el camino de la vida para volver a reunirlos.

Ellos desaparecieron en la bruma de lo etéreo, pero su conexión trascendía el tiempo y el espacio. Como dos estrellas fugaces en la inmensidad del firmamento, seguirían brillando en la memoria de cada uno, guiándolos en su viaje por la vida, siempre anhelando el próximo encuentro que el destino les deparara.

La anciana Benazir salió de la casa, sosteniendo un manojo de llaves en una mano y en la otra un frasco de aceite y un incensario. Mientras sus pasos resonaban en el silencio de la noche, una brisa suave acariciaba su rostro arrugado y revolvía el aroma dulce de las flores en el aire. Su mirada se perdió en el vacío del patio, ahora vacío y desolado. Una ligera intuición comenzaba a palpitar en lo más profundo de su ser, como un susurro en el viento, pero ella no dejaba que sus pensamientos se revelaran en palabras.

En ese instante, Alabam emergió de uno de los cuartos y, con delicadeza, tocó suavemente la espalda de la anciana. La joven mujer, tímida y envuelta en una sábana de lana, llevaba vendas cubriendo sus heridas aún doloridas. El rostro de Benazir reflejó una mezcla de compasión y curiosidad mientras observaba a Alabam. La luna derramaba su suave resplandor sobre ambas, como si quisiera iluminar los secretos que se escondían en la penumbra.

La brisa nocturna susurraba misterios y la oscuridad parecía tejer hilos invisibles entre ellas. Benazir, con su sabiduría ancestral, sabía que algo más estaba en juego, algo que no podía ser revelado con palabras directas. A medida que la noche avanzaba, la atmósfera se cargaba de un aura enigmática, donde los susurros del pasado y los presentimientos del futuro se entrelazaban en una movimiento místico que semejaba olas que el viento provocaba en la inmensidad de aquel campo amarillo.

Los destellos de las estrellas parecían llevar consigo historias ocultas, mientras la brisa acariciaba las mejillas de Benazir y Alabam, como si quisiera desvelarles el misterio que se ocultaba en su interior. En ese momento, la anciana supo que era el momento de actuar, de desentrañar y los secretos que aguardaban en las sombras.

—Anciana, escuché voces y quise bajar para saber si todo estaba bien.

—Vuelve adentro, querida, —dijo la anciana Benazir—, sube al cuarto y espérame allí. Luego iré a buscarte ropa, hay algo que debo hacer.

Benazir tomó una fotografía del padre Osmani cuando aún era un joven de diecisiete años, ya que no disponía de una imagen más reciente. Con reverencia, colocó una vela frente al retrato, creando un halo de luz que iluminaba los rasgos juveniles del rostro capturado en papel. Luego, tomó un novenario y comenzó a rezar la oración del primer día, siguiendo la antigua tradición católica de honrar a los difuntos con nueve días de rezo para pedir por el eterno descanso de sus almas en pena.

Mientras tanto, Alabam obedeció las indicaciones de Benazir y subió a la habitación donde había descansado anteriormente. Fue entonces cuando sus ojos se posaron en un mueble cercano, donde encontró otra fotografía. Este retrato, era un adolescente de doce años, de pie junto a un hombre mayor que vestía de manera idéntica a él. Ambos lucían camisa azul, pantalón negro y una corbata a rayas. Intrigada, Alabam exploró el aposento y descubrió más retratos colgados a lo largo de la pared, cada uno mostrando al apuesto joven creciendo y transformándose con el paso del tiempo, aparentando tener catorce o quince años.

Sorprendida por el descubrimiento, el nombre "Sebastián" escapó de los labios de Alabam, envuelto en un susurro lleno de incertidumbre y asombro. Aquella serie de fotografías revelaba una historia oculta, una conexión que trascendía el tiempo y el misterio que envolvía al padre Osmani y Sebastián. En ese momento, el pasado y el presente se entrelazaron en una melodía silenciosa, dejando a Alabam con un sinfín de preguntas y la urgencia de desvelar la verdad oculta tras las imágenes que yacían ante sus ojos. ¿A caso el Sebastián que ella conocía era el hermano del sacerdote Osmani?

En cuanto a la investigación del caso 0023, dirigida por el detective Twist, la noche había transcurrido y el incisivo policía finalmente se reunió con la Doctora Delfina Brooks para intercambiar novedades. El enigmático caso fue discutido a puertas cerradas en un edificio apartado de la vista pública, en Charleston. Delfina lo puso al tanto de la "reanimación" de los pasajeros del vagón 16. Dorian, por su parte, aún estaba disgustado por no haber sido él quien experimentara el sobresalto de la taquicardia al verlos revivir aquella noche. Incluso la patóloga, Florentina Díaz, no pudo soportar lo ocurrido la noche anterior y perdió la cordura, corriendo desesperada por los pasillos hasta que los guardias de seguridad la detuvieron en el portón principal. Fue internada en un hospital psiquiátrico por sus familiares, quienes no creyeron por completo las explicaciones de la Dra. Brooks sobre su repentino acceso de locura durante la autopsia de un pequeño niño.

—Es usted muy ingeniosa —dijo el detective Twist, retorciéndose de risa—. Al menos podemos estar seguros de que, estando loca, no podrá revelar nada. ¿Se imagina lo que sucedería si todos se enteraran de lo ocurrido? No quiero que esta ciudad caiga en el caos; al final, los ciudadanos exigirían respuestas inmediatas y los supervivientes serían linchados.

—Esa debería ser la menor de nuestras preocupaciones —aseguró Delfina, levantando las cejas—. Debemos considerar lo que ocurriría si el gobierno llega a descubrirlo o si tan solo sospecha. Serían tomados como sujetos de estudio en laboratorios a los que nosotros ya no tendríamos acceso. Hay límites ,y la muerte no puede ser una frontera de la que se puede entrar y salir cuando se nos dé la gana. ¡Ellos están muertos, detective!

—¿Podrían dejar de hablar como si no estuviéramos aquí? —dijo Sebastián con apatía—. Todo este asunto me tiene harto, me enferma, me asquea. Según ustedes, una persona se considera muerta cuando deja de respirar y su corazón deja de latir, pero... esperen... mi sentido común me dice que aún respiro, mi corazón late y mi cuerpo funciona con normalidad al igual que mis erecciones. En este momento podría estar disfrutando de la compañía de una linda chica... pero ustedes intentan detenerme y evitar que viva mi vida. ¿Vida? ¿Acaso entienden el significado de esa palabra?

—Señor Alighieri, habla como si no le importara lo que ha sucedido —dijo Delfina—. Además, se le está olvidando que frente a usted estamos dos mujeres que no tenemos por qué escuchar sus comentarios despectivos. Utilice ese vocabulario inculto en otro lugar.

—Sebastián Alighieri —dijo el detective, lanzándole una mirada fría—, tengo en mis manos el certificado de defunción que declara su muerte, marcada entre las 6:30 y las 7:30 p. m. Convénzame primero a mí de por qué debería permitirle salir por esa puerta y vivir su vida como si nada hubiera ocurrido —se burló—. Si lo consigue, estoy seguro de que podrá pasar la noche con la hermosa chica que mencionó.

—¿Usted la pagará? —preguntó Sebastián con ingenio y una sonrisa burlona—. Prepárese para sacar su billetera porque le daré tres razones. La primera, porque nací siendo libre; la segunda, porque mientras pierde su tiempo conmigo, alguien está siendo asaltado en la calle en este momento. Y como siempre, usted llegará tarde. La tercera, bueno… no la tengo, pero pensé que sonaría más convincente si mencionaba tres razones, ¿no le parece?

—Majadero es poco —dijo Twist, respaldando el comentario de la doctora—. Ya es suficiente de risas y comentarios insulsos. Haré efectivo su certificado de defunción y oficialmente quedará muerto, aunque respire y me mire con esos ojos de lobo hambriento por lo que acabo de decirle.

—No, no lo hará —dijo Sebastián mientras rasgaba el papel—. Mire cómo despedazo su documento.

—Disculpen —intervino Chelsea, saliendo de su profundo silencio—. ¿Qué sucederá conmigo, señor Twist?

—¡Ahhhhh! Lo olvidaba, veamos… —dijo Twist—. Supongamos que actuamos como si nunca hubieran estado en el tren y nunca hubieran muerto, para evitar que abran sus cuerpos en un laboratorio por la morbosa curiosidad de otros. Sin embargo, eso no te exime de una investigación por homicidio, Chelsea. Justo estaba a punto de visitar tu apartamento. No intentes convencerme de que eres inocente con esa cara de niña buena. Veremos qué has dejado para mí allí.

Chelsea no tuvo ni siquiera tiempo de cerrar la boca o apartar las manos cuando el detective Twist le colocó las esposas con las manos hacia adelante. Fue en ese momento cuando recordó lo que había sucedido horas antes.

—¡Vaya! ¿Qué tenemos aquí? —dijo Sebastián, riendo en tono de burla—. Mataste a alguien y el tren te mató a ti. Tuve razón cuando te vi llegar a la estación del tren aquí en Charleston con aquel bolso curioso, teniendo la cara de condenada. De habernos conocido en otros tiempos, te hubiese brindado asesoramiento porque soy abogado. Pero... sinceramente, me espera mucha diversión allí afuera.

—Alighieri —intervino Twist—, tienes tres segundos para irte de aquí, no hagas que me arrepienta y cambie de opinión.

—¿De verdad puedo irme? —preguntó incrédulo.

—¿Qué esperaba? —añadió Delfina—. Ya rompió la evidencia.

—Bueno, me voy —dijo Sebastián—, me iré lentamente.

Chelsea comprendió que el detective y la doctora iban a manipular y ocultar el informe. Solo así podrían eliminar las pruebas que revelaban la resurrección de los cuerpos. En cambio, a ella la seguirían considerando viva para evitar complicaciones legales y continuar con la investigación sobre la sospechosa pistola encontrada en su bolso.

—Supongo que eso es mejor que estar muerta —dijo Chelsea, acariciando con dificultad su vientre, debido a que tenía las manos esposadas—. Podré ver su rostro tal como lo imagino.

Delfina y el detective Twist intercambiaron miradas, comprendiendo la difícil situación que le esperaba a la joven embarazada. Ella siguió acariciando su vientre. De repente, Sebastián regresó y asomó la cabeza por el pasillo, soltando un comentario típico de él, que provocó risas en la sombría sala:

—Entonces, ¿usted pagará, verdad?

—¡Cretino! —exclamó Dorian, riendo al igual que los demás.

M ás tarde, cuando Sebastián salió a la calle y se dio cuenta de que nada había cambiado durante su ausencia, decidió visitar su cafetería habitual, Dulcinea. Era un lugar elegante y sofisticado, con una decoración que evocaba la caballería del siglo XVII, en honor al célebre Miguel de Cervantes y su inolvidable caballero andante, Don Quijote de la Mancha. Este conservador establecimiento, al igual que su viaje en el tren, había sido sugerido por su terapeuta desde hacía algún tiempo.

—¿Qué puedo ofrecerle, señor? —preguntó el camarero.

—El mismo café de siempre, Julián —respondió Sebastián, recuperando su arrogancia—. Sé que te llamas Julián, vives en la calle King Street, en el departamento 7-D del edificio Russell. Y a diferencia de mí, no recuerdas lo que bebo todas las mañanas sentado en la misma mesa.

—Lo siento, señor —dijo el joven escuálido, avergonzado.

—Seguro estás pensando que eres demasiado importante como para que yo sepa esos detalles de tu vida, Julián —agregó Sebastián, observándolo con desprecio—, pero no es así... solo eres un camarero que no deja de charlar con sus compañeros de trabajo. La razón es simple. Me di cuenta de ello porque no eres discreto ni eficiente.

Julián se retiró de la mesa como un perro con el rabo entre las piernas, humillado por la injusta afrenta. Sin embargo, después de un tiempo, reunió el valor suficiente y regresó con una bandeja que llevaba una taza de café Rozagante, el más caro y especial de la casa. Bajo la presión de la presencia de aquel hombre amargado, el camarero dio un paso en falso y la bandeja cayó sobre la mesa, ensuciando la camisa y los pantalones de Sebastián. Los ojos del tímido Julián se abrieron con horror cuando Sebastián lo miró fijamente. Sin embargo, Alighieri no mostró ninguna emoción, solo una mirada inexpresiva y estática. En ese momento, tuvo un destello de recuerdo que le sobrevino en flashes de luz, acompañado de ruidos y ecos en su mente, como si su cerebro estuviera preparando su propia película sobre los horrores de su infancia.

Flashback

Era el año 1987 en el pueblo de *Tulip*. El pequeño Sebastián, de apenas seis años, se afanaba coloreando un dibujo en un pedazo de cartón. Su padre, con un aire intranquilo, tecleaba en una vieja y destartalada máquina de escribir. La frustración se palpaba en su rostro al no lograr plasmar un escrito digno de enviar al periódico local. A su alrededor, montones de papeles arrugados y arrojados al suelo reflejaban sus intentos fallidos. La joven Marie Wilson, de rodillas, limpiaba el suelo con un trapo y una cubeta de agua. Vestía un humilde vestido amarillo adornado con flores y lucía una sencilla prensa en su cabello, que realzaba su belleza a pesar de su precariedad. Su apariencia transmitía una elegancia innata, pero su miseria provenía del hombre con el que había contraído matrimonio.

—Papi —dijo Sebastián, levantándose de su silla y acercándose a su padre—, ¿me ayudas a colorear este otro dibujo?

En su camino, Sebastián tropezó con un juguete de madera, derramando tinta sobre un volumen de páginas escritas que Douglas tenía sobre la mesa. Marie, con una mirada llena de significado, le instó con la mirada a marcharse. En medio de su frustración, Douglas abofeteó a Sebastián, quien cayó sobre unas cajas, haciendo que estas se desplomaran y esparcieran objetos por el suelo, sumiendo la habitación en el caos.

—¡Eres un estúpido! —exclamó su padre, furioso—. ¡Iba a enviar esos escritos al periódico para comprar la leche y la comida del mes! Ya tenemos suficientes desgracias viviendo en esta miseria como para que vengas y arruines mi trabajo.

—Por favor, deja de golpearlo —suplicó Marie—. Estoy segura de que no lo hizo a propósito. Además, si tan solo dejaras de lado tu orgullo y aceptaras la ayuda que te ofrece tu padre, quizás podríamos mejorar nuestra situación. Mira la casa en la que vivimos, apenas hemos terminado de pagar la hipoteca y ya está a punto de desmoronarse. No necesitas descargar tu frustración golpeando a alguien.

—¿Quieres que viva bajo la sombra de mi padre? —preguntó indignado.

—Solo no intentes competir con él, acepta que él tuvo la suerte de tener un talento innato para escribir. Es reconocido como un escritor famoso, con renombre. Llevas años esforzándote en hacer lo mismo, pero has tenido dificultades y fracasos constantes. Acepta que esto no es para ti. No puedes sentarte a escribir y esperar que el próximo gran éxito editorial caiga del cielo. Para lograrlo, necesitas un don que simplemente no posees. Perdona que te lo diga, pero estoy cansada de esto.

El hombre enfurecido dejó al niño llorando en el piso, cogió a Marie por el cabello y la arrastró hacia una habitación. La habitación a la que Douglas arrastró a Marie estaba sumida en una oscuridad ominosa. La puerta se cerró con un estruendo, encerrando su angustia y sus gritos desesperados. Los golpes comenzaron a llover sobre ella mientras imploraba que se detuviera.

El sonido de cada golpe resonaba en el aire, acompañado por los sollozos entrecortados de Marie. El miedo y el dolor se entrelazaban en su rostro, reflejando la impotencia y la desesperación de una mujer atrapada en un ciclo de violencia. Su voz temblorosa apenas podía pronunciar palabras entrecortadas entre los golpes.

Las lágrimas brotaban de los ojos de Sebastián mientras escuchaba los horrores que ocurrían al otro lado de la puerta. La impotencia y el miedo lo embargaban, dejándolo paralizado en medio del caos que había causado. Cada golpe resonaba en su corazón infantil, creando cicatrices invisibles que marcarían su alma para siempre.

Fin del *flashback*

El *flashback* se desvaneció lentamente, arrastrando consigo las emociones crudas y los recuerdos dolorosos que habían atormentado a Sebastián. Gradualmente, la realidad del presente se filtró en su conciencia, y se encontró sentado en la mesa de la cafetería Dulcinea, con el camarero Julián aún de pie frente a él, observando su mirada fría y enojada debido a la mancha en su camisa.

Sebastián parpadeó varias veces, asimilando el contraste entre el pasado turbulento y el presente tranquilo. Se dio cuenta de que habían transcurrido segundos preciosos y de que Julián, a pesar de la situación incómoda, permanecía allí, esperando una respuesta o una indicación de cómo proceder.

—Señor Alighieri —tartamudeó el camarero, temblando—, ¡perdón! En verdad lo siento, le juro que fue un accidente. Voy a solicitar a mi jefe un anticipo para pagar la camisa que le acabo de estropear.

Sebastián se fue de la cafetería temblando, incapaz de ocultar el impacto que aquel trauma le había dejado. Cruzó la calle conmocionado y se perdió entre la multitud. Julián no comprendió lo que sucedió y se paralizó sin dar un solo paso hasta que una compañera le sacó del estado de aturdimiento.

—Lo hiciste bien —le dijo la otra camarera, intentando consolarlo con una sonrisa—. No es la primera vez que el maldito nos humilla cada vez que viene. Tenía que haber una primera vez que alguien lo mandara como trapo sucio.

—No, no estuvo bien lo que hice —explicó el joven con pesar—. Esta vez Alighieri se fue sumamente afectado. No sé qué le haya sucedido, pero tengo la sensación de que algo no iba bien en su mundo interno. Me duele haber contribuido a su sufrimiento.

Julián experimentó una punzada de culpa y tristeza al reflexionar sobre las posibles heridas emocionales que su error había avivado en Sebastián. Comprendió que sus acciones, aunque involuntarias, podían tener un impacto mucho más profundo de lo que había imaginado. En ese momento, una nueva sensibilidad nació en su corazón, impulsándolo a ser más consciente y considerado en sus interacciones futuras.

Mientras tanto, Sebastián continuaba su camino, llevando consigo el peso de aquel momento que parecía pertenecer a su pasado. La conmoción causada por el incidente en la cafetería lo había sacudido hasta lo más profundo de su ser, recordándole la fragilidad de su propia existencia. Enfrentaba una batalla interna, luchando contra sus demonios y anhelando encontrar la paz y la sanación que tanto necesitaba.

En simultaneo, tras finalizar sus oraciones frente a la fotografía y la vela, la señora Benazir se colocó el rosario alrededor del cuello y subió a la habitación para encontrarse con Alabam. Allí la encontró sosteniendo una fotografía que había tomado del marco.

—No deberías mover nada en esta habitación —advirtió Benazir—. Las cosas siguen en su lugar, tal como las dejó el joven Sebastián antes de... desaparecer.

—¿Desaparecido? —preguntó Alabam, con incertidumbre—. No creo en eso.

—No me refiero a que haya desaparecido, sino que abandonó esta casa por su propia voluntad cuando tenía diecisiete años. Un día se fue sin decir una palabra y nunca regresó. Naturalmente, extraño su presencia, pero no tuve el valor de preguntarle por qué lo hizo. Aún recuerdo cuando llegó por primera vez a esta casa junto a su hermano, el padre Osmani, y su abuela, que en paz descanse, la señora Críspula. En aquel entonces, Sebastián era solo un niño de cinco años. El padre Osmani tenía apenas ocho años. Crecieron aquí como dos preciosos angelitos.

—Por favor, cuénteme más —suplicó Alabam—. ¿Por qué vinieron con su abuela en lugar de su madre?

—Aprecio tu curiosidad, pero tampoco he indagado en tu propia historia. No tengo la audacia de hacerlo, pues no estoy segura de si, como simple mortal, podré comprenderla por completo. A mi edad, ya no juzgo, no hablo sin ser llamada, no opino a menos que se me requiera y no me molesto, no envidio, no pretendo saberlo todo, pues ya he experimentado muchas de esas debilidades y me he cansado de ellas.

—Yo viajaba en un avión que explotó en el aire y caí aquí, eso es lo que me sucedió —mintió Alabam, temerosa de que su verdad no fuera creíble.

—No sé si sabes que las personas no caen del cielo, querida niña ingenua. Creo que las arrugas de mi rostro y manos te dan alguna pista —dijo Benazir, entre risas y seriedad—. No llegué a ser anciana por ser una tonta. No puedo ayudarte si no confías en mí. Tampoco revelaré nada acerca de esta familia si tú no dices nada. Como te dije antes: Soy una persona discreta sobre lo que veo y escucho, porque lo que escucho puede ser mentira y lo que veo puede ser lo que alguien quiere que crea. De ambas cosas no me fío a la primera.

—Está bien, soy una princesa que habita en un mundo que usted no puede comprender. Solo le diré que no soy mala. Fui traicionada por mi hermano, el príncipe Allulaya, y a causa de él terminé viviendo en este mundo como una humana. Él fue el responsable de un reciente accidente de tren que cobró la vida de muchas personas y con manipulaciones y engaños logró hacer que yo admitiera mi culpabilidad ante mi padre.

—Dado que eres una humana, ya no somos diferentes —afirmó la anciana con una sonrisa—. Sí, todo el mundo habla de aquel accidente que tuvo lugar no muy lejos de aquí. Supe que el tren quedó inservible.

Benazir sacudió el polvo de algunas bolsas y cajas que estaban apiladas dentro del armario. Escogió una caja de cartón, extrajo un vestido gris y unos zapatos, y los colocó sobre la cama.

—Estos vestidos pertenecían a Marie, la madre de Sebastián —comentó la anciana mientras buscaba más prendas—. Tienes una contextura similar a la suya. Será perfecto para ti, al fin y al cabo, ya no los necesitará, donde quiera que esté.

—¿Vive en otra ciudad?

—Sí, en la ciudad de los muertos —respondió Benazir antes de salir de la habitación.

Alabam comprendió que Marie había fallecido, pero luego sonrió mientras admiraba el precioso vestido que perteneció a la difunta.

En Charleston, por otro lado, Sebastián yacía acostado en el diván, con las manos cruzadas detrás de la espalda y las piernas cómodamente entrelazadas. Con la mirada fija en el techo, sin dirigirla hacia su interlocutor, comenzó a hablar:

—Eso es lo que ocurrió en la cafetería, ¿puedes decirme por qué me sucedió? ¿Por qué esas imágenes que parecen ajenas invaden mi mente? No tienen ninguna relación conmigo.

—¿Estás seguro de que debes interrogarme a mí sobre ese suceso? —preguntó el psicoanalista.

—Sí, te estoy pagando por eso —respondió Sebastián con franqueza.

—No, no pagas por mis servicios, bribón —respondió el psicoanalista con una sonrisa—, pero no puedo ayudarte a resolver tu conflicto interno si siempre estás a la defensiva. No puedo adentrarme en tu mente si tú mismo bloqueas cualquier intento de ayuda. Supongamos que esa escena que describes, donde la supuesta Marie y Douglas discuten, fuera real... ¿Por qué te niegas a recordar el resto? ¿Acaso intentas borrar de tu mente la realidad de quién fuiste?

—¿Crees que yo soy ese niño? —preguntó Sebastián con temor.

—¿Tú crees eso? —respondió el psicoanalista devolviendo la pregunta.

Sentado frente a Sebastián, con libreta y bolígrafo en mano, lo miró con curiosidad, esperando una respuesta.

—Nunca entenderé por qué siempre me respondes con otra pregunta —dijo Sebastián, molesto. Consideraría cambiar de psicoanalista, pero nadie me conoce mejor que tú.

—Relájate, no quiero alterarte, sino ayudarte a encontrar y reconciliarte con ese pasado que dices no recordar. Llegaste a esta ciudad cuando tenías diecisiete años, y todavía te veo como aquel joven asustado al que encontré dormido en un banco del parque y quise ayudar porque mi interior me lo pedía a gritos. A pesar de los años transcurridos, aún te veo como un niño. Eso es lo que eres para mí, hijo. No tengas miedo, pase lo que pase, siempre podrás volver a mí.

—Papá —dijo Sebastián, conteniendo las lágrimas—, nunca podré agradecerte lo suficiente por todo lo que has hecho por mí. Me brindaste un hogar, una profesión y, lo más importante, tu amor.

El anciano psicoanalista extendió su mano y tomó las manos de Sebastián, mirándolo como un padre contempla a su hijo que apenas aprende a caminar.

—Sebastián —susurró el hombre mayor con ternura—, no temas recordar tu pasado. Ha llegado el momento de derribar ese muro interior que te ha mantenido alejado del mundo y abrirte a la posibilidad de que no todos desean hacerte daño. Después de tantos años de terapia, puedo percibir que estás finalmente preparado para enfrentar lo que viene. Pero antes, te invito a hacer las paces con alguien muy importante. Cierra los ojos y permite que tu mente te transporte de regreso a la casa de tu infancia, adentrándote en el pasillo de los recuerdos. Explora cada rincón en busca del niño que fuiste, aquel que no recibió la protección de sus padres, que careció de felicidad. Cuando lo encuentres, dile: "Aquí estoy, no temas. Soy el Sebastián adulto, el hombre fuerte y valiente en el que te convertirás. A partir de hoy, estaré a tu lado, cuidándote y abrazándote con cada abrazo que tanto necesitaste y no recibiste. Camina conmigo, unámonos en una sola entidad. Te prometo que nunca más nos separaremos. Me perdono y te perdono por todo lo que creímos merecer."

Mientras Sebastián se sumergía profundamente en el trance hipnótico inducido por su padre adoptivo, sus pensamientos lo llevaron de vuelta a la misma escena del pasado que lo había perturbado en la cafetería.

Flashback

El hombre embravecido abandonó al niño, sollozando en el frío suelo, y agarró a Marie por sus cabellos, arrastrándola sin piedad hacia el oscuro umbral de una habitación. Tras cerrar la puerta de golpe, la furia quebró el silencio, y los despiadados golpes llovieron sobre ella mientras sus súplicas desesperadas llenaban el aire.

Sebastián, vulnerable y abrumado por la violencia que se desataba a su alrededor, se quedó allí desplomado. Sin embargo, su hermano mayor, con tan solo ocho años a cuestas, lo alzó con gentileza y valentía, envolviéndolo con su protección. Juntos, encontraron refugio bajo la mesa en la que yacía la vieja máquina de escribir, un ínfimo rincón de esperanza en un escenario de pesadilla.

—Vamos —susurró el hermano mayor con una voz temblorosa pero llena de determinación, tratando de ahogar el miedo que los acechaba.

El menor, entre sollozos y lágrimas, se aferró a su hermano en la penumbra del escondite, como un náufrago que encuentra en su hermano la única tabla de salvación en medio del océano tumultuoso de la desesperación. Sus cuerpos temblaban en armonía con el ritmo de un mundo desquiciado a su alrededor, como hojas en otoño zarandeadas por un viento impetuoso.

El pequeño niño, vulnerable y desamparado, se aferraba a su hermano mayor como quien se aferra a la última bocanada de aire en la asfixiante oscuridad de un abismo sin fondo. Cada latido de su corazón era un eco de fragilidad en la vastedad de la crueldad que los envolvía, mientras el miedo se cernía sobre ellos como una sombra insaciable en una noche sin estrellas.

En ese abismo de violencia y angustia, entonaron la canción de la rana con voces entrecortadas y lágrimas rodando por sus mejillas, un frágil himno de resistencia que desafiaba la crueldad del mundo exterior:

"Bajo la luna llena, junto al lago brillante,
una rana saltaba, saltaba sin cesar.
saltaba y reía, saltaba y reía,
mientras el mundo lloraba,
ella solo sabía amar.
Ella solo sabía amar,
mientras el mundo lloraba,
saltaba y reía, saltaba y reía,
una rana saltaba, saltaba sin cesar,
bajo la luna llena, junto al lago brillante."

De repente, los alaridos desgarradores se extinguieron en el aire espeso de la habitación, y en la negrura del silencio que siguió, la puerta se abrió con una lentitud que encarnaba el horror mismo. Las dos inocentes almas infantiles, atrapadas en el yugo del miedo, temblaron al ser testigos del siniestro sendero de sangre que serpenteadamente marcaba el piso.

En aquella ominosa hemorragia, hallaron reflejado el funesto recorrido de quien emergió titubeante, un ser despojado de su humanidad. Los latidos de sus corazones retumbaron en la pesadilla, conscientes de que, de los dos protagonistas en aquel lúgubre escenario, solo uno ostentaba el título de superviviente, mientras el otro, impotente, se desangraba en el precipicio del abismo.

Al transcurrir los minutos, la brutal verdad se develó frente a sus ojos aterrados. Marie, ya fuera la sobreviviente o quizás la arquitecta de aquel parricidio, se derrumbó de rodillas en un rincón, su llanto desgarrador y sus lamentos quebrando las barreras de la cordura. Era un espectáculo grotesco, pues la figura que ahora se les mostraba se erguía como una sombra aberrante de la mujer dócil y sometida que conocían. En su mano crispada, sostenía el espeluznante martillo empapado de sangre, una prolongación de su arrebato de locura y una atroz señal, inscrita en el indeleble libro del horror, que ningún ser podría nombrar sin quebrantar su propia cordura.

Dentro de la habitación, el cuerpo inerte de Douglas yacía en el suelo, una figura macabra envuelta en un halo de misterio y terror. Su cabeza, con el cráneo fragmentado, dejaba escapar los retazos de un cerebro destrozado, derramándose en un grotesco espectáculo de sesos esparcidos por todo el recinto. Aquella escena dantesca emanaba un aire siniestro, como si las paredes mismas retuvieran el secreto de un acto de violencia impensable.

El silencio se adueñaba del lugar, solo interrumpido por los latidos acelerados del corazón de los niños, que permanecían petrificados ante la espantosa visión. Cada gota de sangre parecía susurrar un enigma sin resolver, mientras las sombras bailaban sobre los rastros carmesí que manchaban el suelo. El hedor metálico del hierro de la muerte impregnaba el aire, envolviendo la habitación en un aura de terror y suspenso.

En la penumbra, los fragmentos del cráneo roto de Douglas se confundían con las manchas de sangre, creando un rompecabezas macabro que invitaba a la mente inquieta a intentar reconstruir los terribles sucesos que allí tuvieron lugar. Los sesos dispersos, una amalgama de pensamientos y recuerdos ahora desvanecidos, se entrelazaban con los hilos de una trama siniestra que se desvelaba ante los ojos atónitos de los niños.

Mientras el llanto ensordecedor de Marie se desvanecía en ecos dolorosos, la habitación parecía guardar el secreto sepulcral de lo que realmente aconteció. El cráneo fracturado era testigo mudo de la violencia desatada, sus grietas como cicatrices de un pasado oscuro que desafían cualquier intento de olvido. Aquel escenario grotesco era una ventana al abismo de la tragedia, un recordatorio sombrío de los horrores ocultos en la profundidad de aquella casa que jamás olvidaría la noche del terror.

—¡Madre! —exclamó el niño mayor con desesperación, aferrándose con fuerza al vestido salpicado de sangre de Marie.

—Perdónenme, Osmani y Sebastián —dijo Marie, con una voz quebrada por el dolor, sus lágrimas mezclándose con el torrente carmesí que manchaba su rostro—. Por ustedes daría hasta mi vida. Mi amor por ustedes es más fuerte que cualquier tormento que haya sufrido. Si pudiera borrar todo el sufrimiento de sus vidas, lo haría sin dudarlo. Pero solo puedo abrazarlos fuertemente. Su seguridad y felicidad son mi única razón de existir. Les imploro que me perdonen por no poder evitar el mal que nos acechó, pero les prometo que lucharé incansablemente para protegerlos y darles el amor que merecen.

Mientras los niños se aferraban a Marie, sintiendo el palpitar de su corazón agitado y el calor de su cuerpo cansado, podían percibir el amor inmenso que fluía de ella. A pesar del horror y la tragedia que les rodeaba, ese abrazo era un bálsamo que les recordaba que, a pesar de todo, tenían a alguien que los amaba incondicionalmente. Sus cuerpos temblaban, pero encontraban consuelo en la unión de sus corazones. No obstante, de un momento a otro la puerta fue derribada por la policía, alertados por los vecinos que escucharon los gritos y el disparo.

Fin del *flashback*

—¡Papá! —exclamó Sebastián al despertar de la hipnosis y del *flashback*—. Mi madre se llama Marie y también tengo un hermano llamado Osmani. ¡Sí, tengo un hermano! He comenzado a recordarlo.

Capítulo 5: El clavo en el zapato

El incansable detective Dorian Twist se dejó llevar por su inquebrantable determinación de desentrañar la verdad tras la enigmática fuente de luz avistada en los suburbios de Charleston, específicamente en el pequeño pueblo de *Sunflower*. Con ese propósito en mente, organizó un nuevo viaje al lugar para llevar a cabo una inspección exhaustiva. Además, aprovecharía la oportunidad de visitar el apartamento de Chelsea, ubicado a unas pocas millas desviadas de *Tulip*, matando así dos pájaros de un solo tiro. Pero no sería una travesía en solitario, ya que junto a él, en el asiento del pasajero, se encontraba la distinguida doctora Delfina Brooks, una compañera de mente perspicaz y belleza cautivadora.

Vestido con unos impecables vaqueros azules, una camiseta blanca que realzaba su porte firme, elegantes anteojos oscuros y botas planas que resonaban con cada paso, Dorian se preparaba para enfrentar los desafíos que les esperaban. A su lado, la doctora Delfina Brooks irradiaba elegancia en sus ajustados *jeans* negros, y su camisa de un azul claro celestial con sutiles tirantes acampanados acentuaba su figura con gracia y estilo.

La jornada dominical se convertía en un lienzo en blanco donde la aventura y el misterio se entrelazaban. El detective Twist y la doctora Brooks eran dos almas intrépidas que se adentraban en los recovecos más oscuros y peligrosos en busca de respuestas. Para Dorian, su labor como investigador no era solo un deber, sino una pasión incansable que guiaba cada uno de sus movimientos. Y en la compañía de la enigmática Delfina, encontraba una aliada valiente y audaz, capaz de iluminar los senderos más oscuros con su destreza y perspicacia.

—Usted es la única persona que me impulsa a hacer estas cosas, detective Twist —dijo la Dra. Brooks con un tono de reproche.

—Hoy es domingo —respondió Twist—. Hoy seremos Dorian y Delfina. Olvidaremos que soy detective y que tú tienes innumerables licenciaturas y doctorados. Disfrutaremos de un viaje a *Sunflower*.

—Si no lo conociera y supiera lo que está tramando, diría que esto es una cita romántica —dijo ella, pasándose la mano por el cabello.

—No puedo negar que es el sueño de una forense: tener una cita romántica en la escena del crimen —comentó Twist, riendo.

—¡Qué horror! Le aseguro que yo no disfrutaría de algo así. Ahora entiendo por qué no se ha casado. Seguro que les cuenta a sus posibles novias sobre el trabajo que realiza y terminan aterrorizadas.

—Me conoces bien, Delfina. Es posible que sí, alguna de ellas salió huyendo —dijo el hombre mientras conducía—, pero ¿por qué no me hablas de ti? Hemos trabajado juntos en algunos casos y nos hemos divertido hablando y riendo con los malos chistes de mi amigo Michael Capel.

—¿Qué quiere que le cuente?

—Trátame de tú —dijo él—, ¿te resulta tan difícil?

—Está bien. Cumpliré treinta y dos años este mes y nunca me he casado porque el sueño de mi padre siempre ha sido que sea una profesional exitosa. Cuando él se retire, dejará todo en mis manos...

—No me hables del sueño de tu padre, cuéntame sobre ti, tus sueños, quién eres y qué deseas —la interrumpió Dorian, tomando sus manos.

—Sr. Twist —dijo Delfina incómoda—. No creo que esta loca aventura de cita sobre ruedas vaya a funcionar. Esto no va a funcionar, por favor, detenga el auto, quiero bajarme.

—Por favor, Delfina —insistió Dorian, estacionando afuera del Café Dulcinea—, ya estamos aquí, ¿no es así? Siento que cuando no eres médica, eres una mujer temerosa del amor. ¿Hay algo que estás ocultando? ¿Quieres volver a ser solo la doctora para no lastimarte? Dime quién te lastimó antes. A esta altura de mi vida, a los cuarenta y dos años, no busco jugar a las manitas sudadas. Me he dado cuenta de que no tuve tiempo para el amor en mi juventud, pero... si tú quisieras, podríamos...

—No quiera verme como su tabla de salvación —dijo Delfina, descendiendo del automóvil—. Aunque usted tenga prisa por encontrar a alguien que lo ame, eso no significa que yo deba complacer su deseo y dejar de lado los míos. Mi tiempo no corre al mismo ritmo que aquellos que persiguen el amor para alcanzarlo. Si llega algún día, no seré yo quien lo busque... y deberá encontrarme en paz en mi hogar, disfrutando de una vida plena y feliz. Permítame decirle, detective, que eligió a la persona equivocada para formar el matrimonio que dejó volar hace años.

Delfina salió del vehículo sin pronunciar más palabras y comenzó a cruzar la calle. En ese instante, un automóvil apareció de la nada, circulando a gran velocidad por la misma avenida. Ella miró a Dorian, luego al pavimento frente a ella. En cuestión de segundos, evaluó la situación y se dio cuenta de que era demasiado tarde para volver a subir al automóvil y también era tarde para completar el cruce hacia el otro lado. Quedó paralizada en medio de la calle, con los ojos cerrados y los puños apretados, anticipando una colisión.

Con ojos incrédulos, boca abierta y latidos acelerados, Dorian observó a Sebastián salir de uno de los edificios cercanos y cruzar la calle para colocarse frente al auto y actuar como un escudo. El heroico hombre extendió sus manos en direcciones opuestas, apuntando hacia el auto y protegiendo a Delfina con la otra. Este acto hizo que el automóvil disminuyera la velocidad, avanzando lentamente como una tortuga. Sebastián observaba cómo el cabello de la doctora ondeaba suavemente y cómo las personas caminaban de manera somnolienta, con pasos torpes, sin percatarse de lo que ocurría a su alrededor. Todos los objetos parecían haberse congelado en el tiempo durante esos breves instantes que le permitieron envolver a la mujer entre sus brazos y apartarla de la calle.

Cuando finalmente cruzaron la calle, los autos volvieron a circular con normalidad, al igual que las personas. Todo había vuelto a ser como antes. Sin embargo, Dorian y Delfina ya no eran los mismos. Permanecieron mirándose con un sinfín de preguntas en sus mentes, interrogantes que ni el propio Sebastián podía responder, ya que él mismo se encontraba asombrado. No era consciente de dónde había obtenido ese poder de prever el futuro y evitarlo. Tampoco sabía cómo había activado tal capacidad, ni si en algún momento podría hacer uso de ella nuevamente.

Por otro lado, Andrea estaba estacionada en la carretera que conducía hacia *Tulip*. A su izquierda, se encontraba el desvío que llevaba hacia *Sunflower*. Dado que ya sabía todo lo que ocurría, decidió no ir al sitio donde cada día se encontraba con el padre Osmani en el ya conocido accidente donde casi lo mataba atropellado. Con las manos apretadas en el volante y con dirección en mano, dio inicio a su largo viaje por la amplia y extensa carretera rumbo a *Tulip*, donde esperaba encontrar la casa de Chelsea.

Entre tanto, horas más tarde, el padre Osmani descendió de un autobús y emprendió su camino hacia el lugar donde se encontraba con Andrea. Colocó su maleta en el borde de la carretera y se sentó en una piedra, esperándola pacientemente. De repente, giró la cabeza y divisó una diminuta flor de margarita a su lado. La tomó entre sus manos y comenzó a deshojar sus pétalos uno a uno.

El viento alzó uno de los pétalos, llevándolo a la altura de su rostro antes de hacerlo volar en remolinos diminutos hasta que se perdió de vista. Mientras miraba al cielo, una ráfaga de destellos desencadenó en él un recuerdo estival en la casa de sus padres.

Flashback

(*Tulip*, Carolina del Sur, 1987)

Después de que las patrullas abandonaron la casa, llevándose a Marie con ellas, Críspula corrió hacia la habitación de los niños y tomó una pequeña maleta llena de ropa. Agachándose, tomó las manos de Sebastián y Osmani. Tan apresurada estaba que casi se enredó en su largo vestido negro, arrastrándolo por el suelo mientras bajaba las escaleras del segundo piso. De repente, su prisa por llegar a *Sunflower* lo antes posible la hizo tropezar contra un mueble que se encontraba en la entrada principal, despertando así su curiosidad. No pudo ignorar el pequeño paquete de manuscritos que Douglas había dejado sobre la mesa. Sin saber qué contenía, lo tomó y subió al auto con los niños. La figura esquelética se encontraba al volante con las manos apoyadas y el motor apagado, observando impertérrita a los niños que la miraban perplejos.

Una vez en el automóvil, mientras avanzaban por la carretera, los niños observaron cómo su abuela cambiaba de humor rápidamente, mostrándose frenética y un tanto desorientada. Recitaba el rosario, moviendo los labios en susurros, y se reía sola.

—¡Vamos! —exclamó con demencia—. Hay que rezar para que Dios perdone a esta familia por los pecados cometidos por su madre asesina.

—¿Por qué dices eso de mamá, abuela? —preguntó el pequeño Osmani.

—Creo en el Espíritu Santo, eterno y poderoso; roca fuerte y siempre Santa —Críspula rezaba ansiosamente, exhalando humo como una chimenea tras encender un cigarrillo—. Dios de todos los Santos, perdona los pecados cometidos esta noche. Que la sangre y la carne resucitada del cordero nos hagan dignos de la vida eterna. Creo en un Dios, el Padre Todopoderoso, el Creador de la sagrada religión y de todo lo que existe. Creo en el perdón y la expiación de los pecados mediante el agua y el fuego del eterno y bien merecido purgatorio.

Fin del *Flashback*

El padre Osmani regresó de su memoria con un suspiro triste y abatido, que emanó más de su alma sufriente que de sus pulmones. A su lado, pasó una pequeña ardilla, desinteresada en huir, y recibió una caricia en su pelaje por las manos del caballero con el clérigo alrededor de su cuello. "Al igual que tú, pequeña, también fuimos alguna vez seres de sentimientos ingenuos que confiaron en las personas equivocadas", le dijo Osmani a la ardilla. "Cuando llegué por primera vez a estas tierras con mi hermano y mi abuela, no sabíamos que estábamos entrando en la morada del diablo. Fue el día en que cruzamos el umbral de la puerta principal de la casa cuando nuestras vidas se extinguieron. Desde entonces, he vagado como un alma en pena, sin encontrar consuelo bajo la sombra de mi Señor Dios. He soportado sufrimientos que ninguna otra persona podría soportar, encadenando mis sentimientos y dolores dentro de un baúl que arde en llamas".

"En el ocaso de mi existencia, observo mis años marchitar como flores que perdieron su brillo. Mis mejores momentos se han desvanecido como susurros en el viento, escapando de mi alcance con la gracia de mariposas fugaces. Soy testigo impotente de cómo el tiempo ha tejido su telaraña alrededor de mis sueños, envolviéndolos en la fría melancolía del olvido. Mis pasiones y esperanzas, una vez radiantes estrellas en el firmamento de mi vida, han sido eclipsadas por sombras y desvanecen su fulgor en el abismo del tiempo. Las lágrimas que resbalan por mis mejillas son testigos silenciosos de los anhelos perdidos y los anhelos que nunca se hicieron realidad. En mi pecho yace un corazón fatigado, cuyos latidos enmudecen ante el eco de los recuerdos que me visitan como fantasmas inalcanzables. Soy el verso marchito de un poeta, un navegante solitario en el mar de la melancolía, dejando que las palabras se deslicen como lágrimas a través de la pluma, tejiendo un poema de tristeza y añoranza. En cada suspiro, en cada nota de mi lamento, se encuentra la esencia de una vida que se ha desvanecido, una melodía desgarrada que resuena en las estancias vacías de mi alma."

Al pasar las horas, Osmani supo que Andrea no llegaría. Después de su emotivo monólogo, se percató con cierta aprehensión de que la ardilla había sido testigo de su desahogo sincero. Aunque en un principio se sintió incómodo, pronto se dio cuenta de que el animalito había permanecido en silencio, escuchando cada palabra con atención y comprensión. Fue entonces cuando la belleza del momento se hizo evidente. En medio de aquel escenario de polvo bailarín y el dulce aroma de las flores que se desprendían en su camino, el padre Osmani experimentó un cálido consuelo al saber que su angustia había sido compartida, al menos en parte, con aquel ser pequeño pero sabio. Conmovido por la presencia de la ardilla y la efímera conexión que habían establecido, el padre recogió su maleta y se alejó hacia la finca de girasoles. El viento, juguetón, levantaba el polvo y los pétalos, formando delicados remolinos que acompañaban su partida y dejaban una estela de melancolía en el aire.

En cuanto al detective Dorian Twist, este permanecía sentado en su camioneta estacionada frente a la cafetería Dulcinea. Su mente estaba en otro lugar, incapaz de articular palabras y, en caso de poder hacerlo, no sabía qué decir. Fue entonces cuando Sebastián rompió el silencio hablándole desde afuera de la ventana.

—La doctora Brooks ya se fue, le pedí un taxi —dijo Sebastián con curiosidad—. ¿No me diga que tenía la intención de follarse a la doctora Delfina, y para eso la pensaba llevar de paseo? ¡Qué ingenioso poli! Aunque la pobre mujer llevaba una expresión facial que parecía haber visto al mismísimo diablo. ¿Qué le dijo para hacerla reaccionar así? Sin vergüenza, no me diga que no la invitó a una cena antes de lo que ya sabe... mover la cadera —se burlaba alzando las cejas.

—¿Cómo lograste hacer eso? Es decir... ¿cómo carajos hiciste que todo se ralentizara? —preguntó Dorian, ignorando los comentarios vulgares.

—Vaya, eso si es sorprendente —dijo Sebastián impresionado—, por un momento pensé que me iba a romper la mandíbula por lo que dije.

—Puedo concederte eso con mucho gusto, junto con unas costillas rotas como bonificación —respondió Dorian—. Pero ahora dime, ¿cómo lograste salvar a Delfina en tan solo cuatro segundos? Estaba destinada a una muerte segura, considerando la velocidad a la que se acercaba ese automóvil. Sebastián, ¿qué les sucedió a ti y a los demás en ese tren? Cuéntame, porque siento que cuanto más intento comprender la lógica, más me desquicio.

—No lo sé, le daría una explicación, pero realmente no lo sé —respondió Sebastián.

—¿Quieres acompañarme a *Sunflower*? —invitó Dorian.

—Lo siento, pero no me agrada la idea de tener citas románticas con usted los domingos —bromeó Sebastián—, prefiero ver "uves" donde tú ve una "P".

—Eres un tonto —se rio Dorian—. ¿Y si te digo que luego podremos ir a un pueblo llamado *Tulip* donde hay hermosas chicas? ¿Te convence eso? —insistió Dorian.

—Gracias, detective, pero tengo algunos asuntos pendientes que debo atender.

—Está bien. Estaré vigilándote, chico travieso —se despidió Dorian.

El detective encendió la camioneta, pisó el acelerador y se dirigió a toda velocidad a su destino, dejando una nube negra de humo negro en la calle. Sebastián apartó el humo de su rostro agitando las manos y pasó frente a la cafetería Dulcinea. El camarero Julián se acercó a él para solicitar unos minutos de su tiempo. Aún mostraba nerviosismo ante la presencia del hombre sarcástico y aterrador que aparentaba ser Sebastián, y parecía preocupado por el episodio previo.

—Señor Alighieri, ¿podría dedicarme unos minutos? Hay algo que nos gustaría mostrarle.

—Ahora no, Kevin —dijo Sebastián, continuando su camino sin detenerse.

—Mi nombre es Julián, señor —respondió con calma, temiendo ofender.

—Lo que sea, Bryan —dijo Sebastián, riendo por su propia picardía—. Adelante, tienes dos minutos y contando.

—Quiero mostrarle esto —Julián le mostró un video en su celular—. ¿Ve a esa chica delgada de cabello negro y largo sentada en esa esquina?

—Sí, veo a esa chica, Rodrigo —respondió Sebastián—. Pero dime qué ocurre, no me hagas perder el tiempo.

—Mi celular está conectado al sistema de seguridad de la cafetería —explicó Julián—, y revisando las cámaras como de costumbre, descubrí que esa chica viene desde hace un año a este establecimiento a la misma hora que usted y lo observa hasta que usted se marcha. Lo extraño es que hace semanas que no ha vuelto.

—¡Qué tontería más grande! —dijo Sebastián mientras se alejaba del lugar—. Ahora me pedirás que la busque para que los clientes no disminuyan.

—Qué tonto —murmuró Julián para sí mismo—. No se da cuenta de cómo esa chica desaparece de las cámaras sin dejar rastro. Es una lástima que no me haya prestado atención.

⁂

Más tarde, Sebastián ingresó a su oficina, ubicada a pocas cuadras de la cafetería. En cuanto la secretaria lo vio, se acercó rápidamente y le entregó una montaña de documentos que debía firmar. El resto de los cubículos permanecían vacíos debido a la implacable pandemia que obligaba a las personas a resguardarse en sus hogares para preservar sus vidas. Sebastián ingresó a su despacho con la agobiante secretaria, quien no dejaba de hablar sobre múltiples asuntos pendientes. Finalmente, se sentó en su silla de escritorio seguido de cerca por la empleada sofocante, quien continuaba hablando sin cesar sobre diversas expectativas relacionadas con los casos antiguos y nuevos que llegaban al bufete de abogados, donde Alighieri era el socio mayoritario. Por su parte, Sebastián parecía no prestar atención y se concentraba únicamente en un archivador donde comenzó a buscar algo.

—El caso del matrimonio Williams ha sido pospuesto hasta finales de diciembre, licenciado Alighieri —informó Lorena—. En cuanto al caso de la manutención de la esposa de la señora Thomson, ella ha estado llamando insistentemente durante toda la semana. Exige que usted la atienda o que le devuelva el depósito que dejó como pago por sus honorarios. Incluso se atrevió a llamarlo sinvergüenza por desaparecer sin dejar rastro ni informar su paradero. Por otro lado, la señora Vanessa Zelaya me pidió que le transmitiera unas palabras exactamente como ella las expresó, pero no las repetiré porque fueron extremadamente vulgares, señor.

—Vamos, Lori, sigua adelante —dijo Sebastián, haciendo una pausa en su búsqueda en el archivero para escuchar con atención qué tenía de interesante para decir Vanessa Zelaya.

—¿Está seguro de que quiere escucharlo? —preguntó Lori.

—Por supuesto, Lori, dígamelo.

—"Tú, Sebastián, eres un maldito, sinvergüenza, gandaya, degenerado, vulgar, chancho, marrano, puerco, cochino, cerdo y asqueroso abogado que no sirves para nada más que para ser una máquina de follar." Según ella, eso es lo único en lo que usted destaca en su cama.

Sebastián no pudo contenerse y estalló en carcajadas que resonaron en todo el edificio. Sentado en la silla de su oficina, giraba como un trompo, impulsado por su risa traviesa y juguetona. Finalmente, se detuvo cuando empezó a sentir dolor en el estómago y lágrimas en los ojos debido a tanto reír.

—¿Le parece gracioso el insulto? Ella lo acusa de haber sido su amante —dijo Lori.

—No, lo que me resultó tan divertido fue la cantidad de sinónimos que utilizó para llamarme cerdo. ¿Acaso no era suficiente con decirlo una vez? Repetirlo tantas veces no añadía nada nuevo a su insulto, ni tampoco le daba más intensidad. Eso solo confirma que Vanessa es simplemente una mujer de cara bonita con pechos y trasero de silicona. Me pregunto si su cirujano plástico no utilizó lo mismo para rellenar el espacio en su cabeza donde debería haber un cerebro.

—Por cierto, la municipalidad envió una grúa para sacar su auto dañado de la calle. Al parecer estaba dificultando el tránsito en la vía. Le pregunté a qué garaje lo llevarían para asegurarme de pagar los días que lo tuvieran allí mientras usted volvía. Pero... los muchachos que conducían se rieron y dijeron que al único lugar al que lo llevarían sería al depósito de chatarra. ¿Ya ha presentado denuncia?

—¡Ahhhhh! Este es el documento que estaba buscando —dijo Sebastián, ignorando a Lorena—. Ahora voy a visitar a mi padre para que me ayude con esto.

—Señor Alighieri —insistió Lorena—, dígame si ha presentado una denuncia por lo que le sucedió a su auto, porque otros socios ya no quieren venir al bufete por temor a que sus automóviles también sean vandalizados y terminen destruidos igual que el suyo. Dicen que no se sienten a salvo de otro acto de vandalismo como este, y que no regresarán hasta que atrapen a los culpables. Dígame, ¿qué puedo hacer para tranquilizarlos?

—Mi estimada señorita Lori, haga lo que considere oportuno —dijo Sebastián mientras salía de la oficina con un fólder amarillo en la mano—. Estaré ausente por tiempo indefinido, ya que debo ocuparme de asuntos personales que podrían llevar semanas o incluso meses. Por favor, asegúrese de que el técnico revise las cámaras de seguridad, y así sabremos quién dañó el auto En resumen, es tan simple como quedarse dormido en un tren. Mientras tanto, le pido que haga lo mejor que pueda, tome asiento en su escritorio, mantenga una actitud positiva, disfrute de su tiempo con su esposo y me deje en paz. Nos veremos en unas semanas o meses.

Lorena se sentó cómodamente en la silla de su escritorio, como si los comentarios de su jefe fueran algo común en su día a día. Sabía que él era un individuo incorregible. "No tomo en serio ni los elogios ni los insultos", pensó mientras observaba a su jefe alejarse en la distancia.

Por otro lado, en la casa Wilson, ubicada en el encantador *Sunflower*, la tarde surgía con una elegancia sombría, teñida por la presencia imponente de nubes negras que presagiaban una tormenta inminente. Benazir, sumida en la contemplación de los deslumbrantes destellos de los relámpagos que destellaban entre la arboleda de las montañas, se encontraba junto a la ventana de la cocina. Con maestría, preparaba una exquisita jarra de café, esperando el momento en que las primeras gotas comenzaran a caer, pues sabía que las tardes tormentosas traían consigo un frío más gélido de lo habitual.

En medio de ese ambiente cargado de electricidad y misterio, Alabam emergió de su habitación, vistiendo un vestido que había descubierto entre las cautivadoras cajas del armario. Cual mariposa enérgica y juguetona, se acercó a Benazir cantando con alegría, girando en círculos para provocar que las campanillas de su vestido danzaran en un arrebatador torbellino a su alrededor.

—Observo que estás recuperándote a pasos agigantados. Casi no quedan cicatrices en tu rostro. Incluso tienes ánimo para cantar —mencionó Benazir con satisfacción.

—Sí, me siento mucho mejor, gracias a sus cuidados —respondió Alabam con gratitud.

—¿Por qué estás usando este otro vestido en lugar de los que te di? —inquirió la anciana con curiosidad.

—Me encantó por su profundo tono azul. Además, los delicados detalles blancos en las mangas y alrededor del cuello le confieren un encanto especial —explicó Alabam con entusiasmo.

—Es la primera vez que escucho a alguien elogiar un vestido de sirvienta —dijo Benazir sorprendida—. O bien estás bromeando conmigo, o realmente desconoces lo que significa ser una sirvienta. Ese vestido fue el primero que llevé puesto cuando llegué a esta casa, cuando tenía casi la misma edad que aparentas tener. Aunque quién sabe cuántos años tienes en realidad. En aquel entonces, yo era un poco más delgada, eso está claro.

—¿Puedo quedarme con él? —preguntó Alabam, sin importarle que se tratara de un atuendo de sirvienta.

—Sí, tú lo luces mucho mejor que yo —concedió Benazir con una sonrisa, admirando cómo el vestido realzaba la belleza de Alabam.

—Señora Benazir —dijo Alabam con curiosidad y cierta audacia—, permítame hacerle una pregunta indiscreta y expresar mi curiosidad. ¿Podría contarme qué sucedió con los dos hermanos cuando llegaron por primera vez a esta casa? Usted ha vivido aquí desde siempre, así que debe conocer todos los detalles.

En ese instante, la anciana tomó la tetera y extrajo dos tazas delicadas del armario de porcelana, llevándolas con cuidado a la mesa del comedor en la sala. Invitó a Alabam a sentarse y, con gesto solemne, comenzó a servir el café humeante. A medida que el aroma llenaba la habitación, la anciana se dispuso a relatar los sucesos que ocurrieron en aquella tarde del verano de 1987. El recuerdo se desplegó en su mente, iluminado por destellos de luces que realzaban cada detalle de la escena.

Flashback

Era el verano de 1987. Benazir se encontraba realizando la limpieza de las ventanas y los muebles en la casa principal de la granja, utilizando un plumero para eliminar el polvo. El señor Aiden Wilson descansaba en un sofá, con la cabeza ligeramente inclinada hacia el respaldo. Una densa y blanca barba cubría su cuello, formando un candado junto a su bigote. Sostenía un libro entre sus manos, el cual había estado leyendo antes de quedarse dormido. De repente, el sonido del claxon del automóvil de Críspula anunció su regreso. Benazir dejó el plumero sobre la mesa del espejo, adornada con patas de león, y salió al encuentro de su patrona para ayudarla con la maleta. Sin embargo, su sorpresa fue grande al ver a dos niños saliendo del interior del auto, aparentemente sin mostrar entusiasmo. Lucían cansados, desaliñados y con expresiones poco amistosas.

El viejo Aiden despertó de su sueño y, al abrir los ojos, los observó sin mayor interés, intentando volver a dormir. Benazir subió las escaleras llevando la maleta en sus manos, pero detuvo su avance al escuchar a los patronos entablando una conversación. Intrigada, se ocultó detrás de una puerta para escuchar lo que decían.

—¿Y esto qué significa? —preguntó el viejo Aiden, con curiosidad en su voz.

—Significa que tu hija asesinó a tu yerno, dejando a estos niños sin nadie que los cuide —respondió Críspula con una voz llena de convicción y de amargura—. Marie es la vergüenza y la deshonra personificadas.

—Deberías haberlos regalado —sugirió sin compasión.

—Es cierto que Marie no ha sido una buena hija para nosotros, pero al menos hagamos con ellos lo que no pudimos hacer con ella. Simplemente se nos escapó de las manos, a pesar de todo lo que hicimos por corregirla.

—A ver —dijo Aiden, acomodándose en el sillón—. Esa mujer dejó de ser mi hija en el momento en que decidió irse con ese don nadie de Douglas Alighieri, un insignificante sin apellido. Deshonró nuestra casa al huir como una criminal con ese desgraciado. Para colmo, me entero por boca de otros que vivía como una indigente en una casa que casi se le caía encima, porque el inútil no pudo brindarle un techo decente. Como puedes ver, no tengo ninguna obligación con esa malagradecida. En cuanto a tus nietos, deshazte de ellos, tíralos al basurero, arrójalos desde un puente, llévalos a un orfanato. En fin, haz lo que quieras con ellos.

—Dicen que Douglas se había convertido en un alcohólico y que golpeaba a Marie cada vez que caía en la embriaguez —explicó Críspula—. Tal vez por eso ella lo mató.

—Escucha, mujer —dijo Aiden, levantándose del sofá—, no me importa quién mató a quién ni por qué. Cada uno elige el infierno en el que quiere vivir. Si ella eligió estar lejos de sus hijos, no es mi problema. No seré yo quien arregle el caos que alguien más ha desatado. Debes entender que si sueltas a un demonio, ese demonio no te recompensará.

—He tomado una decisión —dijo Críspula—. Al mayor, lo educaré de la mejor manera posible para que, cuando sea mayor de edad, viaje a Roma y entre a un seminario para convertirse en sacerdote. No quiero que la ira de Dios caiga sobre nosotros a causa de Marie. Será como una fortaleza que nos permita vivir con confianza y tranquilidad. Sus oraciones llegarán más rápido al cielo y tendremos un sacerdote en la familia que pedirá perdón por nuestros pecados todos los días de su vida.

—Ahhhhh —comenzó a reír Aiden—, haz lo que quieras. No me entrometo en tus asuntos. Quien va donde no es solicitado, termina en el banquillo de los ignorados.

—No es momento de tus chistes de pacotilla. ¡Necesito tu ayuda! No te quedes ahí simplemente observando cómo resuelvo el problema.

—Si solo así me dejas en paz y permites que siga leyendo mi libro, entonces déjame encargarme de este pequeño. Le enseñaré todo lo que pueda. Lo convertiré en una copia exacta de mí, para que cuando yo muera tengan un reemplazo. Pero quiero que quede claro una cosa: en esta casa nunca más se volverá a mencionar el nombre de esa ingrata y desvergonzada. —dijo Aiden con un tono de desprecio—. Asimismo, nadie la visitará en prisión y nadie hará nada por ella. Además, nadie me dirá cómo criar a este muchacho. Haré que trabaje en las tierras y que sude la gota gorda, como yo sudo cosechando estos campos. Y tú... ten cuidado, si arruinas al grande con tus tonterías de sacerdocio, piénsalo bien... no vaya a ser que se convierta en "marica".

Fin del *flashback*

—Eso es lo que les sucedió a ambos —dijo Benazir—. El joven Osmani fue condenado a convertirse en sacerdote sin tener la oportunidad de oponerse al mandato de su abuela. Fue enviado a Roma cuando llegó a la edad adecuada para viajar. Mientras vivían aquí, crecieron de formas diferentes a pesar de compartir el mismo techo. Uno pasó largos meses y años en silencio en la biblioteca, leyendo junto a su abuela escrituras de diversas religiones. De hecho, la señora Críspula siempre tuvo una extraña obsesión por encontrar la verdadera religión, era como una mariposa saltando de flor en flor en busca de un nuevo néctar que devorar. Fue católica, apostólica y romana hasta el final, pero más que una ferviente creyente, parecía una compradora desesperada en busca de los zapatos perfectos, hasta que le apareciera el clavo que le hiciera tirarlos. Nunca entendí en qué o en quién creía, porque su religión parecía cambiar según su conveniencia.

Era católica cuando necesitaba darse permiso para beber licor en las festividades de los santos, se volvía cristiana protestante cuando deseaba consultar a algún supuesto profeta sobre su futuro. Y cuando necesitaba creer en algo, se convertía en Testigo de Jehová, convencida de que Dios prometía un paraíso futuro para todos los seres humanos, incluyéndose a sí misma, perdida como estaba en la necesidad de creer. Como probablemente ya te hayas enterado, su miedo radicaba en no saber qué le esperaba después de la muerte. En cuanto al niño Sebastián, creció aprendiendo todo sobre la administración de la granja. Ayudaba al señor Aiden con todas las tareas relacionadas con la cosecha de semillas de girasol y su posterior venta en una planta procesadora en Charleston.

—¡Qué triste! —exclamó Alabam—. Todo ser humano necesita tener a alguien en quien creer para no sentirse perdido. Pero si tan solo supieran... que la verdadera fe debe estar puesta en uno mismo, descubrirían que hay una divinidad dentro de cada uno.

En ese momento trascendental, cuando el padre Osmani atravesó el umbral de la puerta y depositó su valija con cautela sobre el suelo, el ambiente se impregnó de una tensión palpable. La señora Benazir, con su mirada inexpresiva pero cargada de expectativa, dirigió sus ojos hacia él y luego hacia la vela que aún ardía en reverencia frente a fotografía. Un silencio sepulcral se apoderó del lugar, interrumpido únicamente por el crepitar de la llama que proyectaba sombras ondulantes en la estancia. En ese instante, Osmani comprendió que la anciana lo consideraba un alma en pena del purgatorio.

Sus ojos se posaron en la vela, reflejando en su rostro pálido y melancólico la inmensa carga emocional que lo caracterizaba. Cada gesto, cada movimiento, estaba cargado de significado y simbolismo. Era como si el tiempo se detuviera ante la solemnidad del momento, mientras Osmani se sumergía en un mar de pensamientos y emociones contradictorias.

Pasados unos minutos, el hombre se encontraba sentado junto a Benazir, compartiendo una taza de café. Alabam, con discreción y respeto, se levantó y se encaminó hacia la cocina, dispuesta a cumplir con las tareas del hogar. No deseaba interrumpir la conversación de los mayores, mostrando así su disciplina y respeto por el momento que estaban viviendo.

Desde el comedor, Osmani observó a Alabam en la cocina mientras ella secaba delicadamente los vasos de vidrio, dejándose llevar por el sonido melodioso de su suave tarareo. Mientras tanto, la tarde se desvanecía gradualmente, cubriendo los campos con un manto de oscuridad que añadía una atmósfera de misterio y anticipación al encuentro de aquellos seres en busca de redención y entendimiento.

—¿Quién es la joven? —preguntó después de haber permanecido en silencio varios minutos.

—Es una joven que solía venir cada año en busca de trabajo para la recolección de semillas de girasol —mintió Benazir—, pero le informé que ya no hay trabajo y que no se llevará a cabo la cosecha este año. Le permití quedarse y ayudar con las tareas domésticas, ya que yo estoy demasiado mayor para subir y bajar escaleras y limpiar las habitaciones. Solo estará aquí por unos días.

—Puede quedarse el tiempo que desee —dijo el padre sin darle mayor importancia—. Si no hay inconvenientes... Me gustaría subir a lo que solía ser mi habitación. ¿Puedo hacerlo?

—¡Adelante! Padre Osmani, esta sigue siendo su casa. Nada ha cambiado desde aquel día. En su habitación encontrará su ropa, sus zapatos, sus... libros.

—Muy amable, señora Benazir —respondió el padre Osmani con gratitud—. Tiene toda la razón, la casa apenas ha cambiado en todos estos años, pero yo, en cambio, he experimentado una transformación significativa. Veintitrés años no han sido suficientes para alterar drásticamente la apariencia de la casa, pero sí han sido capaces de moldearme en un hombre de cuarenta años. Incluso al bajar del autobús, me sentí perdido, sin reconocer la carretera que solía conocer. La verdad es que olvidé que en estos campos mis abuelos cultivaban girasoles, además de sembrar maíz. Y contemplar los rieles de un tren pasar tan cerca de aquí me desconcertó por completo, ya que hace veintitrés años habría sido impensable imaginar que la industrialización nos alcanzaría, llegando incluso a contar con una estación de tren a pocos kilómetros de la granja.

El padre se levantó con la expresión doliente que siempre llevaba en su rostro. Una fugaz sonrisa se dibujó en sus labios al pasar frente a la vela donde Benazir rezaba la oración de las almas frente a su retrato. Ascendió las escaleras de madera, que crujían con cada uno de sus pasos. A mitad del camino, sin volverse a mirarla, le hizo una pregunta:

—¿Tiene alguna pregunta para mí?

—Mmm... sí —respondió la anciana, acercándose—, ¿usted ya es un... difunto?

—No, lamentablemente —respondió con voz apacible—, pero siento que hace mucho tiempo que morí y no lo supe. Ahora, dígame, ¿ha venido Andrea?

—No ha venido —respondió amablemente—. No se preocupe, si eso sucede, puede estar seguro de que se lo comunicaré. Descanse, por favor, padre Osmani. Y olvide mi pregunta, siempre supe que usted había dejado este mundo desde aquel día en que partió hacia Roma. Ojalá yo hubiera sido algo más que una simple criada para poder ayudarlo de alguna manera. No es que me arrepienta de haber nacido en la pobreza, sino de las veces que callé cuando el dinero de los ricos me silenció como quien coloca un candado en un baúl. Me vi obligada a ser ciega y muda cuando la injusticia se presentaba frente a mis ojos.

El padre guardó silencio, pero ascendió los peldaños restantes, llevando consigo un nudo en la garganta que comprimía su pecho. Sus ojos oscuros se humedecieron ante las palabras de la anciana desconsolada, quien había sido testigo de lo que las paredes y las puertas cerradas también habían presenciado. Con mano temblorosa, se aferró al pomo de la puerta de aquella habitación que había cerrado hace veintitrés años, cuando partió hacia Roma con su maleta en mano. Cerró los ojos antes de empujarla, sintiendo el peso abrumador de la nostalgia, y al hacerlo, se encontró frente a la misma cama cubierta por una sábana gris, los botines negros reposando debajo y una chaqueta plomiza colgada en un perchero.

Ingresó a la habitación, inhalando el mismo aire que había respirado el 15 de agosto de 1996, cuando se disponía a embarcarse hacia la tierra que lo transformaría en sacerdote de por vida. Se contempló a sí mismo cargando el equipaje, con el pecho sumido en la agonía de la muerte en vida a la que había sido condenado, no solo desde aquel día en que tenía diecisiete años, sino desde su primera llegada a la casa del terror y el fanatismo religioso en 1987. Finalmente, el padre Osmani se acomodó en la cama, cerró los ojos y se sumergió en un profundo sueño.

En cuanto a Andrea, proseguía su viaje hacia *Tulip* en busca del hogar de Chelsea. Esta determinación la adoptó desconociendo por completo que todos habían compartido el mismo espacio en la morgue, mientras la doctora Florentina Díaz se preparaba para realizar las autopsias. Ni siquiera era consciente de que estuvieron al borde de abrirles el abdomen para discernir las causas de sus fallecimientos, pues nada parecía haber desencadenado sus muertes en el tren. Tanto ella como Osmani no lograron vislumbrar a nadie en las camas, pues se habían esfumado para dar inicio una vez más a sus días. Este acontecimiento era el motor que la impulsaba a indagar tan incansablemente, pues de otro modo habría podido quedarse junto a Osmani en la granja.

En el presente, mientras Andrea avanzaba en su viaje, su único pensamiento era llegar hasta el final, sin importar el precio. Le resultaba sumamente intrigante que Chelsea hubiera viajado tantos kilómetros hasta su clínica para someterse a una prueba de embarazo, considerando que *Tulip* también era un pueblo desarrollado. Según ella, había piezas que no encajaban y era precisamente eso lo que deseaba descubrir.

Debido a la súbita avería de su automóvil, se vio obligada a estacionarlo en el garaje de un motel en los límites de la carretera. Este establecimiento, al parecer, era frecuentado por camioneros y meretrices, quienes, por unos escasos dólares, comerciaban su afecto por horas o noches enteras. Al descender de la camioneta y exponer su situación, se le entregó la llave de la habitación más económica que podía costear. Además, un transportista se ofreció a revisar su vehículo mientras ella descansaba.

Yació sobre las sábanas ajadas que despedían un olor a tabaco y alcohol. En la mesita de noche, encontró una petaca y un cenicero repleto de cenizas de tabaco ya consumido. Bajo la mesa, divisó una botella de licor medio llena. Por el aspecto y la fetidez, percibió que dichas habitaciones rara vez se sometían a limpieza. Frustrada por no haber alcanzado aún su destino, no le quedó más remedio que recostarse en su lecho y aguardar a que su día se repitiera. No obstante, por alguna razón inescrutable, cada vez que avanzaba más en su jornada, era como si un videojuego de Nintendo guardara su progreso. "Quizás al despertar, me hallaré un tanto más cerca de este lugar. Así evitaré tener que viajar desde Charleston hasta aquí. Me encuentro tan próxima a *Tulip*, pero a punto de perder esta ventaja", reflexionó.

De manera inesperada, experimentó una sensación de calor que se extendió por su rostro, lo cual la instó a apresurarse hacia el espejo del aposento de aseo con el propósito de examinar el origen de tal fenómeno. Con espanto y consternación, quedó petrificada al contemplar cómo la sangre manaba de sus ojos, oídos, nariz y boca en un macabro flujo. Acto seguido, cayó desplomada al suelo, perdiendo la consciencia mientras su rostro impactaba contra el piso.

En lo concerniente a Chelsea, yacía en el recinto de una celda en la comisaría, sumida en un sueño profundo bajo la débil luminosidad que proyectaba una bombilla amarillenta, evocando un ambiente más propio de un velorio que de un calabozo. Desde su detención a manos del detective Twist, a la espera de que se dilucidara el misterio en torno al arma de fuego, no había tomado ninguna medida para mejorar su situación. Temerosa de que nunca lograría abandonar aquel recinto carcelario, se veía incapaz de aceptar los acontecimientos que la rodeaban. Sin embargo, pese a su silencio, Twist no cesaba en su empeño, encaminándose también hacia *Tulip*.

La mujer se despertó somnolienta en la cama de cemento, cautivada por el semblante del policía Facundo que velaba sentado en una silla frente a los barrotes. Avanzó lentamente, frotándose los ojos y limpiándolos para agudizar su visión. Cuando estuvo frente a él, el miedo se apoderó de ella y comenzó a gritar, convencida de su propia locura, pues aquel oficial, a escasos metros de distancia, ostentaba el rostro de su hijo, tal y como ella lo había imaginado.

—Aquí tienes una cobija —le dijo con una sonrisa en los labios.

—¿Tú aquí? Pero... ¿cómo? —exclamó Chelsea, abrumada por una inundación de sensaciones y emociones que le apretujaban el pecho.

Capítulo 6: Caminos separados

Dentro de una ostentosa iglesia de estilo italiano, el padre Osmani avanzaba por el pasillo central de bancos como si su túnica negra flotara en medio de una sutil neblina. Al llegar al altar, se arrodilló reverentemente ante la imponente estatua de Jesús crucificado. Con la frente inclinada hacia el suelo y las manos apretadas contra el pecho, elevó su voz en fervorosa oración mientras las lágrimas recorrían su rostro en un caudaloso río de emociones.

El padre Osmani, inmerso en su oración, expresaba con sinceridad y reflexión: "Perdóname, porque no siento que te amo como yo quisiera aunque lo intento. Tu presencia fue introducida en mi mente más por miedo que por amor. Me dijeron que castigas sin piedad a quienes te desobedecen, entonces... te tuve miedo. También se afirmó que castigas desde la primera hasta la cuarta y quinta generación por los pecados de nuestros antepasados, y entonces... una vez más te tuve miedo. Me hablaron de tu camino hacia el Calvario, donde fuiste crucificado, pero... a diferencia de mí, tu fe estaba puesta en Dios, porque desde antes de nacer en este mundo... tú ya le conocías. En cambio yo, he tenido que creer en lo que me dijeron que creyera sin antes haberle visto. ¡Perdóname! Pues en ocasiones he sentido que tu existencia se desvanece, ya que si así fuera... habrías intervenido en las decisiones de mi madre y quién sabe... quizás yo habría crecido bajo una fe más arraigada. No obstante, no te vi. Dónde estabas cuando mis ojos necesitaban encontrarte? ¿Hacia qué dirección mirabas cuando fui separado de todo lo que amaba y me brindaba felicidad? ¿Por qué me pides que te ame, si en aquellos momentos de necesidad no me amaste?"

Osmani levantó la vista, sorprendido, cuando percibió un movimiento sutil en la pared cercana. Sus ojos se llenaron de asombro e incredulidad al presenciar cómo la estatua de Jesús crucificado descendía de la cruz, con sus manos y pies lacerados que aún sangraban, y las espinas de la corona profundizándose, provocando más dolor en su cabeza. "El cristo" se aproximó a Osmani, reflejando en su rostro la expresión característica del sufrimiento con la que siempre había sido tallado.

—Yo cargo con el peso de tus pecados en una cruz —dijo el cristo con voz serena y compasiva—, pero no me quejo. No te reclamo por cada latigazo que soporté, ni por los clavos que atravesaron mis manos y pies. Yo acepté mi destino, ¿por qué no puedes aceptar con resignación que este es el tuyo? No soporto más tus quejas, me lastiman. Si al menos sirvieras con agrado, me harías muy feliz.

—No me reclamas —respondió Osmani con voz temblorosa—, pero mi conciencia me susurra que no te agrada lo que hago, porque ya no soy el mismo de antes. Ya ni siquiera tengo fe en lo que solía creer.

—Es demasiado tarde para arrepentirse, consagraste tu vida a ser sacerdote —dijo el cristo con serenidad y convicción—. Ya no hay nada que puedas hacer. Carga tu cruz y pide perdón por lo blasfemo que has sido, no contradigas ni vayas en contra de la iglesia. Quienes van a favor del pecado se quemarán para siempre en un fuego que arde por toda la eternidad. Allí no hay perdón, no hay misericordia, debido a que la presencia de Dios no puede estar donde hay pecadores. Vuelve por la senda correcta, no te desvíes ni vayas en contra de la voluntad de tu creador.

—Si ese es el amor que me das, a cambio de miedo —dijo Osmani con firmeza—, entonces no lo quiero. No quiero amar ni servir a un Dios que me promete un infierno por castigo a penas dé un paso en falso. ¿Qué clase de amor es ese? ¿Qué padre en su sano juicio sería capaz de arrojar combustible a su hijo para que se consuma en el fuego por desobediente? Si yo aceptara seguir sirviéndote, entonces eso no sería amor, sino temor.

De repente, la oscuridad se apoderó del recinto y las llamas de las velas en el altar mayor se encendieron, al igual que aquellas que se encontraban frente a los ídolos a lo largo de las dos paredes de la iglesia. De inmediato, todas las imágenes de yeso cobraron vida y comenzaron a hablar al unísono: "¡Arderás en el infierno para siempre! ¡Arderás en el infierno para siempre! ¡Arderás en el infierno para siempre!".

El padre Osmani se incorporó súbitamente en la cama, con el rostro empapado en sudor y los huesos abrasados. Sentía un calor febril y al mismo tiempo temblaba de frío. Observando su entorno, se dio cuenta de que había sido víctima de una pesadilla. De manera misteriosa, aún se encontraba en la habitación donde se había quedado dormido, y echó un vistazo al reloj en su muñeca, el cual marcaba las 8:40 p. m. Por alguna razón desconocida, esta vez no se desvaneció como en ocasiones anteriores.

Salió de la habitación en silencio por las escaleras, influenciado por el suave murmullo que se escuchaba en la cocina. A medida que se acercaba al lugar, la conversación se hizo más comprensible, por lo que hizo una pausa, intrigado por lo que escuchaba.

—Alabam, antes de que cayeras en esta granja, ¿acaso eras un ángel? —preguntó la señora Benazir, mientras preparaba la cena.

Alabam pelaba las papas cocidas con destreza, siguiendo las indicaciones de su maestra culinaria. La diligente señora Benazir sofreía los tomates con aceite de girasol en una cazuela desgastada, que parecía tener más años que ambas juntas. De vez en cuando, la aprendiz se quemaba los dedos con el vapor proveniente de la olla que contenía las papas.

—No hay forma de explicar qué tipo de persona soy, ya que hay más cosas de las que los humanos pueden percibir en este mundo y no pueden comprender. Y existen secretos ocultos en el universo que nunca serán revelados —respondió Alabam.

—Entonces, ¿tu caída causó un gran agujero en los campos de esta granja? —interrumpió Osmani a sus espaldas—. Responde, ¿quién eres? ¿Qué haces aquí o quién te envió? ¿Qué clase de ser eres?

La señora Benazir se volteó hacia él e inmediatamente notó que el padre estaba cubierto de sudor y temblaba de fiebre. Le llevó la mano a la frente y observó cómo se convertía en brasas, carbonizándose. Alabam guardó silencio, consciente de que ahora era humana y temerosa de la ira de los humanos. Durante su estancia en el palacio, había tenido la oportunidad de observar la Tierra y había notado con terror cómo los buenos terminaban convirtiéndose en villanos, asesinando y cometiendo actos de violencia por placer o impulsados por la ira. Temía que algo así pudiera suceder ahora.

El padre Osmani, mientras permanecía en la cocina, comenzó a experimentar un repentino y agobiante calor que se apoderó de su cuerpo. Las gotas de sudor perlaron su frente y se deslizaron por su rostro, empapando lentamente la tela de su camisa. Sus piernas parecían más pesadas con cada paso que daba, y sus ojos, entrecerrados por el malestar, luchaban por mantenerse abiertos. A pesar de su evidente debilidad, persistía en su afán de interrogar, como si la urgencia de las respuestas trascendiera cualquier incomodidad física.

—Padre Osmani, regrese a la cama. Se encuentra enfermo y no debería deambular por aquí, podría lastimarse —indicó con preocupación la voz de Benazir, intentando guiar al hombre febril hacia el reposo necesario.

—Solo exijo respuestas —exclamó el sacerdote en un estado delirante—. Escuché claramente las palabras de la joven. Afirmó que no puede explicar lo que es, y tiene razón, pues ningún ser humano sobreviviría a una caída que dejara un cráter colosal como el que se ha formado en la plantación.

—Quizás sea la fiebre la que impide que escuche con claridad, señor —intervino Alabam, tratando de encontrar una explicación racional.

—No pretendan engañarme. Puedes ser la causa de lo que me está sucediendo. ¿Sabías que mi día se repite una y otra vez cuando llega la noche? Lo mismo le ocurre a Andrea, mi amiga. Quién sabe cuántas otras personas, de entre los que viajábamos en ese tren, están experimentando lo mismo o algo aún más aterrador.

—¿De qué está hablando? —preguntó Benazir perpleja—. ¿Subió usted al tren accidentado? ¿Murió allí? ¡Dios mío! Según los informes, en la noche del accidente nadie sobrevivió, los vagones quedaron reducidos a chatarra incinerada. Ninguna alma escapó de las llamas provocadas por la explosión.

—Señora Benazir, es por eso que Andrea y yo desaparecimos sin dejar rastro la última vez que estuvimos en esta casa. Sin embargo... algo está sucediendo hoy, dado que de manera misteriosa sigo aquí, incluso cuando la noche ha avanzado. No encienda más velas en mi nombre, pues no estoy muerto, los muertos no sufren de fiebre, ¿verdad?

Alabam reflexionó para sí misma: "¿Cómo no me di cuenta antes de que había algo extraño en su comportamiento? Ahora entiendo, las personas que estaban en el tren fallecieron... pero solo sobrevivieron aquellos sobre los que mi lágrima cayó, y obtuvieron habilidades similares a poderes, aunque no llegan a ser poderes en sí, pues mis poderes siempre fueron débiles; y mis lágrimas, cargadas de tristeza. Esto explica la desaparición de este hombre y su actual fiebre. Si no tomo medidas pronto, todos los afectados por mi lágrima morirán. Al menos espero que Sebastián esté bien."

—Vamos, háblanos —insistió Osmani—. No te quedes en silencio. Ya no puedes negar lo que escuché.

—Bien... es hora de que conozca la verdad —expresó Benazir, sintiéndose expuesta—. De todos modos, no teníamos intención de ocultarlo para siempre. Pero por favor, haga caso y regrese a la cama, ahí le explicaremos todo. Acompáñenos.

Las dos mujeres lo auxiliaron para ascender las escaleras y lo acomodaron con delicadeza sobre la cama. Alabam comenzó a relatar lo acontecido, y el padre escuchó con suma atención, sin interrumpirla, hasta que la fiebre lo sumió en un profundo sueño. Tras ello, ambas abandonaron la habitación.

Una vez que las dos mujeres se retiraron de la estancia, Alabam quedó atónita al observar cómo una de sus heridas se curaba inexplicablemente. Intuyendo que permanecer cerca del padre Osmani podría acelerar la recuperación de sus propios poderes, optó por mantenerse en silencio hasta confirmar la validez de su teoría. A pesar de su recuperación parcial, Alabam sabía que sería inútil aventurarse en busca de las otras víctimas del fatídico accidente. Más allá de los muros seguros de la morada de los Wilson, se sentía expuesta y vulnerable.

Aquella noche, se desató una tormenta eléctrica que estremeció hasta los más antaños y colosales árboles, cuyas siluetas se alzaban imponentes en el horizonte. Los relámpagos iluminaban el firmamento con destellos deslumbrantes, pintando la ciudad y su entorno con efímeros trazos de luz. Los truenos, como detonaciones bélicas, resonaban en el aire, haciendo temblar los cimientos de la tierra. La lluvia caía implacable, como si toda el agua acumulada durante el invierno hubiese sido derramada en una única noche.

En los confines de la finca, en la casa Wilson, el viento soplaba con furia, haciendo crujir los galpones y los tablones de las cabañas adyacentes, como si el propio aliento de la tormenta desafiara su estabilidad. En el interior de la casa, cada paso sobre el piso de las escaleras parecía un eco misterioso y poseído, que resonaba en los oídos de quienes se aventuraban por sus peldaños.

En el interior de la casa, cada estruendo de los rayos que se abatían sobre los árboles cercanos provocaba un sobresalto en el ambiente. La luz intermitente que se filtraba a través de las cortinas cerradas iluminaba brevemente las estancias, revelando fugazmente los rincones en penumbra. Las cortinas, como aves asustadas, se alzaban en un baile efímero, desafiando la quietud de las ventanas y dejando entrever destellos de la tormenta que rugía en el exterior.

El crujir de las ramas quebradas y el rugido del viento se fusionaban en una sinfonía ominosa, que resonaba en las paredes y tejados de la morada. Cada estallido de los relámpagos proyectaba sombras inquietantes, que se deslizaban sigilosas por los pasillos.

Por su parte... El agente Dorian Twist se vio obligado a detenerse a un costado de la carretera, debido a la obstrucción de la vía por la caída de árboles que yacían atravesados, víctimas de los impetuosos vientos. Según el comunicador radiofónico, este fenómeno meteorológico se extendería a lo largo de dos jornadas. Dorian, prescindiendo del receptor radiofónico, envuelto en una cálida manta que había previsto entre los enseres para su fin de semana fuera de Charleston, perseveraba en su empeño de alcanzar el pueblo de *Tulip*, una meta que se negaba a abandonar, a pesar de los obstáculos que representaban los corpulentos troncos caídos, dificultando su avance.

Dorian se deslizó en los brazos de Morfeo envuelto en el abrazo cálido de su manta, pero su mente inquieta lo sumergió en un sueño profundo, siendo este su sueño más húmedo y cautivador que jamás haya tenido desde que era un puberto. La figura de la Doctora Delfina Brooks emergió como un elixir tentador, su piel resplandecía con una calidez envolvente y aterciopelada que invitaba a perderse en su tacto. Los labios, carmesíes como rubíes y curvados en un arco de Cupido irresistible, despertaban en Dorian una incontenible pasión. Su mirada se extraviaba en las líneas sinuosas y sensuales de las piernas que prometían un deleite indescriptible. En el devaneo onírico, Dorian anhelaba entregarse a ella con reverencia y pasión, explorando cada rincón de su ser con la delicadeza de un poeta y el fervor de un amante. Sin embargo, su pluma, impregnada de respeto y decoro, evitó deslizarse por senderos vulgares, permitiendo que los sueños fluyeran en un torrente de admiración y anhelo compartido.

Por la mañana, de súbito irrumpió en su conciencia el arpegio digital de un mensaje de *WhatsApp* en su teléfono móvil, y al abrir sus ojos, vio una cuadrilla de obreros eléctricos que se aproximaba enérgicamente, desplegándose a escasos metros de su posición, envueltos en sus capotes amarillos que desafiaban el fenómeno climático. Algunos blandían seguetas destinadas a despedazar leños contundentes de los árboles que yacían atravesados en la vía, mientras otros se avocaban a la restauración de cables de alto voltaje que yacían rendidos en el pavimento.

Luego, suspenso quedó al descubrir una mancha húmeda que insinuaba un roce de inoportuno infortunio en la portañuela de su pantalón, como si un pequeño desatino hubiese salido a relucir en la penumbra. Sin embargo, una sonrisa traviesa se dibujó en sus labios al recordar los ensueños vividos con la inigualable Doctora Delfina.

Tras una espera angustiante de treinta minutos, la vía se despejó y la senda hacia *Tulip*, a pesar de los contratiempos, proseguía con una certeza renaciente, augurando que algo significativo estaba por encontrar.

En lo que respecta a Andrea, quien había dormido en un hostal cercano a *Tulip*, fue despertada por los persistentes golpes que el recepcionista propinaba en la puerta. Con desconcierto y aturdimiento, se alzó del suelo y, sin pérdida de tiempo, abrió el grifo para erradicar la presencia de sangre seca que tenía adherida a su rostro. Una vez aseada en cierta medida, abrió la puerta del cuartucho. En el pasillo, el joven la aguardaba con la palma abierta, reclamando el pago adicional por haber excedido el horario estipulado de salida.

—No dispongo de más recursos en este momento —expuso con claridad—. La noche pasada, te entregué todo lo que poseía en mi cartera. No llevo más dinero. Además, anoche me dijiste que mis tarjetas no pasaban, entonces no tengo idea de cómo pagarte.

—Veo que portas un dispositivo GPS y un teléfono móvil en tu vehículo —insistió el empleado—. Déjalos como garantía.

—¿Qué dislates estás diciendo? —exclamó un camionero mientras empuñaba un cigarrillo encendido—. Toma, aquí tienes la suma que la señorita adeuda.

El varón lucía unos pantalones vaqueros desvaídos, gastados zapatos de tono marrón y una camisa de mezclilla desprovista de mangas. En su brazo se atisbaba un tatuaje en forma de corazón con tres nombres inscritos en su interior, atravesado por una saeta de lado a lado. Sus dientes exhibían coronas de plata y una pañoleta oscura enarbolaba en su cabeza. Dialogaba con acento texano y su risa evocaba a un corsario.

—No, gracias, cederé mi teléfono celular —manifestó Andrea, encaminándose hacia la camioneta.

—Qué obstinada es usted, ciertamente, por la verdad de Dios —ridiculizó el camionero, entregando el billete al recepcionista.

—¿Por qué actúa de tal modo? Es decir, ¿por qué intenta ayudarme? —inquirió ella, deseosa de saber el motivo.

—Porque usted atendió a mi mujer en su clínica e impidió que mi muchacho se muriera. Hará ya unos nueve años de eso, pero me acuerdo bien como buen tejano que soy. Ese día ella me acompañaba en mi camión para aprovechar el viaje y visitar a sus parientes en la ciudad de Charleston. Pero le agarraron los dolores cuando llegamos a la ciudad, y para desgracia ningún hospital estaba preparado para recibirla, puesto que había ocurrido un incendio en una fábrica de cajas de puro. Ya se imaginará usted, lo atiborrado de gente que estaban esos hospitales. Gracias a Dios que su clínica estaba en nuestro paso, y que usted tuvo la amabilidad de atendernos. Después, supe por usted misma que nos lo explicó, que el chamaco venía atravesado. Así que, de no haber sido por usted, mi muchachote se habría muerto. Acepte lo que hago como muestra de agradecimiento. Piense que mi amada esposa también se lo agradece.

Andrea le expresó su agradecimiento al camionero con un sutil movimiento de cabeza y una suave sonrisa apenas dibujada en los labios, aunque su confianza no era evidente. En lugar de continuar la conversación con él, decidió levantar el capó de la camioneta para inspeccionar la falla.

—De hecho, ya se la reparé anoche que la estacionó en el garaje. No pude evitar hacerlo después de ver cómo volaba humo. La verdad es que me tomó menos de diez minutos hacerlo —declaró el hombre, dirigiendo su mirada primero a Andrea y luego al recepcionista—. ¿No es cierto, Adrián?

—Así es, es verdad. Guillermo la arregló, señorita —respondió el recepcionista.

En ese momento, un incómodo silencio se apoderó del ambiente cuando una mujer emergió del cabezal del camión estacionado. Su apariencia revelaba un exceso de maquillaje que enmascaraba sus rasgos, su cabello desaliñado se agitaba al viento y su vestimenta dejaba poco a la imaginación. Era evidente que se trataba de una mujer dedicada al comercio carnal. Sin mediar palabra, el camionero extrajo algunos billetes de su bolsillo y se los entregó. La mujer respondió con un lacónico "cuando quieras, papi". La escena se tensó mientras Andrea observaba perpleja, desconcertada por la cruda realidad de la vida.

—Bueno, un placer mi estimada doctora —dijo el hombre actuando como si nada hubiese pasado.

Una vez más, Andrea esbozó una sonrisa cargada de cortesía y afabilidad, aunque su gesto rozaba la hipocresía. Jamás había tenido que lidiar con individuos de esa calaña, ni tampoco había aprendido a ser agradecida, ya que nunca había experimentado problemas económicos. Se acomodó en el asiento de su camioneta y se puso en marcha hacia *Tulip*. Mientras conducía, reflexionó sobre la ironía de la situación: el empleado había mostrado amabilidad solo después de recibir el billete, de lo contrario, le habría arrebatado su GPS y el teléfono celular. Y el camionero que afirmaba amar a su familia había amanecido en un lugar frecuentado por prostitutas.

Por otro lado, en Charleston, Chelsea clamaba desesperadamente por su liberación. Sin zapatos, golpeaba con furia los barrotes de su celda, provocando un tumulto ensordecedor. Su cabello, desaliñado y salvaje, se entrelazaba con sus palabras entrecortadas. Desde la noche anterior, cuando creyó vislumbrar a su hijo aún no nacido, había perdido completamente el juicio. El oficial de policía encargado de su custodia se encontraba impotente ante la situación, pues el agente Twist le había dejado instrucciones claras de no permitir ningún contacto externo. Así había sido decidido: vigilarla en silencio hasta que su situación se aclarara. Dorian no deseaba que se supiera nada sobre la investigación del arma ni de su posible vínculo con el fatídico accidente.

"Hijo, ¿por qué me haces sufrir de esta manera?" susurraba Chelsea entre lágrimas. "Ver tu presencia frente a mí sin pronunciar palabra alguna es un castigo insoportable. Dime, ¿por qué has venido a visitarme aquí? Te juro que no fui yo quien acabó con la vida de tu padre, fue un mero accidente. Jamás quise que las cosas se descontrolaran. Solo quería el arma para protegerme, para evitar que él me hiciera daño, pero él siguió adelante y se disparó."

El oficial de policía soltó una risa burlona. "Qué ingenua", exclamó. "Si no fuera por su confusión, podría considerarlo una confesión del delito."

A diferencia de Chelsea, cuyos nervios la estaban consumiendo, Sebastián decidió visitar a su padre adoptivo en busca de ayuda para desentrañar los misterios de su pasado, aquellos recuerdos que su mente bloqueaba por algún motivo para protegerlo. Pacientemente esperó a que saliera el paciente que estaba siendo atendido en ese momento, y una vez llegado su turno, sin cita previa pero siempre bienvenido, se recostó en el diván con plena confianza de estar en manos expertas. Adoptó su postura habitual, mientras su padre adoptivo tomaba asiento frente a él para comenzar la sesión.

—¿Podrías ayudarme una vez más a explorar aquel pasillo del que hablaste la otra vez? —preguntó Sebastián.

—El pasillo de los recuerdos, Sebastián, el pasillo de los recuerdos —enfatizó el anciano psicoanalista.

—Bueno, eso —asintió Sebastián—. Es exactamente lo que iba yo a decir.

—Debo aclararte, como ya te mencioné antes, que mi papel no es guiarte en un viaje físico hacia ese pasillo. Mi función principal como tu psicoanalista es orientarte en este proceso de reflexión e introspección de tu ser interior. Me complace saber que ahora estás mostrando interés por tu vida interna. Estoy seguro de que con tu compromiso y esfuerzo, lograremos en poco tiempo lo que no hemos podido alcanzar en años", expresó el anciano con calma.

—Entonces, guíame en el pasillo de los recuerdos para encontrarme a mí mismo —susurró Sebastián mientras cerraba los ojos.

—Duerme, hijo mío. Relaja tu cuerpo y adopta una postura que te resulte cómoda. Busca a ese yo olvidado y pídele que te revele la respuesta al bloqueo mental que te afecta —respondió el psicoanalista con voz serena y tranquilizadora.

Flashback

(*Sunflower*, 1999) Sebastián, un joven de diecisiete años, se encontraba parado en medio de un extenso campo de girasoles, sosteniendo una pequeña maleta y observando fijamente la carretera. A sus espaldas se erguían una casa, unas cabañas de la finca y un granero. Tras una breve pausa, decidió alejarse sin voltear atrás para contemplar lo que había dejado atrás. En ese momento, el conductor de una desvencijada camioneta cargada de madera se aproximó al verlo caminar despacio, sin sospechar que una tormenta se acercaba por detrás.

El amable hombre se acercó aún más, disminuyendo la velocidad y deteniéndose. Acto seguido, abrió la puerta y le extendió una invitación para que subiera. Mientras avanzaban en silencio durante varios kilómetros, Old Tom se atrevió a romper el mutismo.

—Debes de estar loco por emprender un viaje justo cuando una tormenta está a punto de desatarse en el cielo. Esas oscuras nubes parecen los enemigos de Cristo que desean aniquilarnos. Basta con verlas para cagarse del susto. Dime, ¿a dónde te diriges?

—Charleston —susurró Sebastián, sus ojos desprovistos de vida.

—¿Tienes familia allí? Yo tengo parientes por toda esa zona.

Sebastián no respondió y permaneció en silencio durante el resto del trayecto. Los intentos de Tom por entablar una conversación resultaron infructuosos. Cuando finalmente llegaron a Charleston, la tormenta estalló y el joven silencioso volvió a hablar.

—Déjame aquí.

—¿Aquí en el parque? —preguntó Tom, sorprendido.

—Sí, aquí me esperan —respondió.

Sebastián bajó de la camioneta y se dirigió a sentarse en un banco mientras la lluvia caía. Tom lo observó con el deseo de llevárselo consigo, pero su extraño comportamiento le resultaba desconcertante como para asumir tal responsabilidad. Al fin y al cabo, durante el viaje no lograron establecer ningún lazo de amistad.

Fin del *flashback*

De vuelta en el consultorio, Sebastián abrió los ojos y se quedó contemplando el cuadro colgado en la pared, una pintura al óleo realizada por un diestro pintor paisajista que había cuidado hasta el más mínimo detalle para darle un toque realista. Los surcos de girasoles en una enorme plantación sobresalían con una granja situada casi en el centro.

—Has estado viendo esa pintura colgada en la pared durante muchos años —dijo el psicoanalista—. ¿Qué es lo que la hace tan extraña para ti hoy?

—Papá, el paisaje de esa pintura me resulta muy familiar y verla me hace sentir como en casa. Deseo correr por ese campo y gritar que he vuelto a casa. Tuve un recuerdo en el que me veía parado en medio de una plantación similar. Sé que suena extraño, pero creo que algo me dice que no estoy equivocado. Siento que hay una conexión ente esa pintura y yo.

—Existe un poblado llamado *Sunflower* a pocos kilómetros de aquí —explicó el padre—. No tengo idea de cómo sea ese lugar, ya que nunca lo he visitado. Un amigo amante del arte me obsequió ese cuadro hace aproximadamente unos cuarenta años. Me dijo que el artista se inspiró en ese pueblo que está al sur de esta ciudad, donde según dicen, se cultivan girasoles desde hace más de ochenta años.

—¿Crees que debería ir? —preguntó Sebastián, mostrándole un fólder—. Mira, traje esto que guardé todos estos años en un archivador de mi despacho.

El padre adoptivo sacó del fólder una carta apenas legible y, al leerla, recordó que habían pasado exactamente veinte años desde que encontró a Sebastián en el parque. Lo encontró empapado y con sus pocas pertenencias echadas a perder por el agua. En el papel arrugado y rasgado, solo se podía leer el nombre del destinatario, sin la fecha, y un breve párrafo garabateado con pocos caracteres.

"Para: Sebastián Alighieri Wilson

Querido Sebastián, lamento informarte que tu madre ha fallecido. Sé que esto puede causarte dolor, pero créeme que es mejor que lo sepas, para que puedas seguir adelante con tu vida. Ya no sufras por ella.

Antes de despedirme, quiero pedirte un favor muy grande, vete de aquí porque..."

—Eso es todo lo que conservo —añadió Sebastián—. Esta vieja carta en la que me informan sobre la muerte de mi madre, a quien apenas había comenzado a recordar hace unos días. Fue por esta razón que no olvidé mi nombre, y gracias a eso pudiste ayudarme a construir una identidad. No sé cuántos funcionarios tuviste que sobornar para facilitar los trámites y pasar por alto el hecho de que no tenía más documentos conmigo. Siempre me cuestioné el hecho de cómo llegó esa carta a mis pertenencias, y por qué cortada como si le faltaran palabras. Espero saberlo algún día. Además, me llena de intriga saber por qué me piden que me marche, y ni siquiera sé de dónde. ¿A caso tengo enemigos que no recuerdo?

—En realidad —respondió el psicoanalista—, debo admitir que podría haber hecho mucho más para ayudarte a encontrar a tu familia hace muchos años. Pero... no lo hice porque me di cuenta de que estabas huyendo de algo más que lo mencionado en la carta. Sabes que nuestras conversaciones en esta oficina se han prolongado desde que viniste a mí, pero nunca quise herirte obligándote a recordar lo que no querías.

Ahora las circunstancias han cambiado, con los recientes cambios en ti y el interés que has demostrado, me has convencido de que estás preparado para buscar tus raíces. Además, en el hipotético caso de que algún enemigo o enemigos aguarden tu regreso a *Sunflower*... ya eres un hombre adulto que podrá enfrentar lo que sea. Una vez que ya eres consciente de que eres el adulto que está a cargo de tu propia vida, jamás volverás a permitir que dañen tu niño interior.

—¿Entonces crees que debería ir a ese lugar llamado *Sunflower*?

—No importa en lo que yo crea, lo que importa es en lo que tú crees y la convicción de que debes hacer lo que tu corazón te dice que hagas. Ya eres un hombre de treinta y siete años, volando hacia adelante como un pájaro en el cielo confiado en tu habilidad para volar. Así vuela, confiado en que los años te han dado alas para superar las adversidades. Ve a donde te llame el corazón, pero asegúrate de que su voz sea la de la razón.

"Sebastián, has recorrido un largo camino en este proceso de autodescubrimiento, y ahora tienes la fortaleza para enfrentar cualquier desafío que se presente en tu camino hacia *Sunflower*. Eres un hombre adulto, capaz de proteger a tu niño interior y no permitir que nadie lo dañe nuevamente. La búsqueda de tus raíces puede ser un viaje emocionalmente intenso, pero confío en que tienes las herramientas necesarias para enfrentar cualquier obstáculo. El viaje hacia *Sunflower* puede abrirte puertas a la verdad y a una conexión más profunda con tu pasado. Permítete explorar y descubrir quién eres realmente, sin miedos ni limitaciones. Eres el autor de tu propia historia y tienes el poder de forjar un futuro lleno de significado y autenticidad. Sebastián, recuerda que el pasado puede influir en nuestro presente, pero no define quiénes somos. Tú eres más que tus experiencias pasadas y estás listo para enfrentar cualquier adversidad. Confía en ti mismo y en tu capacidad para encontrar respuestas y sanar las heridas del pasado. Hijo mío, al enfrentar tus miedos y buscar tus raíces, te estás empoderando y tomando el control de tu propia historia. Nunca olvides que eres el protagonista de tu vida, y en tus manos está la capacidad de transformar el pasado en una fuente de sabiduría y crecimiento personal. Nunca olvides que yo estaré esperándote con los brazos abiertos.

Entre tanto, en *Tulip*, Andrea llegó sin contratiempos a las primeras casas del pueblo. Este era un encantador pueblo pintoresco anidado en medio de colinas ondulantes y valles verdes. Sus calles estaban adornadas con casas de fachadas coloridas y cuidados jardines que añadían un toque de belleza a la atmósfera tranquila del lugar. Las casas, en su mayoría, eran de estilo tradicional, con techos inclinados y ventanas enrejadas que emanaban un aire acogedor y familiar.

El centro del pueblo era una animada plaza, donde los lugareños se reunían para disfrutar del sol y socializar. El sonido de risas y conversaciones llenaba el aire mientras los residentes se paseaban por las tiendas locales, que ofrecían una variedad de productos artesanales y delicias culinarias.

Sin embargo, alejándose del centro, las características del paisaje comenzaban a cambiar. Al seguir las indicaciones del GPS, Andrea se encontró en una calle apartada de las demás, rodeada de lotes baldíos descuidados y en espera de desarrollo. La atmósfera tranquila y pintoresca del pueblo parecía desvanecerse, dejando espacio a una sensación de abandono y aislamiento en esta parte menos transitada de *Tulip*.

La casa de Chelsea, ubicada en esta calle apartada, tenía una fachada modesta pero acogedora. El color blanco contrastaba con las vivas tonalidades de los apartamentos cercanas al centro del pueblo. Un pequeño porche delantero ofrecía un espacio para disfrutar del aire fresco y las vistas a los lotes baldíos cercanos. Aunque no era ostentoso, el hogar de Chelsea irradiaba una sensación de calidez, representando su estilo de vida de clase media en este rincón peculiar de Charleston.

Tulip no estaba muy lejos de Charleston, pero los problemas mecánicos con su camioneta, hicieron que Andrea se retrasara más de lo esperado. Cuando finalmente estacionó su vehículo a un costado de la calle, emprendió una lenta caminata hacia la morada, deteniéndose por un fugaz instante antes de atreverse a tocar. Sorprendentemente, la puerta se abrió con el tenue roce de su puño. Fue entonces que se percató de la ausencia de seguro en la entrada y entró sin vacilar. De repente, al desviar su mirada hacia el suelo, un escalofrío recorrió su ser de pies a cabeza.

SALOMÓN MALAK

El suelo se reveló cubierto por una costra de sangre seca, evidenciando así diversas huellas de calzado que, partiendo desde allí, se dirigían hacia la cocina para luego girar rumbo a un sótano de reducidas dimensiones. De súbito, la sobresaltó el sonido repentino y contundente de la puerta al cerrarse, seguido por la oscuridad repentina que se adueñó de la vivienda. Una sensación de temor se apoderó de la mujer, quien, al encontrarse en un espacio desconocido, tropezaba con todo obstáculo en su trayecto al tratar de escapar. Finalmente, su espanto alcanzó su máximo esplendor al escuchar la voz de un hombre que se dirigió a ella antes de propinarle un contundente golpe en la cabeza con un bate.

—Has regresado, Chelsea. Sabía que tarde o temprano volverías. He tenido tiempo más que suficiente para preparar una cálida bienvenida en este sótano, el cual he acondicionado exclusivamente para ti —expresó el individuo con una sonrisa siniestra y anticipada—. Pronto podrás apreciarlo en toda su magnificencia.

—Yo no soy Chel... —intentó explicar Andrea antes de recibir el contundente golpe que la dejó aturdida.

Cuando el hombre activó el interruptor y la luz del sótano iluminó la estancia, su rostro se llenó de asombro al descubrir que la persona ante él era Andrea. Un escalofrío recorrió su espalda al darse cuenta de que ella había alcanzado a ver su rostro antes de sucumbir al golpe contundente que él le había propinado en la nuca.

Horas después, cuando Andrea recobró el conocimiento, su cuerpo se vio aprisionado por gruesas ataduras que le impedían moverse. Sus pies y manos se encontraban inmovilizados, sujetos a ambos lados de un antiguo catre de metal que crujía con un sonido inquietante cada vez que ella intentaba liberarse. En medio de la penumbra, sus ojos se posaron en el hombre sentado de espaldas en una polvorienta silla de madera, perdido en sus pensamientos, bajo una luz tenue que apenas permitía vislumbrar los contornos de la habitación. Entre sus manos sostenía un objeto enigmático, cuyos detalles se perdían en la escasa iluminación, aumentando la incertidumbre y el temor que embargaban a Andrea en ese momento.

—Kenneth, no esperaba encontrarte aquí, aunque una parte de mi subconsciente intentaba decirme que no eras quien yo creía —expresó Andrea con un tono de voz mezclado entre sorpresa y decepción.

—No quería hacerte esto —murmuró Kenneth, desviando la mirada hacia el suelo—. No tenías por qué estar aquí ni recibir ese golpe. Nunca debiste venir.

—De cualquier manera —continuó Andrea con determinación—, ese golpe iba dirigido a alguien más a quien estabas esperando para acabar con su vida en este lugar. No importa si era para mí o para otra persona. Ahora lo sé todo, Kenneth.

—¿Qué? ¿Qué sabes? —preguntó Kenneth, manteniendo su espalda encorvada y su mirada cabizbaja.

—Tu objetivo era asesinar a Chelsea O'Brien porque está embarazada de ti. Sí, yo misma la atendí en mi clínica y le informé el resultado positivo de su embarazo. Vi su feto en el ultrasonido y se lo comuniqué, imaginando y manteniendo viva la esperanza de que fuera mío en lugar de ser de ella. Admito que deseé ser la madre de ese hijo, porque ella me confesó que quería abortarlo. En ese momento no la comprendí, y para ayudarla emprendí este viaje que me trajo directo hasta ti. Pero ahora... al verte tal como realmente eres, sin máscaras... entiendo que cualquiera en su lugar habría deseado lo mismo. A las dos, nos querías tontas, ingenuas, diminutas y sin conocimiento de lo que en verdad valíamos para seguir depredándonos. No sabes cuánta paz me embriaga ahora que conozco tu verdadero rostro, ante mí se ha caído el velo que tapaba tus mentiras. Ni siquiera voy a preguntarte si alguna vez me amaste, sería estúpida si lo hiciera.

—¿Estás insinuando que nunca te hice feliz? —preguntó Kenneth.

En esa pregunta fría, Andrea experimentó una sensación de estar conversando con un ser vacío. Ese no era el Kenneth con el que se había casado. Ahora, sin máscara, era aterradoramente maquiavélico y cínico.

—No intentes manipularme, basura, puesto que toda mi vida me vendiste un personaje de esposo perfecto que yo me creí, debido a mi necesidad de sentirme amada para llenar un vacío que nunca pude llenar. Cuando me conociste, viste en mí a una mujer necesitada de amor... entonces ajustaste tu personalidad para parecerte a lo que yo quería. Me pregunto cuál de las dos era tu principal suministro de combustible narcisista. La liberación de conocer tu verdadero rostro ha borrado la sombra de tus engaños. Descubrir tu máscara de mentiras ha sido mi pasaporte hacia la libertad y la paz interior. No necesito preguntar si me amaste, porque repentinamente me amo a mí misma de una manera que nunca imaginé.

—¿Estás segura de lo que me estás diciendo? —preguntó Kenneth sin voltear a verla—. Mira que podrías estar equivocada. A lo mejor te amo y estás dejándome ir por las repentinas locuras que te estás creando en tu mente. ¿Recuerdas lo que dice la biblia sobre el amor? Según la palabra divina, el amor es sufrido, ¿no es así? Pero también recuerda que dice que el amor todo lo cree, todo lo soporta y todo lo espera. ¿No crees que esto aplica a nuestra situación? Quizás estés dejando que tus inseguridades nublen tu juicio y te alejen de nuestro amor verdadero. Confía en mí, Andrea, y en lo que la biblia nos enseña. Juntos podemos superar cualquier obstáculo y encontrar la felicidad que merecemos. Después de todo, ¿acaso no es el amor lo que nos une, aunque algunos sacrificios sean necesarios? Incluso si eso implica dejar atrás tu propia identidad y someterte a mis deseos y caprichos. Porque, Andrea, recuerda que el verdadero amor es aquel que te consume por completo, hasta convertirte en una extensión de mí mismo. Juntos podemos alcanzar la perfección divina y dejar atrás todas las trivialidades del mundo terrenal. Confía en mí, confía en nuestro amor, y seremos uno para siempre. Yo estoy dispuesto a perdonarte.

—¿Estás escuchando las brutalidades que estás diciendo, maldito enfermo? En este instante rompo las ilusiones que me sembraste. No me arrepiento de haberme despojado de las ilusiones que creaste a mi alrededor. Ahora, soy dueña de mi propia verdad y no necesito buscar validación en tus falsos sentimientos —dijo Andrea enfurecida—. Ya no me engañaré con la idea de un amor que nunca existió. Prefiero la claridad de la realidad a la oscuridad de tus manipulaciones. El velo de tus mentiras se ha desvanecido y ahora puedo ver con claridad quién eres realmente. No necesito buscar amor en un espejismo, porque hoy ha nacido el amor en mí misma. Descubrir la verdad detrás de tus falsas promesas me ha dado la fuerza para liberarme de tu control. No necesito preguntarme si alguna vez me amaste, porque ahora sé que merezco un amor auténtico, sin condiciones y sin máscaras. La paz que siento al conocer tu verdadero rostro es un regalo que me he dado a mí misma. Ya no permitiré que tus manipulaciones empañen mi felicidad y mi libertad. Encontrar mi propia valía y dejar de buscarla en ti ha sido el mayor acto de amor propio que he realizado. No necesito tus falsos sentimientos para sentirme completa. No me engañaré con fantasías de amor que nunca se materializaron. Ahora me amo lo suficiente como para reconocer que merezco mucho más que tus engaños y manipulaciones. Maldito, bastardo, hace muchos años debí decirte todo esto y mucho más.

—¡Ahhhhh! Al final resultaste más astuta de lo que imaginaba, mi amor. Veo que has hecho la tarea de manera exhaustiva. Y en este punto, ya no tiene sentido continuar con esta farsa —dijo Kenneth, girando la silla hacia Andrea—. Está bien, dado que no hay nada que me obligue a seguir fingiendo contigo, te revelaré la verdad. La verdad es que siempre te he odiado. Nunca pude soportar tu capacidad de amar tan intensamente, porque yo mismo desconozco por completo ese sentimiento. Detesto cuando me dicen "te quiero" o "te amo", ya que quienes lo expresan solo logran despertar en mí una profunda repulsión, en lugar de provocar algún tipo de afecto reciproco.

"Me produces una repugnancia inigualable, nunca te soporté, Andrea. Eres una estúpida dramática que se cree merecedora de toda la gloria por ser doctora. Te aborrezco con cada fibra de mi ser, no puedes comprender cuánto te desprecio y el asco que me provoca recordar cada beso que alguna vez te di. Incluso, debo confesarte que nunca soporté tener relaciones sexuales contigo, puesto que no lograbas despertar en mí ninguna sensación que me indicara que me tenías miedo, que te sometías completamente a mi voluntad. Más que hacer el amor, lo que en verdad deseaba era apretar tu delicado cuello con mis propias manos hasta que dejaras de respirar, hasta que extinguiera la vida de tu insoportable ser. Porque incluso, el simple acto de respirar el mismo aire que mí es demasiado para ti, eres insignificante y no mereces nada más que mi desprecio.

"Oh, Andrea, eras tan ingenua al creer que alguna vez te amé. Los psicópatas narcisistas como yo no conocemos el verdadero amor, solo sabemos utilizar a las personas para nuestro beneficio. Tú, con tu empatía y bondad, fuiste una presa perfecta para mí. Me nutrí de tu amor y devoción mientras te desgastabas emocionalmente tratando de complacerme. Cada lágrima que derramaste por mí, cada sacrificio que hiciste, solo alimentaba mi ego y me daba un placer perverso. Saber que podía controlarte, manipularte y hacerte creer que eras la culpable de mis desprecios y maltratos, era un deleite para mí. Me regocijaba en tu sufrimiento y en la confusión que sembraba en tu mente. No existe nada más satisfactorio para un narcisista que tener el control absoluto sobre su víctima, saber que pueden hacerles creer cualquier mentira y arrastrarlos a la oscuridad sin que sospechen nada. Tú fuiste mi marioneta, mi juguete personal, y ahora que el juego ha terminado, disfruto revelándote la realidad detrás de mis máscaras. Eres solo una más en mi lista de víctimas, un trofeo que ahora adorna mi colección de almas destrozadas."

Flashback

Catedral La Dolorosa, Charleston, jueves 21 de junio de 2001

La iglesia estaba bellamente decorada para la ocasión. Los arreglos florales llenaban el lugar con su fragancia y colores vibrantes, creando un ambiente de alegría y amor. El altar estaba adornado con elegantes velas y un delicado encaje blanco cubría los bancos de la iglesia. El suave murmullo de los invitados anticipaba el momento tan esperado.

Andrea avanzaba con gracia y elegancia hacia el altar, envuelta en un halo de radiante felicidad que se reflejaba en su espléndido vestido de novia. Los invitados, absortos en la solemnidad del momento, aguardaban con atención mientras el corazón de Andrea latía con anhelo. Fue entonces que Kenneth, con voz serena y llena de emotividad, pronunció sus votos de amor, tejidos con maestría entre ilusiones y palabras dulces, creando una red de promesas que envolvía a la pareja en un abrazo de esperanza y eternidad:

"Yo Kenneth , este día, ante todos los presentes y bajo la mirada del destino, prometo amarte y cuidarte en cada amanecer y cada anochecer. Eres la luz que ilumina mi camino, la brisa que acaricia mi ser. En tu sonrisa encuentro la paz y en tus ojos, mi refugio eterno. Prometo ser tu apoyo incondicional, tu roca en tiempos de tormenta. Juntos enfrentaremos las adversidades y construiremos un mundo donde nuestros sueños se entrelacen y se hagan realidad. En cada susurro y cada caricia, sellaremos nuestro amor con un lazo que perdurará hasta el final de los tiempos."

"Juramos caminar juntos, nutriendo nuestro amor con confianza y respeto. En la alegría y en la tristeza, seremos el sostén mutuo que necesitamos. Cada día seré testigo de tu grandeza, celebrando tus triunfos y secando tus lágrimas en momentos de fragilidad. Estaré a tu lado en la salud y en la enfermedad, sosteniendo tu mano cuando sientas debilidad. Protegeré tus sueños como si fueran los míos, construyendo un futuro en el que nuestras almas se entrelacen en un abrazo eterno. Tu felicidad será mi mayor anhelo, y juntos escribiremos una historia de amor que trascenderá las estrellas."

"Por siempre te amaré, con cada latido de mi corazón y cada suspiro de mi ser. Eres mi inspiración, mi razón de ser. Que nuestro amor florezca como un jardín eterno, embriagando nuestros días con la fragancia de la pasión y la complicidad. En cada palabra y gesto, reafirmaremos nuestro vínculo, compartiendo una vida de amor infinito."

Las palabras de Kenneth resonaron en el aire, llevando consigo la esperanza y la promesa de un amor eterno. Pero Andrea no sabía que aquellos votos pronto se desvanecerían en el oscuro abismo de la manipulación y el engaño.

Fin del *flashback*

Andrea emergió del *flashback* con los ecos de las palabras de amor reverberando en su mente. Por un instante, su corazón latió con la esperanza de que aquellos votos fueran genuinos y de que la belleza que alguna vez sintió estuviera realmente presente en su vida. Pero la realidad cruda y despiadada volvió a golpearla, recordándole que aquel hombre que ahora tenía ante ella no era el mismo que pronunció aquellos dulces juramentos en el altar. Las palabras de amor se desvanecieron como un espejismo, dejando paso a la oscura verdad de su matrimonio con un psicópata narcisista.

—Lo sabía, mi intuición me lo decía y nunca hice caso. Justo ahora estaba recordando nuestra boda y cada una de las palabras que me juraste en el altar, maldito mentiroso: Ahora puedo traducir lo que en verdad me quisiste decir aquel día:

"Acepto estar a tu lado en la salud y en la enfermedad porque no puedo negar que me divierte ver el miedo en tus ojos. ¡Jamás te mataría! Eso sería demasiado rápido y fácil. No, querida, tengo otros planes para ti. Planeo desgarrar tu alma poco a poco, hacer que cada día desees fervientemente la muerte, pero sin concedértela. Quiero verte sufrir, arrastrarte por el abismo de la desesperación mientras yo me alimento de tu agonía. Serás mi prisionera en esta pesadilla que he creado para ti, y cada día descubrirás nuevos niveles de sufrimiento a los que ni siquiera imaginaste que podrías llegar. No te preocupes, no necesitaré matarte físicamente, ya que me aseguraré de destruirte mental y emocionalmente hasta que tu existencia se convierta en un vacío sin sentido. Y no creas que escaparás fácilmente, Andrea, porque ahora que conozco tus debilidades y tus miedos más profundos, te aseguro que no hay lugar en el mundo donde puedas esconderte de mí. Estás condenada a ser mi presa, mi juguete eterno en esta siniestra tragicomedia que hemos comenzado. Prepárate para vivir una vida de sufrimiento inimaginable, mientras yo disfruto de cada segundo alimentándome de tu desesperación."

—¡Bravo! —exclamó Kenneth riendo—. Cuánto ingenio, has hecho una excelente traducción de lo que en verdad quise decirte aquel día. Aunque debo admitir que hay un detalle que ha cambiado.

—¿Qué harás conmigo ahora? ¿Piensas matarme? —preguntó Andrea con voz temblorosa, su mirada llena de temor.

—Oh, querida Andrea, parece que aún no entiendes la magnitud de nuestra situación —respondió Kenneth con una sonrisa siniestra, mientras sostenía un cuchillo afilado que reflejaba su malévola expresión—. Después de haberme quitado la máscara, no dejaré que te escapes tan fácilmente. ¿Quién dijo que iba a dejarte con vida? Nuestra historia no puede tener un final feliz. Debo admitir que las cosas podrían haber continuado como siempre, pero ahora que estás aquí, no me queda más opción que... acabar contigo. No importa qué hayas hablado con Chelsea o por qué decidiste buscarla, te aseguro que si no la ves en esta vida, pronto se encontrará contigo en el infierno. No descansaré hasta desgarrarle las entrañas por lo que me hizo. Esa gamberra me disparó en el costado y huyó como una cobarde. ¡Pobrecita! Debe estar escondida como una rata en alguna alcantarilla, pensando que ha logrado matarme. Pronto recibirá el castigo que se merece por haber intentado acabar conmigo.

—¡¡¡Eres un maldito psicópata!!! —gritó Andrea con determinación, desafiando a su captor.

—Quizás lo sea, o quizás no. La verdad es que depende de la perspectiva desde la cual lo mires. Pero permíteme recordarte que este juego no termina hasta que yo diga que ha llegado su fin —dijo Kenneth mientras acercaba el cuchillo amenazadoramente a la garganta de Andrea, su aliento frío y lleno de maldad rozando su piel.

Andrea podía sentir el peso del peligro acechando a su alrededor. Su respiración se aceleraba y su corazón martillaba en su pecho como un tambor desenfrenado. Cada latido resonaba en sus oídos, anunciando el inminente desenlace de esa pesadilla retorcida. La oscuridad del sótano parecía envolverla aún más, intensificando su sensación de atrapamiento y desesperación.

Cuando Kenneth se disponía a hundir el filo del cuchillo en un acto de violencia irrefrenable, en medio de la tensión sofocante, un estruendo estremecedor retumbó en el aire opresivo del sótano. Fue como si la misma naturaleza hubiera respondido al terror que se desplegaba ante sus ojos. Andrea quedó paralizada por un instante, incapaz de comprender lo que acababa de suceder. Pero antes de que pudiera procesarlo, una ráfaga de dolor ensordecedor se apoderó de ella.

Una bala desgarró impetuosamente la carne de Kenneth, atravesando su espalda con una violencia inusitada, desgarrando a su paso tejidos y órganos vitales para luego atravesar su abdomen con saña inmisericorde. El cuchillo cayó de su mano, y un grito de agonía escapó de sus labios retorcidos. El impacto fue devastador, destrozando todo en su camino. El sótano se llenó de un caos grotesco, mientras la sangre se mezclaba con los ecos de la muerte.

La comunión grotesca de sangre, vísceras y un líquido viscoso y verdoso se desató en una explosión macabra, salpicando el rostro de Andrea con una lluvia siniestra y repulsiva. Su grito de horror se mezcló con el olor pestilente que emanaba de aquella escena dantesca.

Andrea fue testigo de la macabra danza de vísceras y líquidos que se desató frente a ella. El olor a muerte y putrefacción inundó el aire, envolviéndola en una pesadilla que amenazaba con consumirla por completo. El grito de horror se quedó atascado en su garganta, sofocado por el asfixiante aroma y la visión repulsiva que tenía ante sus ojos.

El destino había intervenido en el último momento, enviando un salvador desconocido para liberarla del abismo en el que se encontraba. Aunque el alivio comenzaba a invadirla, Andrea no podía apartar la mirada de aquel despliegue grotesco que se extendía ante ella. La vida se había desvanecido del rostro de Kenneth, pero la huella de su maldad quedaba impregnada en cada rincón de aquel sótano oscuro y siniestro.

En el instante en que el terror se adueñaba del ambiente cargado de tensión, un intruso sigiloso había irrumpido en la morada, siguiendo las huellas que conducían al sótano. Andrea, desconcertada y asustada, presenció cómo la silueta en penumbra se alzaba erguida, sosteniendo con firmeza un revólver cuyos resquicios de humo flotaban en el aire. Era un salvador inesperado, portador de un destino incierto.

En medio de la confusión, la salvación emergió como una campana que repica en el último momento. Andrea, abrumada por la espeluznante impresión cayó nuevamente inconsciente, sus párpados se cerraron para resguardarla de aquel impacto sobrecogedor, dejando en suspenso el destino que la esperaba al dejarla inmersa en esa macabra sinfonía de silencio. Se dejó llevar por el desmayo, sintiendo gratitud por aquel misterioso sujeto que sostenía el arma.

E n cuanto al padre Osmani, despertó en la habitación de la casa
  Wilson, iluminada por los últimos rayos del sol que se filtraban
a través de la ventana entreabierta. El cálido resplandor dorado se
posaba suavemente sobre los muebles antiguos y las cortinas
ondeantes. Al abrir los ojos, consultó su reloj y se dio cuenta de que
ya eran las seis de la tarde, habiendo descansado profundamente
durante toda la noche y parte del día.

Se levantó de la cama con calma y, de rodillas, comenzó a recitar
las oraciones que conocía desde su infancia. Las palabras resonaban
en la habitación, creando un ritmo constante y familiar. Una vez
que hubo terminado, sacó una vieja carta de su maleta y la guardó
cuidadosamente en el bolsillo de su pantalón, como si llevara consigo
un tesoro preciado.

Descendió las escaleras y llegó a la acogedora sala, donde una mesa de madera adornada con una fruta fresca lo esperaba. Sin pensarlo dos veces, tomó una manzana y salió al jardín. Allí, se adentró en el verdor exuberante de la granja, rodeado por el aroma dulce y terroso de los árboles frutales cercanos.

Caminó con paso sereno hasta una de las cabañas de la propiedad, donde un banco rústico invitaba al descanso. Se acomodó en él, sosteniendo la carta con ambas manos. Un suspiro largo y profundo escapó de sus labios, mientras la mirada perdida en el horizonte evocaba un recuerdo lejano que aún lo embargaba de melancolía.

El padre Osmani se sumergió en sus pensamientos, dejándose llevar por la tranquilidad del entorno y los susurros del viento. La carta, portadora de secretos y emociones, se convertía en un vínculo con el pasado, un fragmento tangible de una historia que seguía resonando en su corazón.

Flashback

(Roma, Italia, Universidad Pontificia de la Santa Cruz, 1999)

Tres años habían transcurrido desde la llegada del joven seminarista Osmani a Roma. Con tan solo veinte años, se encontraba inmerso en una conversación con Carlos Aguilar, también teólogo, cuando un director se acercó portando una correspondencia. El sobre fue entregado a Osmani, quien agradecido se retiró a su habitación en busca de un espacio íntimo para leerla.

La habitación, impregnada de la majestuosidad académica y el silencio sereno propio de aquel lugar sagrado, brindaba refugio al joven seminarista. Con delicadeza, abrió el sobre y sus ojos se encontraron con las letras impresas que llevaban consigo un mensaje que alteraría su mundo:

"Roma, Italia, 5 de junio de 1999

Estimado joven Osmani:

Que Dios le conceda una buena vida en la bendita ciudad de Roma.

Me dirijo a usted en nombre de su abuela, la señora Críspula, quien me ha encomendado la tarea de comunicarle una noticia que ella misma no se siente capaz de entregar.

Resulta que su hermano Sebastián, como bien sabe, ya cuenta con diecisiete años de edad. Recientemente, ha abandonado el hogar familiar y se ha unido a un grupo de gitanos que, de paso por nuestro pueblo, se dedican a montar campañas temporales para presentar espectáculos circenses en distintos países.

Aunque nos aflige la situación, nos reconforta saber que dejó una nota de despedida en la que afirma haber tomado esta decisión por voluntad propia. En sus palabras, les ruega que no lo busquen, debido a que no tiene intención alguna de regresar.

Esperamos que esta noticia, recibida sin alteración, no interfiera en sus estudios ni en su vocación. Le deseamos días felices y llenos de bendiciones en esta santa ciudad de Roma.

Atentamente,

Benazir Jones"

Fin del *flashback*

Benazir interrumpió el recuerdo del padre Osmani, quien lo vio salir de la habitación y se acercó sonriente y servicial para llevarle un refresco a la cabaña. Con largos pasos, evitó cuidadosamente el lodo dejado por la lluvia de la noche anterior. La plantación de girasoles mostraba signos de desgaste, con plantas aporreadas por el viento y algunas al borde de caer al suelo. En esa tarde, ni siquiera los pájaros entonaban su canto, ya que descansaban en sus nidos antes de que la noche volviera a caer.

—Aquí tiene para hidratarse, espero que se sienta mejor —dijo Benazir, entregando el vaso al padre.

—Muchas gracias, señora Benazir —respondió el padre, tomando el vaso—. ¿Sabe si la señorita Andrea ha regresado?

—No, no ha regresado desde entonces —confirmó la anciana, su mirada se posó en la carta—. ¿Ha recibido usted correspondencia?

—Señora Benazir —pronunció Osmani con un tono sereno y penetrante, sus ojos fijos en los de la anciana—. Desde mi regreso a *Sunflower*, no me he atrevido a indagar acerca del paradero de mi hermano. Acepté la decisión que él tomó hace ya veintitrés años y procuré respetar su voluntad. Sin embargo, permítame inquirir: ¿por qué mi abuela no se dignó a comunicarme personalmente la partida de Sebastián? ¿Por qué encomendó a usted la tarea de redactar esta misiva? La verdad sea dicha, nunca comprendí por qué mi abuela delegó en usted una noticia tan trascendental. Permítame expresar que, más que brindarme consuelo, estas líneas han sido una aflicción constante a lo largo de mi vida. He perdido a mi padre, a mi madre y, por último, a él. ¿Cómo se siente usted ante esto?

—Comprendo la magnitud de sus sentimientos en este momento —intervino Benazir, desconcertada por la situación—, pero... no logro comprender a qué carta se refiere.

—A esta carta —respondió Osmani, colocándola en las manos temblorosas de la anciana.

La señora Benazir tomó la carta entre sus dedos, sintiendo la pulsación acelerada de su corazón. Al comenzar a leer, experimentó una oleada de sangre caliente que parecía querer escapar de su pecho. Las elucubraciones y suposiciones que habían inundado su mente acerca de la desaparición de Sebastián finalmente se disiparon.

—A juzgar por su expresión —añadió Osmani con sagacidad—, permítame formularle una pregunta. ¿Fue usted realmente quien redactó esta carta?

—No, no fui yo... pero creo saber quién lo hizo y por qué.

—Adelante, le ruego que me lo diga.

—Fue...

Capítulo 7: Un espejo roto

El ruido ensordecedor y las luces intermitentes, en tonos rojos y azules, de múltiples patrullas policiales sacudieron la consciencia de Andrea, despertándola de golpe y sumiéndola en una confusión dolorosa tras el golpe recibido en la nuca. Emergió de la inconsciencia para encontrarse postrada en una camilla de ambulancia, desorientada y desvalida. Sus intentos por incorporarse fueron en vano, pues los sedantes que le administraron para controlar sus nervios la mantenían ajena a lo que acontecía. Contemplaba los vehículos, las personas y las luces con una visión borrosa y distorsionada, como si la miopía y el astigmatismo se hubieran apoderado de su mirada. Todo parecía escapársele de comprensión y nitidez.

La ambulancia permanecía estacionada a un costado de la calle, en compañía de otras unidades, mientras los paramédicos la asistían diligentemente, manteniendo las puertas abiertas en anticipación de posibles víctimas adicionales. Algunos le aplicaban vendajes, otro sostenía el suero y otro controlaba su presión arterial.

Mientras tanto, los expertos realizaban el delicado levantamiento del cuerpo de Kenneth, extrayéndolo del sótano en una camilla y envolviéndolo en una lúgubre bolsa negra de plástico. En ese preciso instante, Andrea alzó la cabeza y su mirada se encontró con la macabra escena: la camilla desplazándose hacia otra ambulancia, con el macabro envoltorio de plástico encima.

Cuando el cadáver cruzó frente a la puerta de la ambulancia, el tiempo pareció detenerse y el infierno se desató una vez más en su mente. Cada palabra hiriente y cínica que Kenneth le había lanzado resurgió en su memoria, resonando como un eco doloroso. Las frases que más la habían golpeado se repetían una y otra vez: "... Está bien, ya que no hay nada que me obligue a seguir fingiendo contigo, te diré la verdad. La verdad es que siempre te he odiado. Nunca soporté tu capacidad de querer tanto a alguien... porque yo jamás he sabido lo que es ese sentimiento. Me produces repugnancia, nunca te soporté".

La agitación de Andrea llevó a los paramédicos a proceder a sedarla nuevamente. Alguien sugirió que retiraran el cuerpo lo más rápido posible de su vista para que no lo presenciara más. Antes de que el sedante hiciera efecto, Andrea, con el rabillo del ojo, volvió a ver al hombre que había disparado en el sótano, poniendo fin a la vida de Kenneth. Recordó que su rostro fue lo último que vio antes de desmayarse en el catre. Lo vio allí, erguido y decidido, dialogando con las autoridades locales acerca de lo ocurrido. El hombre desvió su mirada hacia ella y al percatarse de su estado alterado, se disculpó con los inspectores y se acercó a paso firme hacia la ambulancia.

—Tranquila, ahora está a salvo —susurró con una voz tranquilizadora.

—¿Quién es usted? —preguntó Andrea antes de sumergirse en un profundo sueño.

—Soy el agente Dorian Twist —respondió, clavando su mirada en ella con singularidad—. Por favor, descanse.

Andrea se adormeció y Dorian se sentó a su lado. La ambulancia se puso en marcha y la llevó al hospital local de *Tulip*. Mientras el vehículo se deslizaba hacia el centro médico, Dorian la observaba, incapaz de desentrañar el misterio que envolvía a aquella mujer. Sabía que ella era uno de los cuerpos desaparecidos de la morgue el día de la autopsia. Al llegar, el médico de guardia la recibió y el resto del personal la atendió de manera excelente. Aquella noche, Dorian durmió en un sillón junto a la camilla, velando por su seguridad.

Por la mañana, ambos fueron despertados por el inspector Jessie Brown, quien golpeó la puerta con una libreta en mano. Dorian saltó del sillón, sorprendido por los modales extraños del investigador. Andrea, con una expresión y mirada aterrorizada, despertó pensando que el salto era el sonido de un disparo. Los miró fijamente, inhalando profundamente para recobrar la compostura.

—Buen día, ¿me podría explicar por qué el señor Kenneth Miller intentó asesinarla en ese sótano? —preguntó el sujeto con aparente prisa y poca empatía por la víctima.

—Yo... no... no —balbuceó Andrea.

—Disculpe, agente —intervino Dorian—. Me parece que no es ni la manera ni el momento adecuado para intentar interrogarla. Comprenda que fue un trauma lo que ha vivido.

—Señor Twist —dijo el detective Brown, encogiéndose de hombros—, usted ya ha dado su testimonio sobre los hechos. Ya nos ha explicado sus motivos para encontrarse en el mismo lugar que la señora. Y lo felicito por haber evitado una tragedia. Pero... por favor, absténgase de hacer comentarios no solicitados. Permítanos escuchar su versión de los hechos desde su perspectiva. Este procedimiento es sencillo y usted lo sabe. Es evidente que aquí ella fue la víctima, y las preguntas que va a responder son parte de un simple interrogatorio que busca comprender su compleja relación con el sujeto que usted describió anoche como un psicópata.

—No se preocupe, agente Twist —dijo Andrea—, ya me siento mejor. Estoy dispuesta a responder todas las preguntas. Pero después, por favor, lléveme a Charleston. Necesito alejarme de este lugar.

En la tranquila y fresca ciudad de Charleston, Sebastián se adentró en la camioneta que había rentado en una agencia previamente, conduciendo hacia un supermercado cercano. Allí, descendió para adquirir algunos víveres necesarios para su viaje a la antigua granja de *Sunflower*. Aprovechó la oportunidad para comprar uno de los modernos teléfonos móviles que reposaban en la exhibición de la vitrina. Dedicó unos minutos a descargar y configurar sus aplicaciones de mensajería, contactando a su secretaria para proporcionarle el nuevo número, ya que había perdido el anterior debido al accidente. Sin embargo, su peculiar empleada, apenas escuchó su voz, comenzó a agobiarlo con tareas pendientes y listas interminables de reuniones a las cuales debía asistir.

—¿Hay alguna novedad sobre mi automóvil? —inquirió Sebastián, hastiado de escuchar acerca de tediosas reuniones.

—Señor Alighieri —respondió Lorena—, los técnicos aún no han logrado identificar al individuo responsable de dañar su vehículo, pero sí contamos con un video captado por las cámaras de vigilancia internas del edificio que usted debería ver.

—¿De qué se trata? —interrogó Sebastián.

—Estoy enviándoselo a su *WhatsApp* en este preciso momento.

En el video se observaba a una enigmática mujer que, en diversas fechas y horarios, ingresaba al edificio con la intención de vigilar a Sebastián. Sin embargo, lo sobrenatural se hacía presente al finalizar cada visita, ya que misteriosamente esta mujer desaparecía ante las cámaras sin una explicación lógica.

—Divertido y escalofriante a la vez —mencionó Sebastián, soltando una risa irónica—. Las cámaras logran captar con precisión el rostro de esta mujer, pero no logran distinguir de ninguna manera a los delincuentes que destrozaron mi automóvil. ¡Dios mío! —reflexionó repentinamente—. Esta mujer es la misma que las cámaras de la cafetería captaron... Sí, es la misma que Julián intentó advertirme. Lo curioso es que debo admitir que siempre me he sentido observado por alguien. Incluso llegué a extrañar esa sensación desde hace algunos días en los que ya no la he percibido. Puede sonar ridículo, pero me encantaría conocerla, aunque el miedo me invada por completo.

De repente, el hombre sintió una urgencia inesperada en su vejiga, una necesidad imperante de aliviar su carga. Descendió del vehículo y se encaminó apresuradamente hacia el baño del supermercado, a tan solo unos cien metros de distancia en el estacionamiento. Pero antes de que pudiera dar más que unos pocos pasos, fue sorprendido por un impacto brutal en la cabeza. El mundo a su alrededor se desvaneció en una nebulosa de confusión y dolor. Con rapidez y precisión, unos desconocidos lo arrastraron hasta una camioneta blanca que aguardaba en las sombras, llevándoselo sin que pudiera discernir quién era su agresor ni por qué estaban llevándoselo.

Ahora, en manos de sus captores, su destino quedaba envuelto en un oscuro misterio, tejiendo hilos de intriga y morbo que amenazaban con desentrañar su vida por completo. El suspenso se apoderaba del ambiente, mientras su futuro pendía en un precipicio.

Por otro lado, en el pueblo de *Sunflower*, Osmani se encontraba inmerso en el estudio de su abuelo Aiden. Era un espacio silencioso y solemne, donde la presencia de Críspula se dejaba notar hasta en el aire que se respiraba en su interior. Las paredes del estudio, bellamente decoradas, eran testigos del legado de esta enigmática mujer. Una biblioteca completa, desde el suelo hasta el techo, se alzaba majestuosamente, como un santuario de conocimiento. Los estantes estaban estratégicamente diseñados para albergar la constante llegada de nuevos libros que mes a mes encontraban su hogar en aquel recinto. En aquella época Críspula se había vuelto una adicta a la compra y una ferviente seguidora de cada obra que las editoriales publicaban.

La disposición de los libros en las paredes era un detalle meticuloso. En la puerta, se alineaban exclusivamente libros de literatura, con dimensiones precisas de 6×9 pulgadas, como si fuesen guardianes de la entrada hacia mundos ficticios. A su derecha, se encontraban los libros de 5.5×8.5 pulgadas, en una armonía perfecta de tamaño y contenido. A su izquierda, los libros de 5.2×1.6 pulgadas se alineaban, exudando una esencia de pequeñas joyas literarias. Finalmente, en la pared que respaldaba el escritorio, los libros de 9×12 pulgadas descansaban, como monumentos literarios imponentes y venerables.

En aquel espacio sagrado, Osmani se sumergía en la historia y el conocimiento que emanaban de cada rincón. Cada libro era un portal hacia otras épocas, otros mundos y otras vidas. El ambiente se impregnaba con el aroma de las páginas impresas, y la sensación de maravilla y admiración envolvía al joven mientras se sumergía en los tesoros literarios que lo rodeaban.

La biblioteca de Críspula era más que una simple colección de libros. Era un reflejo de su pasión insaciable por la palabra escrita, un tributo a la belleza y la diversidad de la literatura. Osmani, en aquel espacio sagrado, encontraba refugio y la promesa de descubrimientos inigualables. La magia literaria se entretejía en cada estante, invitando al hombre a embarcarse en un viaje de conocimiento y emociones que trascendía las dimensiones físicas del estudio.

Sentado en una elegante silla, con la mano apoyada en la mandíbula, sus ojos vagaron por el estudio hasta que se posaron en un libro en el estante opuesto. El título, "La vieja bruja que prohibió el licor", capturó su atención de manera irresistible. Abandonando el escritorio, se acercó al estante y tomó el libro de bolsillo entre sus manos temblorosas. El simple contacto con sus páginas provocó un palpitar acelerado en su cuerpo ya debilitado por las recientes fiebres. La sangre ardía en sus sienes y su pecho, mientras el sudor se deslizaba por su rostro y cuello en un testimonio de su agitación.

En ese instante, un súbito destello del pasado lo abrumó, obligándolo a regresar a su asiento en un torbellino de emociones encontradas.

Flashback

(Ciudad de *Tulip*, 1987)

Aquel día, Douglas ingresó a la casa con paso decidido, llevando consigo una bolsa plástica de color azul que le habían dado en el supermercado. Colgó su chaqueta en el gancho detrás de la puerta, se quitó los zapatos y se calzó unas pantuflas para no ensuciar el recién limpiado suelo que Marie había dejado impecable. Al verlo entrar con la bolsa, Marie se acercó para recibirlo con un beso y tomar el bolso que siempre llevaba cuando salía.

—Toma, querida —dijo Douglas, entregando la bolsa—. Nico me llamó hoy para encargarme un relato corto que debe ser publicado en la edición impresa de pasado mañana en el periódico J&J. Dijo que pagaría generosamente si se lo entrego mañana temprano. ¡Date prisa! Saca el pan francés y dáselo a los niños. Además, traje otras cosas para que prepares la comida... me adelantaron la mitad del pago. Ahora mismo me pondré manos a la obra con mi máquina.

—Sí, y veo que tampoco olvidaste la botella de licor —dijo Marie enfadada—. Sabes que tenemos muchos compromisos y deudas, y tú no dejas de beber. ¿Hasta cuándo nuestros hijos y yo te veremos borracho? Insisto en que deberías buscar un trabajo de verdad.

—Déjame en paz, no te metas conmigo mientras no los deje morir de hambre. ¿No ves que estoy contento? Hoy, a diferencia de otras veces en las que he ofrecido mis escritos, esta vez el periódico me lo encargó. Escribiré un relato donde tú serás la vieja bruja que me prohíbe el licor.

Osmani y Sebastián comenzaron a reír al escuchar el nombre que su padre le daría al relato. Douglas corrió hacia ellos para hacerles cosquillas mientras continuaba repitiendo: "La vieja bruja que prohibió el licor". Después de jugar con ellos, se dirigió a su vieja máquina de escribir para comenzar el relato que debía entregar al periódico. Una vez terminado, lo dejó a un lado de su escritorio.

Fin del *flashback*

"Aquella escena rememorada se volvió una ventana al pasado, una mirada ineludible hacia los momentos de dicha fugaz que marcaban una infancia desdibujada. Mi padre, riendo junto a nosotros, brindándonos instantes que parecían eternos. Sus risas eran melodías que acariciaban mi alma y su presencia irradiaba una calidez que trascendía el tiempo. Oh, cómo anhelo volver a escuchar su voz, a sentir su abrazo reconfortante como un bálsamo para el corazón. Pero la realidad se encargó de tejer sus hilos, y la desesperación por escapar de la pobreza le obligaba a ahogar su descontento en la efímera embriaguez que el alcohol proporciona.

¿Acaso mi madre fue la causante accidental de la muerte de mi padre? ¿O acaso lo hizo movida por la fatiga de ser golpeada una y otra vez cuando él llegaba ebrio a nuestro hogar? Esa es una verdad que jamás conoceré, pues nunca volví a hablar con ella. Incluso, no asistí a su funeral, no pude hacerlo. Pero lo cierto es que la ausencia que ambos dejaron en mi vida, es y será un vacío en mi corazón que me acompañará hasta el último suspiro de mi existencia.

Oh, cuánto daría por volver a tenerlos aunque fuera una última vez. Poder envolverlos en mis brazos, como si el tiempo se detuviera en ese instante mágico. Sentir su presencia, su amor incondicional que trasciende el plano terrenal. Pero la realidad me susurra al oído que es solo un anhelo, un sueño que se desvanece en la neblina de los recuerdos. Sin embargo, no puedo evitar imaginar cómo sería si estuvieran aquí, compartiendo esta vida que ha seguido su curso sin su compañía.

La ausencia se convierte en un eco perpetuo que resuena en mi ser, recordándome lo efímera que puede ser la existencia y lo profundo que se siente cuando se extraña a quienes amamos. Son las huellas invisibles de su paso por este mundo las que me impulsan a seguir adelante, a honrar su memoria en cada paso que doy. Y aunque no puedo abrazarlos físicamente, sus espíritus perduran en mi corazón, en cada latido que me impulsa a vivir y a luchar por mis sueños.

El tiempo se desliza como un río indomable, llevándose consigo los momentos que no podemos recuperar. Pero en mi corazón, su recuerdo se mantiene inalterable, como un faro en la noche que ilumina mi camino. Su amor es la fuerza que me impulsa, la inspiración que enciende mi alma.

Aunque el pasado se desvaneció en los recuerdos y la realidad me arrojó a un abismo oscuro, sigo anhelando un encuentro en el más allá, donde el tiempo no exista y las heridas se cierren. Hasta entonces, seguiré caminando en este sendero incierto, llevando conmigo el legado de quienes me dieron vida, y honrando su memoria en cada palabra que escribo y en cada acto de amor que comparto con el mundo.", meditó Osmani mientras su mirada se posaba en la portada del libro.

En la dura cubierta del ejemplar, se encontraba el título del relato que su padre había escrito, inspirado por aquella reprimenda de Marie, y bajo él, el nombre del autor: Críspula de Wilson. Osmani fijó su mirada en el nombre de su abuela, un odio terrible se apoderó de él, consumiendo su corazón. Luego, se dejó caer de rodillas al suelo, lamentándose y suplicando perdón por los sentimientos que afloraban en su interior.

En la penumbra de la habitación, envuelto en una atmósfera opresiva, Osmani se arrodilló frente a un pequeño altar improvisado. Sus manos entrelazadas se alzaron en súplica, mientras sus labios murmuraban una plegaria llena de contradicciones.

"Dios, perdóname, pues Tú me mandas amar a mi prójimo y no a odiarlo. Pero mi corazón se sumerge en las sombras, víctima de un acto tan vil. Sin embargo, siento que si lo permito, estaré desafiando las enseñanzas de mis maestros y la religión que profeso. Permíteme implorar tu perdón, pues cada día pierdo más la fe en la humanidad. Dame consuelo, pues mis fuerzas flaquean, y mis pensamientos se corrompen hasta el punto de olvidar quién soy en verdad. Ilumina esta alma atormentada que se debate en el conflicto entre lo que debe hacer y lo que no...".

Un rastro de desesperanza se deslizaba por sus palabras mientras concluía su oración. El coraje, una fuerza incontrolable, se apoderó de él y le impulsó a abandonar su plegaria. Sin demora, se lanzó hacia la sala, atravesando las sombras como una sombra más. Tomó el mismo libro y, con una de las esquinas de la portada de tapa dura, rompió el frágil cristal de la vitrina que resguardaba la urna con las cenizas de su abuela. El eco del vidrio roto llenó el aire, pero antes de que pudiera derribar la urna, Benazir, la fiel guardiana de los secretos familiares, aferró su brazo con determinación.

—¡Nooo! ¡No cometa ese sacrilegio! —exclamó, su voz temblando entre el pánico y la súplica.

—Ya no puedo soportarlo más —proclamó Osmani con una mirada amenazante—. Usted evadió nuestra conversación ayer. Dígame, ¿qué ocurrió?, porque solo recuerdo haber despertado esta mañana en mi habitación.

Benazir suspiró, consciente de que llegaba el momento de revelar la verdad. Mantuvo la compostura y respondió con calma:

—Está bien. Lo que sucedió fue que se desmayó en medio de nuestra conversación. Parece ser que volvió a tener fiebre y tuvimos que llevarlo de regreso a su habitación. Ahora, por favor, dígame, ¿qué pretende hacer con las cenizas de su abuela?

Osmani sostuvo el libro en sus manos con firmeza, dejando que su indignación fluyera a través de sus palabras.

—¿Ve este libro? Mi padre fue quien lo escribió. Recuerdo claramente cuando lo redactó en su vieja máquina de escribir. Pero mire aquí, en la portada, aparece el nombre de alguien más que se atribuye la autoría de algo que no le pertenece.

Benazir asintió con pesar, consciente de la trama que se tejía en torno a ese libro.

—Sí, lo veo. Quería contarle todo desde que ocurrió, pero no encontraba la manera de decírselo. Su abuela era muy reservada acerca de su paradero en Roma. Me pesa enormemente tener que decir esto, pero debo hacerlo. La señora Críspula contactó a alguien a quien ella llamaba su editor y le ofreció las páginas del relato para que fueran publicadas en un libro. Además, fue ella quien escribió la carta que usted recibió en Roma, la carta por la que me preguntó ayer en el granero. Ella era la única persona que le enviaba correspondencia. Le ruego que me perdone por no habérselo dicho antes. Ella intentó hacerle creer que todo estaba bien con el joven Sebastián, para que usted no supiera la verdad.

Osmani sintió un nudo en el estómago al escuchar esas palabras y no pudo contener su impaciencia.

—Entonces, dígame, ¿cuál es la verdad? ¿Cuál fue el trasfondo de esa carta? —preguntó con voz entrecortada.

—El joven Sebastián abandonó la casa luego de regresar de la plantación de girasoles, exhausto tras un día de arduo trabajo. Mientras yo estaba abajo, ocupada limpiando la sala, alcancé a verlo correr escaleras arriba y, minutos después, descender con una maleta en mano. Honestamente, no parecía estar en plenas facultades ni consciente de sus acciones, como si su mente estuviera distraída. Lo vi dirigirse hacia la plantación de girasoles y perderse entre sus tallos, quizás caminando sin rumbo hacia la carretera. Desde aquel día, nunca más se supo de él.

"Cuando la señora Críspula se enteró de esto, la vi entrar apresurada a su estudio y salir de allí con un sobre sellado. Me pidió que lo enviara por correo... pero le juro que nunca supe qué contenía. Luego, nos ordenó a todos los trabajadores que guardáramos un absoluto silencio sobre el asunto. Padre Osmani, le aseguro que si existe algún misterio detrás de la partida del joven Sebastián, solo él lo conoce en su totalidad. Respecto a las motivaciones que tuvo su abuela para ocultarle la verdad... sospecho que fueron las mismas que usted ya conoce. Ella quería que usted se convirtiera en sacerdote a cualquier precio, incluso encubriendo la desaparición del joven, con la esperanza de que usted no regresara de Roma y abandonara sus estudios".

—Al menos la carta sobre la muerte de mi madre, ¿era real? —inquirió Osmani.

—Sí, su madre falleció en el sistema penitenciario. Si no me equivoco, fue a causa de una pulmonía. Todo queda claro al final, y usted debe aceptar que su abuela no fue precisamente un ejemplo de rectitud religiosa, por más que busque justificaciones. Entiendo que su condición de sacerdote le impide sentir odio. Ojalá hubiera una forma distinta de empezar de nuevo, sin las exigencias impuestas por su abuela.

—Sus palabras me llegaron demasiado tarde, señora Benazir, me costaron años de estudio y servicio en Roma. Ni siquiera puedo imaginar cómo podría volver a empezar, cargando en mi espalda la cruz de cuarenta años perdidos. Años que no viví de verdad. ¿Qué se supone que debo hacer? ¿Cómo se comienza una vida a los cuarenta años? ¿Cómo se borra la tristeza que germinó en mi corazón y extendió sus raíces hasta en mi espíritu? ¿De qué color es la felicidad? Pobre de mí, yo solo conozco el color negro de las penitencias. Parece que el destino se burla de mí, condenándome a una existencia llena de sacrificios y renuncias. Mis sueños y aspiraciones se desvanecieron en el altar de la fe, dejando en su lugar un vacío desolador. ¿Qué sentido tiene continuar si todo lo que he conocido es la carga de la culpa y la negación de mi propia esencia? No sé si puedo encontrar una salida a esta prisión emocional en la que me encuentro atrapado. Tal vez la felicidad sea solo una ilusión inalcanzable para alguien como yo, condenado a arrastrar el peso de mis errores y arrepentimientos. Pobre de mí, mi vida se ha convertido en una sombra sin esperanza, sumida en la oscuridad más profunda.

—Haga lo que usted considere que es conveniente hacer con su vida —dijo la anciana, guardando la urna—. Ya fue condenado sin tener culpa alguna. Ya satisfizo la exigencia de su abuela, ahora satisfaga sus propios deseos. ¡Cásese, joven Osmani! La señorita Andrea estaría feliz si lo hiciera.

—¿Qué? —preguntó sorprendido.

—Sí, los vi la otra noche sin querer. Escuché lo que se dijeron... y sentí pena por ambos. Tanto ella como usted fueron víctimas de las circunstancias. Confiésele la verdad y sean felices, joven.

—Hay algo que debemos hacer antes de tomar cualquier otra decisión —dijo Osmani mirando hacia la biblioteca del estudio.

—¿Qué haremos? —preguntó Benazir, dispuesta a ayudar.

Por otro lado, el silencio imperaba en el interior del automóvil que se desplazaba de regreso a Charleston, trazando su camino sobre la larga vía rodeada de árboles frondosos, cuyas ramas entrelazadas desde ambos márgenes tejían un techo de exuberante floresta. Andrea, en su lugar en el asiento del acompañante, inclinaba la cabeza sobre el cristal de la ventanilla, con la mirada extraviada y su ser completamente ajeno. Dorian, al volante, ocasionalmente volvía la vista hacia ella con ánimos de entablar conversación.

—Lamento profundamente el arduo interrogatorio al que te sometieron en *Tulip*. Los peritos han realizado el levantamiento del cuerpo y la fiscalía se encargará de los siguientes pasos. Fuiste verdaderamente valiente en tu declaración. ¿Me estás escuchando?

Andrea no respondió, y en su lugar, se deleitaba observando las primeras viviendas y el imponente letrero que daba la bienvenida a la ciudad. Divisó una pareja que caminaba tomada de la mano, irradiando una amplia sonrisa mientras paseaban por el borde de la calle. La joven era de menor estatura que su acompañante, un fornido culturista cuya presencia impresionaba. La confianza que ella demostraba al caminar junto a él no pasó desapercibida para Andrea. En un instante, se rio de sí misma al recordar que así solía caminar con Kenneth.

—¿Puedes decirme qué les pasó en ese tren? —insistió Dorian mientras manejaba, su mirada se desviaba brevemente hacia Andrea, buscando respuestas—. ¿Sabes lo que le pasó al cura que desapareció contigo?

Andrea miraba por la ventana, observando los edificios pasar rápidamente mientras pensaba en sus palabras. Después de un momento, respondió con convicción:

—Creo que somos almas atormentadas viviendo en el purgatorio. El padre Osmani y yo vivimos el mismo día del accidente una y otra vez. Aunque... aunque de un tiempo acá, por alguna razón, ya no desaparezco y mi salud se ha deteriorado."

Dorian se mordió el labio inferior, reflexionando sobre las palabras de Andrea. Con un tono pensativo, continuó:

—Algo extraño y similar le pasó a un hombre que conozco. Él fue capaz de ralentizar el tiempo en segundos para salvar a una colega de un accidente. El nombre del sujeto de quien te hablo es Sebastián. Mira, ya estamos en la comisaría.

Al llegar a la comisaría, Andrea frunció el ceño, confundida.

—¿Qué estamos haciendo aquí? —preguntó.

Dorian apagó el motor y se volvió hacia ella.

—He escondido a Chelsea aquí, la investigaba por un arma ensangrentada que encontré en su bolso. Es cierto que si no lo hubiera escuchado del propio Kenneth, nunca hubiera creído la historia de esta mujer.

Andrea asimiló la información y sintió un escalofrío recorrerle la espalda.

—¿Lo escuchó todo? —inquirió con cierta aprehensión.

Dorian asintió con solemnidad.

¿Qué cosa? —preguntó, queriendo que ella lo expresara.

Ella exhaló profundamente antes de continuar.

—Ya sabe, las horribles confesiones que me dijo Kenneth antes de que la bala que usted disparó lo... matara.

Las última expresión de Andrea dejó a Dorian momentáneamente sin palabras. Después de unos segundos de silencio incómodo, habló con sinceridad:

—Ahhhhh... sí, sí lo escuché todo desde el principio. De hecho, llegué al sótano justo cuando comenzaba a confesar su manera de actuar. Siento mucho que te hayas enterado de que estabas casada con un psicópata demasiado tarde. Espero que Chelsea y tú sepan elegir sus parejas en un futuro.

Andrea se sintió abrumada por las revelaciones y la situación en general. Tratando de enfocarse en lo importante, preguntó:

—¿Va a dejarla ir ahora? Digo, ya está libre de sospechas, ¿o me equivoco?

Dorian miró intensamente a Andrea, reconociendo su preocupación en sus ojos. Un tenso silencio se apoderó del interior del auto, como si el mundo se detuviera por un momento. El crepúsculo teñía el horizonte con tonos dorados y las primeras estrellas comenzaban a brillar en el cielo. El estacionamiento se iluminaba lentamente, una a una, las bombillas parpadeaban en la penumbra. Las calles parecían vacías y solitarias, apenas transitadas por algún peatón apresurado. Dorian permaneció en silencio, sin dar una respuesta. Solo el ambiente cargado de misterio y el suspenso flotaban en el aire, dejando a Andrea en un estado de incertidumbre, sin saber qué vendría a continuación.

Justo en ese instante, la Dra. Delfina Brooks irrumpió repentinamente frente a la puerta de la comisaría, su figura desaliñada y cubierta de un sudor frío que reflejaba su angustia. Un aire de terror envolvía su rostro, como si hubiera presenciado lo inimaginable. Conteniendo la respiración, se apresuró hacia la camioneta donde el agente Dorian se encontraba, incapaz de comprender la desesperación que atormentaba a Delfina. Al llegar, golpeó apresuradamente la ventana con dedos temblorosos, ansiosa por transmitir su espanto.

—¿Qué te ha sucedido, Delfina? —preguntó Dorian, abriendo apresuradamente la puerta del vehículo.

—¡Dios mío! —exclamó Delfina, su voz temblorosa y llena de horror—. Esta mujer... ¡ella es una de las que desapareció de la morgue!

—Dime algo nuevo —respondió Dorian.

—Lo llamé por teléfono para informarle de algo grave, pero parece que no tenía señal —dijo Delfina, visiblemente preocupada, mientras se agarraba el teléfono móvil con frustración. Su gesto reflejaba la impotencia de no poder comunicarse en un momento crucial. El agente, intrigado por la gravedad en la voz de Delfina, se acercó más a ella.

—¿Qué sucedió, Delfina? —preguntó Dorian, frunciendo el ceño y esperando ansiosamente su respuesta.

Delfina respiró hondo y continuó, su rostro mostrando una mezcla de nerviosismo y temor.

—Detective Dorian, las autoridades nos descubrieron. Ya saben que encubrimos todo lo relacionado con el caso 0023. Incluso, tienen conocimiento de que algunas personas del vagón 16 no sufrieron ningún daño.

El corazón de Dorian se aceleró ante las palabras de Delfina. La gravedad de la situación se apoderó de él mientras trataba de asimilar la magnitud de lo revelado. Sin apartar la mirada de ella, instó a Delfina a continuar.

—¿Cómo sucedió eso? —inquirió Dorian, sintiendo un nudo en el estómago.

Delfina hizo una pausa, desviando la mirada por un instante antes de continuar con su relato.

—Parece que nos centramos únicamente en los cuatro cuerpos que estaban en las mesas aquella noche, sin prestar atención a los que yacían en las gavetas. Resulta que cuatro personas de esos cuerpos desaparecieron, entre ellas, Víctor Sánchez, un peligroso delincuente. Las demás no fueron identificadas. Pero lo más importante es la última persona que desapareció, una monja llamada Celestina.

La tensión en el ambiente se palpaba mientras Dorian escuchaba atentamente las palabras de Delfina. Su mente intentaba procesar la información recibida, mientras su rostro reflejaba una mezcla de incredulidad y preocupación.

—¿Qué ocurrió con la monja, Celestina? —preguntó Dorian con voz firme, mostrando su desesperación por obtener toda la información de una vez.

Delfina se mordió el labio inferior, sabiendo que lo siguiente que diría aumentaría aún más el nivel de angustia de Dorian.

—Según me informó un contacto, Celestina fue quien informó a las autoridades sobre lo sucedido. Reveló nuestros nombres y todo lo que intentamos ocultar. Además, ha incitado a los demás pasajeros del vagón 16 en nuestra contra. Les ha convencido de que estamos relacionados con su desaparición. Lo más alarmante es que planean quemar la comisaría y el hospital donde se encuentran los cuerpos de pasajeros comunes. También me han dicho que la doctora Florentina Díaz ha corroborado las palabras de la monja. Ya no la consideran una loca y ha testificado en nuestra contra. Necesitamos encontrar refugio lo antes posible.

El rostro de Dorian reflejaba el miedo y la urgencia ante la información revelada. Sus pensamientos se aceleraron mientras evaluaba las opciones disponibles. En ese momento, Andrea, que hasta entonces había estado escuchando en silencio, intervino con una sugerencia que parecía ofrecer una posible solución.

—Puedo sugerir un lugar donde podamos escondernos —dijo Andrea con determinación—. Se trata de una granja en *Sunflower*. Es una vieja finca de la familia Wilson que la gente ya ha dado por olvidada. Está alejada de la ciudad y podría proporcionarnos un refugio temporal mientras encontramos una mejor estrategia.

Dorian asintió, reconociendo la valiosa sugerencia de Andrea.

—Es una buena idea. Necesitamos alejarnos rápidamente de la ciudad y encontrar un lugar seguro. La granja en *Sunflower* podría ser nuestra mejor opción por ahora.

—Entren en la estación y salgan cuando yo regrese —dijo Dorian—. Tengo que encontrar a Sebastián para que vaya con nosotros, antes de que ellos lo encuentren primero. Ahora tenemos que lidiar no solo con el fanatismo loco de la tal Celestina esa, sino también con las autoridades que quieren abrirlos a todos ustedes los resucitados, como conejillos de indias. Iremos a ese pueblo cuando vuelva con Sebastián.

Dorian, en medio del caos y la urgencia de la situación, recordó repentinamente a Sebastián y cómo este había intervenido para salvar a Delfina de un potencial accidente. La imagen de aquel valiente acto resonó en su mente, generando en él un fuerte sentido de deuda y gratitud hacia su amigo.

Decidido a devolverle el favor y convencido de que necesitaban la ayuda de Sebastián para enfrentar los desafíos que se les presentaban, Dorian tomó una rápida decisión.

—Entren en la estación y salgan cuando yo regrese —dijo Dorian con firmeza—. Tengo que encontrar a Sebastián y asegurarme de que venga con nosotros, antes de que ellos lo encuentren primero. Ahora nos enfrentamos no solo al fanatismo desmedido de esa tal Celestina, sino también a las autoridades que los ven a ustedes como sujetos de experimentación. Iremos al pueblo de *Sunflower* una vez que regrese con Sebastián. Es nuestra mejor oportunidad de mantenernos a salvo.

Con esas palabras, Dorian se despidió momentáneamente de Delfina y Andrea, y se adentró en la oscuridad de la noche en busca de su amigo Sebastián. Su determinación y la necesidad de proteger a aquellos que ahora dependían de él impulsaron cada uno de sus pasos, mientras el suspense y el coraje crecían en su interior.

Andrea y Delfina cruzaron el umbral de la comisaría, adentrándose en el silencio opresivo que la envolvía. Un único policía estaba sentado frente a una celda, y en su interior se encontraba Chelsea. Cuando los ojos de Chelsea se encontraron con los de Andrea, una mezcla de sorpresa y temor se apoderó de ella. Esperaba enfrentar una acusación, una reprimenda por el embarazo y la sombra de culpabilidad que la rodeaba por el "supuesto homicidio de Kenneth" que ella creía haber cometido.

En ese instante, toda la confusión y la locura que habitaban en la mente de Chelsea se desvanecieron. Agachó la cabeza, sintiendo cómo la vergüenza la envolvía por completo. Esperaba recibir una lluvia de insultos y reproches por parte de Andrea, la esposa traicionada, pero en ese silencio sepulcral, ninguna palabra se pronunció. El peso del pasado y el remordimiento se hicieron presentes, dejando a Chelsea sumida en un abismo de dolor y arrepentimiento.

Mientras tanto, Celestina y Víctor Sánchez se preparaban en silencio, llenos de crueldad y determinación, para llevar a cabo su siniestro plan. Convencieron a los demás supervivientes del vagón 16, manipulando sus miedos y creencias, para que se unieran a ellos en la violenta empresa de incendiar la comisaría. Para Celestina, seguir con vida era un desafío a la voluntad divina y a la esencia misma de la existencia. Estaba convencida de que Dios los castigaría por su persistencia, atribuyendo aquella misteriosa resurrección a algún poder maligno.

Víctor, mientras preparaba meticulosamente las bombas de molotov, cuestionó el propósito de quemar la comisaría y el hospital. Quería saber qué se lograría con aquel acto extremo.

—¿Qué conseguiremos incendiando estos lugares? —preguntó, su voz llena de desprecio y duda.

Celestina, con una mirada fanática en sus ojos, respondió sin titubear.

—Haremos justicia en nombre de Dios. Quemaremos a aquellos que consideramos culpables de nuestra condena, de habernos convertido en seres errantes en contra de la naturaleza divina. Moriremos en el incendio, sí, pero solo cuando ellos también perezcan. Todos debemos enfrentar la muerte, ya que nuestra existencia misma es un insulto a Dios.

En sus gestos y palabras se podía percibir la oscuridad de sus almas, su desprecio por la vida y su sed de venganza, alimentada por una fe distorsionada y una creencia ferviente en un castigo divino. El tiempo corría y su plan macabro estaba a punto de desencadenarse, dejando un rastro de destrucción y horror en su camino.

⁂

En *Sunflower*, el padre Osmani se entregó a un frenesí desordenado. Con la ayuda de Benazir, comenzaron a trasladar una multitud de pertenencias de Críspula al patio: ropa, muebles, libros, adornos y diversos objetos. Entre ellos se encontraban los cientos de ejemplares del relato de su padre, cuidadosamente guardados en cajas en el sótano. Una vez amontonado todo, rociaron la montaña de objetos con combustible, creando una amalgama de elementos que parecían provenir de un mercado negro. Sin pensarlo dos veces, el hombre se aproximó con un fósforo en mano y prendió fuego a la pira ardiente. Mientras las llamas danzaban y consumían los recuerdos, Alabam se acercó y retiró las vendas de sus heridas, revelando ahora solo pequeñas cicatrices como testigos de su pasado dolor.

En medio del crepitar del fuego, Alabam tomó valor y, tímidamente, reveló al padre Osmani un secreto más que había ocultado.

—Padre, hay algo que debo confesarle —susurró con voz temblorosa—. Es algo que también he mantenido en silencio.

Osmani arqueó una ceja interrogante, mientras su semblante reflejaba la sorpresa y la expectativa ante la revelación inminente.

—¿Más secretos? —inquirió Osmani, con una mezcla de curiosidad y resignación.

Benazir, interviniendo en el diálogo, añadió una nota de solemnidad al anunciar el cambio de rumbo en la vida del joven Osmani.

—Ya no le llames padre al joven Osmani —intervino Benazir con voz firme—. Esta tarde ha tomado la decisión de abandonar el sacerdocio. No será más sacerdote porque así lo ha considerado conveniente.

La noticia cayó como una losa en el corazón de Osmani, quien aún luchaba por procesar la información y comprender la magnitud de lo que acababa de escuchar, pues no había sido para nada fácil tomar esa decisión. Alabam, en un intento de aclarar las cosas, tartamudeó nerviosamente.

—¿Es cierto esto, padre? Perdón... quiero decir, joven Osmani —corrigió rápidamente, consciente de la trascendencia de aquella confesión y del cambio que esto representaba en la vida de Osmani.

—Es verdad, pero aún no es un hecho consumado. Primero debo iniciar un proceso formal para renunciar al sacerdocio, el cual, con suerte, podrá resolverse en unos pocos meses. Comunicaré mi decisión a la diócesis a la que fui asignado. Les pido que a partir de ahora dejen de llamarme Padre. No seré más un sumiso cordero de Críspula. No permitiré que, incluso después de su muerte, siga causándome daño.

—Entonces será señor Osmani —intervino Benazir, aceptando el cambio con serenidad.

—Está bien, pueden llamarme así —añadió Osmani, asintiendo con la cabeza—. Ahora, por favor, dígame lo que estaba a punto de decirme, señorita. Estoy dispuesto a escuchar.

—Señor, lo que sucede es que yo conozco a su hermano Sebastián. Él está vivo y muy cerca de esta ciudad. Quiero expresar mi gratitud por la hospitalidad que me han brindado en esta casa, pero creo que ha llegado el momento de buscarlo. Su vida podría estar en peligro en este momento. Además, aquellos que fueron afectados por la lágrima se están debilitando.

—¿Cómo sabe que se trata de mi hermano y no de otra persona? ¿Está tratando de jugar con mis sentimientos? Si es así, le pido que no continúe. Mi hermano dejó esta casa hace muchos años y nunca más se supo de él. ¿Qué intenta lograr con esta mentira, señorita?

—¡Puedo probarlo! —afirmó Alabam con determinación.

—Si lo que dice es cierto, lléveme con él de inmediato.

—Sin embargo, hay algo más que debo decirle —añadió la joven, notando la tensión en el ambiente.

—¿Más? —interrogó el hombre, visiblemente intrigado.

—He percibido que cuando usted y yo estamos cerca, su vitalidad se debilita mientras yo recupero parte de mis poderes. Creo que esa es la causa de las fiebres que ha padecido y de todos sus malestares. Me disculpo, pues siendo consciente de que le estaba causando daño, no lo mencioné antes. Temía abandonar la seguridad de esta casa y exponerme a peligros en mi estado vulnerable. Ser humana para mí representa una fragilidad, pues temo enfrentar la vida sin los privilegios que mis poderes me han otorgado desde mi nacimiento. He sido una cobarde. Les ruego que me perdonen. Ahora debo partir y tratar de enmendar el caos que he provocado por mi propia mano.

Fue entonces cuando ocurrió algo inesperado, tal como lo había anunciado Alabam: la sangre comenzó a brotar de la nariz y las orejas de Osmani. Su temperatura se elevó rápidamente hasta que perdió el conocimiento. Una vez más, la fiebre había regresado, acompañada ahora de sangrado. Mientras caía al suelo, sus ojos divisaron las llamas azulinas y amarillas que ascendían casi hasta las copas de los árboles. Aquella tarde, cuando el sol volvió a ponerse, la finca se iluminó con las pertenencias de Críspula que ardían en lenguas de fuego embravecido. Los girasoles cercanos adquirieron un matiz rojizo bajo la sombra y la luz del fuego, mientras las brasas crepitaban, generando chispas que se elevaban como luciérnagas en la oscuridad.

Mientras tanto, en la ciudad de Charleston, reinaba el caos absoluto. El aire estaba cargado de un palpable sentido de pánico y miedo, como si la oscuridad misma hubiera descendido sobre sus calles. El sonido de pasos apresurados y murmullos inquietos llenaba el ambiente, entremezclándose con el tintineo de las antorchas que los seguidores de Celestina llevaban consigo.

Un mar de personas se movía en una marcha frenética hacia la comisaría, formando una multitud heterogénea y amenazante. Los rostros mostraban expresiones de determinación fanática, mientras sostenían en sus manos armas improvisadas como fusiles y bombas molotov. El resplandor de las antorchas iluminaba sus rostros, creando sombras grotescas que ondulaban en las paredes de los edificios cercanos.

Entre la multitud se encontraban representantes religiosos, con sus vestimentas sacerdotales y cruces en alto, transmitiendo una ferviente devoción. Los alcaldes, con semblantes serios, caminaban junto a ellos, tratando de mantener cierto orden en medio del caos. Los miembros de los coros de las iglesias entonaban cánticos ominosos que se elevaban en el aire, añadiendo un tenebroso telón de fondo al tumulto.

En contraste, las damas puritanas, vestidas con sus ropas recatadas y rostros impasibles, se unían al grupo con miradas desaprobatorias pero decididas. Eran figuras icónicas de la religiosidad y la moralidad, y su presencia imponía un aura de rigidez y severidad.

Mientras avanzaban por las calles, la multitud parecía crecer en número y en fervor. Las autoridades, convencidas por Celestina, habían enviado una escolta militar para acompañarlos, agregando un elemento de intimidación y poderío. El sonido de las botas militares resonaba en el suelo, marcando un ritmo ominoso y amenazante.

En conjunto, el caos reinante y la congregación de más de doscientas personas constituían un panorama aterrador y surrealista. La ciudad de Charleston se encontraba sumida en una pesadilla colectiva, mientras la marea de seguidores de Celestina avanzaba implacable hacia su destino final.

En la tranquilidad de la comisaría, Andrea buscó calmar a Chelsea revelándole todo lo que había experimentado durante el fin de semana en *Tulip*. Solo entonces, la mujer pudo recobrar el aliento y recuperar su compostura. Un renacer inmediato se apoderó de ella, después de haber sufrido en silencio la falsa muerte de Kenneth, donde según ella era la causante. Pero lo que más la impactó fue conocer el trágico destino final de Kenneth a manos de Dorian, cuando este la tuvo secuestrada durante horas.

—Lo que importa ahora es que nazca tu bebé... y estaré aquí para apoyarte —declaró Andrea con una voz llena de compasión y cariño.

Chelsea, con lágrimas en los ojos, preguntó con incredulidad:

—¿De verdad no está enfadada conmigo, doctora Andrea? No merezco su perdón ni su ayuda después de lo que hice. Pero... le juro que no tenía idea de que Kenneth estaba casado. Me encontraba tan sola y triste, que no supe en qué momento llegó a mi vida, arrasando con todo como un huracán. Consumió mi mente hasta convertirme en una adicta al alcohol y las drogas. Aunque soy casada, no me di cuenta de lo fácil que fue para él envolverme en su red de mentiras. Ahora estoy embarazada, sola y avergonzada de saber que en cualquier momento tendré que confesarle todo a mi marido cuando regrese de Holanda.

—Por supuesto que no estoy enfadada contigo. ¿Cómo podría estarlo? —respondió Andrea, su voz impregnada de comprensión—. Ambas fuimos víctimas de Kenneth, y en última instancia, él también fue víctima de su propia enfermedad. Nadie es culpable de lo que le ocurrió, excepto él. No volveremos a pensar en él, de hecho... no merece ni un solo instante de nuestros pensamientos, y mucho menos una lágrima. Ahora, nuestro enfoque debe estar en el bienestar de Iskander Yul.

¡Andrea! —exclamó Chelsea sorprendida—. ¿Cómo sabe el nombre que elegí para mi hijo? Nadie más lo sabía, solo yo. Iba a ponerle el nombre de mi abuelo y mi tío Yul.

—Él mismo me lo reveló —respondió Andrea mientras acariciaba suavemente el vientre de Chelsea—. Tu hijo será un joven hermoso, con unos ojos color miel como el ámbar, encantadores y una sonrisa radiante.

—Yo también lo he visto —agregó Chelsea con asombro—. Pensaba que estaba volviéndome loca, pero ahora sé que realmente lo he visto.

—Y has cambiado de idea al querer abortar, ¿verdad?

—Sí, cuando le vi... supe que quería tenerlo —dijo Chelsea, llorando—. Estoy arrepentida de haber expresado esas horribles palabras. Desearía no haberlo pensado nunca. De ahora en adelante, pase lo que pase... él será mi motivo para querer seguir viviendo.

Y con ese reconocimiento, Chelsea experimentó un cambio de corazón en cuanto a su deseo inicial de abortar. Al ver a su hijo en sus visiones y ahora, gracias a las palabras de Andrea, supo que quería darle la bienvenida a esta nueva vida, superar los obstáculos y brindarle a Iskander Yul todo el amor que merecía.

De repente, en un inesperado giro de los acontecimientos, la tranquilidad de la comisaría se vio abruptamente perturbada por el estruendo ensordecedor de bombas molotov que se estrellaban contra el edificio. El cristal de las ventanas estallaba en mil pedazos, mientras las llamas engullían las mesas, los muebles y los documentos dispersos que habían sido impregnados con combustible. Un infernal resplandor naranja y rojo iluminaba el caos reinante.

Los gritos de la multitud resonaban en el exterior, sosteniendo antorchas que crepitaban en sus manos, armas enardecidas y dispuestas a ser disparadas. En medio de aquel torbellino de violencia, Celestina, en su inconfundible túnica de lana blanca, se erigía en la primera línea de la muchedumbre. El escapulario con capucha que cubría su cabeza también se extendía por su espalda y pecho, otorgándole un aspecto siniestro y misterioso.

La mirada de determinación de Celestina irradiaba una convicción inquebrantable mientras incitaba a la turba a consumar su plan de destrucción. Alzaba su voz con un tono impregnado de fervor fanático, instando a los demás a quemar el edificio que representaba el orden y la autoridad que ahora rechazaban. Su figura destacaba entre los representantes estatales y otros individuos de influencia, quienes, lamentablemente, se habían dejado arrastrar por la oscuridad de sus intenciones.

La escena se convirtió en un paisaje surrealista y aterrador, con el edificio policial envuelto en llamas y el resplandor infernal que iluminaba el rostro de la multitud enardecida. La mezcla de violencia y fervor religioso creaba una atmósfera cargada de caos y desesperación, donde los límites entre el bien y el mal se desdibujaban peligrosamente.

El crujido del fuego devorando la madera y el humo denso que se extendía en el aire inundaban los sentidos. Los ecos de los vidrios rotos y los estallidos ocasionales de las bombas molotov se sumaban al coro infernal de los gritos y las exclamaciones de quienes participaban en aquel acto de desenfreno destructivo.

En medio de la devastación, la figura de Celestina se alzaba como una sombra amenazante, un símbolo de una fe retorcida y peligrosa. Su presencia imponente y sus palabras cargadas de odio resonaban en el caos, desencadenando una tormenta de ira y destrucción que amenazaba con consumirlo todo.

En ese momento, la línea entre la cordura y la locura, entre el bien y el mal, se desvanecía en la oscuridad de la noche. La comisaría, convertida en un hervidero de llamas y caos, era testigo de la caída de la razón y el ascenso de la furia desenfrenada. Y en el epicentro de este torbellino de violencia, Celestina se mantenía impávida, elocuente y aterradora.

—¡Cielos! Este es nuestro aciago destino —exclamó Andrea con temor palpable, sus ojos reflejando la angustia que se apoderaba de ella.

Chelsea, en busca de refugio, se acurrucó tímidamente bajo el amparo reconfortante de Andrea, buscando un poco de seguridad en medio del caos creciente.

Facundo, el valiente policía encargado de la protección de Chelsea, tomó la iniciativa en ese momento de desesperación.

—¡Síganme, por aquí! —instó con una voz llena de determinación—. "Debemos intentar salir por la puerta trasera del edificio.

Sin embargo, las palabras de Delfina, pronunciadas con un dejo de pesar en su voz, traspasaron el aire cargado de incertidumbre.

—Demasiado tarde —dijo, su tono transmitiendo la devastadora realidad—. La multitud ha comenzado a rodear la comisaría. Las llamas consumen todo a su paso. Debimos huir cuando aún tuvimos tiempo.

Sin perder ni un segundo, Facundo lideró a los demás hacia el sótano, donde se encontraba el acceso al sistema de alcantarillado, utilizado antiguamente para ventilar las celdas subterráneas del edificio. Con movimientos ágiles y nerviosos, atravesaron los corredores oscuros, luchando contra el instinto de pánico que amenazaba con apoderarse de ellos.

No obstante, al llegar a la salida del sistema de alcantarillado, se encontraron con un obstáculo inesperado: una gruesa reja de hierro con un candado de tamaño exagerado se interponía entre ellos y la libertad. La desilusión se reflejó en los ojos de Andrea, quien soltó un suspiro frustrado, sintiendo que el destino siempre conspiraba en su contra.

—¡No puede ser! ¿Es esto en serio? —expresó Andrea con un tono de desesperanza—. Parece que el destino se empeña en jugar en nuestra contra. ¡Maldición! ¿Cómo es posible que nos encontremos en esta situación? Preferiría haber perecido en aquel tren, así no tendría que dar explicaciones a estos necios que nunca comprenderían. Mira más un ciego que un fanático.

La voz de Delfina, llena de preocupación, se unió al pesar generalizado.

—Y tampoco podemos regresar, ya que las llamas se propagan rápidamente —advirtió—. Lo más probable es que intenten buscarnos al percatarse de que no hemos emergido por la puerta principal.

Inmersos en una atmósfera cargada de desesperación, los cuatro intercambiaron miradas de preocupación y ansiedad. La certeza de que sus opciones se estrechaban ante la imparable vorágine de violencia y fuego los empujaba hacia un precipicio de incertidumbre.

Andrea, aunque abrumada por la desesperanza, se negó a rendirse. Su mirada destellaba determinación mientras buscaba una solución en medio del caos. Con un gesto firme, se acercó a la rejilla de hierro que les bloqueaba el paso y la examinó detenidamente. Sus pensamientos velozmente trazaron un plan en su mente, intentando encontrar alguna debilidad que pudiera aprovechar.

En un destello de inspiración, Andrea divisó una palanca en una esquina cercana. Con movimientos ágiles y desesperados, corrió hacia ella y la agarró con firmeza. Su corazón latía acelerado mientras desplegaba toda su fuerza y determinación para hacer ceder la reja. Los músculos de sus brazos se tensaron, y un grito de esfuerzo escapó de sus labios mientras se aferraba a la esperanza de abrir un camino hacia la salvación.

Chelsea, presa de la angustia y la incertidumbre, se acercó a Delfina en busca de consuelo y apoyo mutuo. Sus ojos se encontraron, transmitiéndose un mensaje de solidaridad y fortaleza en medio de la adversidad. Sin necesidad de palabras, se dieron aliento mutuamente, sosteniéndose en ese vínculo fraterno que se había forjado en el torbellino de los acontecimientos.

Facundo, el guardián, asumió nuevamente el rol de liderazgo en aquel momento crítico. Con una determinación serena, examinó las opciones restantes y trazó un nuevo plan.

—Aún no todo está perdido —dijo con una voz firme y tranquila—. Debemos buscar otra salida, otra vía de escape.

Los cuatro se miraron entre sí, compartiendo una chispa de esperanza en medio de la oscuridad que los rodeaba. La confianza y el espíritu de lucha resurgieron en sus corazones, impulsándolos a encontrar una solución a pesar de las adversidades.

Enfrentando el fuego que amenazaba con consumirlos, se adentraron una vez más en las profundidades del laberinto subterráneo. Cada paso que daban resonaba en el eco de la incertidumbre, pero su determinación les brindaba fuerzas para seguir adelante. Unidos en su propósito de supervivencia, avanzaron en la penumbra con la esperanza de encontrar un resquicio de luz en su desesperada huida.

Después de adentrarse en los laberintos oscuros y húmedos del alcantarillado subterráneo, los pasos resonaban en el eco del ambiente opresivo. El hedor nauseabundo del lugar se mezclaba con la tensión que se palpaba en el aire, mientras avanzaban con precaución, tratando de encontrar una salida que los llevara lejos de aquellos peligrosos terrenos.

Facundo, con su experiencia y valentía, se adelantaba, abriendo paso entre los estrechos pasadizos inundados por el fétido líquido que corría bajo la estación de policía. Sus botas chapoteaban en el barro del desagüe, pero su determinación no se veía mermada. En un instante de ingenio, se percató de que las barras de hierro que protegían una de las salidas estaban corroídas por la humedad. Una chispa de esperanza iluminó su mirada mientras ideaba un plan.

Se tumbó en el fango, sintiendo la humedad penetrar en su uniforme empapado, y levantó las rodillas. Con mano firme, agarró el tallo de un arbusto de zarzas que se aferraba tenazmente a través de la parrilla. Con un esfuerzo sobrehumano, enderezó las piernas y golpeó con determinación la estructura oxidada una y otra vez, hasta que finalmente, en un estruendo metálico, la parrilla cedió y se desprendió.

Al salir del túnel, emergieron en un rincón oculto, alejados de las miradas hostiles de la enfurecida turba que buscaba su destrucción. Antorchas iluminaban los rostros retorcidos de quienes les perseguían, pero ellos, como ratones astutos, habían logrado darles esquinazo.

Sin embargo, no había tiempo para celebraciones. El corazón latía desbocado en sus pechos mientras emprendían una desesperada carrera por la calle, alejándose en dirección opuesta a la multitud enardecida. Pero antes de que pudieran doblar en una intersección, el eco atronador de un disparo interrumpió el aire.

Los cuatro se giraron simultáneamente, con la certeza de que uno de ellos había sido alcanzado por la bala traicionera. Los ojos de Andrea se encontraron con los de Chelsea, ambos rostros pálidos y cargados de incertidumbre. El policía, con su mirada penetrante, buscó la respuesta en los ojos de Delfina, quien, a su vez, buscaba consuelo en las miradas de las otras dos mujeres.

En un instante de angustia silenciosa, se quedaron inmóviles, atrapados en un limbo de temor y resignación. Sabían que, en aquel instante crucial, uno de ellos podría caer al suelo, víctima de las circunstancias implacables que los perseguían sin piedad. Una bala, una sola bala... sería la causante de la muerte de uno de ellos.

Capítulo 8: Interludio

Sunflower, 7 de enero de 1996

Aquel domingo por la mañana de 1996, Críspula y Osmani, quien para entonces ya era un apuesto joven de 17 años, asistieron a misa dominical acompañados de un chofer al que cariñosamente llamaban Lique. Enrique Dosel era el chofer de la familia Wilson desde la llegada de los nuevos miembros de la familia, pues lo contrataron al darse cuenta de que era necesario llevar a los niños a la escuela.

Lique era un hombre de aspecto jovial y enérgico. Su cabello era negro y corto, con un peinado elegante y discreto y su barba de candado, daba la impresión de ser un joven rebelde, aunque en realidad ya rondaba los 40 años. En sus días libres, vestía con un estilo relajado y casual, usualmente utilizando camisas de algodón y pantalones de mezclilla desgastados, pero siempre bien cuidados. A menudo llevaba una gorra de béisbol con algún logotipo de equipos deportivos.

Lique, como chofer, solía vestir un traje oscuro impecablemente planchado, con una camisa blanca y una corbata a juego. Combinaba su atuendo con unos zapatos de cuero negro pulidos y unos guantes blancos que siempre llevaba puestos al volante. Su voz era profunda y segura, con un tono amable y confiado que inspiraba confianza. Era muy expresivo en sus gestos y hablaba con las manos, lo que le daba un aire teatral y dramático a sus conversaciones. A pesar de su apariencia juvenil y su actitud alegre, Lique era un hombre maduro y responsable, siempre dispuesto a ayudar y apoyar a los demás, especialmente a la familia Wilson, donde había trabajado muchos años atrás en distintas labores campestres, hasta que la propia Críspula lo designó como el chofer de los niños.

Cuando finalizaron el trayecto hasta Charleston, se detuvo en el estacionamiento de la ornamentada catedral, la principal atracción de ciudad en ese momento. Lique aguardó paciente a que sus patrones ingresaran a la iglesia, y posteriormente se sentó a esperar en una banca del patio trasero.

La catedral católica estaba decorada con pinturas y estatuas de santos y vírgenes, que adornaban las paredes y los altares. Los vitrales multicolores, que dejaban pasar la luz del sol y la transformaban en una lluvia de colores, iluminaban el interior de la iglesia. Los bancos estaban cuidadosamente acomodados en filas paralelas, y el aroma a incienso y velas encendidas inundaban el aire.

Críspula estaba vestida formalmente con un traje oscuro y un sombrero rosa pastel que ocultaba sus ya pronunciadas canas, sosteniendo con sus flacas y arrugadas manos un pequeño bolso y un manto de oración. Estaba sentada en el primer banco de la iglesia, como era su costumbre, para hacerse notar por el párroco. A su lado, su nieto estaba vestido formalmente con un traje oscuro y una camisa blanca que acentuaba su tez oscura, con el cabello negro peinado hacia un lado. Osmani siempre fue un joven manso y de buen comportamiento, que no daba pie a que alguien hablara en mal de él, y menos siendo un Wilson de *Sunflower*, nieto del finquero más respetado del Estado.

Con su personalidad fuerte y robusta, Críspula prestaba atención a cada detalle de la misa, así como a algunos de los atuendos kitsch que, según decía ella, algunos feligreses usaban cualquier prenda de paca sin tener en cuenta el buen sentido de la moda, algo que ella consideraba un pecado capital. Al mismo tiempo, Osmani hacía todo lo posible por seguir las instrucciones del sacerdote y concentrarse en leer la Biblia. Pero de pronto, un gemido como un susurro lo distrajo de dedicarse al momento sagrado.

Era una mañana soleada en el jardín de la iglesia. El jardinero encendió los aspersores para refrescar los hermosos rosales, que se abrían con delicadeza ante el revoloteo de los colibríes. La brisa fresca se mezclaba con el suave canto de los pájaros, y las coloridas flores quedaban salpicadas por el rocío, semejando cada gota a pequeños espejuelos que multiplicaban la fantasía de aquel paisaje primaveral. Una joven con lágrimas en los ojos estaba sentada en un banco del jardín, que desentonaba con las maravillas que la rodeaban, dada la penumbra que la atormentaba. Su cabello negro caía en desorden sobre sus hombros, y sus manos temblorosas trataban de enjugar las lágrimas que continuaban rodando por sus mejillas como una fuente inagotable de miseria.

La muchacha sentada en la banca era como una flor marchita, con pétalos caídos y un tallo quebradizo. Su cabello negro era como la tinta de una pluma, desordenado y esparcido por su espalda como si hubiera sido soplado por los labios del viento. Sus ojos eran como dos pozos oscuros y profundos, llenos de abundantes lágrimas. Su piel era suave como la seda, pero en ese momento parecía haber perdido su brillo natural. Era como un lago tranquilo en una noche sin luna, oscuro y sin vida. Vestía una blusa blanca como la nieve y una falda larga de color azul oscuro, que parecía un mar profundo y turbulento.

Osmani continuaba adentro de la iglesia escuchando la misa junto a su abuela Críspula, que ni aún en sus momentos de comunión abandonaba el carácter fuerte y tosco que siempre acompañaba su rostro. El muchacho sentía deseos de levantarse del lugar, para ir en busca de su curiosidad, pero había sido educado con una disciplina férrea, que más que respeto, lo que su abuela le imponía era terror. No obstante, su atención cada vez se desviaba más hacia el exterior, hacia el jardín, donde vio a la joven sentada en la banca. El monótono sermón del sacerdote Rómulo, y la curiosidad de ver a una joven solitaria llorando, hicieron que se levantara de la banca como un gato sigiloso que camina en silencio por los tejados de un vecindario, evitando que su carcelera notara su ausencia. La anciana estaba postrada rezando con la chalina negra en su cabeza, lo que permitió que su nieto huyera por unos segundos, como quien le abre la jaula a una paloma.

Cuando Osmani vio a la joven, sintió como si una luz lo hubiera golpeado en la oscuridad. Su aspecto era alto y delgado, con el cabello negro cortado en un estilo fresco y moderno que lo hacía parecer un galán de telenovela a su corta edad. Pero ese día estaba aún más hermoso que de costumbre. No podía apartar los ojos de ella, y algo dentro de él lo instó a abandonar la iglesia. Mientras caminaba, se dirigió a la joven, quien se sorprendió al verlo salir antes del final del sermón, lo que muchos consideraron una falta de respeto.

Ella, por su parte, al ver a Osmani, sintió un cosquilleo en el estómago, como si un enjambre de mariposas hubiera decidido instalarse allí. Estaba sorprendida de que alguien hubiera notado su tristeza y se acercara a ella con tanta delicadeza y empatía.

—¿Cómo te sientes? ¿Te encuentras bien? —Preguntó en voz baja, sentándose en el banco junto a ella.

Al escuchar su voz, la joven se sobresaltó y rápidamente se secó las lágrimas.

—No, no me pasa nada —respondió con tristeza en su voz.

Nadie llora por gusto. ¿Quieres hablar? —preguntó Osmani preocupado—. Mi mamá solía decirme que los que lloran son bendecidos por Dios, pues almenos todavía tienen sentimientos. Lo que me lleva a pensar que tú tienes unos muy bonitos. ¿Cuál es tu nombre?

Ella dudó por un momento, pero luego decidió abrirse en una extraña conversación que le brindaba el joven desconocido.

—Mi nombre es Andrea —respondió volviéndose hacia él—. Andrea Galina.

—Es un bonito nombre, Andrea —añadió Osmani—. El nombre Andrea proviene del griego "anēr" que significa "hombre valiente" o "guerrero", y es comúnmente utilizado como nombre femenino en muchos países. Sin embargo, su significado puede variar dependiendo de la cultura y el idioma. En general, el nombre Andrea se asocia con cualidades como la valentía, la fortaleza y la determinación.

—¡Vaya! —sonrió con las mejillas ruborizadas—. Acabas de decirme que mi nombre no es para nada femenino. ¿De dónde sacas esas cosas que hablas con tanta formalidad? ¿Y cómo te llamas? Pareces un libro de enciclopedia.

—Mi nombre es Osmani Alighieri Wilson, y las cosas que te he dicho son ciertas porque leo mucho. Pero te centraste en saber que tu nombre es de origen masculino, que olvidaste que también mencioné que quien se llama así, es una persona valiente y guerrera.

—Tienes razón, lo siento —volvió a sonreír—. ¿Es divertido leer? Es que suenas a bibliotecario.

—Sí, es divertido —le susurró acercando sus labios al oído de Andrea—. Pero solo cuando lees lo que te gusta y no lo que te imponen.

—Comprendo —recuperó su cara triste.

—¿Ahora sí me dirás por qué llorabas? —insistió Osmani.

—Mi madre y yo solíamos venir a misa muy seguido, y cuando concluía nos sentábamos en esta banca del jardín. Pero hace unos meses que... murió y aún no acepto su partida, nunca lo haré. Me siento sola y desamparada.

En ese momento, la abuela de Osmani apareció por la puerta trasera de la iglesia y lo llamó con voz fuerte.

—¡Osmani, ven aquí ahora mismo! —gritó Críspula—. ¿Así es como pagas toda la educación con la que te he instruido? Eres un irreverente, no te voy a permitir este tipo de comportamientos tan impropios de un Wilson.

Osmani miró a la joven con un poco de vergüenza y le dijo:

—Tengo que irme, pero quiero verte de nuevo. ¿Podemos encontrarnos aquí mañana a la misma hora?

La joven asintió con una sonrisa, y Osmani se levantó de la banca con el corazón lleno de alegría. Pero esa alegría fue efímera, ya que su abuela estaba furiosa cuando llegó a su lado.

—¿Qué demonios haces, Osmani? ¿Te estás enamorando? ¡Te recuerdo que tienes que ser sacerdote! —vociferó Críspula—. Estás elegido por Dios para servirle y serle fiel en la religión que profesamos. No olvides nunca que en nuestra familia pesa ya una maldición por culpa de tu madre, y que eres necesario para expiar los pecados cometidos por ella. Tú eres el que ha de servir de intercesor entre Dios y nosotros, para que perdone un pecado tan ruin como es el asesinato.

Osmani sabía que su abuela tenía planes para él, pero no podía evitar sentirse atraído por aquella muchacha con la que a penas había logrado cruzar unas cuantas palabras. Mientras escuchaba a su abuela, se encontraba inmerso en sus propios pensamientos, recordando el suave perfume de la joven del jardín y la sensación reconfortante al tenerla cerca. Se preguntaba cómo era posible que sintiera algo tan fuerte por alguien que apenas conocía, y a la vez sentía la presión de su familia y su destino como sacerdote.

Pero a pesar de todo, la imagen de la joven se mantenía fresca en su mente, con su cabello oscuro y sus ojos grandes como la luna llena. Mientras su abuela seguía hablando, Osmani se preguntaba si era posible que Dios la hubiera puesto en su camino para un propósito diferente al de ser sacerdote. Aún así, con tanta confusión que lo agobiaba, estaba decidido a verla al día siguiente como se lo había propuesto antes de despedirse.

Al día siguiente, Lique, el conductor, acompañó a Osmani de regreso a la catedral situada en Charleston. Afortunadamente, ese día coincidió con la reunión programada de Críspula en su residencia con los miembros del grupo de beneficencia Divina Caridad. El plan de Osmani salió de acuerdo a sus intenciones. Al llegar al lugar especificado, notó a una encantadora joven parada en el jardín, junto a los rosales. Antes de que Osmani pudiera salir del vehículo, Lique inesperadamente hizo un comentario que lo tomó desprevenido.

—Joven, ayer mientras esperaba que usted y la señora salieran de misa, sin darme cuenta presencié un incidente desde los bancos contiguos al jardín principal. Usted no notó mi presencia, debido a que el sitio en el que me encontraba, estaba oscurecido por la sombra de los cipreses, y porque ligeramente los rosales que los separaban, hacían de pared natural. Me disculpo por la intrusión, pero la proximidad de los asientos hizo difícil no escuchar y observar.

Osmani retiró la mano de la manija de la puerta del coche y se volvió hacia Lique.

—Lique, ¿qué viste? —inquirió con una expresión perpleja.

—Es perfectamente normal ser un adolescente de diecisiete años y experimentar la sensación de enamorarse. A nuestro regreso a casa ayer, no pude evitar notar la forma en que la joven había capturado su corazón. Sus ojos brillaban como dos faros brillantes en un puerto, sin dejar dudas sobre la profundidad de su afecto por ella. Se podría decir que es la primera vez que veo una chispa en sus ojos negros, que casi siempre son tan oscuros como la campana de esta iglesia.

—Lique continuó, palmeando la espalda del joven en una muestra de complicidad—. No sea terco, joven, con todo respeto. Yo estaré dedicado hasta el final de mis días, y si es necesario, me sacrificaría por usted. Antes de considerar traicionar su confianza, preferiría que me mataran. Su amabilidad significa mucho para mí, jovencito.

Osmani estaba ansioso cuando preguntó:

—¿Cuál es la razón por la que me aprecias? ¿Y por qué estás ansioso por ayudarme? ¿A caso me estás jugando una broma? Dime de una vez, Lique, ¿a qué se debe tu aprecio?

—Verdaderamente eso no tiene importancia, créame cuando le digo que quiero ayudarlo. Para explicarlo, compré un hermoso ramo de flores amarillas que me llamó la atención, a pesar de que no sabía su nombre. La razón detrás de esta compra fue su atractivo estético, son simplemente hermosas. El destinatario previsto de estas flores... es una mujer. Las he comprado para que se las regale a Andrea. Creo que así fue que escuché que se llama la joven.

—Agradezco tu amable gesto, pero no era necesario que realizaras este acto de bondad en mi nombre.

—Querido joven, permítame ayudarle. He organizado una sorpresa especial en la playa, para que la invite a ella a ver la puesta de sol.

Después de pensarlo por un momento, Osmani aceptó el ofrecimiento. Salió del auto con el ramo de rosas amarillas escondiéndolas con una mano detrás de su espalda. Luego de entregarle el obsequio, la invitó a la playa a ver la puesta de sol como se lo había sugerido su amigo el conductor.

Charleston, 20 de julio de 1996

Con el pasar de los meses, Andrea y Osmani se encontraban con frecuencia en la playa o en otros lugares, ayudados por Lique, que siempre tenía la excusa perfecta para apoyar al joven ante las prohibiciones de Críspula. Cada semana las excusas eran distintas, y, aunque increíble, daban resultado. Lique inventaba reuniones de jóvenes católicos a las que Osmani debía asistir, o ceremonias que involucraban temáticas clericales en el colegio al que tenía como tarea llevar o traer al joven. Ya sabía que esa era la debilidad de la tosca anciana.

El tiempo que Andrea y Osmani compartían lo disfrutaban en diversas actividades; algunas veces realizaban picnic, que era una experiencia deliciosa. Hacían competencia de construcción de castillos de arena, que era un pasatiempo muy entretenido. Iban de paseo en bote por la costa, observaban las estrellas por la noche, hacían fogatas campestres, que era una experiencia romántica. E incluso, realizaban limpieza en la playa, como una acción muy necesaria para el medio ambiente. Con el tiempo se habían vuelto muy cercanos e inseparables.

Cierto día por la tarde, se reunieron en la playa que compartía el secreto de aquel enamoramiento de juventud.

La tarde en la playa se presentaba sublime, con un sol anaranjado que se desvanecía lentamente en el horizonte y dejaba tras de sí una estela de colores cálidos y apacibles. El cielo se había teñido de tonos rosados y violáceos, mientras que la brisa marina acariciaba la piel de Andrea y Osmani. El sonido de las olas que llegaban a la costa, y que se deshacían en la orilla, se unía al de los pájaros que sobrevolaban el lugar.

Andrea, por su parte, estaba sentada en la arena con la mirada perdida en el mar, mientras hablaba con Osmani acerca de su madre. Había un brillo nostálgico en sus ojos, mientras relataba con ternura algunos recuerdos de su infancia junto a ella. Osmani, sentado a su lado, la escuchaba atentamente, su mirada fija en la joven, como si quisiera capturar cada una de sus palabras y emociones.

Andrea cerró los ojos y respiró profundamente, tratando de encontrar las palabras adecuadas para describir cómo se sentía después de la muerte de su madre. El sol que ya casi se retiraba, se asomaba tímidamente entre su cabello, iluminándola con una luz suave y reconfortante.

Sus pensamientos vagaban por los recuerdos que tenía de su madre, las risas compartidas, los abrazos cálidos y los momentos inolvidables que habían pasado juntas. Pero ahora, todo parecía tan lejano, tan irreal, como si fuera un sueño del que no podía despertar.

—El dolor que siento —dijo Andrea—, en mi corazón es inmenso, una herida abierta que no sanará con el tiempo. Me pregunto si alguna vez volveré a sentirme completa, si algún día lograré llenar el vacío que ha dejado la ausencia de mi madre.

—Pero al mismo tiempo —dijo Osmani—, sabes que tu madre siempre estará contigo, en tu corazón, en tus pensamientos, en cada pequeño detalle de tu vida. Y aunque su presencia física ha desaparecido, su amor seguirá siendo eterno, un faro de luz que te guiará en tu camino. La vida seguirá su curso, implacable, sin detenerse ni un instante. Pero ella sabía que tenías que seguir adelante, que debías encontrar la fuerza y la voluntad para continuar. Porque eso era lo que tu madre hubiera querido, que su hija siguiera adelante con la cabeza en alto, con el recuerdo de su amor y su presencia en el corazón.

—Dime, Osmani, ¿qué hay de tu mamá? ¿Quién es? ¿Por qué nunca hablas de ella? ¿Por qué eres tan hermético que cuando quiero saber algo de tu vida... simplemente no puedo? Eres como una ostra que se cierra guardando una piedra muy preciosa, así es tu corazón. Dime, ¿también te han lastimado? De ser así, somos tan idénticos.

Osmani sabía que su tiempo juntos estaba llegando a su fin, y eso hacía que se sintiera cada vez más apesadumbrado. Había querido decirle la verdad sobre su situación, sobre cómo su abuela lo obligaba a estudiar para sacerdote y cómo eso lo hacía sentir atrapado, pero no podía. No quería que Andrea pensara que él era débil o que no tenía el control de su propia vida.

Las palabras de ella lo llevaron de vuelta al momento presente, y por un momento, Osmani olvidó su dolor y su miedo. La miró a los ojos, sintiendo la familiar oleada de amor y dolor al mismo tiempo.

—No puedo hablar de mi madre —dijo él, con la voz cargada de tristeza—. Es algo que me duele mucho, pero no es algo que yo pueda compartir contigo ahora mismo.

Sabía que Andrea no entendería del todo, pero también sabía que ella no necesitaba entender para estar allí para él.

—Déjame mostrarte algo —dijo Osmani, extendiendo la mano hacia ella.

Andrea tomó su mano, y juntos caminaron hacia el agua. Él la llevó hacia la orilla, donde el agua acariciaba sus pies.

—¿Qué es? ¿Qué me vas a mostrar? —preguntó sonriendo.

—Mira —dijo Osmani, señalando hacia el horizonte—. ¿Ves ese hermoso sol que se está poniendo? Eso es lo que me importa ahora mismo, estar aquí contigo, viendo la belleza que hay en el mundo. Porque incluso si no puedo hablar de todo, todavía puedo sentir cosas bellas, y eso es lo que me importa del aquí y ahora. Me gusta saber que puedo hablar contigo, aún si no digo nada. Entre tú y yo hay una conexión especial, en la que las palabras sobran, porque el silencio dice mucho más que todo lo que un diccionario contiene.

Andrea lo miró, con los ojos llenos de amor y comprensión, y Osmani supo que aunque no había compartido toda la verdad con ella, ella todavía lo amaba. Juntos, se quedaron allí en la playa, viendo el sol desaparecer detrás del horizonte, sabiendo que, al menos por ese momento, todo estaba bien en el mundo.

Después de unos minutos, el sol se había ocultado ya en el horizonte, dejando a su paso un espectáculo de tonalidades rojizas y anaranjadas que parecían haber sido pintadas en el cielo. La playa se había quedado en penumbra, iluminada tan solo por la luz de las estrellas y la luna que comenzaba a aparecer tímidamente. Andrea continuaba hablando con Osmani, aunque ahora su voz era más suave y melancólica, como si la oscuridad del entorno hubiera hecho aflorar sentimientos más profundos en su interior.

En ese momento, Osmani se acercó a ella y le tomó la mano con delicadeza, transmitiéndole su apoyo y su cariño en un gesto sencillo pero lleno de significado. Andrea sintió cómo una ola de calidez se extendía por su cuerpo, haciéndole sentir acompañada y protegida.

Juntos, permanecieron allí, en silencio, observando el mar y la luna que brillaba en el cielo, como si el tiempo se hubiera detenido en ese instante, permitiéndoles simplemente estar presentes el uno para el otro.

Sunflower, 15 de agosto de 1996

Andrea llevaba un vestido largo y fluido de un tono azul turquesa que resaltaba su piel bronceada. El vestido tenía un escote en V que dejaba ver su delicado collar de conchas marinas, y su espalda descubierta se unía con dos tirantes finos que se entrelazaban. El vestido ondeaba con cada soplo de la brisa marina, imitando el vaivén de las olas en un día de aguas agitadas. Sus pies descalzos estaban cubiertos de la fina arena blanca, mientras que en sus muñecas lucía delicadas pulseras hechas de cuerdas multicolores. El cabello de Andrea estaba recogido en una trenza lateral que caía sobre su hombro, adornada con pequeñas flores de colores que parecían haber sido recolectadas en la misma playa.

Las flores que adornaban su cabello eran como pequeñas joyas que brillaban con suavidad en su cabellera. Algunas eran del color del sol naciente, un amarillo dorado que invitaba a soñar, otras del color del mar, un azul profundo que evocaba la inmensidad del océano. Había flores rosadas como las mejillas sonrojadas de un enamorado, y otras rojas como la pasión ardiente que se enciende en el corazón. Las flores blancas parecían haber sido tejidas por las nubes, delicadas y etéreas, mientras que las moradas eran como pequeñas llamas que iluminaban su rostro. Todas juntas creaban un ramillete de colores que embellecían aún más la belleza natural de Andrea. Todo su conjunto irradiaba una elegancia bohemia que la hacía parecer una ninfa del mar en un cuento de hadas.

Ese 15 de agosto de 1996, Andrea se sentó entre arena y palmeras a esperar a Osmani como de costumbre. Miraba al horizonte, esperando ver su figura en el camino. Pero solo observó cómo Lique, el chofer, se bajaba del auto y se acercaba a ella. La cara del hombre reflejaba una tristeza que dejaba a mujer inquieta.

—Andrea, lo siento mucho —dijo Lique con voz apagada—. Osmani se fue a un lugar muy lejano. Quizá no volverá jamás.

Andrea se quedó atónita. Luego, empezó a llorar. Lloró tanto que el mar parecía empequeñecerse ante sus lágrimas. ¿Cómo podría ser? ¿Por qué Osmani se fue sin decirle nada? ¿Cómo iba a vivir sin él?

Lique le entregó un pequeño peluche, un oso de peluche que Osmani había dejado para ella. Era tan suave y tierno, Andrea lo tomó entre sus manos y lo abrazó con fuerza mientras seguía llorando. El presente no era más que un consuelo, una invención de Lique para hacerla creer que Osmani se lo dejaba. Él más que nadie conocía la verdad, pero guardó silencio porque en la casa Wilson las cosas parecían no andar nada bien.

Andrea, llena de angustia y desesperación, decidió preguntarle a Lique por qué siempre había apoyado a Osmani y por qué se veía tan triste si solo era su chofer. Lique, con una mirada penetrante, tomó una profunda bocanada de aire antes de responder:

—Siempre estuve enamorado de Marie, la madre de Osmani. Esa es la realidad del porqué he decidido estar a su lado y verlo crecer, ya que su madre no podrá hacerlo. He apoyado a Osmani no solo por el gran amor que siento o sentí por su madre, sino también porque quería verlo crecer y ser feliz. Los Wilson nunca supieron de este amor... porque Marie siempre fue ese amor imposible que la vida me negó. Ella se casó y ahora me es ajena. Además, aunque quisiera... ya no se puede nada.

—¿Por qué? ¿Dónde está ella? —quiso saber Andrea, aún con el nudo en la garganta.

—No puedo decírtelo, pero sí te diré algo que creo que me vas a entender: El amor puede ser doloroso a veces, pero también es lo más bello que puede experimentar el corazón humano —respondió

Lique, caminando de regreso al auto mientras le regalaba sabios consejos—. Hay miles maneras de amar, incluso en los recuerdos se ama intensamente. Y aunque el amor sea imposible, sigue siendo amor. No desaparece simplemente porque no pueda ser correspondido o porque las circunstancias no lo permitan. Siempre vivirá en el corazón y en la memoria de quien lo siente —añadió Lique, mirando a Andrea con una mezcla de tristeza y ternura—. Yo he aprendido a amar de muchas formas, y una de ellas es a través de mi apoyo a Osmani. Es mi manera de honrar el amor que sentí por Marie y de mantener vivo ese sentimiento que nunca desapareció del todo. El amor no siempre es fácil, pero eso no significa que no valga la pena. A veces, el dolor es simplemente una señal de que hemos amado de verdad, y que ese amor nos ha dejado una huella imborrable en el corazón.

"El amor no es un sentimiento que se pueda controlar. A veces nos enamoramos de personas que no podemos tener, o que no nos convienen, pero eso no significa que el amor sea menos real o menos importante. El dolor es parte del amor, y no podemos evitarlo. Pero lo que sí podemos hacer es aprender a manejarlo, a aceptarlo como parte del proceso, y a seguir adelante con la esperanza de encontrar el amor verdadero, que muchas veces está en nosotros, o en soltar y dejar ir. El verdadero amor no se trata de encontrar a alguien que te haga feliz todo el tiempo, sino de encontrar a alguien con quien puedas compartir tanto los momentos buenos como los malos. Esa es la verdadera felicidad. El amor es como una flor: hermosa, pero frágil. Hay que cuidarlo, regarlo y protegerlo para que crezca fuerte y sano. Y a veces, aunque hagamos todo lo posible, simplemente no florece como queremos. Pero eso no significa que no pueda florecer en otro lugar, con otra persona. El dolor del amor perdido es una de las cosas más difíciles de superar. Pero hay que recordar que el amor nunca se pierde por completo: siempre queda algo de él en nosotros, en nuestros recuerdos, en nuestras experiencias. Y eso es lo que nos hace más sabios y más fuertes para enfrentar el futuro. Es todo cuanto puedo decirte, Andrea, cuídate."

Andrea asintió en silencio, sintiendo una extraña conexión con Lique y su historia de amor imposible. Era como si estuvieran unidos por el mismo dolor y la misma esperanza, como si ambos entendieran que el amor no siempre es fácil ni justo, pero que sigue siendo lo más valioso que se puede tener en la vida.

Andrea entendió la tristeza de Lique, la razón por la que siempre había estado tan cercano a la familia y apoyado a Osmani en todo momento. Se sintió agradecida por haber conocido esa historia de amor y lealtad, y también triste por saber que nunca se pudo concretar. Justamente así, como el amor que sentía por Osmani, que ahora le estrujaba el corazón como si un puño se hubiese introducido en su pecho para torturarla.

De pronto, la brisa de la playa ya no acariciaba suavemente su piel, sino que la envolvía en un abrazo helado que parecía penetrar hasta su alma. El mar, que antes se mostraba tan azul y calmado, ahora se revolvía con fuerza, como si quisiera arrastrarla a su profundidad sin fondo. Las palmeras, que antes le parecían hermosas y majestuosas, ahora parecían estirar sus ramas hacia el cielo en busca de una respuesta divina que nunca llegaría.

Se sentía perdida en medio de esa naturaleza agitada, como si fuera una hoja arrastrada por el viento. El dolor que sentía por la partida de Osmani era inmenso, pero ahora se sumaba la comprensión de la historia de amor que Lique le había contado. Y lloraba amargamente, por ella y por él. Sus ojos se llenaron de lágrimas, que caían por sus mejillas como pequeñas gotas saladas. Cerró los ojos y respiró profundamente, tratando de encontrar la calma que tanto necesitaba. Sabía que tendría que seguir adelante, pero en ese momento solo quería llorar y dejarse llevar por el dolor.

La tarde pasó lentamente, mientras la triste mujer seguía llorando. Miraba hacia el horizonte, preguntándose si algún día

Osmani volvería. Pero el sol se fue poniendo y la noche cayó sin que él apareciera. El peluche seguía en sus brazos, dándole una sensación de compañía, pero era una pobre sustitución para el calor del abrazo de Osmani.

Finalmente, Andrea se armó de fuerzas y empezó a caminar hacia su casa. A medida que se alejaba de la playa, la sensación de pérdida se hizo más intensa. Lloró toda la noche, con el pequeño peluche en su regazo, sintiendo el vacío de la partida del joven guapo y caballero que conoció una mañana de verano. La playa ya no sería lo mismo sin él.

Capítulo 9: Resurrección y venganza

La noche era fría y oscura, y la luna apenas asomaba entre las nubes. En la distancia, se escuchaban los aullidos de los perros callejeros. Un hombre alto y misterioso caminaba por las sombras, avanzando con paso firme hacia un complejo de medicina forense. Vestía un largo abrigo oscuro que ondeaba con el viento, y su rostro estaba cubierto por una capucha, impidiendo ver su identidad.

Al llegar al complejo, el hombre se detuvo frente a la puerta principal, observándola fijamente por un momento antes de empujarla con fuerza. Los guardias de seguridad que estaban dentro se levantaron de inmediato, sorprendidos por la violencia con la que el extraño había irrumpido en el edificio. Sin embargo, antes de que pudieran hacer algo, el hombre los atacó con una habilidad sobrenatural. Sus movimientos eran rápidos y precisos, y en cuestión de segundos, los dos guardias yacían en el suelo, inconscientes y gravemente heridos.

El extraño no perdió tiempo y continuó avanzando por los oscuros pasillos del complejo forense. Su caminar era firme y decidido, y su mirada fría y calculadora. Mientras se adentraba en el edificio, dejaba a su paso un rastro de sangre y destrucción. Puertas destrozadas, cristales rotos y muebles volcados eran la evidencia de su paso.

A medida que avanzaba, el hombre parecía estar buscando algo en concreto. Se detenía de vez en cuando y parecía escuchar algo que los demás no podían oír. Luego, continuaba caminando, como si supiera exactamente hacia dónde se dirigía.

Finalmente, llegó a una puerta cerrada con un letrero que decía "Área restringida: solo personal autorizado". El hombre no se detuvo ante la advertencia y la abrió de un fuerte golpe. Al otro lado de la puerta, encontró lo que estaba buscando.

Llegó a la puerta del depósito de cuerpos de la Morgue, una puerta de acero con una gran cerradura. Con un movimiento experto, hizo que el acero se arrugara como una lámina de papel de aluminio, quedando el paso libre hacia el interior de la sala congelada.

El interior del depósito estaba oscuro y frío, pero el hombre no se inmutó. Se movió sin hacer ruido entre las mesas y estantes llenos de cuerpos cubiertos con sábanas, examinándolos uno a uno hasta que encontró lo que estaba buscando.

Con una mueca de satisfacción, arrastró el cuerpo que había seleccionado hasta la puerta y lo cargó sobre sus hombros con una facilidad sorprendente. Salió del depósito y cerró la puerta detrás de él de una manera sobrenatural, sin dejar rastro de su presencia.

Los guardias de seguridad tendidos en el suelo, inconscientes o muertos, eran la única señal de que algo terrible había sucedido esa noche. El misterioso hombre desapareció en la oscuridad, con su macabra carga, dejando una terrible atmósfera que parecía el rastro de la muerte y la destrucción.

A medida que se alejaba del complejo forense, el hombre comenzó a moverse con más rapidez, como si estuviera ansioso por llegar a su destino final. En la distancia, se podía escuchar el sonido de sirenas de policía que se acercaban, pero el hombre no parecía preocupado por ellas.

¿Quién era ese hombre y qué pretendía con su macabro acto? ¿Qué secreto oscuro se escondía tras el robo del cuerpo? El misterio sólo se profundizaba a medida que el hombre desaparecía en la noche, llevando consigo un secreto que sólo él conocía.

A la siguiente noche

(Charleston, presente)

La noche estaba sumida en el caos de la ciudad. Los edificios altos y las luces de neón iluminaban la calle principal, mientras la gente se movía apresurada en todas direcciones. Los sonidos de los coches y las voces se mezclaban en un murmullo ensordecedor.

Andrea, Chelsea, Delfina y el policía se encontraban en medio de todo el caos, tratando de escapar de aquella multitud enfurecida. La tensión estaba en el aire, y sus rostros reflejaban la preocupación y la incertidumbre.

De repente, un sonido atronador interrumpió el ambiente frenético. Un disparo. El tiempo pareció detenerse por un instante, mientras los presentes miraban a su alrededor con expresiones de sorpresa y horror.

Chelsea abrió los ojos como platos, su mano derecha buscando instintivamente algún indicio de herida en su tórax. Delfina dio un pequeño salto, llevando la mano a su boca en un gesto de asombro. El policía se giró hacia la dirección del disparo, con una expresión de alerta en su rostro.

Andrea, que estaba unos metros más atrás, llevó una mano a su pecho y retrocedió unos pasos, con una mueca de dolor en su rostro. Un charco de sangre comenzó a formarse en su ropa. Todos se quedaron paralizados, sin saber qué hacer ni de dónde había venido el disparo.

Después, Andrea sintió cómo el tiempo se detenía a su alrededor. Los sonidos de la ciudad parecían apagarse y todo se sumió en un silencio ensordecedor. La luz de las farolas parecían más brillantes de lo normal, y la escena frente a ella se desdibujó, como si estuviera viendo todo a través de un cristal empañado.

Sus ojos se fijaron en Chelsea y en el policía, quien parecía estar a kilómetros de distancia, con su arma en mano. La mirada del oficial se encontró con la de ella por un breve momento antes de que todo sucediera. Andrea vio cómo su pecho se inflaba mientras inhalaba aire para gritar algo, pero no llegó a pronunciar lo que era.

Fue entonces cuando el mundo explotó en una ráfaga de sonido y dolor. Andrea sintió un fuerte impacto en su pecho, como si alguien hubiera lanzado una piedra con todas sus fuerzas. Fue como si la bala que la impactó hubiera atravesado su cuerpo en cámara lenta, mientras la sangre empezaba a brotar.

La sangre que brotaba de su pecho, se deslizaba lentamente por su piel, como un río carmesí que fluía sin rumbo fijo. Fue entonces cuando vino a su mente un recuerdo intruso que se robó la escena y la trasladó a un día de verano en su casa de casada, en el que Kenneth, su esposo, había llegado a casa con un ramo de rosas rojas en la mano. El aroma dulce y embriagador de las flores había inundado la habitación, y el brillo de sus pétalos había iluminado el ambiente.

El ramo de rosas rojas era impresionante. Sus pétalos eran suaves al tacto, pero al mismo tiempo tenían una textura rugosa que los hacía parecer vivos. El color rojo intenso de los pétalos era vibrante, como si emanara una energía propia que los teñía con tinta roja de un artífice de pinturas celestiales. La fragancia era dulce y embriagadora, como si llenara la habitación con su aroma cálido y suave. Era como si el propio verano hubiera florecido en ese ramo de rosas rojas.

Pero ahora, el brillo era diferente. Era el brillo de la sangre, el rojo intenso que manchaba su blusa blanca y se extendía por su cuerpo. La imagen de Kenneth con las rosas rojas se convirtió en un destello fugaz en su mente, y luego se desvaneció en la nada. Ahora solo quedaba la realidad cruel y fría de la calle, la oscuridad de la noche y la agonía que la consumía.

Andrea intentó respirar, pero se sintió ahogada por un dolor agudo en el pecho. Todo a su alrededor parecía estar desvaneciéndose, como si la vida se escapara de ella en cada gota de sangre que perdía. A su alrededor, los rostros de sus amigos y el policía estaban borrosos, como si estuvieran a kilómetros de distancia. El sonido del disparo todavía resonaba en sus oídos, como un eco retumbante que no se desvanecía. ¿Quién había sido el responsable? ¿A caso fue un disparo al azar? ¿A caso la misteriosa persona había elegido a Andrea como su blanco principal por algún propósito? Todo lo que Andrea podía sentir era dolor y confusión. Intentó mirar a su alrededor, pero todo parecía borroso y oscuro. Sintió cómo su cuerpo caía al suelo, y todo se volvió negro. Cerró los ojos y se aferró a la vida con todas sus fuerzas. Sabía que estaba herida gravemente, pero no podía permitirse rendirse. Debía luchar hasta el final, aunque fuera contra la muerte misma. Y así, en medio del dolor y la confusión, luchó por mantenerse consciente, luchó por no dejarse llevar por la oscuridad que la acechaba.

En la distancia, ella podía escuchar los gritos y los sonidos de la ciudad, pero todo parecía muy lejano. La última imagen que se le vino a la mente antes de perder el conocimiento fue la de Chelsea, quien la miraba con una expresión de horror y sorpresa en su rostro.

—¿Creías que habías ganado, estúpida? —pronunció una voz conocida.

La multitud se abrió en dos, dejando paso al misterioso tirador. Con pasos lentos y firmes, se acercó al cuerpo de Andrea, que yacía en el suelo. Una sensación de incredulidad invadió su mente al reconocer la voz de Kenneth, quien había sido reportado muerto la noche anterior en *Tulip*, y trasladado a la morgue del Complejo Forense. Andrea reconoció la voz del agresor que había intentado asesinarla en aquel sótano mugriento, que de no haber sido por el detective Twist, ya sería una occisa más en la lista de la ciudad. Sí, no había ninguna duda, se trataba de Kenneth.

Los ojos de Andrea se abrieron con dificultad de par en par, mientras observaba a su esposo acercándose a ella. No parecía *Zombie* ni nada que se le pareciera, daba la impresión de que seguía siendo tan normal como antes de que revelara su identidad en el sótano. Su voz, su postura, su peculiar manera de acomodarse el miembro cada cierto tiempo no había cambiado.

La figura de Kenneth se inclinó sobre ella, y Andrea se estremeció al sentir su gélido aliento en su rostro. La mirada de él se clavó en la suya, y fue entonces cuando ella vio el brillo malvado en sus ojos. En ese momento, supo que no había sido un accidente. Intentó hablar, pero su voz apenas salió como un susurro. Abrió la boca varias veces antes de poder articular una sola palabra.

—¿Kenneth? —dijo finalmente, con un hilo de voz.

Kenneth se rio con burla.

—Sí, cariño, Kenneth está aquí —dijo mientras se acercaba más a su rostro—. ¿No estás contenta de verme de nuevo? Te he extrañado mucho, ya empezaba a preocuparme por ti desde la última vez que tuvimos ese encuentro tan romántico en *Tulip*.

Ella lo miró con incredulidad. ¿Cómo podía ser posible que estuviera vivo? ¿O estaba todo en su cabeza como una alucinación? Claro que no, lo supo al observar cómo Chelsea tiritaba del terror que aquel hombre le producía. Delfina contenía hasta la respiración con tal de no llamar la atención de aquel sujeto que parecía sacado de una película apocalíptica. El policía no podía más que quedarse allí de pie, sin siquiera sugerir un escape, dado que cualquier movimiento de ellos, podía empeorar la situación.

—¡Ehhhhh! —fue todo lo que pronunció Andrea.

—Ya sé lo que estás pensando — Kenneth se rio de nuevo—. ¿cómo puede ser que esté aquí después de lo que pasó en ese maldito sótano, verdad? Bueno, déjame contarte una pequeña historia. Después de todo, tengo el tiempo a mi favor, ¿tú lo tienes? No te vayas a ir sin escucharme, por favor.

Se sentó en el suelo junto a ella, con las piernas cruzadas y una sonrisa satisfecha en el rostro. Antes de comenzar a contar el suceso, Celestina salió de entre la multitud tratando de volver a recuperar la atención que antes había tenido. Se paró frente a todos y les ordenó capturar a los otros sujetos que huían con Andrea. Su intención era continuar propagando el caos, así como lo había hecho al persuadir a la población de quemar la comisaría.

—¡Vamos! Hay que atraparlos y arrojarlos a las llamas para que se quemen vivos.

Esta actitud desafiante no agradó en absoluto a Kenneth, y rápidamente levantó la mano y apuntó con el arma para asegurarse de que la bala diera de lleno en la frente de la parlanchina mujer. Inmediatamente, Víctor Sánchez, que seguía a Celestina en los disturbios que armaban para atraer e incitar a la gente a quemar la comisaría y a los llamados "muertos vivientes", se lanzó a querer salvarla. Fue desafortunado, y el tirador apuntó tan bien que la segunda bala se fue entre las cejas del fallido héroe. La multitud se dispersó horrorizada, a excepción de Chelsea, Delfina y el policía, que estaban de pie a una corta distancia de Andrea, siendo amenazados por aquella mano que apuntaba la pistola en búsqueda de más sangre.

Kenneth se rio con burla, sus ojos brillando con malicia mientras la risa burbujeaba de su garganta. Su risa era la de un maldito psicópata, no daba lugar a dudas, llena de frialdad y crueldad. Andrea se estremeció ante el sonido, sintiendo un escalofrío recorrer su espalda.

—¿Qué? ¿Te esperabas que tuviera un final feliz? —dijo Kenneth, todavía riendo. —Lo siento por Víctor y por la monja, pero es lo que se merecían. Yo no iba a dejar que me robaran la atención ni el momento de mi venganza. Y mira, aquí estoy, a punto de contarte la historia como si nada.

Andrea lo miró con incredulidad, sin poder creer lo que estaba escuchando. ¿Cómo podía ser tan cruel y despiadado? ¿Cómo podía burlarse de la muerte de dos personas como si fuera un chiste?

¿Cómo había llegado ella nuevamente a esa situación cuando se suponía que ya se había liberado de ese monstruo?

—Bueno, aquí vamos nuevamente —dijo, sentándose a su lado, manteniendo en zozobra a sus otros tres espectadores—. Todo comenzó...

Una noche antes

Kenneth abrió los ojos lentamente, tratando de enfocar la vista en la oscuridad que lo rodeaba. Al principio, no pudo recordar dónde se encontraba ni cómo había llegado allí. Se frotó los ojos con fuerza y trató de ponerse de pie, pero sus piernas parecían pesar toneladas. Con un esfuerzo sobrehumano, logró ponerse en posición vertical y fue entonces cuando se dio cuenta de que estaba en medio de un bosque en la entrada de Charleston.

Se sorprendió al ver que un hombre encapuchado y misterioso estaba de pie frente a él. Este le devolvía la mirada con ojos fríos y calculadores. La escena parecía sacada de una película de terror, pero era real. Kenneth no podía creer lo que estaba sucediendo.

Trató de recordar lo último que había sucedido y solo pudo recordar la sensación de una bala que le había atravesado el cuerpo desde la espalda, y nada más que eso. La confusión lo inundó y no pudo comprender cómo había llegado hasta allí. Se suponía que ya estaba muerto. Fue entonces cuando el hombre encapuchado habló:

—Escucha, humano, te he traído de la muerte a la vida, porque eres la pieza clave de una buena jugada de ajedrez. Lo suficientemente subestimado, como para darme el entretenimiento que busco.

—¿Quién eres? ¿Qué es lo que quieres de mí? —quiso saber Kenneth, quien para ese momento se dio cuenta de que estaba desnudo.

Trató de cubrirse con las manos, no obstante, un pantalón y una camisa le cayeron en la cara lanzadas a quemarropa por el misterioso sujeto. Kenneth cogió las prendas con asombro y vergüenza, y al voltear a ver hacia un lado de la carretera, vio el cuerpo de otro humano desmayado y desnudo. No necesitó preguntar nada, para entender que el hombre de la capucha las había robado para él.

—¡Ve y suelta sus botas y póntelas! —le ordenó aquella voz ronca.

El confundido hombre obedeció y le quitó el calzado al cuerpo que yacía tendido en la maleza, después regresó hacia el sujeto como un perro que busca a su amo tras lanzarle un palito y atraparlo en el aire.

—Te he observado desde las sombras, en realidad, lo observo todo. De pronto sentí que me estaba aburriendo y quise venir a poner algunas cosas donde deben estar.

—¿A qué te refieres? —preguntó Kenneth con temor y curiosidad.

—No trates de entender nada, solo acepta la oportunidad que te estoy dando, para que te vengues por esa muerte tan poco honorable con la que seguramente te mandaron al inframundo. Solo un estúpido se dejaría ganar tan fácilmente en su propio juego.

—¿Hay algo en especial por lo cual me has traído a la vida nuevamente? No recuerdo nada.

—Humanos, humanos... —se sonrió el encapuchado con burla—, siempre creyéndose tan importantes. Tú no me interesas en lo más mínimo, pero debo admitir que tengo el poder de divertirme a mi manera.

—Termina de explicar lo que quieres de mí —insistió Kenneth.

—Solo quería darle más acción a lo que observo desde las sombras.

Kenneth quedó atónito al escuchar esto y se preguntó qué podía significar. Pero antes de que pudiera hacer una pregunta, el hombre le dio una orden:

—Mata a Andrea Galina, tu mujer, y a Dorian Twist, el sujeto que te mató en el sótano. Una vez concluida esa tarea, irás a un pequeño pueblo llamado *Sunflower*, allí matarás a una chica llamada

Alabam. No quiero que dejes ni una pizca de su presencia en este mundo.

La mente de Kenneth estaba en blanco, pero la orden del extraño le hizo recordar el momento en que fue atacado en el sótano de la casa de Chelsea, su amante.

Todo comenzó a cobrar sentido lentamente en su mente mientras el extraño se alejaba en la oscuridad. Ahora entendía que había sido resucitado por alguna razón misteriosa y que tenía una tarea que cumplir. Pero lo más importante era descubrir quién era el hombre encapuchado y qué pretendía con su macabro acto.

Presente

Mientras Kenneth continuaba con su relato, ajeno a lo que sucedía a su alrededor, el detective Dorian regresó en la camioneta, puesto que la búsqueda de Sebastián había sido fallida: no lo encontró por ningún lado. Al doblar la esquina y ver hacia la comisaría, quedó impactado al observar cómo se quemaba la Estación Policial, luego los tres cuerpos tendidos en la calle, entre los cuales uno de ellos era Andrea. No obstante, un sudor ligero le recorrió la frente y la espalda al mirar quien era el sujeto que yacía como el autor de tanto caos.

Dorian no podía creer lo que estaba viendo. Había visto con sus propios ojos cómo Kenneth caía muerto con las vísceras brotadas sobre la indefensa mujer la noche anterior en *Tulip*, pero allí estaba, vivo y amenazando a sus amigos. La rabia y el asombro se apoderaron de él al mismo tiempo, su corazón latía con fuerza y sus manos temblaban de impaciencia por tomar venganza. Observó la escena con ojos penetrantes, buscando la mejor manera de actuar. Pero sabía que no podía hacer nada imprudente, no quería poner en peligro a sus amigos ni a sí mismo. Así que decidió esperar y observar cuidadosamente cada movimiento de Kenneth, buscando el momento adecuado para actuar.

Se mantuvo en silencio, observando la escena desde lejos. Parecía tener la mirada fija en Kenneth, como si estuviera estudiando cada uno de sus movimientos y tratando de descifrar sus intenciones. A medida que la historia avanzaba, el rostro de Dorian se iba endureciendo y su expresión se volvía cada vez más sombría. Era como si algo en la narración de Kenneth lo hubiera inquietado profundamente, aunque no estaba claro qué era. Sin embargo, una cosa era segura: Dorian estaba alerta y listo para intervenir en el momento menos esperado.

De repente, Dorian se lanzó en su camioneta a toda velocidad, con un rugido ensordecedor que inundó la calle y el ambiente. El motor retumbó como si fuera a explotar en cualquier momento, y el olor a gasolina quemada se intensificó, mezclado con el humo y el polvo que se levantaban del suelo. Los neumáticos chirriaron violentamente contra el asfalto, dejando marcas de goma quemada que parecían un rastro de fuego detrás de la camioneta.

Kenneth se giró justo a tiempo para ver la camioneta acercándose hacia él a toda velocidad. Trató de apartarse, pero era demasiado tarde. El vehículo lo impactó con una fuerza brutal, en una escena violenta y repentina, haciéndolo volar por los aires como si fuera un muñeco de trapo. El sonido del choque fue ensordecedor, como un trueno que sacudió todo el edificio de la comisaría que yacía en llamas.

Dorian salió de la camioneta, con una expresión fría y determinada en el rostro. Miró lo que quedaba del cuerpo inerte de Kenneth, sin mostrar la menor emoción ni arrepentimiento. Era como si fuera un simple obstáculo en su camino, un insecto que había aplastado sin piedad.

Los espectadores que habían estado escuchando la historia de Kenneth, ahora estaban en silencio alelado, impactados por lo que acababan de presenciar. El humo y el polvo se habían asentado, dejando ver la cabeza y una pierna destrozada de Kenneth en el suelo, rodeado por charcos de sangre y restos de escombros que ardían en llamas. Los demás trozos del cuerpo se esparcieron por el suelo, junto con el sonido sordo y repugnante de su carne y huesos rompiéndose. La sangre y los pedazos de carne se esparcieron por el asfalto, mientras que el resto de los presentes observaban atónitos y con horror la escena. Todo había pasado en cuestión de segundos, y ahora el silencio era total, interrumpido solamente por el crepitar del fuego.

Dorian caminó hacia donde estaban Andrea y sus amigos, con paso firme y seguro. No dijo nada, pero su mirada hablaba por él. Era una mezcla de furia, dolor y venganza, que hizo que todos se sintieran intimidados y temerosos de lo que pudiera hacer a continuación.

El detective se acercó a Andrea para revisar su estado. Notó que estaba pálida y temblorosa, así que se arrodilló a su lado y le preguntó:

—¿Cómo te sientes?

Andrea abrió los ojos y miró a Dorian con una expresión de confusión y miedo.

—No puedo moverme —dijo con voz temblorosa.

Delfina se acercó y le tomó la mano.

—Tranquila, Andrea, ya todo está bien —le aseguró—. No te vas a morir, te lo prometo.

Chelsea se acercó a Andrea con dulzura, arrodillándose a su lado y tomando sus manos con ternura. Sus ojos brillaban con lágrimas y su voz temblaba ligeramente al hablar. Con cada palabra que salía de sus labios, su corazón se hacía más grande, latiendo con fuerza y emoción.

—Te vamos a ayudar a levantarte, ¿de acuerdo? —le dijo–. No puedes rendirte tan fácilmente. Mi hijo y yo te necesitamos. Juntas planeamos tantas cosas cuando Iskander nazca, que no imagino una vida en la que tú no estés presente. Por favor, lucha.

Las palabras de Chelsea eran un bálsamo para el alma de Andrea, un arrullo suave que la acariciaba en medio de la tormenta. Era como si las notas de una música celestial se filtraran en el aire, envolviéndola en una melodía de amistad y esperanza. Cada sílaba era un pétalo de rosa que se posaba en su corazón, una caricia cálida y suave que la reconfortaba en medio de la oscuridad. Chelsea ya no era para ella, solo la examante de Kenneth, sino la persona que le daba la oportunidad de compartir a un niño inocente que no tenía la culpa de los errores de los adultos.

La voz de Chelsea era un faro de luz en la noche, un destello de esperanza en medio de la tempestad. Era como si sus palabras fueran la mano que la sostenía, la fuerza que la impulsaba hacia adelante. Con cada frase, se tejía una red de apoyo alrededor de Andrea, un abrazo cálido y fuerte que la ayudaría a salir adelante.

Y en medio de ese mar incierto, pero esperanzador, Andrea sintió que algo se movía en su interior. Era como si una semilla de luz hubiera germinado en su corazón, un brote de fuerza y coraje que se aferraba a la vida con todas sus ganas. Y supo, en lo más profundo de su ser, que no estaba sola. Que tenía a su lado a personas maravillosas, dispuestas a luchar con ella y por ella. Que juntos, podían superar cualquier obstáculo y salir victoriosos.

Dorian, que había estado en silencio, se acercó y propuso llamar a una ambulancia. Aunque dudaba si era la opción más acertada, dado que, en teoría, ella ya era considerada una muerta viviente.

—Voy a llamar a una ambulancia —propuso, finalmente.

—No —pronunció Andrea con su último suspiro.

Andrea desapareció en un instante, como una voluta de humo en el aire. Su figura se desvaneció lentamente, como si fuera una ilusión o un sueño. Los demás se quedaron boquiabiertos, petrificados ante la posibilidad de que hubiera muerto. Pero la doctora Delfina recordó algo: en la morgue, Andrea había desaparecido de la misma manera. Dorian también recordó algo que ella le había contado cuando venían de regreso de *Tulip* a Charleston: su día se repetía una y otra vez. Comprendieron que Andrea no había muerto, sino que se trataba de aquel extraño poder o misterio que envolvía a los pasajeros del vagón 16. Era una de las habilidades que había desarrollado, pero que no comprendía si se podía controlar o simplemente sucedía sin ningún motivo. Los demás se dieron cuenta de que probablemente aparecería en algún lugar cercano al accidente del tren, específicamente en el poblado de *Sunflower*.

Todos se subieron a una patrulla que había sobrevivido al incendio y se dirigieron hacia *Sunflower*, mientras hablaban acerca de lo que acababa de suceder. Aunque todavía estaban conmocionados por lo que habían visto, se sentían aliviados al saber que Andrea estaba viva y que todo estaba bien. Ahora solo les quedaba esperar a que ella apareciera de nuevo. Y de algos estaban seguros... de que en dicho pueblo se escondía la verdad e irían en busca de respuestas. Aunque, Dorian se hizo una pregunta en sus pensamientos que todavía continuaba sin respuesta: "¿Qué pasó con Sebastián?"

Mientras tanto, el enigmático hombre que había revivido a Kenneth, permaneció oculto entre los escombros observando todo lo que había ocurrido, desde el momento de la bala, hasta cuando Dorian apareció y hasta la desaparición de Andrea. A medida que la acción de tan sanguinaria escena llegaba a su fin con la partida del auto hacia *Sunflower*, su rostro se tornaba cada vez más furioso y descontento.

Cuando finalmente la calle quedó desértica, el hombre soltó una serie de insultos y maldiciones en voz baja, mientras pateaba con rabia los pedazos del cuerpo de Kenneth que yacían en el suelo. Se lamentaba por haber desperdiciado su tiempo en haber revivido a un hombre tan despreciable e idiota como él. Con un último vistazo hacia el lugar donde había ocurrido todo, el hombre desapareció entre las sombras, como si nunca hubiera estado allí.

Por otro lado, en un sitio abandonado de una gasolinera, algo extraño sucedía. Era un lugar desolado y sucio, con el olor a orines de los borrachos que consumían licor en un viejo y destartalado bar que estaba ubicado sobre la segunda planta de la casa, y botellas vacías que se mezclaban en el aire húmedo. Las ratas corrían por los rincones y los murciélagos colgaban de las vigas del techo. En un rincón, un hombre estaba atado de pies y manos, con la cabeza agachada y la respiración entrecortada. Parecía haber despertado de un largo sueño y no entendía lo que estaba pasando.

El hombre abrió los ojos lentamente, tratando de enfocar su vista en el lugar en el que se encontraba. A su alrededor, todo parecía estar en un estado de abandono total. Las paredes de la habitación estaban llenas de *graffiti* y la pintura se desprendía de ellas en grandes trozos. El techo estaba lleno de manchas de humedad y los cables eléctricos colgaban de él como si fueran serpientes venenosas. En el suelo, había botellas vacías de cerveza, latas de comida procesada, y papel higiénico usado. El olor a orina y excremento era fuerte e insoportable.

Sebastián intentó mover sus brazos y piernas, pero descubrió que estaban atados a la silla en la que estaba sentado. Su cabeza daba vueltas y sentía un fuerte dolor en el cuello, como si alguien lo hubiera golpeado con un objeto contundente.

De repente, escuchó voces que provenían de una puerta de madera rústica, y sus ojos se fijaron en ella con atención. Pronto, una hermosa mujer de cabello rojo y tacones altos bajó las escaleras. Él hizo un gran esfuerzo al tratar de reconocerla bajo la tenue luz.

—Despertaste, Sebastián —dijo ella con una sonrisa seductora.

Sebastián frunció el ceño, tratando de entender lo que estaba sucediendo. Su mente aún estaba borrosa debido a las drogas que le habían suministrado.

—¿Vanessa? —preguntó Sebastián, con dificultad.

Ella se acercó a él y le acarició la mejilla con suavidad. Después se alejó de él y se paseó por la habitación con aire de superioridad. Llevaba un vestido rojo ajustado que resaltaba sus curvas y unos tacones altos que hacían eco en el suelo sucio.

—Sí, soy yo. ¿No me reconoces?

Sebastián trató de recordar lo que había sucedido antes de despertar en ese lugar, pero todo era una nube borrosa en su mente. Sabía que estaba en peligro, pero no podía recordar cómo había llegado allí. Sentía el dolor de las cadenas apretando sus muñecas y sus tobillos, y sabía que estaba completamente indefenso.

Mientras Vanessa se acercaba a él, Sebastián intentaba analizar la situación. ¿Por qué estaba ella allí? ¿Era parte de alguna banda que lo había capturado o estaba allí para ayudarlo? Recordaba haber tenido una relación fugaz con ella en el pasado, y aunque sabía que Vanessa era peligrosa, también era una mujer caprichosa e impredecible que solía tranquilizarse cuando obtenía lo que quería.

Pero algo en su mirada y en su sonrisa lo hacía sentir incómodo. Parecía disfrutar de su situación de debilidad, como si se divirtiera torturando a un animal herido. Sebastián se dio cuenta de que no podía confiar en ella por completo, pero que necesitaba mantener una actitud amistosa si quería tener alguna oportunidad de escapar.

—¿Vanessa? —preguntó, tratando de ocultar su miedo—. ¿Qué está pasando? ¿Por qué estoy aquí?

La mujer lo miró con una sonrisa maliciosa y respondió con una voz suave y seductora:

—¡Oh, Sebastián!, no te preocupes por eso. Solo relájate y disfruta de la compañía. ¿No te gusta el hotel de cinco estrellas en el que estás alojado?

Sebastián sintió un escalofrío recorriendo su cuerpo y supo que tendría que ser astuto para salir vivo de esa situación.

—Dime, ¿por qué estoy aquí? —insistió.

En ese momento, Vanessa lo miró con desprecio y le dijo la verdad:

—Estás aquí porque me debes algo, Sebastián. Y yo siempre cobro mis deudas.

Capítulo 10: Un gato encerrado

La luna llena brillaba en el cielo como un faro, iluminando el campo de girasoles que se extendía hacia el horizonte como una marea dorada. Alabam conducía un viejo Jeep, que había tomado prestado de la casa Wilson, y se dirigía por la carretera interminable, dejando atrás una estela de polvo.

Alabam se rio de sí misma al recordar el momento en que cogió el Jeep de una de las cabañas de la granja Wilson. Nunca había manejado un vehículo, y la sensación de tener el control era a la vez emocionante, pero también un poco abrumadora. Recordó haber intentado encender el motor varias veces, presionando con fuerza el pedal del acelerador sin éxito. A pesar de sus dificultades iniciales, finalmente escuchó que el motor cobraba vida.

El motor parecía empujarla en todas direcciones, como un toro furioso listo para dar saltos en un jaripeo, y ella no sabía si estaba en primera o en segunda marcha. Las ruedas se patinaban y el vehículo zigzagueaba por el camino polvoriento, mientras Alabam trataba de mantenerlo bajo control, agarrando el volante con fuerza y maldiciendo en voz baja. Después de dar varios saltos y brincos, logró controlar el vehículo y salir de la granja.

Ahora, mientras conducía por la carretera interminable, miraba los girasoles dormidos y sonreía al recordar aquellos momentos. Fue una experiencia bastante agotadora, pero finalmente logró dominar el Jeep y ponerse en camino. Se aferró al volante con fuerza, sintiendo la adrenalina corriendo por sus venas.

De pronto, vio una camioneta aparcada a una orilla de la carretera, cerca de un árbol de Guanacaste seco y colosal, que extendía sus ramas hacia el cielo como dedos alargados y gordos.

El árbol de Guanacaste se alzaba imponente en la oscuridad de la noche. Sus raíces nudosas y retorcidas emergían del suelo en un laberinto de patas que parecían haber sido arrancadas de sus lugares. Las ramas gruesas y retorcidas se extendían en todas direcciones, creando una red de sombras intrincadas que se entrelazaban en el aire. En la claridad de la luna llena, parecían arañas gigantes esperando atrapar a su presa. La corteza del árbol era áspera y oscura, como si estuviera cubierta de una piel muerta y escamosa. Las hojas secas se arrastraban en el suelo, susurrando un sonido aterrador como si estuvieran susurrando secretos oscuros en el viento. Parecía un monstruo de la naturaleza, un guardián siniestro de los secretos más oscuros y terribles.

Alabam se acercó lentamente, con cada paso que daba se sentía más intranquila. La luna llena iluminaba el camino, pero también hacía que las sombras se alargaran y se volvieran más intensas, como si escondieran algún tipo de peligro. Los girasoles a su alrededor estaban dormidos en el silencio de la noche, con las cabezas gachas como niños regañados. Las grandes flores de color amarillo y marrón parecían estar en un sueño profundo, con sus pétalos caídos y arrugados. El viento nocturno les mecía suavemente, haciendo que sus hojas se movieran como dedos inquietos que intentaban alcanzar algo.

A la luz de la luna llena, los girasoles adquirían un aspecto fantasmal, como si fueran almas en pena atrapadas en el campo. Algunos se inclinaban hacia la izquierda, otros hacia la derecha, pero todos parecían estar buscando algo en la oscuridad, como si hubieran perdido algo importante. El conjunto de la escena parecía sacado de un sueño, y Alabam se preguntó si alguna vez despertaría de aquel extraño mundo de sombras y silencios.

Al acercarse más a la camioneta, Alabam pudo ver la forma de una figura humana en el asiento del conductor. Su corazón comenzó a latir más rápido y su respiración se volvió más agitada. La figura parecía inmóvil; y, en un principio, Alabam pensó que podía tratarse de una persona muerta, pero después de unos segundos vio cómo el pecho de la figura se levantaba y bajaba con cada respiración.

En seguida, se bajó del Jeep cerca de la camioneta, observando a la figura en silencio. Sintió una extraña mezcla de miedo y curiosidad, sin estar segura de qué hacer a continuación. Los girasoles a su alrededor parecían estar observándola también, moviéndose ligeramente con la brisa nocturna.

Después, decidió aproximarse más, tratando de ser lo más sigilosa posible. Mientras daba los últimos pasos hacia la ventana, pudo sentir la tensión en sus músculos y el latido rápido de su corazón. A medida que llegaba al lado del conductor, se detuvo y observó fijamente a la figura en el interior, tratando de descubrir más detalles en la oscuridad.

El silencio de la noche era palpable, solo interrumpido por el sonido suave del viento que soplaba entre los girasoles. Alabam se acercó a la persona, y descubrió que se trataba de una mujer que yacía inconciente, y notó que su cabello estaba suelto, moviéndose con el viento nocturno que soplaba a su alrededor. La luna llena iluminaba parcialmente su rostro pálido y delicado, como si fuera una muñeca de porcelana. Tenía los labios entreabiertos y suaves, como si en cualquier momento pudiera despertar y susurrar alguna palabra. Las pestañas largas y negras se posaban suavemente sobre sus párpados, y sus manos estaban entrelazadas en su regazo, como si estuviera en paz consigo misma.

Alabam se preguntó cómo había llegado allí y quién era esa mujer que yacía en esa camioneta en medio de la nada. Mientras tanto, la brisa de la noche acariciaba suavemente los pétalos de los girasoles, creando un sonido suave y relajante que hacía que todo pareciera estar en calma en ese campo solitario.

De repente, un aleteo de alas la hizo sobresaltar. Al mirar hacia arriba, vio un búho blanco que se posaba en una de las ramas del árbol seco. Parecía observarla fijamente, como si quisiera decirle algo. Alabam sintió un escalofrío recorrer su espalda, como si estuviera siendo observada por algo más que un simple búho. Giró la cabeza hacia el campo de girasoles y se sintió abrumada por la soledad. Al distraerse por un momento, accidentalmente, su brazo rozó el cabello de la mujer, y en ese instante, recuperó más energía de los poderes que le habían sido arrebatados por su hermano. Aunque en realidad, estos poderes recuperados provenían más bien de aquella lágrima que había caído en el vagón 16. Tuvo una revelación que le pasó frente a sus ojos como una película rebobinada.

Vio los últimos segundos de los pasajeros que viajaban en el tren antes de que se descarrilara y se encendiera en llamas. Escuchó sus gritos desgarradores y el sonido de los metales retorciéndose. Vio las caras de terror de los pasajeros, sabiendo que no había escapatoria. Luego, vio cómo una lágrima caía del cielo directamente sobre los muertos del vagón 16, como una despedida silenciosa.

No podía creer lo que estaba presenciando: una película de vida y muerte desfilaba ante sus ojos. Vio cómo los pasajeros del vagón 16 fueron tocados por la lágrima, y cómo cada uno de ellos tenía un nombre y una historia. Sus rostros quedaron grabados en su mente como si los hubiera fotografiado uno por uno. Vio cómo algunos de ellos lucharon por sobrevivir, mientras que otros aceptaron su destino con resignación. Vio cómo el fuego del tren consumía sus cuerpos y cómo el humo se elevaba hacia el cielo. Y en medio de todo eso, la lágrima caía, brillando como una gema en la oscuridad. Fue un espectáculo aterrador y conmovedor al mismo tiempo, y Alabam sintió que se le encogía el corazón.

Se estremeció ante esas imágenes y cerró los ojos durante un momento, tratando de calmarse. Cuando los abrió, vio a la mujer que continuaba inconsciente en el asiento del conductor. Comprendió que ese leve rose le devolvió la capacidad de viajar a cualquier lugar del tiempo: Pasado, Presente y Futuro, algo que aquella mujer no había logrado dominar mientras tuvo ese importante poder.

—¡Ahhhhh! Ya entiendo –dijo Alabam recuperando seguridad en sus poderes—, esta mujer es Andrea.

Se acercó a la mujer inconsciente en el auto y le susurró suavemente:

—Andrea, Andrea, despierta.

Andrea abrió los ojos y se sobresaltó al ver a Alabam inclinada sobre ella, por encima de la ventana del auto.

—¿Qué está pasando? ¿Dónde estoy? ¿Tú quién eres? —preguntó Andrea con voz temblorosa.

—Tranquila, no tengas miedo. Te contaré todo, solo ven conmigo. Te llevaré a la casa de los Wilson.

El búho, que lo había observado todo, salió volando de una manera inusual que no se asemejaba a un ave común. Parecía haber sido impulsado por una fuerza desconocida o sobrenatural, como si estuviera siendo arrastrado por una corriente invisible. Se alejó rápidamente, dejando tras de sí un rastro de aire agitado y desordenado que se disolvió como fina niebla. Alabam quedó perpleja, sin saber qué pensar. ¿Era posible que el búho fuera un mensajero, un enviado para guiarla en su camino? O tal vez era solo su imaginación jugándole una mala pasada en medio de la noche.

—Bueno vamos —dijo Andrea tratando de bajar de la camioneta.

Alabam sonrió, puesto que antes de que Andrea pudiera añadir una palabra más, en un instante la tocó con su mano, haciendo uso de su poder recién recuperado. Andrea se encontró en la sala de la casa de los Wilson en un abrir y cerrar de ojos, dejándola un poco aturdida. Osmani y la señora Benazir, que estaban allí sentados, se sorprendieron al ver a las dos mujeres aparecer de la nada. Osmani se levantó de su asiento y se acercó a ellas con una mirada inquisitiva en su rostro, mientras que la señora Benazir se quedó sentada en silencio, observando la aparición con curiosidad y nada sorprendida. Según ella, a su edad ya nada podía sorprenderla. Y, en efecto, así lo demostró su semblante.

—¿Andrea? –balbuceó Osmani con cara de incredulidad.

—Sí, Osmani, soy yo —dijo Andrea, no terminaba de salir del asombro.

—Bueno, yo me voy —intervino Alabam—, aún hay algo que debo hacer.

—¡Espera! —dijo Osmani—. ¿Sabes algo de Sebastián? Me habías dicho que lo conocías desde mucho antes. Perdón si no te creí, pero con lo que acabo de ver, me doy cuenta de que en verdad eres un ser sobrenatural.

—No sé exactamente en dónde se encuentra en este momento, esa habilidad es un poder que todavía no recupero. No sé si ya lo sabe, pero su hermano viajaba en el mismo tren del accidente. Ahora puedo ver el pasado, el presente y una pequeña porción del futuro. Creo que la habilidad de ver con exactitud el futuro, la adquirió él cuando recibió mi lágrima.

—¿Me puedes explicar por qué razón nuestro día siempre se repetía una y otra vez? —quiso saber Andrea—. No me lo han dicho aún, pero comienzo a entender que tú eres la respuesta a todo.

—Es muy sencilla la explicación —dijo Alabam—. Ninguno de ustedes descubrió el verdadero poder que tenían en sus manos, porque siempre estaban pensando en el pasado. Lo mismo le sucede a Sebastián, por ello solo fue capaz de usar su poder en una sola ocasión.

—¿Crees que los demás están bien? —volvió a preguntar Andrea.

—¡Quizá!, no podría asegurarlo. Como dije antes, mis poderes solo los recupero cuando tengo contacto con alguno de los que estaban el vagón 16. Mientras no tenga contacto con Sebastián, mis predicciones serán inciertas.

—Quiero ir contigo a buscar a Sebastián, quiero ver a mi hermano y abrazarlo —dijo Osmani.

—Ni lo piense —intervino Benazir—. Usted está muy débil.

—Tranquila, señora Benazir —dijo Alabam—, ni él ni Andrea pueden ir conmigo porque están débiles. Por favor, no los deje salir, puesto que presiento que aún hay peligros acechando afuera.

—De acuerdo, los cuidaré muy bien.

—Señorita Alabam —dijo Osmani—, al menos prométame que volverá con él a casa.

—No puedo prometerlo, pero lo intentaré —respondió, desapareciendo del lugar de la misma manera en que había llegado.

En otro lugar de la carretera, en el desvío hacia *Sunflower*, el auto que conducía el detective Twist zigzagueaba por la carretera como una serpiente en busca de su presa. La doctora Delfina estaba en el asiento del copiloto, su cabello castaño oscuro se agitaba al viento, y sus ojos grises se mantenían fijos en el camino. En los asientos de atrás, el policía que los acompañaba sostenía fuertemente las manos de Chelsea, quien no dejaba de llorar, alterada por los últimos acontecimientos ocurridos en Charleston.

El detective Twist aceleró el auto aún más, desafiando el límite de velocidad permitido. Las luces de la sirena se reflejaban en los árboles a medida que pasaban por ellos. La carretera se extendía interminablemente ante sus intranquilas y agitadas miradas, como una cinta de asfalto que se perdía en el horizonte. La doctora Delfina miró de reojo al detective Twist y se preocupó por su expresión sombría. Sabía que estaban persiguiendo una verdad peligrosa, pero también sabía que el detective Twist no solía actuar así, generalmente era un hombre tranquilo. Algo no estaba bien.

—Detective Dorian—dijo Delfina, turbada—, ¿ocurrió algo antes de que estrellara la otra camioneta contra Kenneth? Lo conozco y sé que normalmente no actuaría así. Recuerdo haber visto sus ojos poseídos por una ira que me hizo desconocerlo.

—¿De verdad quiere saberlo Doctora Brooks? —dijo Dorian con una voz de enfado.

El hombre sostenía el volante con fuerza y pisaba el acelerador como si deseara que en vez de correr, el auto volara. Estaba desesperado por llegar cuanto antes a *Sunflower*, puesto que tenía un presentimiento de que allí encontraría lo que estaba deseando: Venganza.

—Claro —quiero saber el motivo de tanto enfado —respondió Delfina.

—¡Por favor! —gritó Chelsea—. Reduzca la velocidad, tengo mucho miedo.

—Usted también era amiga del oficial Michael Capel, ¿verdad? —preguntó Dorian, ignorando la súplica de Chelsea.

—No lo era, lo soy —afirmó Delfina.

—Seguramente recordarán que yo andaba buscando a Dorian para traerlo con nosotros, pues cuando iba de regreso a Charleston—comenzó a contar Dorian...

Flashback

Dos Horas antes

Dorian Twist se había separado del grupo esa noche para ir en búsqueda de Sebastián, debido a que la doctora Delfina lo alertó a él y a Andrea sobre el descubrimiento del secreto de los "muertos vivientes", y de que una multitud enfurecida se dirigía hacia la Estación Policial. Dorian sabía que Sebastián era muy confiado y al no saber del peligro, lo tomarían desprevenido. No obstante, por más que lo buscó en los sitios que más frecuentaba, no pudo encontrarlo. De modo que decidió volver hacia la Estación Policial.

Mientras conducía de regreso, Dorian Twist estaba concentrado en su búsqueda de Sebastián cuando, de repente, algo en la oscuridad capturó su atención. Frente a él, en la orilla de la carretera, vio una figura inmóvil y sospechosa. Su instinto policial se activó de inmediato y, sin pensarlo dos veces, detuvo la camioneta y se acercó al cuerpo. A medida que se acercaba, el olor a muerte comenzó a invadir sus fosas nasales y una sensación de náusea le invadió el estómago. Se detuvo a unos metros del cuerpo y observó en detalle. Era un hombre, sin ropa y sin zapatos.

En ese momento, Dorian sintió una mezcla de miedo, tristeza y enojo. ¿Quién era ese hombre? ¿Cómo había terminado así? ¿Era un asesinato? Todas estas preguntas comenzaron a inundar su mente, pero su entrenamiento lo mantuvo enfocado en la tarea en cuestión. Se acercó al cuerpo y comenzó a revisarlo para ver si había alguna señal de tortura. Tristemente, ya era demasiado tarde. El hombre estaba muerto y nada podía hacerse para cambiar eso.

En un primer momento, no reconoció al hombre que tenía frente a él, pero cuando se acercó lo suficiente y alumbró con la linterna su rostro, su corazón se contrajo de dolor y sorpresa. Su mente se nubló por completo. No podía creer lo que estaba viendo. No era un desconocido, sino su compañero de trabajo y amigo cercano, Michael Capel, quien estaba en su día libre, y en una situación que Dorian no lograba entender. Sus pensamientos se mezclaron en un torbellino de preguntas e hipótesis. ¿Qué hacía Michael ahí? ¿Quién había hecho esto? ¿Por qué lo habían dejado así?

Un torrente de emociones abrumó a Dorian en ese momento: tristeza, ira, confusión y un profundo dolor. Recordó todas las veces que habían trabajado juntos, compartido risas y preocupaciones en el departamento de policía de Charleston. Michael era un buen hombre, alguien en quien Dorian confiaba y respetaba profundamente. Ahora, estaba allí, muerto y abandonado en la orilla de la carretera.

Dorian se arrodilló junto al cuerpo, olvidando los protocolos a seguir al estar en la escena de un crimen. No pudo evitar llorar, aunque intentó contener las lágrimas. Algo en su interior le decía que no podía permitirse llorar allí, no mientras estaba de servicio, pero era imposible no hacerlo. Su corazón estaba destrozado y su mente estaba llena de preguntas sin respuestas. ¿Cómo pudo suceder esto? ¿Quién había hecho esto a Michael? ¿Por qué? Michael no merecía morir de esa manera, y él no merecía encontrarlo así. Pero lo que más le dolía era la incertidumbre de no saber quién había sido capaz de hacer algo tan espeluznante a su compañero y amigo.

A pesar de estar en una escena del crimen, todo parecía ser una nebulosa para él en ese momento. No podía concentrarse en nada más que en el cuerpo de su amigo. Todo lo demás a su alrededor se desvaneció. La sensación de pérdida y la tristeza le habían robado la claridad de pensamiento y la fuerzas necesarias para llevar a cabo su trabajo como investigador. Era como si su mente se hubiera quedado atrapada en una pesadilla y no pudiera encontrar el camino de regreso a la realidad.

El desgarrador hallazgo golpeó el corazón de Dorian como un rayo de tormenta en medio del verano. El dolor se aferró a su pecho como una zarpa de acero, dejando un vacío insondable en su alma. La ausencia de su amigo se convirtió en una herida que no dejaba de sangrar, o como una flor de león seca que se deshace entre los dedos.

Una vez más, los recuerdos inundaron su mente como un torrente impetuoso, trayendo consigo una mezcla de tristeza y alegría. Cada risa compartida, cada conversación, cada salida a alguno de los bares que solían visitar, se convirtieron en pequeñas estrellas que brillaban en su memoria. El tiempo se detuvo en un instante, mientras Dorian luchaba por comprender la magnitud de su pérdida.

La muerte de Michael Capel fue como una flor de león cuyas semillas se desprenden sin rumbo ni dirección, llevadas por el viento de la vida. Como si el universo hubiera decidido que su tiempo había llegado y debía partir, dejando tras de sí una estela de recuerdos y emociones que se esparcían por el aire, sin un destino preciso ni una meta que alcanzar. La partida de Capel fue como el adiós de una estación a su estrella más brillante: la vida.

Pero a pesar de su dolor, Dorian sabía que debía seguir adelante, que la vida tenía que continuar. Sabía que su amigo estaría orgulloso de él si pudiera verlo, y que nunca lo olvidaría. Con cada latido de su corazón, con cada aliento que tomaba, juró que honraría la memoria de Michael, manteniendo vivo su legado en su corazón y en su trabajo.

Después de cierto tiempo, Dorian volvió a la realidad, sacudido por una profunda sed de venganza. La tristeza se había transformado en furia, y en ese momento, no quería nada más que encontrar al responsable de la muerte de su amigo y hacerlo pagar por lo que había hecho.

Cuando regresó a la Estación, escuchó la historia del psicópata Kenneth con atención, y cada palabra que salía de su sucia boca hacia sus compañeros, que en ese momento los tenía rehenes, solo hacía crecer su ira. ¿Cómo podía haber gente tan cruel en el mundo? ¿Cómo podía alguien tener el corazón tan oscuro como para quitar la vida de otro ser humano sin ninguna razón aparente? Y no solo lo pensaba por Michael, sino por Andrea que yacía en el suelo herida, junto a otros cuerpos.

Fue en aquel momento, cuando pisó aquel acelerador que terminó llevando el automotor hacia la humanidad de Kenneth, quedando fragmentado en miles de pedazos de carne y huesos.

Fin del *flashback*
Presente

Dorian regresó del *flashback* con un rostro pálido y una mirada perdida. Salió de su ensimismamiento y volvió a la realidad. Se dio cuenta de que había estado perdido en sus recuerdos durante varios minutos mientras contaba el suceso, y que Delfina y Chelsea lo miraban con preocupación. Tomó aire y se esforzó por recomponer su semblante.

—Lo siento, chicas, creo que me dejé llevar por los recuerdos. —dijo con una sonrisa forzada.

Las dos mujeres asintieron, sin saber qué decir. Dorian se sintió un poco incómodo por la situación, pero decidió que era mejor dejar el tema ahí y continuar con el viaje. El silencio invadió el interior del automóvil , y todos se quedaron mirando al suelo, procesando la información que acababan de recibir.

De repente, un tronco atravesado en la carretera apareció de la nada, el detective Twist frenó bruscamente y el auto se deslizó en el camino. El policía y Chelsea salieron disparados de los asientos traseros. La Doctora Delfina se sostuvo firmemente, gracias a que llevaba colocado el cinturón de seguridad, pero no pudo evitar el impacto.

—¡Maldición! —dijo Dorian—. ¿Están todos bien? ¡Chelsea, Facundo, respondan!

—Sí, estoy bien. Solo un poco aturdido —respondió Facundo, el policía que los acompañaba.

—Yo también estoy bien, pero Chelsea está herida –dijo Delfina, bajando del auto.

—¡Por un demonio! ¿Herida? ¿Cómo está?

—Tiene un corte en la ceja, raspones en la frente y un tobillo torcido.

—¡Mierda!, esto no puede estar pasando —gritó Dorian—. Tenemos que buscar ayuda.

El auto quedó varado en la carretera, y el silencio se apoderó del lugar. El detective Twist se sacudió el polvo de la ropa y salió del auto, seguido por Facundo, el policía. Revisaron el vehículo y se dieron cuenta de que había quedado con las llantas hechas trizas y los rines retorcidos. El capó tenía marcas de raspones y abolladuras que indicaban que había sufrido un fuerte impacto. La pintura del auto se había desprendido en algunas zonas, dejando al descubierto el metal desnudo. Los faros delanteros estaban rotos, y las luces traseras parpadeaban débilmente. Era evidente que el vehículo había sufrido graves daños en el choque contra el tronco en medio de la carretera. Había quedado completamente inservible.

El detective Twist volvió a maldecir en voz alta mientras miraba a su alrededor. Era un camino solitario y no había señal de ayuda en ningún lugar. La Doctora Delfina sacó su teléfono para llamar a la central, pero se dio cuenta de que no había cobertura móvil.

—No hay señal, no tengo ni una sola maldita raya —maldijo Delfina con el celular en la mano.

—¿Qué hacemos? ¿Esperamos aquí a que alguien pase? —quiso saber Facundo.

—No podemos arriesgarnos a que nadie pase, y menos con Chelsea herida. Vamos a buscar ayuda —propuso Dorian.

—¿Y si encontramos algo peligroso en el camino? —preguntó Delfina con temor.

—No tenemos opción, tenemos que arriesgarnos.

—Yo la llevaré en brazos —dijo Facundo—, no la dejaré sola ni un minuto.

—De acuerdo, caminemos juntos y con precaución —dijo Delfina.

Se miraron a los ojos, y supieron que debían buscar ayuda por su cuenta. Comenzaron a caminar por el camino, con la Doctora Delfina llevando un botiquín de primeros auxilios, que casi siempre tenían todas las patrullas. El detective Twist al frente para proteger al grupo, el policía Facundo cargando a Chelsea y todos con la incertidumbre de lo que podrían encontrarse en la oscuridad. Al menos, el policía que la cargaba en brazos, no había resultado tan herido porque reaccionó a tiempo.

Seguidamente, la luna llena comenzó a aparecer tímidamente por detrás de las nubes negras, iluminando el camino con su luz blanquecina. Los árboles a ambos lados del camino parecían tener vida propia, bailando con la brisa fresca de la noche.

Pero lo que más llamó la atención de la Doctora Delfina y del detective Twist fue la aparición ante sus ojos de una extensa plantación de girasoles. Los gigantes de pétalos amarillos y negros parecían ondular al compás del viento, creando un espectáculo de belleza natural que los dejó sin habla.

Con la luz de la luna, se dieron cuenta de que habían llegado a su destino, el pequeño poblado de *Sunflower*. El aire fresco de la noche les acariciaba la piel mientras avanzaban por el camino rodeado de girasoles, cuyos tallos inclinados parecían rendirles reverencia mientras caminaban.

En un abrir y cerrar de ojos, el sol comenzaba a ocultarse en el horizonte y los rayos de luz se entrelazaban con las sombras de los árboles, creando una atmósfera de misterio y oscuridad. El viento soplaba con fuerza, arrastrando hojas secas y ramas caídas por el suelo. El camino hacia la bodega de tablas estaba cubierto por una densa niebla que apenas permitía ver más allá de unos pocos metros. El sonido de los grillos era el único acompañamiento del joven Sebastián, quien se sentía inquieto y temeroso mientras caminaba hacia su destino a guardar las herramientas con las que había estado trabajando en el cultivo de girasoles. Caminaba con paso lento, pero su mirada se detenía en cada detalle del paisaje que lo rodeaba. La parte trasera de la granja estaba rodeada por un alto muro de piedras, cubierto por enredaderas y hiedra que se aferraban a la superficie como si quisieran entrar por cada grieta. El aire estaba cargado de un olor rancio, que le hacía pensar en la muerte y la descomposición.

A su derecha, había un granero y varias cabañas de madera, con un techo inclinado y un aspecto desgastado por el tiempo. A pesar de eso, parecían estar en buen estado, con sus paredes de madera oscura y un camino de piedras que conducía a sus entradas. A unos metros de distancia, se encontraba un corral vacío, donde seguramente se habían criado animales en el pasado. Había también una huerta, aunque en ese momento no parecía estar en uso, y un pequeño estanque donde algunos patos nadaban despreocupadamente. Sebastián podía sentir el viento que soplaba suavemente en su cara, moviendo las hojas de los árboles y haciendo que las ramas crujieran.

Y de repente, en medio de la niebla, escuchó los gritos desesperados de un hombre que pedía auxilio, al ser brutalmente azotado. El terror se apoderó de él mientras se acercaba a la bodega, y al llegar, el sonido de los azotes y los gritos se volvieron más intensos.

El hombre que pedía ayuda a gritos y era azotado con ferocidad, parecía estar al borde de la muerte. Sus alaridos se escuchaban desgarradores y llenos de dolor, lo que indicaba que cada golpe que recibía lo lastimaba profundamente. En varias ocasiones, intentó liberarse y escapar del tormento que estaba viviendo, pero parecía estar atado o inmovilizado de alguna manera. La voz del hombre se quebraba con cada latigazo y se mezclaba con el sonido de las tablas de madera golpeando su piel y la mordaza que le impedía hablar con claridad. Era evidente que se encontraba en una situación de extrema vulnerabilidad, preso del dolor y el miedo que lo consumía.

Sebastián recorrió la granja en busca de ayuda, pero todo parecía abandonado y en ruinas. Las plantas del huerto estaban marchitas y secas, mientras que las ramas de los árboles estaban retorcidas y enredadas, formando una especie de laberinto natural. El viento soplaba con fuerza, arrastrando hojas secas y polvo por todo el lugar.

Caminó por el prado y vio el establo donde solía jugar con los animales de la granja, pero ahora estaba vacío y cubierto de telarañas. El granero estaba en ruinas, y las paredes estaban cubiertas de moho y hongos. El pozo estaba seco y ennegrecido, como si nunca hubiera dado agua.

Entonces, se sintió más asustado a medida que recorría la granja, pensando que podría estar completamente solo en aquel lugar desolado y aterrador. Escuchó ruidos extraños y susurros, pero no encontró a nadie. Sabía que algo andaba mal en ese lugar, algo que se escapaba de su comprensión. Y en el aterrador ambiente de aquella granja misteriosa, solo escuchaba los gritos del condenado hombre.

Inesperadamente, Sebastián se despertó fatigado, la confusión y la angustia inundaron su mente. No sabía si lo que acababa de vivir había sido real o simplemente una pesadilla, pero el terror que sintió en ese momento era tan real como la fría silla metálica en la que estaba atado. Las dudas y la falta de control sobre su propia situación lo hacían sentir vulnerable y desesperado, y la oscuridad del cuarto no hacía más que aumentar su sensación de impotencia. La incertidumbre de no saber qué le deparaba el futuro y la posibilidad de seguir siendo víctima de la psicópata que lo tenía secuestrado lo hacían sentir atrapado y desesperado.

Trató de recordar lo último que había sucedido antes de quedarse dormido, pero todo estaba borroso en su mente: una vez más lo habían drogado. El corazón le latía a mil por hora y su respiración era rápida y entrecortada. Se miró las manos y notó que estaban sudorosas y temblorosas, y que aún continuaba con cadenas que lo ataban a la silla metálica. Volvió a ver a su alrededor como tratando de descubrir milagrosamente algún agujero por el que alguien pudiera socorrerlo, pero todo estaba cerrado. Trató de pensar en algo que le ayudara a sobrellevar aquel momento de angustia, pero no podía evitar sentirse atrapado y desesperado. Entonces, cerró los ojos y respiró profundo, tratando de pensar en una forma de escapar de allí.

De repente, escuchó un ruido fuerte, que venía de la planta de arriba de la casa. Un sonido que le hizo tensar los músculos y aguzar los sentidos, como si supiera que algo terrible estaba a punto de suceder. Después, comenzó a escuchar unos fuertes golpes, como si algo se estuviera rompiendo en pedazos. Luego, el sonido de botellas quebrándose y objetos siendo lanzados se mezclaron en una sinfonía de caos y destrucción. La tensión en el cuarto donde estaba cautivo aumentó, mientras él trataba de asimilar lo que estaba sucediendo.

Finalmente, todo quedó en silencio por unos instantes, hasta que un sonido aún más aterrador resonó por la casa: un grito agónico y desesperado que parecía indicar que algo espeluznante acababa de ocurrir, seguido por un chorro de sangre que comenzó a deslizarse por la escalera, dando hacia abajo, directo hacia la habitación donde se encontraba Sebastián.

La tensión en la habitación volvió a aumentar, dado que el silencio se vio interrumpido por el chirrido de la puerta que se abría lentamente. Sebastián apretó con fuerza sus puños y contuvo el aliento mientras unos pasos comenzaron a descender por las escaleras con un sonido peculiar de tacón. El sonido era tan marcado y contundente que no podía definir si se trataba de zapatos de mujer o de hombre.

Los pasos se acercaron cada vez más hasta que se detuvieron justo delante de Sebastián. Él no se atrevía a levantar la mirada, pero sentía la presencia de alguien allí, a pocos centímetros de su rostro. Un escalofrío recorrió su cuerpo mientras esperaba a que la persona que estaba frente a él hiciera algo. Con la cabeza gacha, mirando hacia el suelo en todo momento, pudo ver la sombra de la figura que se producía a causa de aquel triste bombillo que no lograba disipar las sombras.

De un momento a otro, escuchó una voz que se dirigía a él.

Capítulo 11: En las garras de la pesadilla

El aire se saturaba de un palpable y opresivo misterio. los ecos de los golpes y los vidrios rotos se desvanecían en la distancia. En medio de aquel silencio perturbador, la puerta se abrió con un chirrido ominoso. Sebastián, atado a su silla, se tensó al escuchar los pasos descendiendo las escaleras, cuyo peculiar sonido de tacón no revelaba si pertenecían a un hombre o a una mujer.

Los pasos se acercaban cada vez más, hasta detenerse justo frente a Sebastián. Temeroso, evitaba levantar la mirada, pero sentía la presencia amenazante a escasos centímetros de su rostro. Un escalofrío recorrió su cuerpo mientras esperaba el próximo movimiento del extraño sujeto. Y un nudo se formó en su garganta mientras la sangre continuaba descendiendo por las escaleras, formando un charco inquietante a sus pies.

—¿Disfrutaste del espectáculo, Sebastián? —susurró la voz femenina con una risa siniestra—. Dime Sebastián, ¿estás nervioso? ¿Tienes miedo? ¿Te orinaste en los pantalones? Admito que me deleita la exótica mezcla de temor y repulsión que emana de ti. El aroma a miedo y humillación me embriaga como aerosol en el aire, o como un néctar perverso que alimenta mi insaciable sed de control y dominación. Puedo inhalar el sudor que se desliza desde tu nuca hasta tu espalda, y desde tu pecho hasta tus genitales.

Vanessa pronunció esas palabras con una voz tenebrosa y cargada de malicia. Su tono era sombrío y penetrante, envuelto en un aura de perversidad. Cada sílaba salió de sus labios como una insinuación malintencionada, acentuando cada detalle perturbador. Sus palabras parecían deslizarse de manera lenta y cautivadora, como si saboreara cada expresión y disfrutara del impacto que generaba en Sebastián.

No obstante, Sebastián no sintió excitación al escuchar las perturbadoras palabras de Vanessa. En cambio, experimentó una mezcla de miedo, disgusto y repulsión. Las palabras de Vanessa despertaron en él emociones negativas y un profundo malestar, lejos de cualquier sentimiento de excitación. El tono siniestro y las insinuaciones perturbadoras de Vanessa solo aumentaron su sensación de incomodidad y lo sumergieron aún más en la angustia de su situación.

—¿Qué sucedió allá arriba, Vanessa? —preguntó Sebastián, al reconocer a su secuestradora e intentó ignorar sus comentarios—. ¿Qué es toda esa sangre? ¿A quién mataste? ¡Maldita sea! Dime qué demonios hiciste. Estás completamente desquiciada.

Sebastián quedó inmovilizado ante las inquietantes palabras de Vanessa. Su semblante se tornó lívido y experimentó el tránsito de un escalofrío por su espina dorsal. El temor se apoderó de él, desencadenando temblores involuntarios en su cuerpo. La noción de que Vanessa estuviera implicada en algo tan macabro y siniestro resultaba absolutamente aterradora. Una sensación de incertidumbre lo invadió por completo, mientras anhelaba con ansias una respuesta, aunque en su interior albergaba el temor de lo peor.

Ella se posó debajo del bombillo de la tenue habitación. Vestía con un ceñido vestido negro que realzaba sus curvas peligrosas, se movía con una sensualidad hipnótica mientras avanzaba hacia Sebastián. Cada paso estaba lleno de gracia y coquetería, y su mirada desafiante y llena de malicia no dejaba lugar a dudas sobre sus intenciones.

Soltando una risa malévola, Vanessa comenzó a revelar su retorcido plan. El contoneo de su cuerpo era una danza seductora que hipnotizaba a su víctima, haciéndolo sentir aún más atrapado en su trampa. Cada gesto suyo estaba calculado para aumentar el impacto de sus palabras, y su mirada intensa y provocativa mantenía a Sebastián cautivo en sus garras.

—Todo fue solo un montaje, Sebastián —escupió Vanessa, con voz burlona—. Encendí el televisor a todo volumen y puse una película de la masacre de Texas para crear un ambiente de terror. Luego tomé unas botellas de vidrio y las estrellé contra la pared, causando estruendos que te hicieron estremecer. Di vueltas a las sillas y generé todo el escándalo para asustarte.

Mientras revelaba cada detalle de su maquiavélico montaje, Vanessa saboreaba cada palabra con deleite, disfrutando del poder que tenía sobre su prisionero. Era como si la maldad misma se manifestara a través de su figura seductora y su voz juguetona. Era una combinación letal de belleza y perversidad que desataba los más oscuros temores en aquel que tuviera la desgracia de cruzar su camino.

Se detuvo un momento, disfrutando de su propia crueldad, y luego continuó hablando mientras se sentaba en la escalera. Con su dedo índice, recogió un poco de la sustancia roja que yacía en el suelo, llevándola a su boca para luego introducirlo con un gesto lascivo.

Sebastián quedó confundido y desconcertado al presenciar el desquiciado gesto de Vanessa. Sus ojos se abrieron como platos cuando vio cómo ella llevaba su dedo manchado de sangre a la boca y lo chupaba con deleite. La visión era grotesca y perturbadora, un acto macabro que desafiaba cualquier lógica.

El corazón le latía desbocado en su pecho mientras su mente intentaba procesar lo que acababa de presenciar. ¿Qué tipo de persona era capaz de disfrutar de algo tan retorcido como saborear sangre coagulada? El horror y la repulsión se entrelazaban en su interior, dejándolo sin palabras y sin comprender la verdadera dimensión de la psicopatía que había desatado a su alrededor.

Sus pensamientos se agolpaban en su mente, tratando de encontrar una explicación lógica o una forma de escapar de aquella pesadilla en la que se había visto atrapado. Sin embargo, la figura de Vanessa permanecía frente a él, con una mirada despiadada y una sonrisa retorcida que dejaba en evidencia su deseo de destrucción. Él se aferraba a un hilo de cordura mientras observaba a Vanessa, tratando de encontrar alguna señal de humanidad en su mirada. Pero todo lo que veía era puro veneno, una malevolencia sin límites que parecía alimentarse de su sufrimiento.

—¿Ves, Sebastián? ¡Es solo un colorante comestible mezclado con gelatina de fresa! Te hice creer que era sangre, pero en realidad es solo un juego, un juego en el que soy la dueña de tus miedos y pesadillas.

Su risa se intensificó, resonando en la habitación, mientras Sebastián se quedaba allí atónito, procesando la inimaginable realidad de la situación.

Sebastián, confundido y angustiado, no pudo contenerse y preguntó

— Vanessa, ¿por qué me estás haciendo pasar por todo esto?

—Oh, Sebastián, esperaba ansiosamente esa pregunta —respondió con malicia y una sonrisa retorcida en sus labios— ¿No te das cuenta? Todo esto es mi venganza contra ti.

El hombre prisionero quedó atónito ante las palabras de Vanessa, tratando de comprender el motivo detrás de su furia. Y entonces, ella soltó las palabras que cortaron como cuchillas afiladas:

—Entonces, te lo diré... No te perdono que te hayas acostado conmigo y luego me hayas desechado como un objeto inservible, incluso a las amantes se les debe tratar con respeto. Fui un simple juguete para ti, y eso es algo que no puedo tolerar. En ese momento, no comprendía que eras un despreciable mujeriego. Además, también está el hecho de que llamé a tu oficina buscando ayuda para divorciarme de mi esposo, y la respuesta que recibí fue un mensaje transmitido por tu secretaria, en el que me pedías conformarme con los dos mil dólares mensuales que mi esposo me proporcionaba. Siempre pensé que significaba más para ti que solo una amante. Por un instante, llegué a creer en el absurdo sueño de convertirme en la señora Alighieri, mientras nos entregábamos a la pasión entre las sábanas y en la cama de tu amigo, quien era mi esposo.

Sebastián sintió cómo la acusación de Vanessa penetraba en lo más profundo de su ser. La rabia y el resentimiento se hicieron presentes en la mirada de Vanessa mientras pronunciaba esas palabras. Era evidente que su venganza iba más allá. Había estado planeando cada detalle con meticulosidad, esperando el momento oportuno para hacerlo sufrir de la misma forma en que ella había sufrido.

—Solo dime qué quieres y lo haré –añadió Sebastián—. Si lo que quieres es dinero, te daré un cheque en blanco para que coloques la cifra que tú quieras.

Vanessa, enfurecida, soltó una carcajada llena de amargura. Miró a Sebastián con ojos despiadados y respondió con desprecio:

—Dinero... ¡no sabes cuánto me haces reír, Sebastián! ¿Crees que puedes comprarme con un simple cheque en blanco? Ya ni siquiera el dinero puede aplacar mi sed de venganza —se acercó lentamente hacia él, sus ojos brillaban con una mezcla de odio y desesperación—. Mi marido me dejó en la calle, Sebastián. Cuando más te necesitaba como mi amante y mi abogado, me diste la espalda. El dinero no puede reparar el daño que me hiciste, ni puede sanar las heridas que me dejó mi exmarido y tú. Ya no busco riquezas materiales, lo único que quiero es verte destruido.

Sebastián quedó estupefacto ante las palabras de Vanessa, asimilando el dolor y la frustración que ella había experimentado. Comprendió que su oferta de dinero no tenía ninguna relevancia frente a la sed de venganza que ardía en el corazón de su examante.

Ahora se enfrentaba a una mujer despojada de todo, sedienta de revancha y decidida a aniquilarlo.

—Ya no hay vuelta atrás, Sebastián —susurró Vanessa con voz helada— Tú y yo llegamos a un punto sin retorno. No te equivoques, esta no es una cuestión de dinero. Es una batalla personal, una lucha por mi dignidad y por devolverte el sufrimiento que me causaste. Prepárate, porque lo que te espera será mucho más que un simple cheque en blanco. Será mucho peor que la chatarra en la que quedó convertido tu auto.

La escena se desvanecía y Sebastián se encontró a sí mismo transportado en el tiempo, reviviendo aquel fatídico día en el que su lujoso auto había sido destrozado de manera despiadada. La imagen del Rolls Royce Boat Tail hecho añicos invadió su mente, mientras el sonido ensordecedor de las sirenas de alarma resonaba en sus oídos.

Flashback

El *flashback* lo llevó de vuelta a aquel edificio, donde Alighieri se apresuraba a bajar las escaleras con desesperación. El ascensor había perdido energía, obligándolo a tomar la ruta más rápida para llegar a su auto y descubrir qué había sucedido. La tensión se palpaba en el aire mientras avanzaba, sintiendo que algo estaba terriblemente mal.

Cuando finalmente salió al exterior, una escena desoladora se desplegó ante sus ojos. El suelo estaba cubierto de fragmentos de vidrios del parabrisas y las ventanas, como si una fuerza devastadora hubiera golpeado el vehículo una y otra vez con una ferocidad inimaginable. Era como si un grupo de hombres musculosos y violentos hubieran descargado su ira sobre el automóvil, utilizando bates de béisbol para destrozarlo sin piedad.

Sebastián quedó paralizado por la magnitud del daño. Su Rolls Royce, un símbolo de estatus y lujo, ahora era poco más que una montaña de chatarra. La impotencia y la rabia lo invadieron mientras examinaba los restos destrozados. Era evidente que alguien había llevado a cabo aquel acto de destrucción con un claro mensaje de desprecio hacia él.

Su mirada se posó en un papel dejado a propósito en medio de una de las grietas de la carrocería destrozada. Al leer las palabras impresas, una mezcla de indignación y sorpresa lo embargó. Era una amenaza directa, una advertencia de que había alguien insatisfecho con su persona y que sus acciones habían causado un resentimiento tan profundo.

El mensaje terminaba con un cálculo del valor monetario de su pérdida, mencionando el impresionante costo del auto destrozado y recordándole que ya no podría disfrutar de sus vacaciones en aquel lujoso Rolls Royce Boat Tail. La cifra mencionada, veintisiete millones de dólares, resonó en su mente como una bofetada de realidad.

Aquella escena de destrucción y la amenaza contenida en el mensaje eran un recordatorio doloroso de que había enemigos acechando en las sombras, dispuestos a dañarlo y hacerle pagar por sus acciones. El *flashback* se desvaneció lentamente, dejando a Sebastián con una sensación de vulnerabilidad y la certeza de que la venganza era una fuerza poderosa que podía desatar terribles consecuencias.

Fin del *Flashback*

—Fuiste tú quien lo destruyó —susurró.

—Sí, ¿quién si no yo? —dijo Vanessa subiendo las escaleras—. No hay enemigo pequeño, mi amor, no lo hay. Fui yo quien sembró la semilla de la destrucción en tu vida, y ahora estoy aquí para cosechar los frutos amargos de tu derrota. No hay mayor placer que ver a mis enemigos temblando ante mi poder, sabiendo que sus días están contados. Y recuerda: Cada paso que doy hacia adelante es un paso que te hunde más en la desesperación y el desamparo. Soy la pesadilla que te persigue en cada sombra, recordándote constantemente que tu destino está sellado. Mi objetivo es verte caer y arrastrarte en la miseria, mientras yo me elevo sobre tus ruinas con una sonrisa de triunfo. No hay escapatoria de mi venganza implacable, pues soy el espectro que siempre estará acechando tus pasos.

—Vas a terminar perdiendo enredada en tu propio juego —respondió Sebastián, sin saber de dónde sacaba fuerzas y coraje para enfrentarla—. Voy a resistir lo que sea, porque jamás me he dejado vencer. Tú no eres nadie, Vanessa, solo eres una mente confundida que tarde o temprano terminará en un psiquiátrico para siempre.

—No hables de más, no sea que te ahogues con tu propia lengua —añadió Vanessa—. No importa cuán poderoso creas ser, siempre habrá alguien como yo dispuesto a destruir tus ilusiones y hacerte pagar por tus pecados. Y no olvides esto: El juego de los enemigos es solo un preludio a su inevitable derrota, porque en mi mundo, yo siempre salgo victoriosa. Los enemigos son mi lienzo, y cada golpe que les asesto es una pincelada más en mi obra maestra de destrucción. Eso, serás para mí... mi mejor obra de destrucción.

Sebastián se quedó sin palabras, sintiendo cómo su mundo se derrumbaba a su alrededor. Había subestimado el dolor que había causado, sin saber que sus acciones tendrían consecuencias tan devastadoras. Ahora, encadenado a esa silla, se encontraba a merced de la furia desatada de Vanessa, quien había trazado un camino de venganza que lo llevaría al borde mismo de la desesperación.

Ella caminó lentamente, dejando atrás a Sebastián, quien aún estaba procesando la revelación de la destrucción de su auto. Con una sonrisa siniestra en los labios, comenzó a ascender las escaleras con paso firme y decidido.

Cada escalón que subía resonaba en la habitación, como un eco amenazante que anunciaba su partida. Su figura se desvanecía gradualmente a medida que se alejaba, pero su presencia seguía envolviendo la habitación con un aura de malevolencia. La puerta de la habitación se cerró lentamente detrás de ella, emitiendo un siniestro chirrido que parecía marcar el fin de un oscuro acto teatral. El sonido metálico del cerrojo deslizándose en su lugar resonó en el aire, sellando el destino de Sebastián en aquel cuarto mugriento.

A medida que la puerta se cerraba por completo, una sensación perturbadora se apoderaba del ambiente. Era como si el espacio se volviera más opresivo, cargado con la revelación gradual de la verdadera naturaleza de Vanessa. La psicopatía que yacía oculta en su interior se manifestaba poco a poco, como una sombra que se extendía silenciosamente por la habitación.

El silencio invadió el recinto insufrible, dejando solo el eco de sus pasos retumbando en la mente del agitado hombre. Sebastián no podía evitar sentir un escalofrío recorriendo su espalda mientras imaginaba las maquinaciones perversas que ella podría estar tramando. Aquella mujer, que antes había sido coqueta y seductora, ahora mostraba una faceta más oscura y retorcida. Cada gesto, cada palabra pronunciada revelaba su naturaleza despiadada y sin escrúpulos.

La figura de ella se desvaneció por completo, dejando a Sebastián solo en la penumbra de aquel cuarto, con la certeza de que su pesadilla apenas había comenzado. Sus pensamientos se llenaron de imágenes perturbadoras y una sensación de impotencia se apoderó de él, mientras el verdadero rostro de la psicópata se revelaba ante sus ojos, desafiante y dispuesto a infligir el máximo sufrimiento.

Sebastián estaba atrapado en un juego retorcido, una danza macabra con una mente despiadada. El destino le había colocado en el camino de Vanessa, y ahora debía enfrentar las consecuencias de haberse cruzado con alguien tan peligroso.

Por otro lado, la oscuridad de la noche en la Comisaría de policía de Charleston era tangible. Las llamas del incendio anterior aún crepitaban, arrojando destellos de luz sobre los escombros humeantes. El sonido de las brasas chasqueando y el olor a quemado impregnaban el aire denso.

En medio de la calle desolada, yacían los cuerpos inertes de Celestina, la monja que había incentivado matar a los "muertos vivientes" y Víctor Sánchez, un hombre de aspecto misterioso que viajaba en el vagón 16 antes del trágico accidente de tren. Su presencia allí, sin vida, era un sombrío recordatorio de los horrores que habían ocurrido hacía apenas unas horas.

Alabam, con expresión cansada pero decidida, se acercó con cautela a los cuerpos tendidos. Su mirada se desplazó de uno a otro, examinando cada detalle en busca de pistas que pudieran arrojar luz sobre ese oscuro enigma. Los faroles a lo largo de la calle iluminaban parcialmente el escenario, pero la oscuridad siempre parecía acechar en cada rincón.

De pronto, Alabam se agachó junto a los cuerpos, no obstante, una sensación inquietante se apoderó de ella. La quietud de la noche se vio interrumpida solo por el crujido de los escombros y el viento susurrante que agitaba suavemente las hojas de los árboles cercanos. La escena era surrealista, casi como un cuadro macabro que había cobrado vida en el corazón de la noche.

—Eres la culpable de esta desgracia —dijo una voz desde el suelo.

Alabam se impresionó al ver que Celestina aún continuaba con vida. Se agachó lo más que pudo y tomó su mano. En ese momento, la monja expiró y se convirtió en cenizas, entregando a Alabam otro de los poderes misteriosos que ninguno de los humanos había podido desarrollar o descubrir en su totalidad. Y así, del mismo modo, tomó la mano de Víctor Sánchez, quien ya estaba muerto, pero aún así entregó aquel poder secreto.

"Así está mejor —dijo Alabam, con compasión mientras se sumergía en una meditación—. En esos segundos en los que sostuve tu gélida mano, pude ver en el interior de tu alma, y pude descifrar todo el daño que habrías causado si tan solo hubieras llegado a ser consciente del poder que te había otorgado mi lágrima. Los humanos, con su sed insaciable de poder, siempre terminan abusando de cualquier forma de autoridad que adquieren. Es triste ver cómo se corrompen y se convierten en verdaderos monstruos cuando obtienen un poder. Si tan solo pudieran comprender la responsabilidad que conlleva y usarlo para el bien. Imagino lo que los humanos harían si tuvieran en sus manos los poderes que ahora poseo. Desatarían su egoísmo sin límites, dominarían a los demás con un puño de hierro y dejarían un rastro de destrucción a su paso. Es por eso que estos dones deben ser custodiados con cautela y utilizados para proteger, no para avasallar. Fui una estúpida descuidada que no midió las consecuencias.

La capacidad de ver en el interior del alma humana me ha mostrado un oscuro panorama. Los deseos más oscuros y retorcidos que albergan son un recordatorio constante de la corrupción que puede surgir cuando el poder cae en manos equivocadas. Es un espejo que refleja la verdadera naturaleza humana, y no siempre es un reflejo agradable. Hasta ahora lo comprendo mejor, porque ya he convivido con ellos y he visto todo lo que son capaces de hacer.

La pérdida de Celestina y el poder que me otorgó en sus últimos momentos me recuerdan el peligro latente que yace en la arrogancia y la sed de poder desmedida. Su alma vulnerable y sus intenciones ocultas son un llamado a la reflexión sobre el verdadero significado de tener poder y cómo se debe utilizar con sabiduría y empatía. La lágrima que se convirtió en poder reveló la verdad oculta detrás de las intenciones de Celestina. Habría sido un cataclismo de caos y destrucción si hubiera tenido pleno conocimiento de las habilidades que le otorgué sin saberlo. Es una advertencia de los peligros que acechan en aquellos que buscan el poder sin entender su verdadero propósito.

Mientras Alabam caminaba por la escena desolada, de repente tropezó con pedazos dispersos de carne y huesos pertenecientes al cuerpo destrozado de Kenneth. Su rostro se mantuvo imperturbable, aunque en su interior percibió un escalofrío que recorrió su espina dorsal. Reconoció de inmediato el distintivo olor de un poder demoníaco que había enfrentado en el pasado. Sin embargo, la mezcla de carne quemada y sangre hacían imposible descifrar de quién se trataba.

"No se trata de un pasajero del vagón 16 —pensó ella, divisando con cautela hacia todos lados—. Su olor me indica que esta es su segunda muerte. Me pregunto quién lo habrá resucitado y para qué."

Con pasos firmes y cautelosos, Alabam se acercó al montón de restos desfigurados, su mente analizando rápidamente la situación. Sabía que aquel cuerpo destrozado era una evidencia del mal que se había apoderado del lugar y, posiblemente, de la presencia de un demonio despiadado que había dejado su huella allí.

Mientras observaba los fragmentos ensangrentados, Alabam recordó sus enfrentamientos anteriores con criaturas de este tipo. Reconoció el rastro siniestro y perverso que emanaba de aquel montón de carne y huesos. Era un olor que había perseguido en sus pesadillas y un recordatorio constante de la oscuridad que acechaba en los rincones más profundos del universo.

Aunque su expresión se mantuvo impasible, en su interior Alabam sintió una advertencia palpable. Sabía que debía prepararse para lo que vendría a continuación. Aquel cuerpo desmembrado era solo el principio, una señal ominosa de que los desafíos que enfrentaría serían más aterradores de lo que jamás hubiera imaginado.

A medida que Alabam continuaba su exploración en la desolada comisaría, sumida en sus pensamientos, de la nada surgió un hombre misterioso envuelto en una capucha negra. Como una sombra viviente, se acercó lentamente hacia ella, cada paso resonando en el silencio opresivo del lugar.

El enigmático sujeto emergió de las sombras, su figura envuelta en una capucha negra que ocultaba gran parte de su rostro. Vestía una túnica larga y oscura que parecía fluir a su alrededor como una niebla densa. Los pliegues de la vestidura se desvanecían en la oscuridad, lo que confería al extraño un aire sobrenatural y misterioso.

Cada paso del hombre era cauteloso y mesurado, como si estuviera deslizándose sin esfuerzo sobre el suelo. Su forma de caminar era peculiar, como si flotara ligeramente sobre el terreno, sin dejar rastro de su presencia. Los movimientos eran fluidos y sinuosos, como los de un depredador acechando en la noche.

A medida que se acercaba a Alabam, su presencia parecía intensificarse, creando un aura de intriga y magnetismo a su alrededor. La capucha cubría su rostro en sombras, dejando solo entrever unos ojos penetrantes que brillaban con una luz inquietante. El rostro permanecía en gran parte oculto, añadiendo un velo de misterio y suspense a su llegada inesperada.

Con su vestidura enigmática y su caminar fascinante, el hombre misterioso emanaba un aura de poder y secretos ocultos. Su presencia imponente e inquietante llenaba el ambiente de expectación, dejando a Alabam en vilo, ansiosa por descubrir lo que escondía el sujeto.

Finalmente, el corazón de Alabam se aceleró ante la presencia del intruso. Sus sentidos agudizados detectaron la familiaridad en aquellos movimientos, pero su mente luchaba por reconocer al enigmático personaje que se materializaba frente a ella.

La figura encapuchada detuvo su avance a pocos metros, permitiendo que la escasa luz de un farol cercano, revelara parte de su rostro oculto. En un instante de asombro y revelación, Alabam descubrió la identidad del hombre misterioso.

—Dicen que el ladrón y el asesino vuelve al lugar donde ha cometido crimen —dijo Alabam a modo de burla.

La figura encapuchada permaneció impasible ante el comentario sarcástico de Alabam. La tenue luz del farol resaltaba su rostro, revelando unos ojos verdes penetrantes y fríos que parecían traspasar el alma. La boca del enigmático hombre se curvó en una sonrisa siniestra, reflejando una mezcla de satisfacción y malicia.

El ambiente se cargó de tensión mientras Alabam mantenía la mirada fija en aquel rostro conocido pero odiado. El silencio se volvió opresivo, roto únicamente por el eco lejano de los chasquidos de las brasas de la comisaría que antes había estado en llamas.

La figura se adelantó lentamente, cada paso lleno de una presencia magnética y amenazante. Su postura era erguida y desafiante, como si estuviera desafiando a Alabam a enfrentar su pasado y asumir las consecuencias de sus acciones.

—Dicen muchas cosas, Alabam. Pero solo los débiles y los cobardes huyen de sus crímenes —respondió el hombre con una voz profunda, que parecía resonar en el aire como un eco ancestral—. Dicen que el pasado siempre regresa. No importa cuánto intentes escapar, siempre te alcanzará. El tiempo no olvida; cada elección, cada acción, deja una marca imborrable en nuestra historia. Y ahora, el pasado y el presente se entrelazan, revelando la verdad que siempre estuvo frente a tus ojos. No te turbes ni te espantes, en verdad soy yo, solo tienes que decir mi nombre.

La figura encapuchada se mantuvo erguida, desafiante, mientras sus impregnaba el aire con un halo de misterio y oscuridad. Y sus palabras resonaron en el oscuro callejón, envolviendo a Alabam en un torbellino de emociones y recuerdos. Su presencia imponente y su voz profunda recordaban a Alabam la imponente figura de un juez sombrío, dispuesto a dictar su sentencia sobre los pecados cometidos.

La revelación de la identidad del hombre misterioso golpeó a Alabam como un puñetazo en el pecho. El pasado doloroso y los rencores enterrados resurgieron con fuerza, avivando el fuego del rencor en su interior. Sin embargo, aunque la respuesta estaba en sus labios, decidió mantenerla guardada, prolongando el suspenso y el vilo, al no querer pronunciar su nombre.

El ambiente se volvió aún más tenso y cargado de secretos mientras ellos se enfrentaban en aquel encuentro inesperado. El destino había reunido a Alabam y a aquel sujeto en un oscuro rincón de la noche, y ahora el enfrentamiento entre ellos amenazaba con desatar una tormenta de consecuencias imprevisibles.

—Eres tú, Allulaya ¡Maldito cobarde! —dijo finalmente la mujer.

—Me alegra que lo menciones —dijo él con una sonrisa burlesca—, ya empezaba a temer que hubieras perdido la memoria en ese loco viaje en el que insististe venir a la Tierra.

—Eres un cobarde mentiroso —gritó Alabam.

—Cuéntame, querida hermana, ¿ya encontraste a Sebastián?

—¿Sebastián? —repitió ella en tartamudeo.

—Así como lo escuchas, me refiero a ese sujeto que venías a ver a diario a escondidas de nuestro padre —dijo Allulaya, pisando las cenizas de Celestina—. Debo asumir que no lo has encontrado porque no te veo nada contenta. Te apuesto lo que sea, que yo lo encuentro primero que tú.

—No me interesan tus juegos estúpidos.

—Es una pena que no quieras jugar conmigo. Si yo lo encuentro primero... podría darte su cadáver para que le hagas un entierro como acostumbran hacer los humanos. Después de todo, a pesar de que has llegado muy lejos recuperando tus poderes, aún continúas siendo una simple e insignificante humana.

—No tengo nada qué jugar contigo.

—¡Vaya! Es una verdadera pena que hayas rechazado mi oferta —dijo Allulaya desapareciendo al instante—. Nada más no te quejes de lo que puedas encontrar.

Alabam se mostró convencida de que no quería jugar el juego de la búsqueda de Sebastián, sin embargo, apenas se fue su hermano, se esfumo de aquel paisaje nocturno de la misma manera en que había llegado. Guardaba consigo la esperanza de encontrar a Sebastián y salvarlo del peligro que lo acechaba.

⁘

Por otro lado, en la casa Wilson en *Sunflower*. La noche se extendía sobre el campo de girasoles, pintando el paisaje con tonalidades oscuras y misteriosas. Desde el balcón, Andrea y Osmani podían admirar la majestuosidad de las flores en plena oscuridad. Las siluetas de los altos tallos se recortaban contra el cielo estrellado, creando un paisaje cautivador.

El suave viento nocturno acariciaba los pétalos de las flores amarillas, haciendo que se mecieran suavemente. El aroma embriagador que manaban se mezclaba con el aire fresco de la noche, creando una fragancia suave y delicada que envolvía el ambiente. La noche cubría como manto el campo de girasoles, y los altos tallos se erguían en el aire como guardianes oscuros. Las flores, con sus pétalos abiertos y sus cabezas ligeramente inclinadas, parecían estar en un estado de reposo y quietud. El suave susurro del viento acariciaba sus hojas, creando una melodía suave y apacible.

A medida que la luz de la luna iluminaba el campo, los pétalos adquirían un brillo plateado, creando un espectáculo mágico y enigmático. La textura de los girasoles, suave al tacto, invitaba a acariciarlos con delicadeza, como si se tratara de pequeños tesoros naturales.

El silencio reinante, solo interrumpido por el suave susurro del viento entre los girasoles, añadía un toque de serenidad al ambiente. Era un escenario idílico que parecía transportar a Andrea y Osmani a un mundo aparte, lejos de las preocupaciones cotidianas.

Con esta pintura vívida y evocadora del campo en la noche, la escena en el balcón adquiría un telón de fondo encantador y romántico, realzando la importancia de la conversación que estaba a punto de tener lugar.

Andrea y Osmani se encontraban en el balcón de la casa Wilson, disfrutando de la suave brisa nocturna. La emoción de la llegada del detective Twist, la doctora Delfina Brooks y Chelsea O'Brien todavía se sentía en el ambiente.

Fue todo un acontecimiento recibir a estos invitados tan especiales —comentó Andrea, con una sonrisa en su rostro—. Ver a Chelsea después de lo que pasamos en Charleston manos de Kenneth fue emocionante. Me alegra que esté descansando ahora en una habitación que le brinda la quietud que necesita en su estado.

Osmani asintió, apoyándose en la barandilla del balcón.

—La señora Benazir hizo un gran trabajo al acomodar a los huéspedes en las habitaciones de invitados. Todos llegaron de manera inesperada, pero ella logró encontrarles un lugar cómodo para quedarse.

Andrea miró a Osmani, notando un brillo en sus ojos. —¿Qué sucede, Osmani? Pareces tener algo en mente.

Osmani sonrió misteriosamente. —Solo diré una cosa, Andrea. Nuestro encuentro con Alabam no fue simplemente una coincidencia. Hay algo más en juego, algo que aún no hemos descubierto.

La mirada de intriga en el rostro de Andrea se intensificó.

—¿Qué quieres decir con eso, Osmani? ¿Crees que hay más secretos por revelar?

Osmani se acercó un poco más a Andrea, susurrando en voz baja:

—Prepárate, Andrea. Los próximos días serán cruciales. Estoy seguro de que aún nos esperan sorpresas y desafíos que pondrán a prueba nuestra determinación y valentía. No creo que las autoridades den por hecho que este caso ya se cerró. Algo maligno nos espera a manos de aquellos que no desean que estemos en este pueblo conviviendo como la gente normal. Recuerda que aún hay personas allá afuera que desean nuestra aniquilación tan solo por ser "muertos vivientes".

Mientras conversaban en el balcón, un acontecimiento sobrenatural los dejó atónitos. Una misteriosa luz, radiante y enigmática, surgió en medio del campo de girasoles. Su brillo sobresalía en la oscuridad de la noche, y su movimiento errático parecía tener una voluntad propia.

La luz, cada vez más intensa y cautivadora, los llamaba, como si los invitara a seguir su trayectoria. Una extraña mezcla de temor y fascinación los embargó, creando una sensación indescriptible.

Sin titubear, la luz se dirigió hacia una de las cabañas de la finca, marcando un rumbo que ellos no podían ignorar. Era un suceso tan fuera de lo común, tan ajeno a la realidad, que su llamado no podía ser desatendido. Con los corazones latiendo desbocados, se adentraron en la noche, siguiendo el rastro luminoso.

¿Qué les deparaba aquella misteriosa cabaña? ¿Qué secretos ocultaba la luz que los convocaba? Las preguntas los acosaban, alimentando su curiosidad y su inquietud. Avanzaron, dejando atrás el balcón, mientras se adentraban en un mundo desconocido, donde lo real y lo sobrenatural se entrelazaban en un abrazo insólito.

Capítulo 12: Entrelazados en el abismo

Vanessa se encontraba sumergida en la penumbra de su hogar, donde las texturas de la madera desgastada y los años de abandono se hacían palpables. Los restos de lo que alguna vez fue un bar ahora conformaban los cimientos de una modesta casa, con paredes de madera que crujían al menor roce y ventanas que dejaban pasar tímidamente los destellos de la luna.

El interior estaba decorado con objetos olvidados y recuerdos polvorientos, testigos mudos de tiempos pasados. Cuadros descoloridos colgaban de las paredes, recordando momentos felices que se habían desvanecido en el tiempo. Un sofá gastado, con manchas y rasgaduras, se erguía como el testigo de las noches solitarias de Vanessa, mientras una lámpara de mesa titilaba débilmente en un rincón, esparciendo una luz tenue y nostálgica.

En medio de aquel ambiente, Vanessa encontraba consuelo en las películas que reproducía en su antiguo televisor. Casi como un ritual, se entregaba a la narrativa de otras vidas mientras los rayos de sol de la madrugada amenazaban con filtrarse a través de las rendijas de las persianas maltratadas. En esas horas íntimas, se deleitaba con la proyección de emociones ajenas, alejándose momentáneamente de su propia realidad.

Sin embargo, la calma de la madrugada se vio repentinamente interrumpida por un toque insistente en la puerta. Un escalofrío recorrió el cuerpo de Vanessa, erizando cada uno de sus vellos y dejando su corazón en suspenso. ¿Quién podría estar tocando a esas horas intempestivas? La sensación de intriga y desconcierto se apoderó de ella mientras el suspense llenaba el ambiente.

Con el corazón latiendo desbocado, Vanessa se enfrentaba a una elección. ¿Abriría la puerta y se adentraría en el misterio que la esperaba, o permanecería resguardada en la seguridad de aquella casa?

Después de algunos segundos de espera, sumida en la penumbra de aquella casa, se adentró en la cocina en busca de protección. El ambiente en aquel espacio era desolador, con paredes desconchadas y muebles maltrechos. La suciedad y el abandono se hacían evidentes en cada rincón. Cables de electricidad reventados colgaban del techo, recordándole la fragilidad de su entorno.

La cocina, con su antigua estufa de gas mugrienta y llena de grasa acumulada, despedía un olor penetrante y desagradable. El fregadero estaba atiborrado de platos sucios y restos de comida abandonados. La pobre iluminación apenas permitía ver los detalles más sórdidos de aquel lugar.

Con decisión, Vanessa abrió la gaveta de uno de los muebles de la cocina con cautela, revelando su tesoro oculto: un antiguo revólver de acero. La luz tenue de la habitación se reflejaba en su superficie metálica, creando destellos fugaces que danzaban sobre el arma. El revólver, de un color plateado desgastado por el tiempo, mostraba señales de su antiguo esplendor.

Sus manos temblorosas se envolvieron alrededor del mango de madera, desgastado por el uso y el paso de los años. La textura rugosa del material le transmitía una sensación de firmeza y poder. Cada ranura y contorno en el mango contaba una historia, recordándole que aquel revólver había sido testigo de situaciones peligrosas y momentos decisivos.

A medida que Vanessa sostenía el revólver, podía sentir su peso, un recordatorio constante de la responsabilidad que conllevaba portarlo. Las miradas de los antiguos dueños parecían impregnadas en cada rincón del arma, dejando una huella invisible pero tangible.

La empuñadura de madera estaba desgastada por el tiempo y el uso, mostrando pequeñas grietas y marcas de desgaste. Sin embargo, a pesar de su apariencia desgastada, la textura suave y ligeramente áspera ofrecía un agarre seguro y cómodo para Vanessa.

La presencia del revólver en su mano era intimidante y reconfortante a la vez. Sabía que aquella arma era su única defensa en un mundo oscuro y peligroso. Sentía una mezcla de determinación y temor, consciente de que ahora tenía el poder de protegerse a sí misma.

Con el revólver firmemente agarrado en su mano, se preparó para enfrentar lo que le esperaba al otro lado de la puerta. La fría superficie del arma se fundía con su palma sudorosa, creando una conexión tangible entre ella y su destino incierto. Era consciente de que aquel revólver se convertiría en una extensión de sí misma en su búsqueda de respuestas y supervivencia.

Vanessa regresó lentamente hacia la puerta, sintiendo la tensión en el ambiente envolviéndola como un manto. Cada paso era precavido, cada susurro del suelo crujiendo resonaba en su mente. Se sentía preparada para enfrentar lo que se escondía al otro lado, aunque su corazón latía con fuerza, mezclando el miedo y la valentía.

Ella se plantó frente a la puerta. El silencio se hizo aún más abrumador, como si el mundo entero estuviera conteniendo el aliento. El siguiente movimiento era crucial, el giro de los acontecimientos impredecibles. Y así, en medio de la incertidumbre y la oscuridad, Vanessa giró el picaporte lentamente, preparada para enfrentar lo que se encontraba al otro lado.

Vanessa abrió la puerta lentamente, revelando a un policía de estatura prominente y una figura obesa parado frente a ella. Su uniforme azul oscuro se estiraba sobre su cuerpo corpulento, y su expresión seria y profesional contrastaba con su aspecto desalineado y sudoroso. El policía carraspeó antes de hablar, sus palabras saliendo como un suspiro entrecortado.

—Buenos días, señorita. Hemos recibido varias llamadas sobre esta casa abandonada en las afueras de la ciudad, contigua a la gasolinera. Parece ser que ha habido indicios de que ha sido habitada recientemente por sujetos extraños y escandalosos. ¿Podría explicar lo que está ocurriendo aquí?

Vanessa se acomodó nerviosamente ocultando la pistola y respondió con voz entrecortada:

—Esta casa solía pertenecer a mi padre, pero hace mucho tiempo que no vengo por aquí. Sin embargo, en esta ocasión es especial.

—¿Especial? ¿Por qué? —El policía frunció el ceño y preguntó con curiosidad.

—Hay asuntos personales que debo resolver aquí —dijo Vanessa, evadiendo la pregunta con una respuesta vaga—. No puedo entrar en detalles, pero le aseguro que no hay nada ilegal o peligroso que esté ocurriendo. Incluso el escándalo del que habla, fue una torpeza que cometí. Verá... me encontraba mirando la televisión cuando me quedé dormida en el sofá, luego el control remoto se me deslizó de entre las manos y accidentalmente subió todo el volumen de la TV. Cuando desperté, había todo un escándalo que hasta yo misma me asusté. Eso fue todo lo que sucedió.

El policía mantuvo su mirada fija en Vanessa y respondió con determinación:

—Lamento decirle que es mi deber inspeccionar esta casa. Si no hay nada que ocultar, no habrá problema. Después de todo, no está de más tratar de mantener el orden cuando ya nos quemaron una estación policial en la zona norte de Charleston.

Con un gesto de resignación, Vanessa abrió paso al policía hacia el interior de la casa. A medida que avanzaban, el ambiente desolado y descuidado se revelaba ante ellos. Los cables de energía reventados colgaban de las paredes, como serpientes eléctricas inactivas. La cocina de gas, mugrienta y abandonada, emanaba un olor a humedad y óxido. El suelo crujía bajo sus pies, cubierto de polvo y escombros acumulados a lo largo de los años.

El policía recorría la casa con cautela, su mirada escrutadora explorando cada rincón en busca de cualquier signo de actividad sospechosa. Los primeros rayos de luz que se filtraban por las ventanas sucias iluminaban el desorden y la decadencia que rodeaba a Vanessa.

Mientras el policía se adentraba más en la casa, Vanessa sentía cómo la opresión del lugar se intensificaba. Cada habitación abandonada, cada rincón oscuro, parecía guardar secretos y recuerdos olvidados. El suspenso crecía en el aire, dejando un sabor amargo en su boca.

—¿Cuánto tiempo lleva sin visitar esta casa? —preguntó el policía mientras inspeccionaba una habitación polvorienta.

—Ehhhhh... —Vanessa vaciló por un momento, tratando de encontrar una respuesta creíble—. Probablemente unos... dos años. Sí, dos años, diría yo.

El policía asintió, escéptico.

—¿Y por qué decidió regresar ahora después de tanto tiempo?

Vanessa se mordió el labio, buscando una explicación convincente. Trataba de hablar en susurros para que Sebastián no se diera cuenta de la presencia del policía, cosa que le obligaba hacer gran esfuerzo para no delatarse por su comportamiento.

—Verá, surgió un asunto familiar urgente y necesitaba venir a resolverlo. Es un asunto personal que no puedo compartir en este momento.

El policía arqueó una ceja y continuó con su interrogatorio:

—¿Conoce a alguien más que haya estado en esta casa recientemente?

Vanessa trató de ocultar su nerviosismo, se mantenía calma, pero el sudor le comenzó a recorrer la frente.

—No, soy la única persona que ha tenido acceso a esta casa. Nadie más debería haber entrado aquí.

El policía continuó explorando con su mirada inquisitiva la casa abandonada, moviéndose con cautela entre los objetos polvorientos y los muebles deteriorados. Mientras avanzaba por el pasillo, un escalofrío recorrió su espalda al sentir un crujido peculiar bajo su pie izquierdo. Se detuvo en seco y miró hacia abajo, percatándose de que había una sección del suelo que cedía ligeramente ante su peso.

Intrigado y con una mezcla de temor y curiosidad, el policía retrocedió y colocó su pie con cuidado en el mismo lugar. El suelo volvió a ceder, esta vez revelando una abertura oculta bajo sus pies. En ese momento supo que se trataba de un sótano.

—¿Y qué hay en ese sótano? ¿Lo ha revisado últimamente?

Vanessa tragó saliva, sabiendo que no podía revelar la existencia del sótano y lo que se ocultaba en su interior

—No, el sótano está cerrado desde hace mucho tiempo. No he tenido razón para bajar allí. Verá, han pasado tantos años que lo más probable es que tenga telarañas, mugre y una crianza de ratas. No me apetecería entrar allí abajo.

Cuando el policía estaba casi convencido de que lo mejor sería marcharse y dar por concluido el asunto, un sonido inusual llamó la atención, un crujido bajo sus pies, que al mismo tiempo convergió con otro sonido proveniente de más abajo, similar a un leve quejido.

—¿Qué fue eso? —preguntó, mirando hacia el suelo.

Vanessa se tensó, sabiendo que el sonido provenía del sótano. Intentó mantener la calma. Y sintió un nudo en el estómago y un escalofrío recorrer su espalda cuando el policía escuchó el sonido bajo sus pies y dirigió su mirada hacia el sótano. El temor y la ansiedad se apoderaron de ella, sumergiéndola en un mar de incertidumbre. Su mente se llenó de preguntas sin respuesta mientras se preparaba para tratar de responder lo primero que viniera a su mente.

—Probablemente solo sea el suelo viejo y crujiente de la casa. No hay nada de qué preocuparse. Estoy tan acostumbrada a escuchar toda clase de ruidos provenientes de la madera avejentada que compone esta casa.

Entonces, el policía se acercó al lugar de donde provenía el sonido y miró con curiosidad hacia abajo, después observó las ranuras en el suelo que formaban un cuadrado, que hasta ese momento cayó en cuenta que se trataba de una puerta colocada en el piso, y en donde seguramente se encontraría una escalera descendente.

—Creo que debería echar un vistazo al sótano. Puede haber algo importante allí —comentó el policía, sacando una linterna de uno de los bolsillos de su pantalón.

Vanessa sintió un nudo en el estómago, temiendo lo que el policía podría descubrir.

—No es necesario, agente. No hay nada de interés allí. Le aseguro que todo está en orden. Además, qué molestos son algunas personas, solo fue un televisor encendido a un volumen alto durante altas horas de la noche, y por eso quieren hacer un escándalo. Mire, lo que le digo es verdad. Está desperdiciando su valioso tiempo aquí, mientras los verdaderos delincuentes están robando impunemente en las calles.

El policía mantuvo su expresión seria y resuelta, no dejó que las palabras de la mujer lo distrajeran de su deber.

—Es mi deber investigar a fondo. Manténgase aquí mientras bajo al sótano. No se mueva —le ordenó con voz autoritaria.

Tras abrir la puerta, una escalera de madera se reveló ante sus ojos, descendiendo hacia un oscuro y misterioso cuarto abovedado.

El policía quedó perplejo por el hallazgo inesperado. Era evidente que había algo más en aquella casa de lo que aparentaba a simple vista. Un escalofrío helado se deslizó por sus extremidades erizando cada centímetro de su piel, mientras se preguntaba qué secretos y peligros podrían ocultarse en las profundidades de aquel cuarto abandonado.

El ambiente se cargó de tensión, mientras el eco de los pasos del policía resonaba en las paredes húmedas, y el aire se volvía cada vez más espeso, envolviendo la estancia en un halo de misterio. Vanessa observó con inquietud cómo el agente se adentraba en la oscuridad del sótano, dejándola sola con los pensamientos turbios y oscuros que surgieron en su mente macabra:

Una idea siniestra se hizo presente: ¿Y si sacaba el arma que guardaba celosamente oculta y acababa con aquel policía curioso? Imaginó el sonido del disparo, el silencio ensordecedor y el cuerpo del oficial cayendo sin vida al suelo. Sintió un impulso poderoso de poner un candado en la puerta, dejando al policía prisionero en el sótano junto con Sebastián, como si fuera su castigo merecido por entrometido. La tentación de llevar a cabo aquel acto maquiavélico y liberarse de todas las preocupaciones se apoderó de ella por un instante, pero pronto la cordura volvió a prevalecer al escuchar los pasos del policía que se dirigían de regreso a la superficie.

Vanessa quedó estupefacta al presenciar al policía salir del sótano con una calma inquietante. Su expresión serena y tranquila contrastaba con la tensión que había sentido momentos antes. El oficial, sin mostrar señales de sorpresa o alarma, se acercó a ella y le dio la razón.

—Señorita, parece que tenía razón. No encontré nada más que ratas y un montón de mugre. Mis disculpas por los inconvenientes ocasionados —dijo el policía con una sonrisa leve en su rostro.

Vanessa apenas podía articular palabra. La confusión y la intriga se apoderaron de ella. ¿Cómo era posible que el policía no hubiera encontrado a Sebastián en el sótano? ¿Dónde podría estar oculto? ¿Qué razones tendría Sebastián para ocultarse? La incertidumbre la atormentaba, pero antes de que pudiera formular alguna pregunta, el oficial se despidió y permaneció dentro de la casa, como si aún hubiera algo que hacer.

El nuevo giro de los acontecimientos dejó a Vanessa en un estado de desconcierto total. ¿Qué ocultaba aquel policía en su actitud tan tranquila? ¿Por qué se negaba a abandonar la casa? La sensación de peligro se hizo presente de nuevo, y Vanessa supo que la situación se había vuelto más compleja de lo que imaginaba.

—El maldito de Sebastián se ha escapado —dijo el policía volviéndola a ver con una expresión macabra

Vanessa se estremeció al escuchar las palabras del policía. Su mente luchaba por comprender lo que acababa de revelarse. Sin pensarlo dos veces, sacó el arma de su escondite y apuntó al oficial con manos temblorosas. Sin embargo, antes de que pudiera apretar el gatillo, presenció algo aterrador.

Ante sus ojos incrédulos, el policía comenzó a transformarse. Su cuerpo se estiró y elongó, adquiriendo una altura de casi dos metros. Su rostro se distorsionó y sus ojos se volvieron intensamente verdes, emanando una oscuridad maligna. Una tenebrosa vestimenta envolvía su figura, añadiendo un aura siniestra a su presencia.

El corazón de Vanessa se detuvo en su pecho mientras se enfrentaba a esta aberrante metamorfosis. Las palabras quedaron atrapadas en su garganta, incapaz de articular una respuesta coherente. La realidad que creía conocer se desmoronaba frente a ella, reemplazada por una pesadilla palpable. Nunca antes tuvo conciencia de que más allá de sus narices, podían existir criaturas siniestras entre las nebulosas sombras.

La figura transformada del hombre la observó con una sonrisa malévola, revelando filosos dientes. La sensación de pánico invadió cada fibra de su ser, pero su mano aún sostenía firmemente el arma. Movida por un instinto de supervivencia, apretó el gatillo y el estruendo del disparo resonó en la estancia.

Sin embargo, su disparo pareció no afectar al ser oscuro que se erguía frente a ella. La bala pasó a través de él como si fuera una mera ilusión. Una risa macabra escapó de sus labios mientras avanzaba lentamente hacia Vanessa, con su alabarda desenvainada y reluciente con una maldad innombrable.

Vanessa se encontraba atrapada en un torbellino de terror. Sus ojos se abrieron desmesuradamente, incapaz de creer lo que estaba presenciando. Las fuerzas malignas parecían conspirar en su contra, y ahora debía enfrentarse a un enemigo más allá de su comprensión. El destino de su vida pendía de un hilo mientras el hombre oscuro se acercaba con paso lento pero inexorable.

El abismo de lo desconocido se abría ante Vanessa, y se daba cuenta de que ya no había vuelta atrás. El enfrentamiento con la oscuridad había comenzado, y su valentía y determinación serían puestas a prueba en una batalla que trascendía los límites de lo humano.

Por otro lado, Alabam se acercaba sigilosamente a la casa, con el corazón latiendo con fuerza en su pecho. A medida que se acercaba, los primeros rayos del sol se filtraban entre las rendijas de las persianas, iluminando el camino que tenía por delante. La luz matutina bañaba el escenario, creando una atmósfera esperanzadora.

En ese momento, Alabam divisó a su hermano, Allulaya, parado frente a la puerta de la casa. Un escalofrío recorrió su espalda al ver su apariencia siniestra, pero se mantuvo firme. No podía permitir que el miedo se apoderara de ella, no cuando estaba tan cerca de encontrar a Sebastián. Mientras se acercaba, Allulaya la miró fijamente con una expresión macabra en su rostro.

—Llegas tarde, Alabam. Tu búsqueda de Sebastián ha sido en vano. No está aquí —dijo con una voz gélida y llena de malicia. Aunque me sorprende el hecho de tus débiles poderes te hayan guiado hacia el sitio donde hasta hace unas horas estuvo aquí. Su olor aún permanece en el aire.

—¿Por qué me odias tanto? ¿Por qué causas tanto daño por donde pasas con tal de lastimarme? —preguntó Alabam con rabia.

—¡Porque odio tu existencia! —respondió Allulaya mientras desaparecía del lugar como la niebla.

Las palabras de su hermano resonaron en el aire, causando un estremecimiento en el cuerpo de Alabam. No podía creer lo que escuchaba. Sin embargo, en lugar de dejarse paralizar por el miedo, su determinación se fortaleció. No se rendiría tan fácilmente.

Con decisión, Alabam cruzó el umbral de la puerta y se adentró en la casa. A medida que avanzaba, la escena que se presentó ante sus ojos fue devastadora. El cuerpo sin vida de Vanessa yacía en el suelo, un recordatorio sombrío de la crueldad de Allulaya.

La escena era dantesca. La cabeza decapitada de Vanessa, aún caliente, estaba en el suelo, sus ojos abiertos en un gesto de terror congelado. La expresión de horror quedó grabada en su rostro, como si el tiempo se hubiera detenido justo en el momento en que la alabarda del falso policía segó su vida de forma brutal.

La sangre brotaba en un torrente oscuro, manchando el suelo y creando un macabro contraste con el tono pálido de la piel de Vanessa. El silencio que se apoderó de la habitación solo era interrumpido por el sutil sonido de goteo de la sangre que caía al suelo, como un eco macabro de la violencia que había ocurrido.

Alabam, petrificada por el horror de lo que acababa de presenciar, luchaba por mantener la compostura. El estremecimiento que recorrió su cuerpo fue el resultado de la crueldad despiadada que había presenciado en manos de Allulaya. La realidad de la muerte se manifestaba ante ella de una forma tan cruda y despiadada que se sentía sumida en una pesadilla sin escapatoria.

El corazón de Alabam se llenó de tristeza y rabia. La urgencia de encontrar a Sebastián se hizo aún más apremiante, pues sabía que corría peligro si Allulaya lo encontraba.

En la tranquila casa Wilson, ubicada en el pintoresco pueblo de *Sunflower*, Osmani, Andrea y la doctora Delfina se encontraban reunidos en la cocina, disfrutando de un apacible desayuno. El aroma del café recién hecho llenaba la estancia, mientras la señora Benazir, la amable ama de llaves, les servía huevos revueltos, tocino dorado y pan tostado con esmero.

Mientras degustaban su comida, en el fondo se escuchaba una conversación entre Dorian Twist, un hombre de carácter y de mirada penetrante, y el policía Facundo. Dorian encomendaba al agente la tarea de partir hacia Charleston de incógnito, con el propósito de averiguar si la población aún estaba sumida en la búsqueda de los pasajeros que milagrosamente revivieron en el trágico accidente de tren. Su voz resonaba con autoridad y determinación, dejando entrever la importancia de la misión.

Después de unos momentos, Dorian regresó a la mesa y se sentó junto a sus compañeros. El silencio llenó la habitación por un instante, solo interrumpido por el tintineo de las cucharas al remover el café en las tazas. La señora Benazir, con su eterna sonrisa, les sirvió el café humeante, aportando calidez a aquel encuentro matutino.

En medio de la conversación, la doctora Delfina notó la mirada cansada y distraída de Andrea. En un gesto de complicidad, le susurró con ternura que si algo ocurriera, debería acudir nuevamente a Osmani. Sus palabras se deslizaron como un susurro en el aire, cargadas de un significado oculto. Puesto que Delfina, desde un principio, notó las miradas de enamorados que de vez en cuando se cruzaban entre Andrea y Osmani.

Andrea por su parte, guardó silencio esperando que Osmani revelara lo ocurrido: El enigma de la misteriosa luz que habían presenciado la noche anterior en el plantío de girasoles que luego los había guiado a la cabaña, y que estaba presente en sus mentes, una incógnita que los unía en un pacto silencioso.

—Anoche Andrea y yo vimos una luz verde que flotaba en el campo de girasoles —reveló Osmani, degustando su tasa de café—. Parecía inquieta mientras se dirigía hacia una de las cabañas de esta propiedad. No supimos lo que era porque de un momento a otro desapareció. ¿Qué opinan ustedes?

La conversación en el tranquilo desayuno tomó un giro inesperado cuando Osmani compartió su experiencia con la misteriosa luz verde en el campo de girasoles. Sus palabras llenaron el ambiente con un aire de intriga y curiosidad. Andrea asintió, recordando el extraño suceso de la noche anterior.

Delfina, con su mente analítica y científica, reflexionó sobre el fenómeno.

—Las luces extrañas pueden tener explicaciones naturales, como reflejos o ilusiones ópticas —sugirió, intentando encontrar una explicación racional a lo que habían presenciado. Sin embargo, una chispa de curiosidad e intriga brillaba en sus ojos, mostrando su interés por descubrir la verdad detrás de aquel suceso.

Dorian, con su experiencia como detective, escuchó atentamente las palabras de Osmani Y de Delfina.

—Las luces inexplicables que sobrevuelan de noche, a menudo están asociadas con fenómenos como los objetos voladores no identificados. Tal vez haya algo más en juego aquí —comentó, su tono de voz revelando que estaba dispuesto a investigar a fondo cualquier suceso que pudiera poner en peligro la paz de *Sunflower*.

La señora Benazir, una figura sabia y con años de experiencia en la casa Wilson, agregó su opinión con voz pausada.

—He oído historias antiguas sobre sucesos extraños en esta tierra, cosas que no pueden explicarse fácilmente. Tal vez haya algo más allá de lo que nuestros ojos pueden ver —mencionó, dejando un aire de misterio flotando en la cocina.

A medida que cada uno expresaba sus pensamientos y opiniones, un sentimiento de complicidad y unión se forjaba entre ellos. Sabían

que debían estar atentos a los sucesos extraños que ocurrían en
Sunflower y, en particular, al enigma de la luz verde en el campo de
girasoles. Después de todo, ya conocían lo que una simple lágrima de
Alabam había provocado el día en que el tren se descarriló.

—¿Qué tal si vigilamos esta noche? —sugirió Andrea.

—No me parece mala la idea —respondió Dorian.

—Por mí no hay problema, de hecho estaba por sugerir lo mismo
—comentó Osmani

—A mí me gustaría —añadió Delfina—, pero ¿quién cuidará de
Chelsea? Aún sigue dormida en la habitación de huéspedes.

Las palabras flotaron en el aire, tejiendo una red de complicidad
y propósito compartido. Andrea, Dorian, Osmani y Delfina estaban
dispuestos a enfrentar los misterios de la noche, en busca de
respuestas ocultas entre las sombras. Pero surgió una preocupación
amorosa por Chelsea, que aún dormía ajena a los acontecimientos
más recientes.

En ese momento, Benazir, con su sabiduría ancestral y su corazón
generoso, se ofreció a velar por la muchacha mientras los demás
se adentraban en la incertidumbre nocturna. Sus ojos, llenos de
serenidad y confianza, transmitieron la seguridad que necesitaban
para llevar a cabo su cometido.

—Yo cuidaré de Chelsea como si fuera mi propia familia
—susurró Benazir con una voz dulce y reconfortante—. Los girasoles
guardan secretos ancestrales y hay que estar atentos a las señales que
la noche nos revele. Su labor será contemplar desde el balcón, donde
la vastedad de este campo se despliega en toda su belleza. Allí, bajo la
luz de las estrellas, encontrarán as respuestas que buscan.

Sus palabras resonaron en el corazón de cada uno, alimentando
su determinación y fortaleza. Sabían que en esa noche llena de
incógnitas, contarían con la protección y el amor de Benazir, una
fuerza inspiradora que los acompañaría y animaba en su misión.

A medida que disfrutaban de su desayuno, el ambiente se llenaba de una atmósfera intrigante y llena de secretos. Cada uno de ellos llevaba consigo sus propias preocupaciones y sospechas, conscientes de que su estancia en *Sunflower* estaba lejos de ser tranquila y apacible. En aquel lugar, donde los girasoles danzaban al ritmo del viento, las sombras ocultaban más de lo que revelaban, y solo juntos podrían desentrañar los enigmas que amenazaban sus vidas y los misterios que envolvían a la ciudad.

Así, en medio de ese desayuno aparentemente ordinario, un pacto silencioso se selló entre ellos. Estaban dispuestos a adentrarse en un mundo de secretos y peligros, donde cada paso los llevaría más cerca de la verdad que aguardaba en las sombras.

Mientras tanto, Sebastián abrió los ojos lentamente, sintiéndose desorientado y con la cabeza llena de niebla. Se encontraba en una sala desconocida, sentado en un sofá desgastado, frente a una mesa de madera con un centro de vidrio quebrado en el piso. Observó a su alrededor y notó las señales de que algo inusual había ocurrido en aquel lugar. Manchas en el suelo con aparente indicio de que alguien había tratado de borrarlas, un hedor rancio que emanaba de una habitación contigua. El corazón le palpitaba con fuerza mientras intentaba recordar cómo había llegado hasta allí. Una sola cosa era segura, sabía que esa no era la casa de Vanessa.

Entonces, su mirada se posó en su propio cuerpo y notó las marcas en sus muñecas, la sensación incómoda de las cadenas que alguna vez lo habían mantenido prisionero en el sótano de Vanessa. Un escalofrío recorrió su piel que se erizó como piel de gallina, al rememorar los momentos de angustia y desesperación que había vivido en ese lugar. ¿Cómo había terminado allí? ¿Cómo había logrado escapar? ¡No recordaba absolutamente nada!

Pero justo cuando su mente estaba abrumada por las preguntas, su atención fue atraída por algo inesperado. Giró la cabeza hacia la pared y allí, en una fotografía enmarcada, vio a una mujer de cabello cenizo. Reconoció en ella a la mujer que había subido al tren aquella tarde, justo antes del fatídico accidente que había cambiado su vida.

Antes de que pudiera procesar completamente esta sorprendente revelación, alguien se acercó a él. Era un joven de apariencia amable, con ojos color miel y una sonrisa reconfortante.

—No tema, señor, está a salvo.

—¿Tú quién eres? —preguntó Sebastián confundido.

—Soy Iskander y está en la casa de Chelsea O'Brien, mi madre.

Sebastián quedó estupefacto ante las palabras de Iskander. La mezcla de emociones lo invadió: alivio por estar fuera de peligro, confusión por la extraña situación en la que se encontraba y curiosidad por saber más sobre Chelsea y su conexión con la fotografía de la mujer embarazada. Además, le surgieron más preguntas que parecían tener respuestas ilógicas: ¿Dónde estaba? ¿Por qué en la casa de Chelsea? ¿Cómo apareció allí? ¿Y cómo era posible que Chelsea, siendo tan joven tuviera un hijo de diecisiete años? Aquello no era coherente con el mundo que conocía.

De repente, el sonido de la sirena de una patrulla de policía se filtró por las ventanas, resonando en el aire de la casa. Sebastián y Iskander intercambiaron miradas llenas de inquietud. El ruido se desvaneció lentamente, dejando un silencio cargado de incertidumbre.

En medio de ese silencio, un golpeteo inesperado interrumpió el ambiente. Alguien tocaba la puerta de la casa de forma insistente, como si supieran que había alguien dentro. Sebastián y Iskander se miraron con preocupación y, sin mediar palabra, se pusieron de pie, preparados para afrontar lo que pudiera esperar al otro lado de la puerta.

Capítulo 13: He vuelto a casa

El sol ya se alzaba en el horizonte, bañando la propiedad de los Wilson en *Sunflower* con su resplandor matutino. Eran las 8 de la mañana y Andrea se encontraba sentada en un viejo tronco, rodeada de barriles y herramientas propias de una granja en desuso. El aire fresco de la mañana acariciaba su rostro mientras se dejaba envolver por la serenidad del entorno.

En ese instante, Benazir se aproximó a Andrea con su caminar sosegado, sosteniendo con firmeza una botella de gas en sus manos arrugadas. La anciana, una presencia respetada y querida en la comunidad, emanaba una combinación única de amabilidad y seriedad en su porte. Sus ojos transmitían una sabiduría acumulada a lo largo de los años, y su presencia infundía un sentido de calma y comprensión.

—Querida Andrea, veo que te has tomado un momento para disfrutar de la paz que ofrece este lugar —dijo Benazir con una sonrisa amable, acercándose a la joven.

Andrea asintió, devolviendo la sonrisa a la mujer mayor. Era reconfortante compartir esos momentos de tranquilidad con alguien tan sabio y apreciado como ella.

—Debo confesarte, Andrea, que he notado al señor Osmani sumido en la tristeza desde que te marchaste. Parece que algo lo atormenta profundamente —comentó Benazir en un tono suave mientras se sentaba junto a Andrea, dejando la botella de gas a un lado.

Andrea, sorprendida por la revelación, se inclinó hacia Benazir, mostrando un genuino interés.

—¿Qué quiere decir, señora Benazir? ¿Por qué Osmani está tan afectado?

La señora Benazir suspiró, recogiendo sus pensamientos antes de responder.

—La historia del señor Osmani es desgarradora. Fue obligado a abandonar su hogar y viajar al extranjero para convertirse en sacerdote. Nunca tuvo la oportunidad de despedirse de aquellos que amaba, incluyéndote a ti. Ha llevado una carga emocional considerable desde entonces. Incluso, su partida al extranjero, trajo consigo la separación de él y su hermano Sebastián, quien desapareció de esta casa sin dejar rastro. Solo Alabam nos ha traído la esperanza de recuperarlo y traerlo de regreso a su hogar.

Andrea quedó estupefacta, con los ojos llenos de compasión hacia Osmani. Comprendía ahora el dolor y la tristeza que había estado oculto detrás de su aparente serenidad.

—¿Por qué me dice esto a mí? —preguntó Andrea, observando a Osmani a lo lejos.

La señora Benazir miró a Andrea con una expresión llena de compasión y afecto. Sus palabras resonaron en el aire, cargadas de un profundo significado y revelación.

—Andrea, permíteme compartirte algo que he observado en el señor Osmani. A pesar de su preparación como sacerdote, su amor por ti nunca ha menguado. En las escasas conversaciones que he tenido con él, he podido percibir el brillo en sus ojos cuando tu nombre surge en nuestra plática. Él te lleva en su corazón, incluso si las circunstancias y la religión lo prohíben. Quiero que comprendas cuán importante eres en su vida y te insto a que te acerques a él. Ya ha sufrido bastante con la pérdida de su hermano, como para que encima continúe viviendo bajo el yugo de una fe que lo consume en vida.

Estas palabras resonaron en el corazón de Andrea, desencadenando una mezcla de emociones. Por un lado, el amor profundo que sentía por Osmani, pero también el temor que la asaltaba al recordar su pasada relación tormentosa con Kenneth y cómo este intentó destruirla en vida. Andrea se encontraba ahora en una encrucijada, enfrentando decisiones cruciales que podrían cambiar su vida para siempre. En el fondo, era consciente de que entre ella y Osmani había una conversación pendiente que se debían desde hacía más de veintitrés años.

Con esas palabras, Benazir se levantó de su asiento, tomando la botella de gas en sus manos y alejándose con paso tranquilo. Andrea quedó allí, sumida en sus pensamientos y luchando contra sus propios temores, mientras el peso de sus emociones y las decisiones que se avecinaban la consumían lentamente.

Una mariposa revoloteaba graciosamente en el aire, sus delicadas alas desplegadas como un lienzo vivo. Era una sinfonía de colores vibrantes: sus alas superiores adornadas con tonalidades celestiales y doradas que resplandecían bajo los rayos del sol, mientras las alas inferiores desplegaban una gama de tonos carmesíes y rosados como pétalos de flores en plena floración.

Mientras la mariposa danzaba entre las corrientes de aire, los pájaros la acompañaban en un ballet de canciones melodiosas. Su canto, lleno de trinos y armonía, era un tributo a la gracia y la belleza del pequeño ser alado. El aroma dulce y cálido de los cedros cercanos se mezclaba con el aire, creando una sinfonía olfativa que acariciaba los sentidos y transportaba a un mundo de serenidad y paz.

En ese momento, Andrea vio la singularidad de aquella fauna que la atrapaba como un ensueño y pensó:

"Esa mariposa continúa su vuelo, dibujando arcos caprichosos en el cielo, dejando a su paso una estela de admiración y asombro. Cada movimiento es como un verso silencioso en el poema de la naturaleza, una danza efímera que celebra la fugacidad y la eterna transformación. En este momento, la mariposa es el símbolo de la belleza efímera, un recordatorio de que la vida es un lienzo en constante cambio y que la verdadera esencia radica en la intensidad y la brevedad de cada instante. Al fin lo entiendo, la vida es breve como para dejar que los mejores momentos pasen ante mis ojos como si alguien más fuese protagonista, cuando en realidad mi papel de protagonista lo tengo desde que nací."

Mientras tanto, al fondo, las voces de Osmani y Dorian se desvanecían en susurros, planeando meticulosamente cómo organizar su vigilancia para descubrir el misterio que rodeaba la misteriosa luz que habían presenciado la noche anterior.

La tierna luz solar acariciaba el entorno, trayendo consigo el aroma fresco del campo y el suave susurro de las hojas de los árboles. Osmani y Dorian se encontraban en un rincón tranquilo de la propiedad Wilson, rodeados por la naturaleza exuberante y los campos ondulantes de girasoles. El sol brillaba en lo alto, iluminando el escenario con su cálido resplandor. Osmani, con su mirada serena y su rostro apacible, compartía sus pensamientos con Dorian en voz baja. Sus palabras se mezclaban con el rumor del viento y el canto de los pájaros, creando una sinfonía natural en el ambiente.

—Creo que debemos ubicarnos estratégicamente en el balcón de la casa principal —dijo Osmani, pensativo—. Desde allí tendremos una vista privilegiada del campo de girasoles y podremos observar cualquier movimiento inusual. Ya antes pudimos seguirle el rastro a esa luz con Andrea, pero desapareció casi sin darnos cuenta.

Dorian asintió, mostrando su acuerdo con un gesto serio.

—Tienes razón, necesitamos descubrir qué hay detrás de esa luz misteriosa. Podría ser la clave para resolver algún enigma oculto en estas tierras. Ya sé que ustedes nos han contado todo lo sucedido con esa chica llamada Alabam, así que ya no dudo que cualquier otro misterio se haga presente en estas tierras.

El crujir de las ramas bajo sus pies les recordaba que estaban rodeados por la naturaleza viva y pulsante. El viento soplaba suavemente, acariciando sus rostros y susurrando secretos que solo el campo podía conocer.

—Debemos ser cuidadosos y discretos en nuestras acciones —advirtió Osmani—. No sabemos qué fuerza o entidad está detrás de todo esto. Debemos estar preparados para enfrentar lo desconocido.

Dorian asintió nuevamente, su mirada reflejando determinación y coraje.

—Estoy contigo en esto, Osmani. Juntos descubriremos la verdad y protegeremos a aquellos que están en peligro.

Sus palabras se perdieron en el aire, mezclándose con los sonidos de la naturaleza que los rodeaba. En ese momento, ambos hombres se comprometieron a adentrarse en el misterio, dispuestos a enfrentar lo que fuera necesario para desentrañar la verdad oculta entre los campos de girasoles y la oscuridad de la noche.

En medio de su planeación, los murmullos de Osmani y Dorian se vieron interrumpidos por la llegada precipitada del policía Fausto. Su rostro estaba marcado por la preocupación y la tensión, reflejando el peso de las noticias que traía consigo.

—¡Tristeza en mi corazón, amigos! —exclamó Fausto, entre jadeos—. Las noticias que traje son sombrías. La gente de Charleston rechaza a los "muertos vivientes" y a todos aquellos que los han ayudado. Los consideran demonios enviados para sembrar la destrucción. Temo por mi vida si vuelvo a la ciudad. Los feligreses de las iglesias se han organizado para matar a todo aquel que ose entrar a la ciudad.

Dorian frunció el ceño, asimilando las palabras de Fausto. Buscó las respuestas adecuadas en lo más profundo de su ser, consciente de la importancia de su siguiente afirmación.

—El miedo y la ignorancia son enemigos de la verdad —dijo Dorian, con voz firme—. Pero nosotros estamos aquí para luchar contra la oscuridad y revelar la luz que se esconde tras los velos del misterio. No podemos permitir que el prejuicio nos detenga en nuestra misión.

Osmani se acercó a Fausto, poniendo una mano reconfortante en su hombro.

—Las adversidades son parte de la vida, y en nuestra vida protegeremos nuestra verdad. No estamos solos en esta lucha, hay fuerzas superiores que nos respaldan. "No somos muertos vivientes" tan solo somos personas privilegiadas con una segunda oportunidad. De corazón agradezco el apoyo que nos han brindado desde que se supo la verdad.

El aire pareció cargarse de energía, envolviendo a los tres hombres en un aura de determinación y valentía. A pesar de las dificultades y el rechazo, se mantendrían firmes en su propósito de desafiar los estigmas y buscar la verdad en medio de la hostilidad.

—Sigamos adelante, unidos y dispuestos a enfrentar lo que sea necesario —concluyó Dorian, con una mirada llena de determinación. Hay cuatro mujeres en esta casa que debemos defenderlas de quien sea.

—En realidad son cinco mujeres con la señorita Alabam —dijo Osmani—, quien me prometió volver con Sebastián, mi hermano. A quien voy a proteger hasta el final de mis días.

—Lo oigo y no lo creo —sonrió Dorian—. Nunca imaginé que Sebastián y tú... fueran hermanos, jamás se me habría pasado por la mente, de no ser por todo lo que ustedes ya nos han contado.

Las palabras resonaron en el aire, impregnando el entorno con una promesa de perseverancia y coraje. Juntos, se prepararon para enfrentar los desafíos que les aguardaban, dispuestos a desafiar los estigmas y encontrar respuestas en un mundo que se resistía a aceptar la verdad que ellos buscaban.

En otra estancia de la casa Wilson, el sol se filtraba a través de las cortinas de encaje, llenando la habitación de Chelsea con una suave y cálida luminosidad. Las cortinas de la habitación eran de un suave tono celeste, como el cielo en una tarde despejada. Hechas de un delicado tejido, caían en cascada desde el techo hasta el suelo, agregando un toque de elegancia y ligereza al espacio. La luz del sol se filtraba a través de las rendijas, creando una danza de sombras y destellos sobre la tela. Al acariciarlas, se podía sentir su suavidad sedosa, invitando a envolverse en su abrazo reconfortante. Las cortinas, como guardianas del paisaje exterior, enmarcaban la vista hacia el jardín, permitiendo que los rayos dorados del sol se colaran y crearan un juego de luces y sombras en la habitación.

Los muebles antiguos pero bien conservados daban un aire nostálgico al lugar, mientras que el suelo de madera pulida mostraba un brillo especial. Las paredes de la habitación estaban adornadas con una pintura que emanaba una textura enigmática. Cada trazo parecía contar una historia, y al acercarse, se podían apreciar las pinceladas cuidadosamente aplicadas, creando una danza de colores y formas. Los tonos suaves y cálidos se entrelazaban con los intensos y vibrantes, creando un contraste armonioso que capturaba la mirada de cualquier observador. La textura palpable de la pintura invitaba a acariciarla, como si quisiera transmitir su historia a través del sentido del tacto.

Al destapar los ojos, Chelsea se encontró con la presencia de la doctora Delfina, erguida junto a la ventana, su mirada inmutable posada en el panorama exterior. Los labios del detective se moldeaban en una sonrisa cautivadora, mientras entablaba una conversación con Osmani. En ese instante, una oleada de emociones hasta entonces desconocidas se despertó en el corazón de Delfina, quien no podía apartar la vista de aquel hombre que había logrado cautivar su atención.

Desde aquella ventana, sus ojos escrutaban cada detalle, cada trazo delicado que componía la arquitectura de su sonrisa, la cual destellaba un encanto irresistible. Los labios de Dorian, curvados con gracia y ternura, emanaban una calidez que invitaba a adentrarse en su mundo. Sus hombros, portadores de fortaleza y seguridad, irradiaban una presencia varonil que despertaba suspiros silenciosos. Y sus pectorales, moldeados con esmero, eran testigos de una hombría que trascendía lo físico, emanando una sensación de protección y nobleza.

La admiración que embargaba a Delfina se fundía con una atracción creciente, pero distaba mucho de ser un mero capricho. Era un canto romántico que resonaba en su ser, la sinfonía del anhelo de un amor verdadero y profundo. Su corazón, en sincronía con la melodía del destino, comenzaba a tejer la esperanza de un encuentro que trascendería los límites de la casualidad. ¿A caso Delfina se estaba enamorando de Dorian?

—¿Estamos en *Sunflower*? —preguntó Chelsea, aún confundida por lo que había ocurrido.

Delfina se volvió hacia ella, su rostro transmitiendo tranquilidad y alivio.

Delfina se volvió hacia Chelsea, sus ojos reflejando una mezcla de asombro y sorpresa. Aunque su interior se estremecía con las emociones que sus ojos habían capturado, su rostro se esforzó por transmitir una apariencia de tranquilidad y alivio. Quería asegurarse de que Chelsea no percibiera la tormenta de sentimientos que la invadía en ese momento.

Con una sonrisa suave y reconfortante, intentó calmar sus propias inquietudes y enmascarar las turbulencias internas que le había causado la visión del detective en aquel íntimo instante. Sonrió nerviosa mientras luchaba por controlar las mariposas revoloteando en su interior.

—Sí, Chelsea. Estamos a salvo, al menos por ahora —respondió la doctora Delfina, acercándose a la cama.

Chelsea, con una mirada inquisitiva, continuó con sus preguntas.

—¿Y Andrea? Creo que escuché voces que parecían las suyas.

En ese preciso instante, Andrea entró por la puerta, su mente aún turbada por las palabras de la señora Benazir y los recuerdos de Osmani, a quien consideraba un hombre enigmático y cautivador. A medida que cruzaba la habitación, sus pensamientos se llenaban de la imagen de Osmani, un hombre de cuarenta años con una presencia magnética. Sus ojos negros reflejaban una mirada penetrante y profunda que parecía leer los secretos más íntimos de su ser.

A diferencia del encanto sereno y seductor del detective Dorian, la atracción que Andrea sentía por Osmani se manifestaba de manera distinta. Era una combinación de fascinación y misterio, de pasión contenida y deseos ocultos. Cada vez que su mente se perdía en los recuerdos de su encuentro en la vieja estación de tren o en los encuentros en la playa, un torbellino de emociones se desataba en su interior.

La belleza de Osmani residía en su madurez y experiencia, en esa mirada que parecía tener el poder de desvelar sus más profundos anhelos. Era un hombre que despertaba en Andrea una intensidad emocional diferente, una conexión que trascendía los límites de lo físico. Era un anhelo por descubrir los secretos que yacían bajo su aparente calma, un deseo de adentrarse en el laberinto de su alma y encontrar la verdad detrás de su enigmática presencia.

Así, entre susurros de emociones encontradas y suspiros cargados de deseo, Andrea mostró verdadera emoción al ver a Chelsea despierta.

—¡Oh, ya despertaste! Me da mucho gusto verte de nuevo —dijo Andrea, acercándose a Chelsea.

Delfina, sintiéndose un tanto fuera de lugar, decidió excusarse y salir de la habitación en busca de un vaso de jugo para Chelsea. Una vez fuera, Chelsea aprovechó para conversar sobre un suceso que le ocurrió mientras había estado inconsciente.

—He experimentado un sueño peculiar, Andrea. Me encontré sumida en un enigma onírico en el que mi hijo, Iskander, prestaba auxilio a un individuo de nombre Sebastián. Anteriormente había escuchado tal denominación cuando el detective Twist se hallaba en su búsqueda. Esa información fue compartida en la patrulla, momentos antes de que un árbol obstruyera nuestro camino, colocando nuestras vidas en inminente peligro. Sin embargo, debo añadir que también conservo un recuerdo difuso de haber despertado simultáneamente a su lado, aquella fatídica noche en la cual las doctoras Delfina Brooks y Florentina Díaz estuvieron a punto de practicarnos una autopsia.

Andrea la miró con sorpresa, recordando las experiencias pasadas.

—¿Estás segura de que fue solo un sueño? Hemos visto a Iskander en la vieja estación de tren, intentando advertirte del accidente, pero no pudiste bajar a tiempo. En realidad, es un poco confuso de explicar, porque Osmani y yo lo vimos y conversamos con él, pero solo hasta que el accidente ya había ocurrido y nuestro día estaba a punto de repetirse.

Chelsea quedó perpleja, procesando la información.

—Entonces, ¿no son alucinaciones? ¿Mi hijo realmente existe en este momento?

Andrea, manteniendo la calma, la miró con una expresión estoica.

—Quizás ese sea tu don, Chelsea. Puedes manifestar con todo tu ser lo que imaginas, hacer que ocurra en la realidad. Iskander es tan real como lo es Sebastián. Y sobre ese chico, debes saber que no es una casualidad que se haya cruzado en tu camino, sino porque nuestras vidas ya estaban destinadas a cruzarse, aunque fuera en algo similar a un abismo.

—¿Por qué dices eso? ¿Qué tiene de especial ese Sebastián?

—Sebastián es un Wilson al igual que Osmani, ambos son hermanos —afirmó Andrea—. Él es el único familiar vivo que le queda, y de alguna manera lo perdió en ese accidente de tren. Por cosas del destino, fueron separados hace aproximadamente veintitrés años. Ni si quiera yo sabía de su existencia. Osmani jamás habló de él o de su madre en aquel tiempo cuando nos conocimos hace exactamente esa misma cantidad de años.

—¡No puede ser! —dijo Chelsea confundida.

—¿Qué es lo que no puede ser? ¿Qué ocurre? —quiso saber Andrea.

—Me vas a odiar , todos me van a odiar por lo que voy a decir. ¡Ay! Andrea, creo que yo fui la causante de que el tren se descarrilara y terminara en una explosión que nos mató a todos. Yo venía en el asiento del tren imaginando un terrible accidente que me matara por lo que, según yo, le acababa de hacer a Kenneth. Soy la culpable de tantas desgracias.

—¡Tranquilízate! —respondió Andrea, ,conservando la calma—. Te contaré las cosas tal como me las han contado a mí. Todo comenzó...

Andrea se sentó junto a Chelsea en la habitación, y con voz serena comenzó a relatarle los increíbles sucesos que habían atravesado debido a una lágrima de Alabam. Sus palabras fluían con emoción contenida mientras describía el accidente del tren, la misteriosa resurrección de los pasajeros, y cómo habían sido perseguidos y acosados por aquellos que los veían como monstruos.

Con cada detalle, los ojos de Chelsea se abrían más y más, asombrada ante la increíble historia que Andrea le narraba, no podía creer que una simple lágrima había sido la causante de tantos cambios radicales en sus vidas. Le contó sobre la valentía de Osmani, el sacerdote que había sido su primer amor, y cómo Dorian, el detective, se había convertido en su aliado en esta lucha por sobrevivir y proteger a los que habían revivido. Andrea también relató con admiración la valentía y determinación de la doctora Delfina, quien había dejado todo atrás para acompañar a Dorian y protegerlos durante todo el peligroso trayecto hacia *Sunflower*. Mientras Andrea hablaba, las palabras parecían cobrar vida en el aire, llenando la habitación con la intensidad de sus experiencias. Chelsea escuchaba atentamente, asimilando cada palabra y dejando que la realidad de lo ocurrido se instalara en su mente. El asombro se mezclaba con el miedo y la esperanza, y un brillo de determinación comenzaba a encenderse en sus ojos.

⟲⟱⟳

Entre tanto, en el pueblo de *Tulip* donde Sebastián apareció de manera repentina en la sala de la casa de Chelsea, el miedo del hombre se desparramó como tintero sobre páginas blancas. Con el corazón acelerado, Sebastián se acercó a la puerta, tratando de controlar la mezcla de expectación y ansiedad que llenaba su ser. El aire enrarecido se colaba por la rendija de la puerta, trayendo consigo un aliento sofocante y opresivo. Sebastián, tenso y expectante, contempló cómo una débil luz del día se filtraba entre las cortinas semiabiertas, pintando tenues sombras en la habitación. No había calidez ni acogimiento en aquel ambiente, solo una sensación ominosa que se aferraba a su piel y lo sumergía en un escalofrío incómodo.

Un sudor frío perló su frente, goteando en pequeñas gotas de incertidumbre. Los cabellos mojados se pegaron a su piel, una incómoda sensación que le recordaba la urgencia y el peligro inminente. El ambiente se volvió asfixiante, como si el oxígeno se hubiera evaporado de repente, dejándolo sin aliento y en una tensión constante.

Un silencio sepulcral reinaba en la habitación, solo interrumpido por los latidos desbocados de su propio corazón. Cada segundo transcurrido era una agonía, como si el tiempo se hubiera detenido en un limbo de incertidumbre. Y en medio de aquel vacío amenazador, el sonido de un toque en la puerta resonó como un eco inesperado, hiriendo los sentidos y desencadenando una mezcla de temor y curiosidad.

Al abrir la puerta, la luz del día inundó el umbral, revelando a Alabam de pie frente a él. Sus ojos se encontraron, y en ese instante, el mundo pareció detenerse. Sebastián quedó atónito, sorprendido de ver en persona a la misteriosa chica que había sentido observándolo durante tanto tiempo. Y es que esa era la verdadera razón por la que él tomaba café todas las mañanas en la cafetería Dulcinea, un establecimiento contiguo a su despacho en Charleston.

Las palabras se quedaron atascadas en su garganta mientras sus miradas se entrelazaban en un silencio cargado de expectativa. Alabam, con una sonrisa tímida en los labios, rompió el silencio y dijo suavemente: "Hola, Sebastián".

El corazón de Sebastián dio un vuelco al escuchar su voz, era una melodía suave y cautivadora. Todo en ella emanaba una belleza y una presencia enigmática que lo intrigaba. Era como si sus encuentros previos, los destellos de su presencia en su vida, finalmente cobraran sentido.

Sebastián recordó el video en el que Alabam aparecía y desaparecía en un abrir y cerrar de ojos, y ahora la tenía frente a él, tan real y tangible como el sol que iluminaba la habitación. El misterio y la atracción que había sentido hacia ella se intensificaron en ese momento, pero también había una sensación de familiaridad, como si se conocieran desde siempre.

La tensión en el aire se hizo palpable cuando Sebastián extendió una mano temblorosa hacia ella. Alabam, con una mirada llena de complicidad, aceptó su gesto, entrelazando sus dedos con los de él. No hacían falta palabras, solo el contacto de sus manos transmitía una conexión profunda y especial.

En ese instante, el mundo exterior pareció desvanecerse, dejando solo a Sebastián y Alabam, perdidos en un momento suspendido en el tiempo. No había explicaciones lógicas ni razonamientos, solo había un encuentro que desafiaba toda lógica y razón.

La sonrisa de Alabam se amplió y sus ojos brillaron con un destello de complicidad. Era como si ambos supieran que ese encuentro era solo el comienzo de algo más grande, un camino de descubrimiento y aventura que estaban destinados a recorrer juntos.

Sebastián se encontró con la mirada de Alabam, y en ese instante supo que su vida nunca volvería a ser la misma. No había palabras para describir el torbellino de emociones que lo invadía, pero había una certeza en su interior de que su encuentro no era casualidad, sino el resultado de fuerzas inexplicables que los habían unido.

En ese pequeño instante de tiempo suspendido, Sebastián y Alabam dieron paso a un nuevo capítulo en sus vidas, lleno de incertidumbre y posibilidades infinitas.

No obstante, luego de que sus manos se entrelazaron en un contacto íntimo, algo inesperado ocurrió. La energía desbordante que fluía del interior de Alabam chocó con el poder contenido de la lágrima contenido en Sebastián. En un instante, el mundo pareció desvanecerse a su alrededor y Sebastián se vio transportado a un espacio en el pasado.

El paisaje se transformó ante sus ojos, y de repente se encontró a sí mismo como un adolescente de catorce años caminando entre campos de girasoles, el aire como un vendaval azotando su rostro. Pero su atención se desvió hacia una cabaña cercana, de la cual emergían gritos desesperados de auxilio. Con cada paso que daba, los recuerdos se entrelazaban con la realidad, llevándolo de regreso a aquel momento traumático.

Presenció una escena dantesca: su abuela Críspula y su abuelo Aiden torturando a un hombre desamparado. Los alaridos resonaban en sus oídos mientras el viejo Aiden arrancaba las uñas del hombre con una tenaza, dejando sus dedos mutilados y sangrantes. Su abuela, con un cuchillo afilado, cortó sin piedad la lengua del hombre amarrado, sumiéndolo en un silencio perpetuo. La visión de aquel acto atroz se grabó en lo más profundo de su ser, dejando una marca imborrable en su memoria. Cuando finalmente regresó a la realidad, Sebastián pronunció con voz entrecortada: "Lique, Lique fue el hombre que mis abuelos asesinaron". El peso de la revelación lo abrumó, y su mente se vio inundada de preguntas sin respuestas.

Después de regresar de su aterradora visión, Sebastián aún se encontraba aturdido por lo que había presenciado. Fue entonces cuando Alabam, con ternura en sus ojos, se acercó a él y tomó sus manos, transmitiéndole una fuerte conexión.

—Yo también he vislumbrado tus tormentas en esta visión —dijo Alabam, suavemente—. Y ahora solo quiero ayudarte, estar a tu lado. Tu hermano Osmani te espera en casa, ha regresado y está ansioso por no soltar tu mano nunca más. Permítele al amor de quienes te amamos inundar cada rincón de tu alma. Olvida ese pasado trágico: El pasado no tiene por qué definir tu futuro. Y por cierto, tus abuelos ya no serán tus verdugos porque ya están muertos: no existen en este mundo. A partir de hoy nadie te volverá a hacer daño.

Las palabras de Alabam resonaron en el corazón de Sebastián, quien pronunció el nombre de su hermano como un niño, con un tono cargado de emoción y asombro debido al impacto de la escena dantesca que acababa de recordar y presenciar en esa visión. En ese momento, Alabam le preguntó si estaba listo para volver a casa, buscando su mirada para asegurarse de su respuesta. Sin embargo, él se giró para buscar a Iskander, dándose cuenta de que había desaparecido sin dejar rastro.

Antes de que pudiera procesar lo ocurrido, Sebastián y Alabam fueron transportados en un abrir y cerrar de ojos al portón principal de la casa Wilson. La sorpresa inundó a Sebastián, quien dejó escapar un grito cargado de asombro y una mezcla de emociones.

—¡He vuelto a casa! —exclamó con fervor, sintiendo una oleada de calidez y pertenencia—. ¡He vuelto a casa!

Los gritos desgarradores llenaron cada rincón de la antigua mansión, resonando como un eco del pasado en busca de justicia. Las paredes parecían susurrar los secretos oscuros y los horrores presenciados, mientras los rayos de sol se filtraban entre las rendijas de las persianas, proyectando sombras que danzaban en las habitaciones. La plantación de girasoles, con sus tallos erguidos y sus pétalos dorados, parecía exhalar suspiros de compasión en respuesta a la melodía lúgubre que envolvía el ambiente. Los pájaros, una vez portadores de alegres trinos, entonaron ahora un canto melancólico y sombrío, como si comprendieran el peso del pasado que colmaba el aire.

Sin embargo, en medio de esa cacofonía de dolor, Sebastián encontró una chispa de esperanza. Los vientos suaves acariciaban su rostro, entrelazando sus cabellos como hilos de amor y consuelo. El canto de los pájaros, ahora lleno de ternura y compasión, se mezclaba con el susurro del río cercano, creando una sinfonía celestial que acariciaba su alma. La plantación de girasoles, como un ejército de fieles guardianes, erguía sus cabezas hacia el cielo, recibiendo la cálida luz del sol como una bendición divina. En ese momento, Sebastián sintió que la naturaleza misma le envolvía en un abrazo sanador, susurrándole palabras de aliento y recordándole que, a pesar de las sombras que habían marcado su pasado, había regresado a un lugar de amor y pertenencia.

Corría con una energía desbordante, sus pies parecían no tocar el suelo mientras avanzaba a través del jardín. Gritaba con todas sus fuerzas, liberando las emociones acumuladas durante tanto tiempo. Cada paso era una afirmación de su regreso a casa, un acto de liberación que le hacía sentir vivo y en sincronía con el universo.

Saltaba con alegría y ligereza, como si cada salto le permitiera elevarse por encima de las pesadas cargas del pasado. Sus gritos resonaban en el aire, llenando el espacio con su determinación y exaltación. No había límites para su entusiasmo, ni obstáculos que pudieran detenerlo. Era una danza de euforia y liberación, una declaración audaz de que había encontrado su lugar de pertenencia y seguridad.

Mientras corría y saltaba, sus palabras se entrelazaban con el viento, llevándolas más allá de los muros de la mansión. Su voz era un eco de triunfo y renacimiento, un grito que rompía las barreras del tiempo y el espacio. Aquellos que lo escuchaban, incluso los pájaros en los árboles y las flores en el jardín, sentían la intensidad de su emoción y se unían en un coro de celebración silenciosa.

Sebastián había vuelto a casa, y su espíritu indomable lo guiaba en una carrera sin fin, gritando al mundo entero que había encontrado su hogar y que nunca más dejaría escapar esa sensación de plenitud.

Capítulo 14: El Reencuentro Anhelado

Los gritos desgarradores de Sebastián resonaron por toda la casa, llenando cada rincón con un eco de emoción y sorpresa. Osmani, que se encontraba en su estudio, dejó caer el libro que sostenía en sus manos y salió corriendo hacia la puerta principal. El corazón le latía desbocado mientras avanzaba a toda prisa, sin poder contener la emoción que inundaba su ser. Detrás de él, Andrea, Delfina, Chelsea y Dorian escucharon los gritos y, contagiados por la urgencia del momento, bajaron las escaleras en un torbellino de emociones.

Todos se detuvieron en el umbral de la puerta, observando con incredulidad la figura de Sebastián aproximándose. Osmani estaba paralizado, su mirada fija en el hermano que había estado perdido durante largos y angustiantes años. Alabam seguía a Sebastián, manteniéndose ligeramente apartada para dar espacio a ese tan esperado reencuentro.

El silencio se hizo presente por un instante, como si el tiempo se detuviera para dar paso a este momento trascendental. Las miradas de los presentes estaban llenas de asombro y emoción contenida. Incluso la señora Benazir, que regresaba de recoger hierbas del campo en una canasta, dejó caer sus preciados tesoros al suelo al ver la escena ante sus ojos. Con pasos rápidos, se unió al grupo, corriendo hacia ellos con lágrimas rodando por sus mejillas.

Osmani y Sebastián se miraron a los ojos, sus emociones a flor de piel. El paso de los años se hizo evidente en sus rostros, en las arrugas que marcaban sus frentes y en las líneas de expresión que contaban historias de dolor y ausencia. Sin poder contenerse más, las lágrimas comenzaron a brotar de sus ojos, una mezcla de alegría y tristeza que los embargaba por completo.

En medio de esa vorágine de emociones, Sebastián fue transportado a un recuerdo lejano. Vio a Osmani, un joven de diecisiete años, parado frente a la casa, con una maleta en la mano y una mirada cargada de conflicto. Desde la ventana del segundo piso, Sebastián observaba a su hermano, su figura alejándose en el auto poco a poco por aquel camino polvoriento. Era el momento en que Osmani partía al extranjero, obligado por su abuela Críspula, sin poder despedirse de su madre Marie, quien estaba condenada en el reclusorio por el asesinato del padre de sus hijos. Osmani llevaba consigo una mezcla de determinación y tristeza mientras dejaba atrás a su familia y a su hermano menor.

El *flashback* se desvaneció y Sebastián regresó al presente, pero el impacto de aquel recuerdo épico aún vibraba en su ser. Se dio cuenta de cuánto había extrañado a su hermano, de cuánto había deseado poder abrazarlo, compartir momentos y construir recuerdos juntos. La intensidad del reencuentro lo abrumó, y las lágrimas seguían surcando sus mejillas.

En ese momento, Osmani se quedó congelado, siendo trasladado en reminiscencia a aquella niñez que ambos compartieron bajo el yugo de sus abuelos:

Flashback

En un caluroso día de verano en 1993, en el pintoresco pueblo de *Sunflower*, la imponente casa de los Wilson se engalanaba para recibir una reunión especial. En el salón principal, Críspula, vestida con un traje rígido y sombrío, era el centro de atención rodeada por figuras religiosas de renombre del pueblo. Los atuendos de la época, con sus colores tenues y cuellos cerrados, reflejaban la rigidez de una sociedad sumida en la tradición y el fervor religioso.

Osmani, un chico de 14 años, estaba presente en aquella reunión. Sus ojos negros y brillantes denotaban una mezcla de sumisión y rebeldía contenida. Al lado de Críspula, se sentía como un ave enjaulada, sin libertad para volar y ser quien realmente era. Cada gesto de su abuela, cada palabra de desaprobación, lo empujaba más hacia una prisión emocional de la que no sabía cómo escapar.

El ambiente se llenaba con la voz monótona de los religiosos mientras Osmani intentaba mantener su postura recta y su mirada baja. Críspula no perdía oportunidad para corregirlo, su afán por moldearlo como a ella le convenía era despiadado. Le pedía que comiera despacio, que hablara con respeto y que se sometiera a las reglas de la sociedad con obediencia.

Mientras tanto, a lo lejos, desde una ventana abierta, Osmani podía divisar el campo de girasoles donde trabajaba su hermanito Sebastián, apenas un niño de once años. La ropa sucia y sudorosa de Sebastián en nada contrastaba con los atuendos elegantes de la reunión. Osmani sentía un nudo en la garganta al ver a su hermano esforzándose en el campo, explotado por su abuelo Aiden. Esa escena alimentaba en él una creciente sensación de impotencia y culpa por no poder proteger a su hermano de las garras de la ambición familiar.

Finalmente, la reunión llegó a su fin y algunos de los invitados se despidieron con corteses reverencias. Fue entonces cuando Osmani, con determinación, decidió levantar la voz en medio del silencio. "Abuelita, yo quiero reemplazar a Sebastián en el campo. Quiero liberarlo de ese trabajo tan duro". La mirada fría de Críspula lo atravesó como un cuchillo, pero él no cedió.

Con una sonrisa disimulada, Críspula comentó en voz baja: "Oh, Osmani, siempre tan generoso con tu hermano. Pero él está destinado a este trabajo, así como tú estás destinado a servir a Dios". La falsedad de sus palabras le robó la esperanza a Osmani, quien sintió que su destino estaba escrito sin posibilidad de cambio.

Cuando la reunión terminó en su totalidad y el resto de los invitados se marcharon, Críspula tomó a Osmani del brazo y lo llevó a la biblioteca de la casa. "Aquí estarás, leyendo la Biblia completa como penitencia por tus palabras desobedientes", sentenció ella con dureza.

En la penumbra de la biblioteca, Osmani se sumergió en el peso de las palabras sagradas, mientras sus pensamientos lo llevaban de regreso al campo de girasoles, donde su hermanito aún trabajaba bajo el sol ardiente. Un sentimiento de desesperanza se apoderó de él, y las lágrimas brotaron en sus ojos, mezclándose con el cansancio y la frustración.

En ese instante, Osmani comprendió que su lucha por encontrar su identidad y liberarse de las cadenas impuestas por su familia sería una batalla larga y dolorosa. Pero en lo más profundo de su ser, la chispa de su verdadero ser seguía ardiendo, lista para desafiar el destino impuesto y encontrar su camino hacia la libertad. Y así, en la penumbra de aquella biblioteca, comenzó una travesía interna que marcaría su vida para siempre. Sabía lo que quería: libertad para él y su hermano, pero nunca tuvo suficiente valentía para ir en contra del mandato de Críspula.

Fin del *flashback*

Osmani, con los ojos también llenos de lágrimas, extendió sus brazos y en un gesto de amor fraternal, abrazó a Sebastián con fuerza. Los dos hermanos se fundieron en un abrazo que trascendía el tiempo y las circunstancias. En ese momento, todos los años perdidos se desvanecieron, dejando espacio únicamente para el amor y la conexión que siempre los había unido. En medio de aquel encuentro, el pasado y el presente se unieron en un abrazo eterno, marcando un punto de inflexión en la historia de los dos hermanos.

—Estoy de vuelta en casa —dijo Sebastián, repitiendo lo mismo una y otra vez mientras lloraba como un niño desconsolado.

Incredulidad y emoción se reflejaban en el rostro de Osmani mientras se acercaba lentamente a Sebastián, palpándolo y examinándolo como si estuviera en un sueño.

—¿Es esto real? ¿Eres realmente tú, hermano?

—Sí, Osmani, soy yo. Después de todos estos años, finalmente estoy aquí. ¿Por favor, no vuelvas a irte Osmani, júramelo.

Osmani lo abrazó con fuerza, sin querer soltarlo.

—No puedo creerlo, pensé que nunca volvería a verte. Te he extrañado tanto, Sebastián. Te juro por mi vida misma que solo la muerte será causa de separación entre tú y yo.

—Yo también te he extrañado, hermano. Ha sido un largo camino, pero finalmente estamos juntos de nuevo —dijo Sebastián, correspondiendo al abrazo, sintiendo el amor y la nostalgia en cada fibra de su ser.

Sebastián lo soltó por un momento y lo observó detenidamente, sus ojos recorriendo cada detalle del rostro de Osmani. Admiró cómo el paso de los años había dejado su huella en su cabello, ahora más maduro y con algunas canas que le otorgaban un aire de sabiduría. Sus ojos, aquellos mismos ojos que recordaba desde su infancia, reflejaban la intensidad de las experiencias vividas, transmitiendo una mezcla de fortaleza y vulnerabilidad. Sebastián se perdió en la mirada de su hermano, capturando en cada centímetro de su rostro los rastros de la vida que habían transcurrido separados.

—Has cambiado tanto, Osmani. Te veo más maduro, más fuerte... más tú.

Osmani asintió, con una sensación de emoción y tristeza reflejada en su rostro. No podía evitar sentir una alegría abrumadora al tener nuevamente a su hermano frente a él, pero al mismo tiempo, la tristeza se apoderaba de su corazón al recordar los años perdidos, las experiencias compartidas que nunca tuvieron la oportunidad de vivir juntos. En ese instante, sus pensamientos se entrelazaron con los recuerdos del pasado, los momentos que podrían haber sido y las oportunidades que se habían esfumado. Era un torbellino de sentimientos contradictorios que le invadía, pero su deseo de abrazar a su hermano superaba cualquier otra emoción.

—Los años nos han transformado a ambos. Pero lo importante es que estamos aquí, juntos. Ya no hay barreras que nos separen.

Osmani volvió a abrazarlo, con temor a dejarlo escapar nuevamente

—Prométeme que no te irás otra vez. Prométeme que te quedarás conmigo.

—Te lo prometo, Osmani. Estoy aquí para quedarme. Nada nos separará nunca más. Pero quiero que sepas que nunca fue mi intención causarte todo este dolor. Jamás pensé en hacerles daño desapareciendo sin dejar rastro... sencillamente lo que tengo que contarles es lo más aterrador que me pudo haber ocurrido bajo el techo de esta casa. Y quizá ese haya sido el trauma de mi infancia, que me obligó a olvidar todo de mi vida.

Osmani sonrió y colocó una mano reconfortante sobre el hombro de Sebastián.

—Hermano, ya tendremos tiempo para compartir todas nuestras experiencias y vivencias perdidas —le dijo con ternura—. Por ahora, vamos a sentarnos juntos en la sala y disfrutar de un buen café mientras nos ponemos al día. Cuéntamelo todo, porque quiero saber cada detalle de tu vida.

Apenas Osmani mencionó la idea del café, la señora Benazir, con una expresión radiante en su rostro, abrazó a Sebastián con efusividad. Era como si el tiempo se hubiera detenido para ella, reconociendo a aquel niño que había conocido años atrás y que ahora había regresado a casa. Sebastián la saludó con cariño y gratitud, mientras ella los invitaba a pasar adelante.

En cuestión de segundos, la sala se transformó en un lugar acogedor, con la mesa preparada para recibirlos. La señora Benazir, acompañada de Andrea y Delfina, desplegó un banquete frente a ellos, con platos llenos de exquisiteces y aromas tentadores. Era un gesto de amor y hospitalidad que se manifestaba en cada detalle.

Finalmente, todos se sentaron alrededor del comedor, compartiendo el espacio y la intimidad que solo una familia puede disfrutar. Sebastián comenzó a relatar, con voz temblorosa pero decidida, la aterradora historia de cómo sus abuelos habían perpetrado el asesinato de Lique en una de las cabañas que servía de bodega en la casa Wilson. Cada palabra resonaba en la habitación, capturando la atención de todos y generando una sensación de intriga y horror compartido. Los ojos de Osmani se abrieron con asombro y angustia al escuchar los detalles de aquel pasado oscuro que había permanecido oculto durante tanto tiempo.

La voz de Sebastián resonaba en la habitación, dejando un silencio pesado a su paso. Andrea escuchaba cada palabra con atención, sus ojos llenos de dolor y angustia. Aquella revelación del asesinato de Lique sacudió su mundo interior de una manera inesperada.

La imagen del señor Lique en la playa, hablando sobre el amor verdadero, se agolpó en la mente de Andrea. Recordó la última vez que lo vio, su sonrisa cálida y sus palabras llenas de esperanza. Las lágrimas brotaron en sus ojos al imaginar los últimos momentos de Lique, atrapado en las garras de Críspula y Aiden, sufriendo una angustia inimaginable.

El corazón de Andrea se apretó con fuerza, sintiendo la pérdida y la injusticia que envolvían aquel trágico suceso. Las emociones se mezclaron en su interior, la tristeza, la rabia y la impotencia se entrelazaron en un torbellino de sentimientos. Su mirada se encontró con la de Osmani, compartiendo la carga de aquel pasado oscuro, y en ese momento supo que la búsqueda de la verdad y la justicia se convertirían en una misión conjunta.

Mientras las lágrimas caían por sus mejillas, Andrea se aferró a la esperanza de que aquellos momentos de angustia sufridos por

Lique no serían en vano. Su determinación se fortaleció, dispuesta a desentrañar los misterios que rodeaban aquel asesinato y a encontrar la redención para aquel alma perdida.

Osmani miró a Sebastián con curiosidad en sus ojos, esperando escuchar más detalles sobre aquel desgarrador episodio del pasado.

—Sebastián, ¿llegaste a descubrir qué fue lo que desencadenó aquel asesinato? —preguntó Osmani con voz temblorosa.

En ese instante, un *flashback* envolvió la mente de Sebastián, transportándolo de nuevo a aquel día fatídico. Recordó a Lique llegando al granero, furioso y decidido a enfrentar a su malvada patrona. Le reprochaba los maltratos que Sebastián había sufrido en esa casa, los trabajos agotadores en la plantación de girasoles. Lique se lamentaba de todo el daño que le estaban haciendo a Osmani al haberlo enviado al extranjero a estudiar para ser sacerdote, sin tomar en consideración lo que él realmente quería ser. No podía soportarlo más y había decidido enfrentar a Críspula después de tres años angustiantes.

La señora Críspula en su arrogancia, preguntó por qué se metía en asuntos que solo competían a la familia Wilson. Lique, en medio de la angustia, respondió que no había nada especial, solo un gran cariño que sentía por los niños. Fue entonces cuando Aiden, escuchando el reclamo, lo tomó desprevenido, y lo golpeó brutalmente en la cabeza con una pala, dejándolo inconsciente.

Más tarde, Lique despertó en la bodega, atado con cadenas y grilletes, completamente desnudo. La tortura fue inhumana. Ante el tormento, Lique no pudo soportar más y reveló que ambos niños eran sus hijos, pero Marie nunca tuvo el valor de revelar la verdad. Siempre les tuvo miedo y fue una cobarde. Nunca quiso aceptar que mientras estuvo con él también estuvo con el hombre que hacía pasar por padre de sus hijos. En ese instante, Críspula, con frialdad y crueldad, tomó un cuchillo afilado y cortó la lengua de Lique, luego las orejas, los testículos y el pene. Acto que el viejo Aiden imitó al sacarle los ojos con un objeto cortopunsante. y finalmente Críspula le arrancó las vísceras al apuñalarle el vientre con saña. El horror de aquel momento era inimaginable. Como macabra conclusión, lo enterraron en un hoyo del granero, sentado y abrazando una Biblia.

Los recuerdos inundaron la mente de Sebastián mientras relataba esa atroz escena a su hermano Osmani y al resto de los presentes. Las lágrimas se escapaban de sus ojos, mezcla de tristeza y rabia contenida. Era un momento de revelaciones dolorosas, pero también de unión y determinación para descubrir la verdad y hacer justicia por aquellos que habían sido víctimas de la oscuridad que acechaba a la familia Wilson.

Sebastián hizo una pausa, su voz temblaba mientras revelaba la verdad de lo que presenció a sus catorce años.

—Nuestro verdadero padre fue Enrique Dosel —dijo con firmeza—, y no Douglas Alighieri como siempre nos hicieron creer. Durante años, hemos vivido en medio de una familia maldita y llena de mentiras. Ya no sé si siento vergüenza de ser Wilson o Alighieri. Incluso la reputación de la familia de Douglas era mejor que la nuestra, y no merecen que un Wilson una su apellido al suyo.

El peso de la revelación inundó la habitación, dejando un silencio tenso en el aire. Los rostros de los presentes reflejaban sorpresa, confusión y una mezcla de emociones difíciles de describir. Los cimientos de la identidad de los hermanos Wilson se tambaleaban, y la sombra del engaño se extendía sobre ellos. Era un momento de profunda introspección y cuestionamiento de quiénes eran realmente y de dónde venían.

Sebastián miró fijamente a Osmani, con los ojos llenos de interrogantes y una sed de respuestas que ardía en su interior. No podía contener más su curiosidad y necesidad de comprender el porqué de tantas mentiras y secretos que los habían rodeado durante toda su vida. Con una voz temblorosa, formuló la pregunta que tanto lo atormentaba:

—Osmani, ¿por qué crees que mamá nos mintió sobre nuestro padre? ¿Por qué permitió que viviéramos en la oscuridad durante tanto tiempo?

Osmani se tomó un momento para recoger sus pensamientos, mientras su mente retrocedía en el tiempo. Recordó una escena de su infancia, cuando él apenas tenía siete años. Era una tarde soleada en la que Críspula, su abuela, discutía acaloradamente con Marie, su madre. Aunque su entendimiento de las palabras era limitado en aquel entonces, las emociones y el tono de la conversación eran imposibles de ignorar.

Flashback

En el recuerdo, Críspula, con ojos llenos de desprecio, le decía a Marie: "Bajo ninguna circunstancia permitiré que se te separes de Douglas, ¡jamás lo harás! No voy a permitir que la gente en este pueblo hable y se regodee diciendo que tu marido te ha abandonado. Nuestro honor debe ser preservado. ¡Ya has mancillado nuestro nombre al involucrarte con ese despreciable hombre, como si no fuera suficiente que te haya arrebatado tu inocencia y te haya engendrado dos hijos! De ninguna manera, nunca permitiré que eso ocurra."

"La decepción que albergas en tu ser es tan profunda como el abismo en el que has sumido nuestros corazones. Tu traición ha dejado una cicatriz imborrable en nuestra confianza, una herida que nunca sanará. Eres un reflejo desgarrador de lo que una vez confiamos y amamos, ahora convertido en desprecio y desdén. Tu deslealtad ha dejado un amargo sabor en nuestras almas, un veneno que nos consume y nos hace despreciar cada recuerdo compartido. Has logrado convertirte en el ejemplo perfecto de cómo el amor puede convertirse en desprecio, y de cómo la confianza puede transformarse en escombros. Jamás diré que me siento orgullosa de ti, porque con cada palabra y acción... terminas de decepcionarme. Y que te quede bien grabado, ni tu padre ni yo te recibiremos en nuestra casa, así estés comiendo entre los perros. Además: si te casas con un diablo, no esperes vivir en la gloria."

Fin del *flashback*

Las palabras resonaron en la mente de Osmani, evocando sentimientos de indignación y tristeza. Comprendió que su madre había sido presa de un falso sentido de honor y miedo al juicio social. Había sacrificado la verdad y la felicidad de sus hijos por el bienestar aparente de la familia y el temor al escrutinio público.

Osmani, con la mirada perdida en el pasado, respondió a Sebastián con voz serena pero cargada de pesar:

—Sebastián, mamá nos ocultó la verdad para protegernos, aunque de una manera equivocada. Fue presa de su miedo al qué dirán y a las críticas del pueblo. Sacrificó su propia felicidad y la de nuestro padre real por mantener las apariencias y proteger el supuesto honor de la familia. Fue un acto de amor distorsionado, pero eso no justifica las mentiras ni el sufrimiento que hemos experimentado. Ahora, es nuestro deber sanar las heridas del pasado y construir nuestro propio camino, basado en la verdad y la autenticidad.

La señora Benazir, con una expresión de curiosidad genuina en su rostro arrugado, se atrevió a intervenir en la conversación.

—Perdonen mi intromisión, pero me gustaría saber si eso fue lo que lo llevó a desaparecer de *Sunflower* sin dejar rastro, joven Sebastián. Si no es demasiado personal, claro está.

Sebastián reflexionó por un momento, tratando de conectar los fragmentos de su memoria y las piezas perdidas de su pasado.

—Quizás... sí. La verdad es que no recuerdo con exactitud lo que sucedió. Perdí la noción del tiempo y del espacio, olvidé dónde estaba y sobre mi propia vida. Solo recuerdo correr sin detenerme, y luego subí a una camioneta conducida por alguien que me llevó... a algún lugar. Después de eso, todo se vuelve difuso.

Sebastián decidió involucrar a la doctora Delfina en la conversación, buscando su punto de vista profesional.

—Delfina, tú como doctora, ¿crees que un trauma puede causar este tipo de estragos en la memoria y en la mente?

La doctora Delfina tomó un breve momento para recopilar sus pensamientos y ofrecer una respuesta fundamentada.

—Desde el punto de vista de la psicología, es posible que un trauma significativo afecte la memoria y genere un desorden en la identidad. El cerebro humano tiene mecanismos de defensa que pueden bloquear ciertos recuerdos para protegerse del dolor emocional. Es probable que la intensidad de la situación que viviste haya provocado un impacto en tu memoria, haciendo que recuerdes solo fragmentos y dejando espacios vacíos en tu historia. Es un proceso complejo y único para cada individuo, pero se trata de una forma de protección inconsciente.

Las palabras de la doctora Delfina resonaron en la habitación, y Sebastián asintió lentamente, comprendiendo que su experiencia no era única y que existían explicaciones científicas para lo que le había ocurrido. Juntos, se embarcarían en un camino de sanación y autodescubrimiento, apoyados por aquellos que comprendían la complejidad de la mente humana y la importancia de enfrentar los traumas del pasado.

Después de la intervención de la doctora Delfina, Sebastián se quedó en silencio por un momento, observando a Chelsea, a quien no había tenido la oportunidad de ver ni hablar debido a la abrumadora emoción del reencuentro. Con una mezcla de ansiedad y curiosidad, finalmente decidió dirigirse a ella.

—Chelsea, ¿me recuerdas? —preguntó Sebastián, con los ojos fijos en ella.

Chelsea asintió con una sonrisa y respondió con voz entrecortada:

—Sí, Sebastián. Te recuerdo de cuando estábamos sentados juntos en la estación del tren.

El recuerdo de aquel momento específico parecía brillar en la mente de Chelsea, y Sebastián asintió, emocionado por el hecho de que ella también guardaba esos recuerdos. Sin embargo, la conversación tomó un giro repentino cuando Sebastián reveló algo sorprendente.

—Te comento que he visto a tu hijo Iskander —confesó Sebastián, con la voz llena de emoción contenida—. Por alguna razón escapé de un secuestro y aparecí en tu casa. Y justo allí me apareció para brindarme calma en ese momento tan confuso para mí.

Al escuchar esas palabras, Chelsea no pudo contener las lágrimas y salió corriendo hacia el corredor, dejando a todos atónitos. Andrea, rápidamente poniéndose de pie, se dirigió hacia ellos y se disculpó con los demás presentes.

—Por favor, discúlpenla. Está pasando por un momento muy emotivo y necesitará un poco de tiempo y espacio. Voy a tratar de calmarla y asegurarme de que esté bien.

Andrea se apresuró tras Chelsea, buscando consolarla en ese momento de abrumadoras emociones. Mientras tanto, el resto del grupo se miró entre sí, preocupados por la reacción de Chelsea y esperando ansiosamente que todo se resolviera de la mejor manera posible.

Dorian se encontraba en el comedor junto a todos los demás, sumergido en la conversación y disfrutando de la compañía de los Wilson. Cuando Sebastián finalmente se percató de su presencia, se acercó a él y le ofreció disculpas por no haberse dado cuenta antes, dado el torbellino de emociones y acontecimientos que habían tenido lugar.

—Dorian, lamento no haberme percatado de tu presencia antes —dijo Sebastián con una sonrisa en el rostro—. Es un gusto enorme verte aquí con nosotros. ¿Qué piensas de todo lo que acabo de compartir?

Dorian, en su rol de investigador profesional, reflexionó por un momento consciente de la complejidad de la situación y de la necesidad de ofrecer una perspectiva equilibrada antes de responder. Observó a los presentes en la mesa, sintiendo la intensidad de las historias y los secretos que se habían desvelado. Tomó un sorbo de café para reunir sus pensamientos y luego, tras una breve pausa, decidió compartir su opinión.

—Sebastián, lo que has revelado es sin duda impactante y escalofriante —comenzó Dorian, su tono de voz reflejando la seriedad del tema—. Como detective de amplio repertorio de casos resueltos, mi deber es analizar los hechos desde una perspectiva objetiva. Lo que has compartido implica crímenes terribles y una red de mentiras y engaños que se han tejido durante años. Sin embargo, debemos recordar que esta es tu versión de los acontecimientos y es necesario llevar a cabo una investigación exhaustiva para corroborar los detalles y encontrar la verdad. Pero tú no debes preocuparte por nada, puesto que esta revelación es justamente lo que hará que mis superiores vuelvan a confiar en el trabajo que hemos venido realizando al tratar de protegerlos a ustedes. Con un par de llamadas estarán aquí e iniciaremos todo lo necesario para que se haga la exhumación de los restos de Enrique Dosel. Además, tenemos ya con nosotros a la mejor médico forense y criminalista que conozco, a la doctora Delfina Brooks.

—No soy la mejor, pero soy buena en lo que hago —respondió Delfina.

—Agradecemos todo el apoyo que nos han brindado ,Dorian —dijo Osmani.

—Así es —dijo Sebastián—. Muchas gracias por todo.

Sentada en la mesa, Alabam había permanecido distraída y callada mientras los demás hablaban. Observaba en silencio cómo los hermanos Wilson se comportaban armoniosamente, en contraste con su propia relación tensa con Allulaya. Mientras analizaba la situación, la señora Benazir interrumpió el diálogo y se dirigió a Alabam.

—Bueno —interrumpió Benazir—. Con todo respeto, considero que también deben agradecer a Alabam por todo lo que ha hecho para lograr este reencuentro.

Alabam, avergonzada, levantó la mirada y respondió tímidamente:

—No hay nada qué agradecer —dijo Alabam—. Yo solo estoy tratando de acomodar el caos que provoqué con mi lágrima el día del accidente. Les pido perdón si de manera indirecta los dañé.

Delfina, consciente de la situación y queriendo apoyar a Alabam, intervino:

—Pero eres buena en lo que haces. Estamos agradecidos por todo el esfuerzo que has puesto en reparar las consecuencias de aquel incidente.

Osmani asintió en acuerdo y agradecimiento, dirigiéndose a Alabam:

—Apreciamos enormemente todo el apoyo que nos has brindado. Pudimos haber tenido un final trágico y haber muerto sin más, pero tú nos diste la oportunidad de enfrentar nuestros miedos y volver al lugar donde pertenecemos, y al lado de la gente que queremos.

Sebastián se unió al agradecimiento:

—Así es —dijo Sebastián, con una sonrisa sincera dirigida a Alabam—. Quiero agradecerte de corazón por todo lo que has hecho. Tu apoyo y esfuerzo han sido fundamentales para reparar el daño causado, y te estoy profundamente agradecido. Además, me gustaría decirte que me parece fascinante la persona que eres. Me encantaría tener la oportunidad de conocerte mejor, de descubrir lo maravillosa que eres más allá de lo que ya he visto.

El ambiente se llenó de una atmósfera de gratitud y reconocimiento mutuo. A pesar de las dificultades, los Wilson valoraban el apoyo y los esfuerzos de cada uno para reparar los errores y avanzar hacia la reconciliación.

⸎

Dos horas más tarde

El sol comenzaba a descender en el horizonte, derramando su cálido resplandor sobre la tierra y pintando el cielo con una paleta de tonos dorados y rojizos. Dorian y Delfina se adentraban en la vasta extensión de la propiedad de los Wilson, disfrutando de la serenidad que envolvía aquel lugar. Sus pasos los llevaron hasta el portón principal, donde divisaron la figura familiar del policía Facundo, quien cumplía diligentemente su tarea de proteger la entrada y alertar ante cualquier eventualidad.

Los ojos de Dorian se posaron en Facundo por un momento, asegurándose de que estuviera en su puesto y atento a su labor. El policía, erguido y firme, le devolvió la mirada y le dedicó un gesto amistoso alzando su mano en un saludo respetuoso. Aquel breve intercambio de reconocimiento llenó de confianza a Dorian, quien prosiguió su paseo entre los campos de girasoles con renovado ánimo junto a su amada Delfina.

—Dorian —pronunció Delfina con voz suave y cálida, sus ojos clavados en los de él—. ¿Recuerdas lo que me dijiste la tarde que me invitaste a viajar contigo a *Tulip*? Me refiero a la tarde cuando Sebastián evitó que un auto me arrollara en Charleston.

—Sí, lo recuerdo —dijo el hombre de pie frente a ella—. También recuerdo cada palabra que dije aquella tarde, pues siguen grabadas en mi memoria. Pero más importante aún, es que cada día que he tenido la dicha de tenerte cerca aunque sea por trabajo, desde entonces ha sido una confirmación de lo que siento por ti.

Delfina se mordió el labio inferior, sintiendo cómo las mariposas revoloteaban en su estómago. Su voz temblorosa apenas logró escapar de sus labios.

—Ese día te dije que no tenía tiempo para el amor, porque si el amor debía encontrarme lo iba a hacer encontrándome muy tranquila en mi casa.

—Ja —rio Dorian—. Aún lo recuerdo y supongo que sigues pensando igual.

—El amor no me encontró en mi casa, Dorian, el amor lo he encontrado en ti. En ti encuentro a ese hombre que comparte conmigo la pasión por la ciencia, la investigación, las aventuras y ahora hasta lo sobrenatural. Dorian, mi corazón ha encontrado en ti lo que nunca imaginé hallar. No puedo negar que en un principio me resistí, pero contigo he aprendido que no hay límites para sentir y vivir intensamente. Eres esa persona que me despierta pasiones y emociones que jamás creí posibles.

—¿Entonces estás dispuesta a casarte conmigo, aun con los cuarenta y tantos años que llevo encima? Dime. Delfina, ¿no te importa cuántos años llevo a mis espaldas? cada uno de ellos ha sido un camino que me ha llevado a este momento contigo. Eres la pieza que faltaba en mi vida, aquella que ha hecho que todo cobre sentido.

—Con eso y más —respondió Delfina, reflejando una mezcla de emoción y expectación—.

Un brillo de alegría se dibujó en los ojos de Dorian, mientras la certeza se afianzaba en su interior. Los labios de Delfina se curvaron en una sonrisa tierna y sincera.

—No busco la perfección ni la juventud en el amor, Dorian. Busco complicidad, confianza y esa chispa que solo tú enciendes en mí. Acepto cada uno de tus años vividos y te prometo que juntos escribiremos una historia llena de aventuras y descubrimientos. Te prometo que llegaremos a ancianos y con gusto velaré tus sueños.

Sin más palabras que decir, Delfina se acercó a Dorian y sus labios se encontraron en un beso lleno de pasión y promesas. El mundo pareció detenerse a su alrededor mientras se perdían en ese instante de conexión intensa y amor desbordante.

En aquel campo de girasoles, bajo el sol que se ocultaba en el horizonte, dos almas se unieron en un pacto de amor y complicidad. El futuro les deparaba misterios y desafíos, pero juntos enfrentarían cada obstáculo con valentía y el poder de su amor inquebrantable.

El ambiente se llenaba de una paz embriagadora mientras avanzaba por los senderos serpenteantes. Los girasoles, majestuosos y altivos, se alzaban a su alrededor, formando un mar de pétalos amarillos y hojas verdes que parecían bailar al compás de la brisa suave. El aroma dulce y embriagador de las flores impregnaba el aire, creando una sinfonía olfativa que acariciaba sus sentidos.

Sin embargo, entre el bullicio de los girasoles, algo peculiar llamó la atención de Dorian. Su mirada se desvió hacia unos matorrales cercanos, donde algo parecía susurrarle en voz baja. Siguiendo su intuición, se acercó con cautela, dejando que la curiosidad lo guiara hacia el enigma oculto en la maleza.

Y entonces, en un instante fugaz, ocurrió el descubrimiento que sacudió sus cimientos. Facundo, el mismo policía que momentos atrás habían saludado desde el portón principal, yacía sin vida en el suelo. El shock y la incredulidad se apoderaron de Dorian y de Delfina, cuyos ojos se abrieron desmesuradamente ante el inesperado panorama.

La tarde, que hasta entonces había estado teñida de tranquilidad y belleza, se oscureció parcialmente bajo la atmósfera de nubarrones negros. Preguntas aterradoras se arremolinaron en la mente de Dorian, desgarrando su ser. ¿Quién era el impostor que había tomado el lugar de Facundo en el portón principal? ¿Cómo era posible que el verdadero policía ahora yaciera inerte en el suelo?

El corazón de Dorian palpitaba desbocado mientras intentaba asimilar la impactante revelación que se desplegaba ante sus ojos. La desesperación y la urgencia por desentrañar aquel enigma se apoderaron de él. Sin perder un segundo, sacó su teléfono celular y marcó frenéticamente el número de emergencia. La voz temblorosa del detective resonó en el auricular mientras transmitía la urgencia de la situación y solicitaba refuerzos.

Mientras esperaba a que la ayuda llegara, sus pensamientos se entrelazaron con el pasado y las conexiones turbias que habían tejido la trama de aquellos sucesos. La figura enigmática de Críspula emergió en su mente, una presencia oscura que parecía ser el hilo conductor de tantas tragedias. ¿Hasta dónde llegaba su influencia en aquellos sucesos? ¿Qué otros secretos guardaba bajo su aparente fachada de respeto y autoridad?

Mientras la incertidumbre se apoderaba de él, Dorian notó la presencia de Delfina a su lado. Ella, la mujer que había compartido tantas investigaciones y había llegado a conocerlo en lo más profundo de su ser, era su ancla en momentos de caos. Sin decir una palabra, sus ojos se encontraron, transmitiéndose mutuamente el apoyo y la confianza que tanto necesitaban en aquel instante.

A medida que la noche caía sobre la propiedad de los Wilson, envolviéndola en un manto de sombras, Dorian y Delfina se prepararon para enfrentar una batalla más intensa y peligrosa de lo que nunca habían imaginado. Un último capítulo se estaba escribiendo en la historia de *Sunflower*, y sabían que no descansarían hasta desentrañar la verdad y hacer justicia a aquellos que habían caído víctimas del engaño y la violencia.

Con el horizonte oscurecido y el misterio acechando en cada rincón, Dorian y Delfina se adentraron en el camino que los llevaría a la resolución de aquel rompecabezas mortal. La noche se convertiría en su aliada y en su enemiga, mientras se adentraban en un abismo de secretos oscuros y peligros latentes.

—Tiene más de doce horas de muerto —dijo Delfina con voz firme y profesional, mientras examinaba meticulosamente el cuerpo inerte de Facundo en medio de los matorrales.

Dorian asintió, su rostro mostraba seriedad e intensidad.

—Eso solo significa una cosa —afirmó, su mirada fija en el cadáver—. Alguien ha estado suplantando la identidad de Facundo. Debemos regresar a la casa de los Wilson de inmediato e informar a los demás, antes de que el impostor se dé cuenta de que hemos descubierto su juego.

Delfina asintió también, admirando la determinación y el enfoque de Dorian.

—Tienes razón, Dorian. Debemos actuar con cautela y prontitud. No podemos permitir que este impostor siga desempeñando su papel en la finca sin que nadie sospeche.

Ambos se levantaron del suelo y se miraron a los ojos, compartiendo una complicidad única en su misión conjunta. Sabían que el descubrimiento de aquel cuerpo sin vida era solo el comienzo de una intriga mucho más compleja y peligrosa.

Capítulo 15: El Camino hacia la Felicidad

La oscuridad envolvía la habitación de la casa Wilson, donde todos se encontraban reunidos en silencio. Osmani, Sebastián, Andrea, la señora Benazir y Chelsea compartían una inquietud común mientras esperaban las respuestas que Alabam estaba a punto de revelar. Los rostros reflejaban sorpresa y temor ante el misterio que les rodeaba. Aún no comprendían el motivo por el cuál Alabam los había llevado de prisa como si se tratase del fin del mundo.

—Los he reunido aquí —dijo Alabam parada frente a todos—, porque hay algo que deben saber. Se trata de algo que descubrí recientemente.

En ese instante, Delfina y Dorian irrumpieron en la habitación, con el aliento entrecortado y los ojos llenos de asombro. Alabam, los volvió a ver en un acto de desconcierto, entendiendo lo había sucedido.

—Al igual que yo, ¿ustedes también han descubierto la verdad? —Les preguntó.

La tensión se palpaba en el aire, mientras Osmani, con curiosidad y preocupación, preguntaba por qué tanto secretismo y si estaban en peligro nuevamente.

Andrea, inquieta por la incertidumbre, ansiaba conocer la razón detrás de aquella reunión clandestina a la que los convocó Alabam con urgencia. Sebastián, con una mezcla de intriga y ansiedad, también buscaba respuestas. ¿Acaso estaban enfrentando una nueva amenaza? El suspense se adueñaba del ambiente.

Dorian tomó la palabra y explicó que él y Delfina habían encontrado entre los matorrales el cuerpo sin vida del policía Facundo. Sin embargo, para su estupefacción, se encontraron con otro Facundo, idéntico en apariencia, custodiando la entrada. Con cautela, mientras regresaban a la casa habían saludado al impostor sin revelar su conocimiento sobre su verdadera identidad.

La señora Benazir, con los ojos llenos de temor y una voz temblorosa, compartió sus preocupaciones con el grupo.

—¡Oh, Santo Redentor! —exclamó con una mezcla de inquietud y asombro—. Me atrevería a considerar una posibilidad aún más siniestra. Tal vez lo que estamos presenciando no sea simplemente la presencia de un demonio, sino el alma en pena de Enrique Dosel, que ha vuelto en busca de venganza.

Sus palabras resonaron en la habitación, sumiendo el ambiente en un escalofriante silencio. Todos escuchaban atentamente, sintiendo cómo el miedo se apoderaba de sus corazones y se entrelazaba con la incertidumbre.

La señora Benazir continuó, su voz llena de inquietud y un deje de tristeza.

—Enrique Dosel, aquel hombre que perdió la vida trágicamente en esta misma casa hace años, puede haber regresado desde el más allá con un propósito oscuro. Si su alma se ha corrompido por el rencor y el deseo de venganza, su presencia podría explicar los eventos perturbadores que hemos presenciado.

El grupo escuchaba en silencio, absorbido por las palabras de la señora Benazir. Sus miradas reflejaban una mezcla de inquietud y fascinación ante la idea de enfrentarse a una entidad sobrenatural sedienta de venganza.

—Si esto es cierto, debemos estar preparados para enfrentar una fuerza que trasciende lo terrenal —prosiguió la señora Benazir—. El alma de Enrique Dosel puede estar buscando justicia a cualquier precio, y su sed de venganza podría ser inmensurable. Debemos unir nuestras fuerzas y encontrar la manera de liberar su alma atormentada y pacificar su espíritu.

Sus palabras resonaron como un llamado a la valentía, recordándoles la importancia de mantenerse unidos frente a la amenaza desconocida que se cernía sobre ellos. En ese momento, la señora Benazir se convirtió en la voz de la cautela y la sabiduría, instándolos a enfrentar lo sobrenatural con determinación y resolución.

El silencio se hizo presente una vez más, pero esta vez estaba cargado de una tensión palpable. Los ojos de cada miembro del grupo se encontraron, reflejando preocupación.

La señora Benazir, con su voz suave pero cargada de convicción, concluyó sus palabras con una afirmación que resonó en el alma de todos.

—No permitiremos que el espíritu atormentado de Enrique Dosel prevalezca en nuestra amada casa Wilson. Debemos encontrar la manera de liberarlo de su tormento y ayudarlo a encontrar la paz que tanto necesita.

—Siento mucho contradecirla, señora —intervino Alabam—, pero la realidad es que tengo la sospecha de que ese hombre que está allí afuera, es en realidad mi hermano mayor, Allulaya, quien ha asumido la forma de Facundo después de asesinarlo. Además, tengo que decirte algo a ti, Sebastián, mi hermano también fue el asesino de la mujer que te secuestró. Al parecer te buscaba para asesinarte. Y a ti, Andrea, quiero que sepas que también contigo mi hermano jugó sucio, pues fue el causante de que Kenneth, tu exmarido intentara asesinarte por segunda vez.

—Que bueno que en ese momento Dorian fue nuestra salvación —respondió Andrea.

—¿Tienes un hermano malvado? —preguntó Benazir.

—¿Por qué querría matarme tu hermano Allulaya? —preguntó Sebastián.

—Porque él sabe que siempre me has gustado, Sebastián —dijo Alabam con las mejillas ruborizadas de vergüenza—. Él siempre ha querido destruir todo lo que amo, fue así como se aprovechó de mi ingenuidad y me robó mis poderes, para después lanzarme aquí a la Tierra, donde caí en este campo de girasoles.

Sebastián se sintió abrumado por la revelación de Alabam. Sus pensamientos se agolparon en su mente mientras trataba de procesar la impactante verdad que acababa de escuchar. La sorpresa y el desconcierto se reflejaron en sus ojos, pero también se percibió una mezcla de tristeza y comprensión. Tomó un momento para recobrar el aliento antes de responder a las palabras de Alabam.

—No puedo creer lo que acabo de escuchar —murmuró Sebastián, con la voz entrecortada por la incredulidad—. Es inimaginable pensar que alguien pueda llegar tan lejos por el resentimiento y la envidia. Pero, Alabam, no debes culparte por tu ingenuidad. Todos cometemos errores, y eso no justifica las acciones maliciosas de tu hermano.

Sebastián se acercó a Alabam y tomó su mano suavemente, transmitiéndole un gesto de apoyo y solidaridad.

—Has pasado por tanto, y sin embargo, sigues siendo una persona de gran corazón y valentía. No importa cuánto Allulaya haya intentado romperte, no logró apagar tu luz interior ni tu capacidad de amar.

Con una mirada llena de determinación, Sebastián continuó hablando.

—Voy a protegerte, Alabam. No permitiré que Allulaya te lastime o intente hacerte daño de nuevo. Juntos, enfrentaremos a este enemigo y pondremos fin a su malicia de una vez por todas. No importa cuán oscuro sea el pasado, tenemos el poder de escribir nuestro propio futuro.

Alabam, con los ojos llenos de gratitud y emoción, asintió y apretó suavemente la mano de Sebastián.

—Gracias, Sebastián. Tus palabras y tu apoyo significan más de lo que puedes imaginar. Juntos, enfrentaremos esta prueba y demostraremos que el amor y la fuerza interior son más poderosos que cualquier mal que intente separarnos. Con ustedes los humanos he aprendido a amar y a valorar la vida.

El ambiente se llenó de una determinación renovada y un sentimiento de unión. Sebastián y Alabam se miraron, conscientes de que estaban dispuestos a desafiar cualquier obstáculo que se interpusiera en su camino. Unidos, se prepararon para enfrentar a Allulaya y restaurar la paz en sus vidas y en la casa Wilson.

En ese preciso instante, Alabam tomó una decisión audaz. Se propuso enfrentar sola a su hermano, Allulaya. Sin embargo, Dorian se acercó a ella y ofreció acompañarla en esa arriesgada empresa. Delfina, angustiada, suplicó que Dorian se quedara a su lado, pues no soportaría perderlo.

Entonces, Osmani, lleno de determinación, se levantó y se dirigió a Alabam. Le aseguró que él sería su compañero en esta peligrosa misión. Había participado en exorcismos durante su preparación como sacerdote, por lo que sabía que era esencial expulsar a aquel demonio de sus tierras.

La habitación quedó envuelta en un tenso silencio. Cada uno de los presentes asimilaba la gravedad de la situación y se preparaba para enfrentar la última batalla contra las sombras que habían acechado *Sunflower* durante tanto tiempo.

Alabam, firme en su propósito y con los ojos llenos de determinación, agradeció a Osmani por su valiente ofrecimiento. Los demás presentes, expectantes y preocupados, se dieron cuenta de la magnitud de la amenaza que se cernía sobre ellos. Sus corazones latían al unísono, mezclando la esperanza con el miedo mientras se preparaban para enfrentar la confrontación definitiva y al final decidieron que no dejarían sola a Alabam y que saldrían todos juntos.

Chelsea, con la voz entrecortada se acercó lentamente a Alabam, su rostro reflejando determinación y una solicitud sincera. Extendió sus manos hacia ella, como si estuviera ofreciendo su don.

—Por favor, Alabam, toma de mí el poder que adquirí con tu lágrima —dijo con voz suave pero firme.

Alabam la miró con gratitud y comprensión. Sabía lo que Chelsea estaba dispuesta a hacer, y la valentía que eso implicaba. Sus manos se encontraron en un gesto de conexión y aceptación. Sin embargo, antes de que Chelsea entregara su poder, tenía una pregunta que necesitaba respuesta. La mirada en sus ojos era intensa, y sus palabras resonaron en la habitación.

—¿Por qué razón mi poder consistió en permitir que otros vieran a mi hijo y conversaran con él, cuando yo misma no tuve la oportunidad de hablarle? —preguntó con curiosidad y una pizca de dolor en su voz.

Alabam se tomó un momento para considerar la pregunta, buscando las palabras adecuadas.

—Chelsea, ese poder se centró en imaginar a tu hijo como un hombre que crecería grande y fuerte, capaz de brindar su ayuda a quien lo necesitara —respondió con suavidad—. En esos momentos cruciales, él estuvo presente para transmitir fortaleza, amor y apoyo a quienes lo necesitaban. Fue su forma de estar cerca de ti y de llevar tu esencia en su espíritu. Nunca dudes que tu hijo es una bendición, ni siquiera vuelvas a pensar en la idea absurda de robarle la oportunidad de nacer.

Chelsea asintió, sintiendo una mezcla de emoción y consuelo al escuchar las palabras de Alabam. Comprendió que, aunque no pudo tener la oportunidad de ver a su hijo físicamente de manera sobrenatural, su espíritu había estado presente y había dejado una huella en las vidas de aquellos que lo necesitaron.

Finalmente, Chelsea cerró los ojos por un momento, respirando profundamente. Luego, abrió las manos y permitió que Alabam tomara su poder. Una energía cálida y reconfortante pareció fluir entre ellas, mientras el don pasaba de una a otra.

Alabam sintió la fuerza del poder regresar a ella, renovando su conexión con el mundo espiritual y dotándola de una vitalidad renovada. Una sonrisa agradecida se formó en sus labios, y sus ojos brillaron con una luz intensa.

El grupo observó este intercambio con reverencia y admiración, reconociendo la importancia de este momento. Era un acto de generosidad y sacrificio, un gesto que demostraba el poder del amor y la unidad.

Chelsea, ahora sin el poder que había adquirido, se sintió aliviada pero también reconfortada. Había cumplido su propósito y había encontrado paz en su decisión. Sabía que su hijo viviría a través de las memorias y las acciones de aquellos a quienes había tocado con su presencia. Y que cuando llegara el momento de nacer, él contaría con su amor y con el de todos los que le vieron antes de nacer.

Andrea, con los ojos llenos de determinación, expresó su apoyo incondicional a sus compañeros. A pesar del miedo que la embargaba, estaba decidida a enfrentar las sombras que amenazaban con destruir todo lo que amaban. Su valentía era un faro de esperanza en medio de la oscuridad.

La señora Benazir, con su sabiduría ancestral y una mezcla de miedo y coraje en sus ojos, pronunció palabras de protección y fortaleza. Invocó la ayuda de los espíritus y antepasados, buscando su amparo en este enfrentamiento contra la oscuridad.

La noche se alargaba mientras todos ellos se preparaba para enfrentar el último acto de este drama escalofriante bajando las escaleras de la casa. Con el corazón lleno de valentía y determinación, el equipo cruzó el umbral de la puerta principal y se adentró en la oscuridad de la noche. Cada paso que daban resonaba en el silencio, marcando el ritmo de una batalla final.

En la distancia, la figura de Allulaya se alzaba en medio de la oscuridad de la noche. Sus rasgos estaban distorsionados por la maldad que lo consumía, reflejando un rostro que parecía haber sido moldeado por el mismísimo abismo. Los ojos de Allulaya brillaban con un resplandor siniestro, como dos luceros malévolos que se encontraban poseídos por una sed insaciable de sangre.

La luna, testigo silente de la confrontación que estaba por desatarse, proyectaba su pálida luz sobre Allulaya, creando un halo sobrenatural a su alrededor. Su figura se recortaba en contraste con la oscuridad, destacando su presencia amenazante en el escenario nocturno. Cada movimiento que hacía parecía ser guiado por una fuerza más allá de lo humano, como si estuviera poseído por las sombras mismas que lo habían corrompido.

El viento susurraba con inquietud a su paso, como si reconociera la maldad que emanaba de su ser. Las hojas de los árboles se agitaban con un temblor inusual, como si fueran testigos del mal que se avecinaba. El ambiente se cargaba con una tensión palpable, como si el propio universo contuviera la respiración ante el enfrentamiento entre la luz y la oscuridad que se desplegaba frente a ellos.

Allulaya emanaba una presencia amenazadora, su maldad era tangible en el aire. Cada gesto, cada movimiento estaba impregnado de una malevolencia profunda y retorcida. Su sonrisa, desprovista de cualquier rastro de humanidad, revelaba una hambre insaciable por la destrucción y el sufrimiento.

La mirada fija en sus adversarios, irradiaba una crueldad despiadada. Sus ojos, enmarcados por unas sombras tenebrosas, parecían contener un abismo de malicia y odio. Eran ojos que habían contemplado la peor depravación y se habían vuelto insensibles a la compasión y la empatía.

En su presencia, el aire se volvía más denso y opresivo, como si el mismo entorno temiera su cercanía. La atmósfera se cargaba con una energía oscura, como si los elementos mismos se resistieran a la presencia de Allulaya. Era como si el mundo quisiera alejarse de aquel ser abominable, pero no podía escapar de su influjo malévolo.

Allulaya estaba listo para enfrentar a aquellos que osaban desafiar su poder. Su postura era desafiante, como si se considerara invencible y creyera que nadie podría detenerlo. Sus movimientos eran fluidos y calculados, cada uno de ellos revelaba una destreza macabra, adquirida a través de la corrupción de su alma.

Mientras la luna derramaba su luz sobre su figura grotesca, Allulaya parecía ser la personificación misma de la oscuridad. Era un ser que encarnaba todo lo que es malvado y pernicioso en el mundo.

—¡Alabam, mi querida hermana, cuánto tiempo ha pasado desde que nos vimos por última vez! —dijo Allulaya con risa siniestra—. Me alegra ver que finalmente te has dado cuenta de mi presencia. ¡Vaya, vaya, parece que los imbéciles tienen algo de astucia después de todo!

—Sé que ya no eres mi hermano. Te has convertido en un ser despreciable, consumido por la maldad.

—Oh, qué agudo ingenio tienes, hermanita. Pero déjame decirte algo, la maldad es mi naturaleza ahora, y estoy encantado con ella —sonrió maliciosamente—. Me alegra ver que mi transformación te ha impresionado.

—No estoy impresionada por tus acciones, sino por la valentía de aquellos que se atrevieron a desafiarte y descubrir la verdad.

—Ah, sí —respondió burlándose—, esos insignificantes insectos que se creen tan valientes. Me divierte ver cómo luchan contra un destino que ya está sellado. ¿No te parece gracioso?

—No subestimes el poder de la luz y el amor. Incluso en la oscuridad más profunda, siempre habrá una chispa de esperanza —dijo Alabam con firmeza.

Esperanza, amor... palabras tan insignificantes en comparación con el poder que poseo —expresó Allulaya con desprecio—. Te aseguro, hermana, que no encontrarás ninguna chispa de esperanza en mi presencia.

—Aunque hayas caído en las garras de la oscuridad, sé que aún queda un rastro de compasión en ti. Y lucharé para liberarte de esta prisión que te has construido —le gritó Alabam.

—Has hecho que me enfurezca ¡No tienes derecho a dictar mi destino, Alabam! Soy el amo de mi propio destino y no permitiré que nadie me arrebate el poder que he adquirido. ¡Ni siquiera tú! Mucho menos mi padre.

—No es mi intención arrebatarte nada, Allulaya. Solo quiero salvar lo que queda de ti. Recuerda quién eras una vez, antes de que la oscuridad se apoderara de tu corazón.

—¿Recuerdos? Son solo ilusiones del pasado. El pasado ya no tiene poder sobre mí. Solo el presente importa, y en este momento, estoy a punto de acabar contigo y todos los que te rodean.

—No subestimes el poder del amor y la determinación. —dijo Alabam con serenidad—. Puede romper incluso las cadenas más fuertes y liberar almas atrapadas en la oscuridad.

—¡Ya veremos quién triunfa al final, Alabam! Pronto descubrirás que todo tu esfuerzo ha sido en vano. Tu destino y el de aquellos que te rodean están sellados. Serán consumidos por mi maldad, y yo me elevaré como el gobernante indiscutible de nuestro mundo y de este. No habrá poder que me detenga, pues estoy dispuesto a matar a nuestro padre si es necesario para conseguir mis objetivos. Exactamente del mismo modo en que te hice caer en esa trampa en la que mi padre creyó que tú habías sido la causante del accidente de ese tren. Hasta en eso debes aceptar que te superé.

Mientras el tenso enfrentamiento entre Allulaya y Alabam llegaba a su punto álgido, un fuerte estruendo resonó en el cielo. Un rayo descendió del firmamento, acompañado de truenos ensordecedores y destellos de culebrinas que iluminaron el oscuro paisaje. El estallido de energía fue tan intenso que incluso encendió una leña seca que yacía a un costado de la finca Wilson, envolviendo el lugar en un resplandor sobrenatural.

En el corazón del rayo, emergió Häel, el padre de Alabam y Allulaya, quien había escuchado atentamente todo desde su morada. Su aparición dejó a todos boquiabiertos, pues se presentó con una apariencia imponente. Era un hombre de tres metros de altura, robusto y con una piel que parecía esculpida en mármol. Sus dientes triangulares y sus ojos cristalinos irradiaban una presencia divina.

Häel dirigió su mirada hacia Allulaya y declaró con una voz que resonaba como un trueno:

—He venido para poner fin a todo el caos que has causado, hijo mío. Tu sed de poder y maldad ha llevado a consecuencias inaceptables.

Con un movimiento de su mano, creó una cápsula de energía que envolvió a Allulaya, atrapándolo en su interior. Luego, Häel abrió un portal en el aire, un vórtice que se extendía hacia lo desconocido. Con un gesto imperioso, mandó a su hijo directo a un lugar del cual no podría regresar jamás. El portal se cerró tras él, dejando solo el eco de su malévola risa.

Häel se volvió hacia Alabam, su hija, y en un tono lleno de sinceridad, le pidió perdón:

—Alabam, lamento profundamente haber subestimado tu capacidad y madurez. Veo ahora que eres capaz de tomar decisiones sabias y valorar la vida humana. Te pido perdón por haber dudado de ti.

—¡Padre!, ¿cómo supiste que yo estaba aquí? No tenía manera de comunicarme contigo. Allulaya estaba a punto de matarnos.

—Un búho me lo contó todo —dijo sonriendo.

—Entiendo, un búho —dijo ella, comprendiendo el misterio del animal que había visto en el árbol seco.

—Las puertas de nuestra mansión están abiertas para ti, ven conmigo —añadió su padre Häel

Cuando Häel mencionó que las puertas de la mansión estaban abiertas para Alabam, esta volvió la mirada hacia Sebastián. En ese instante, el padre percibió la mirada llena de ternura y admiración que Alabam le dedicaba al joven humano. Sus ojos cristalinos se iluminaron con comprensión y una chispa de aceptación. En aquel momento, Häel entendió que su amada hija se había enamorado de un ser humano, y en lugar de juzgarlo, su corazón se llenó de amor paternal y gratitud por haber encontrado en Sebastián a alguien capaz de despertar emociones tan profundas en su hija. Era un testimonio del poder del amor que trascendía cualquier barrera y un recordatorio de que el corazón humano podía encontrar la felicidad en las formas más inesperadas.

—Quiero quedarme aquí, padre —dijo Alabam—, porque estando en situaciones de vulnerabilidad tanto físicas como emocionales, es como he aprendido a valorar el poder que tiene el amor para enfrentarlo todo. El amor lo cura todo, e incluso puede unir los pedazos rotos de quienes ya no tenían esperanzas. Yo lo entendí padre: El corazón humano es un buscador incansable de la felicidad, capaz de encontrarla en los lugares más inesperados y en los latidos de otro ser. Jamás habría sentido esto , de no haber vivido esta experiencia.

—Respetaré tu decisión si prefieres quedarte como una humana en la tierra. Has demostrado tu valía y tu amor por la humanidad. Siempre podrás ocupar tu lugar como princesa en el momento que lo desees.

Finalmente, Häel se dirigió al grupo reunido y, en un acto de humildad, se disculpó por los problemas causados.

—Lamento profundamente los problemas que mi familia ha ocasionado. Agradezco su valentía al enfrentarse a Allulaya y por ayudar a restaurar el equilibrio. Que esta experiencia sirva como lección para todos nosotros.

Con esas palabras, Häel desapareció ante los ojos atónitos del grupo, dejando tras de sí un sentimiento de paz y reconciliación. El caos y la oscuridad que había plagado sus vidas habían sido finalmente disipados, abriendo paso a un nuevo capítulo lleno de esperanza.

—Gracias por quedarte conmigo —dijo Sebastián, abrazando a Alabam—. Comprendo que no hemos tenido la oportunidad de interactuar en un contexto menos turbulento, pero de ahora en adelante espero que me permitas cortejarte como lo hacemos los hermanos Wilson, con ramos de rosas y canciones cursis.

El abrazo entre Sebastián y Alaba fue un instante mágico en el que dos almas heridas encontraron consuelo y esperanza en los brazos del otro. Sus cuerpos se fundieron en un abrazo lleno de ternura y complicidad, como si el universo mismo celebrara su encuentro. En ese instante, Osmani sintió que algo en su interior se transformaba. Observando la conexión profunda entre Sebastián y Alabam, comprendió que también había encontrado a su compañera de vida, a la persona que le había devuelto la fe en el amor. Sin pensarlo dos veces, se acercó a Andrea y la abrazó con una fuerza que hizo crujir hasta las costillas. En ese abrazo, se mezclaron emociones intensas: amor, gratitud, protección y una profunda conexión que trascendía las palabras. En ese momento, supieron que estaban juntos para enfrentar cualquier desafío que la vida les pusiera en el camino. Era un abrazo mágico, un abrazo que sellaba su destino y les recordaba que estaban destinados a caminar juntos hacia la felicidad.

—Qué hermoso momento —dijo Benazir—. Como dirían mis ancestros: El amor es un puente que une lo divino y lo humano, trascendiendo las barreras impuestas por el destino. En el abrazo del amor verdadero, las diferencias se disuelven y solo queda la esencia pura de dos almas entrelazadas. En el encuentro del alma y el corazón, las etiquetas y prejuicios se desvanecen, dejando espacio para la magia del amor verdadero. El amor es el faro que ilumina nuestro camino, guiándonos hacia la felicidad que yace en la conexión profunda con otro ser humano. Cuando el amor se atreve a cruzar fronteras, se despliegan las alas de la esperanza y los corazones se llenan de infinitas posibilidades.

—Vaya, señora Benazir —dijo Osmani—. Esas citas románticas me recuerdan a los libros de un escritor nicaragüense llamado Joseph Renauld Bendaña.

—Ja —sonrió la señora—. Me descubrió, es que con tanto tiempo que viví sola en esta casa después de la muerte de los señores Wilson, tuve la oportunidad de leer literatura latinoamericana. ¿Qué más puedo decir? ¡Me encantó!

—Entonces conocerá estas otras citas que son de mis favoritas —dijo Osmani mirando a Andrea—: El amor es el idioma universal que conecta los corazones, desafiando las limitaciones y mostrando que somos más fuertes cuando amamos sin fronteras. El corazón humano es un universo vasto y misterioso, capaz de encontrar en el amor la respuesta a preguntas que ni siquiera sabíamos que existían. ¿Te casas conmigo Andrea?

Andrea, emocionada y con lágrimas en los ojos, se conmovió ante aquella pregunta inesperada y llena de amor. Entre sollozos, le preguntó a Osmani:

—¿Cómo puedes pedirme esto, Osmani? Eres un sacerdote, y hay reglas y expectativas que debes seguir, según la fe que profesas. ¿No se supone que ustedes tienen prohibido casarse o tener hijos?

Osmani, mirándola con determinación y amor sincero, le respondió:

—No permitiré que una religión sea la que dicte mi felicidad o nuestras decisiones en el amor. Las normas están hechas para ser desafiadas cuando se trata de encontrar la verdadera plenitud y felicidad en la vida. He sido manipulado durante demasiado tiempo, han impuesto en mi mente todo lo que han querido y me han arrebatado más de lo que podrían imaginar. Ahora, soy yo quien tomará el control de mi vida, decidiré con quién compartir mi existencia, cómo vestirme, el tipo de ropa que prefiero y si quiero tener uno o una docena de hijos. A Nadie más deberá importarle más que a mí. Además, hoy te diré mi mayor pecado, si es que es pecado amar: Nunca he dejado de amarte, ni por un instante dejé de sentir que había un hilo invisible que nos unía. Hoy estamos aquí, y espero que nos una para siempre. Si es pecado amarte, entonces que me condenen.

Chelsea, apoyando a Osmani y animando a Andrea, se acercó a ella y le dijo con ternura:

—Andrea, ya has sufrido demasiado. Mereces ser feliz y vivir una vida llena de amor y alegría. No permitas que las reglas te detengan. Tú sabes que nunca fuiste feliz, en realidad ni tú ni yo con el psicópata de Kenneth. Pero me haría muy feliz saber que al menos tú encontraste la paz que ya te había sido arrebatada.

Andrea, con el corazón lleno de emociones encontradas, se tomó un momento para reflexionar. Luego, miró a Osmani y, con voz suave pero firme, respondió:

—Sí, Osmani. Acepto casarme contigo.

En ese instante de alegría y regocijo, Chelsea, Delfina, Alabam y Benazir rodearon a Andrea, abrazándola y felicitándola con efusividad. Las lágrimas de emoción recorrían sus mejillas mientras se abrazaban con fuerza, compartiendo el amor y la felicidad que llenaba el ambiente.

Mientras tanto, Dorian y Sebastián se acercaron a Osmani con una sonrisa llena de camaradería. Dorian extendió su mano en un fuerte apretón, transmitiendo su felicidad y apoyo hacia su amigo. Sebastián, con un gesto de hermandad, le dio una palmada en la espalda, simbolizando su alegría y respeto por el camino que Osmani había elegido.

El gesto de Dorian y Sebastián, tan característico de la amistad entre hombres, fue una muestra de solidaridad y aceptación. En ese instante, todos los presentes compartieron un momento de conexión y celebración, reconociendo la valentía y el amor que se habían encontrado en esta historia de emociones y redención.

‿◦◦‿

Al día siguiente

Al día siguiente, el detective Dorian se puso en acción y realizó un par de llamadas que movilizaron todo un equipo hacia la casa Wilson. Llegaron especialistas forenses, peritos y trabajadores del departamento de policía, listos para llevar a cabo el levantamiento de los restos de Enrique Dosel. Tal como Sebastián había indicado, los restos fueron encontrados en la bodega, confirmando la veracidad de su relato sobre el entierro realizado por sus abuelos.

Pero eso no fue todo. Junto con los restos de Enrique Dosel, también se encontró el cuerpo sin vida del policía Facundo. La noticia se esparció rápidamente, y un representante del gobierno se presentó ante Dorian y Delfina para felicitarlos por su destacado trabajo de investigación. Gracias a su dedicación y empeño, se logró descubrir otros doce cuerpos enterrados en la plantación de girasoles, cuerpos que llevaban aproximadamente entre diecisiete y cuarenta años bajo tierra. La casa Wilson se reveló como un verdadero depósito de secretos y misterios, lo que dejó a todos atónitos.

El representante del gobierno reconoció la labor de Delfina y Dorian y les ofreció un merecido ascenso, junto con un mejor salario. El reconocimiento a su trabajo minucioso y perseverancia era un gran logro para ambos, y aceptaron con gratitud las oportunidades que se les presentaban.

Mientras absorbían esta noticia, un empresario se acercó a Osmani y Sebastián. Había estado observando de cerca la situación y veía el potencial en la plantación de girasoles. Le ofreció a Osmani la oportunidad de revivir el cultivo, pero esta vez con una nueva perspectiva: construir una procesadora para extraer el aceite de las semillas de girasol. La propuesta era atractiva y prometedora, y ambos se quedaron mirándose, reconociendo el nuevo camino que se abría frente a ellos. En ese instante, con el peso del pasado dejado atrás y el futuro lleno de posibilidades, Osmani y Sebastián aceptaron el desafío.

❧❦

Un año después
Después de un año de arduo trabajo, la procesadora de aceite de semilla de girasol, bautizada como "Procesadora Enrique Dosel" en memoria del padre de Osmani y Sebastián, se alzaba imponente en el paisaje. Un letrero reluciente anunciaba con orgullo su presencia, y era un recordatorio constante del legado familiar y de las nuevas oportunidades que habían surgido.

La casa Wilson, ahora llamada casa Dosel también había sido objeto de renovaciones minuciosas. Cada rincón había sido transformado con esmero, dejando atrás los vestigios del pasado oscuro. Las paredes recobraron su esplendor con capas de pintura fresca, las habitaciones se llenaron de nueva vida con muebles modernos y acogedores, y las ventanas se abrieron para dejar entrar la luz del sol y la brisa del campo.

En ese primer año, el pueblo de *Sunflower* floreció con una nueva vitalidad. La planta procesadora de semillas de girasol, se convirtió en el centro económico de la región, atrayendo una gran cantidad de empleados y generando un aumento en la demanda de viviendas y servicios locales. Las antiguas calles del pueblo volvieron a llenarse de vida, con la apertura de nuevos comercios y restaurantes que prosperaron gracias al auge económico.

La estación de tren, una joya histórica, fue cuidadosamente restaurada a su antigua gloria. Los hermanos Wilson, con su visión emprendedora, convirtieron la estación en un encantador centro cultural y turístico. Los turistas llegaban de todas partes para disfrutar de la arquitectura *vintage*, las exposiciones de arte y los eventos culturales que se celebraban regularmente. El pueblo se convirtió en un destino turístico de renombre, y la economía local experimentó un impulso sin precedentes.

La llegada de nuevas familias al pueblo trajo consigo una sensación de comunidad renovada. Los vecinos se unieron en celebraciones y eventos locales, fortaleciendo los lazos entre ellos. Las escuelas y los servicios públicos recibieron inversión y mejoras, brindando una educación de calidad y un entorno seguro para los residentes.

La generosidad y el compromiso de los hermanos Wilson con su comunidad no pasaron desapercibidos. Se convirtieron en símbolos de éxito y esperanza, inspirando a otros a seguir sus pasos y revitalizar sus propios negocios. *Sunflower* se convirtió en un testimonio vivo de resiliencia y crecimiento, donde los sueños se convertían en realidad y la esperanza siempre brillaba en el horizonte. El pasado turbulento de la familia Wilson quedó atrás, reemplazado por un futuro lleno de oportunidades.

Pero el verdadero espectáculo se desplegaba en el gigantesco campo de girasoles que rodeaba la propiedad. Millares de flores amarillas se alzaban con majestuosidad, balanceándose suavemente al ritmo del viento. Era un mar de color y alegría, un homenaje vivo a la naturaleza y a la vida que florecía en aquel lugar. Cada girasol parecía saludar al cielo, irradiando energía y belleza a su alrededor.

El día en que se celebraba la reinauguración de la nueva etapa de la casa Dosel y la procesadora de aceite, el lugar se encontraba adornado con júbilo y entusiasmo. Los árboles que rodeaban la propiedad estaban decorados con brillantes globos de fiesta, ondeando en el aire con colores vibrantes. En el centro del patio, una mesa elegante y cubierta de delicias culinarias esperaba a los invitados, mientras que un enorme pastel destacaba en todo su esplendor.

Mesas elegantemente decoradas se extendían por doquier, llevando los nombres de los invitados más distinguidos. Cada mesa era un reflejo de la diversidad y el espíritu acogedor de los anfitriones. Estaban cubiertas con finos manteles blancos y adornadas con centros de mesa exquisitamente diseñados, llenos de coloridas flores y follaje. Los nombres de los invitados estaban escritos con elegantes caligrafías en tarjetas personalizadas, ubicadas cuidadosamente en cada lugar.

En una de las mesas principales, se encontraban los nombres de los hermanos Wilson, Delfina y Dorian, junto con sus seres queridos. Otras mesas estaban reservadas para figuras importantes de la comunidad, líderes empresariales, artistas destacados y amigos cercanos.

Las mesas ofrecían un festín de deliciosos platos, desde exquisitos aperitivos hasta platos principales elaborados y postres tentadores. Los invitados disfrutaban de la comida, el vino y la música que llenaba el aire, creando una atmósfera de alegría y camaradería.

Los lujos y el buen gusto, eran un reflejo de la importancia de cada invitado y un símbolo de la hospitalidad y la generosidad de los hermanos Wilson y la comunidad de *Sunflower*. En cada detalle se podía apreciar el deseo de hacer que cada persona se sintiera especial y valorada en esa tarde mágica.

El pastel era una obra maestra culinaria, una verdadera creación de deleite visual y sabor exquisito. Constaba de cinco pisos perfectamente apilados, cada uno adornado con detalles únicos. El primer piso, de color blanco puro, estaba decorado con encajes de fondant que se entrelazaban delicadamente alrededor del pastel. El segundo piso, de un vibrante color rosa suave, estaba cubierto con un suave glaseado de *buttercream* y decorado con delicadas flores de azúcar en tonos pastel.

El tercer piso, de color azul celeste, presentaba un elegante diseño de volutas y remolinos, creado con maestría por manos expertas. El cuarto piso, de un cálido tono dorado, deslumbraba con detalles en relieve que evocaban la belleza del sol brillante. Y finalmente, el quinto piso, en un tono lila suave, estaba decorado con mariposas de azúcar en diferentes tamaños y formas, dando un toque mágico al conjunto.

Cada piso estaba separado por delicadas capas de crema y rellenos exquisitos, desde una suave crema de vainilla hasta una irresistible *ganache* de chocolate. Sobre el pastel, se alzaba una figura que representaba un hermoso campo de girasoles en plena floración, agregando un toque de naturaleza y alegría.

El pastel irradiaba una combinación armoniosa de colores y sabores, invitando a los comensales a disfrutar de su magnificencia y dulzura. Era una verdadera obra maestra gastronómica que reflejaba la celebración de la vida y el amor en cada delicada porción.

Los invitados, vestidos con elegancia y portando copas de cristal, brindaban por el éxito y el futuro próspero de la nueva familia Wilson. Meseros atentos se movían entre los grupos, sirviendo exquisiteces culinarias y asegurándose de que cada detalle estuviera a la altura de la ocasión.

En medio de la algarabía, un carro se estacionó frente a la casa. Dorian, con su esposa Delfina a su lado, salieron del vehículo. El vientre de Delfina lucía prominente, un dulce testimonio del nuevo capítulo que se estaba escribiendo en sus vidas con la espera de su primer hijo. Sus ojos brillaban de alegría mientras observaban a un pequeño niño jugando en el jardín. Con amor y ternura, lo recogieron entre risas y besos, compartiendo la dicha de la familia extendida que se había formado.

Dorian alzó al niño en brazos, admirando la belleza del pequeño con sus atractivos ojos color miel y su piel blanca.

—¡Pero qué bello muchachote! —expresó con alegría en su voz, mientras acariciaba las mejillas sonrosadas del infante.

Delfina, con ternura en sus ojos, acarició al niño.

—Y estos cachetitos tan lindos que me los quiero comer —dijo, dejando escapar una risa amorosa. ¿Y dónde está mami, mi amor?

Entre la multitud de invitados, se abrió paso una figura radiante y elegante. Era Chelsea, deslumbrante en su vestido hermosísimo que realzaba su belleza natural. El suave tejido se ajustaba a su figura grácil, y el colorido diseño floral parecía estar en armonía con el resplandor que emanaba de ella. Su cabello estaba cuidadosamente peinado en un estilo sofisticado, que resaltaba sus rasgos delicados y le confería un aire de distinción. Con una sonrisa cálida en los labios, Chelsea se acercó a Dorian y Delfina, quienes estaban maravillados por su presencia.

¡Aquí estoy! —exclamó Chelsea con entusiasmo—. ¿Iskander ya has saludado a tu tía Delfina y a tu tío Dorian?

—¿Cómo te va? —saludó Delfina con un beso en la mejilla.

—¡Un gusto verte! —Exclamó Dorian.

Chelsea respondió con una sonrisa radiante y una calma interior que reflejaba su transformación personal. Mirando a Delfina y Dorian, les confesó abiertamente el rumbo que había tomado su vida desde aquel difícil momento.

—Aquí estoy, queridos Delfina y Dorian —dijo Chelsea con voz firme pero llena de ternura—. Desde que tuve el coraje de hablar con mi ahora exesposo y revelarle la verdad sobre mi engaño con Kenneth y el embarazo que de ello resultó, las cosas han cambiado. Él decidió pedir el divorcio y regresar a Holanda.

Sin embargo, en medio de esa confesión, la expresión en el rostro de Chelsea brillaba con una resiliencia y determinación renovadas. "Pero déjenme decirles que desde entonces mi vida ha dado un giro maravilloso", continuó emocionada. "Sebastián y Osmani me han brindado la oportunidad de encargarme de las relaciones públicas de la empresa procesadora de girasoles, y debo decir que me va de maravilla en ese rol".

Sus ojos brillaban con gratitud mientras hablaba de su transformación y de la fuerza que había encontrado en sí misma. "He aprendido valiosas lecciones a lo largo de este viaje. He descubierto una nueva fortaleza interior y una pasión por mi trabajo. Me siento realizada y exitosa en esta nueva etapa de mi vida".

Chelsea miró a Delfina y Dorian con afecto, transmitiéndoles que, a pesar de las dificultades, había encontrado su propio camino hacia la felicidad y la autorrealización. "Agradezco sinceramente el apoyo que siempre han brindado a mi hijo Iskander y a mí. Nuestro vínculo es fuerte y nos hemos convertido en una familia unida por el amor y la superación".

El aire se llenó de emoción y admiración por la valentía de Chelsea. Su historia de transformación y éxito inspiró a todos los presentes en aquel momento especial. Era un testimonio vivo de cómo enfrentar los desafíos y encontrar la felicidad a pesar de las adversidades.

La atmósfera se llenaba de risas y alegría mientras Alabam y Sebastián jugueteaban con la crema del pastel, untándose mutuamente los rostros como dos enamorados despreocupados. La música de fondo creaba una melodía festiva que se mezclaba con las risas contagiosas de todos los presentes.

De repente, un silencio suave descendió sobre el lugar, y todos los ojos se dirigieron hacia la pareja que emergía de la casa. Osmani caminaba con cuidado, sosteniendo delicadamente la mano de Andrea, como un padre primerizo que se desvivía por protegerla. A pesar de que su pancita de embarazo aún no alcanzaba los cuatro meses, su expresión radiante y la forma en que Osmani la cuidaba con ternura eran evidencia del amor y la complicidad que los unía.

Andrea, irradiaba una elegancia y gracia única en cada paso que daba. Su vestimenta y peinado la hacían destacar entre la multitud, capturando todas las miradas con su belleza deslumbrante.

Su cabello, cuidadosamente peinado, estaba trenzado de manera delicada y artística, formando una trenza lateral que se cruzaba elegantemente sobre su hombro. Adornando su cabellera, se entrelazaban hermosas flores de diferentes colores, que parecían haber sido cuidadosamente seleccionadas para complementar su radiante belleza.

Su vestido, de un blanco puro y luminoso, se ajustaba delicadamente a su figura, resaltando la curva de su vientre de casi cuatro meses de embarazo. Con un diseño sofisticado y cuidadosamente elegido, el vestido resaltaba su elegancia natural. Sutiles detalles en encaje y bordados adornaban el vestido, añadiendo un toque de romanticismo y femineidad a su apariencia radiante.

Andrea caminaba con una gracia especial, mostrando orgullosamente su maternidad y transmitiendo una serenidad y felicidad que se reflejaban en su sonrisa y en la ternura de su mirada. A su lado, Osmani, vestido con un traje de caballero a medida, la acompañaba con un gesto de admiración y amor incondicional, formando una imagen de una pareja destinada a escribir su propio cuento de hadas.

Juntos, Andrea y Osmani eran una pareja deslumbrante, destacando no solo por su apariencia impecable, sino también por la complicidad y el amor que emanaban. Su presencia en el evento era como la de dos protagonistas destinados a brillar en esta historia llena de sorpresas, desafíos y, sobre todo, un amor que había vencido todas las adversidades.

Los corazones se llenaron de emoción al presenciar ese reencuentro tan esperado. Delfina y Dorian se acercaron rápidamente para recibir a la pareja con brazos abiertos, y un abrazo cálido los envolvió a todos. Las miradas cómplices y las sonrisas de felicidad se entrelazaron, expresando el vínculo profundo que los unía como familia.

En ese momento, el tiempo pareció detenerse mientras el amor y la alegría inundaban el ambiente. Las risas se mezclaban con los suspiros de felicidad y el sonido de las hojas de los árboles moviéndose suavemente con la brisa. Era una escena llena de calidez y amor, donde los momentos compartidos se volvían inolvidables.

El sol, que se había ocultado detrás de las nubes, comenzaba a asomarse tímidamente, bañando el campo de girasoles con una luz dorada. Era un reflejo perfecto de la belleza y la felicidad que envolvían a todos en ese instante mágico.

Mientras tanto, Alabam y Sebastián, con las caras aún manchadas de crema, se acercaron a la pareja, uniéndose al abrazo grupal. Las risas y las palabras de cariño se entremezclaron, sellando ese momento de encuentro y renovación de lazos familiares.

En medio de ese abrazo amoroso, el mundo parecía estar en perfecta armonía. Era un instante en el que todos se encontraban unidos por el amor y la esperanza, celebrando la vida y las nuevas etapas que les esperaban. En ese abrazo, el pasado se disipaba, dejando espacio para un futuro lleno de promesas y aventuras compartidas.

La energía festiva continuaba en el ambiente mientras la señora Benazir, emocionada y decidida, se apresuró hacia uno de los fotógrafos presentes en el evento. Con un brillo en sus ojos, le pidió una fotografía instantánea como recuerdo del momento. El fotógrafo, gentilmente, explicó que en la era digital ya no se imprimían fotos al instante, y que tendría que esperar hasta el día siguiente para obtener una copia impresa. Sin embargo, la anciana no se dio por vencida y sacó de su bolso una cámara instantánea.

El fotógrafo, sorprendido pero complaciente, aceptó tomar una foto con la cámara analógica que Benazir llevaba consigo. Curioso, le preguntó qué quería que fotografiara. Con una sonrisa en los labios, ella respondió: "Ve y captura a Osmani y a Andrea juntos". El fotógrafo asintió y se dirigió hacia la pareja, capturando el instante en una única instantánea.

Una vez obtenida la foto, Benazir la tomó entre sus manos temblorosas y rápidamente ascendió las escaleras de la casa. Abrió una gaveta de un mueble antiguo, sacó un sobre y colocó la fotografía en su interior. Luego, tomando una hoja en blanco, escribió unas palabras conmovidas:

"Querida Marie, tus hijos son felices ahora, y la chica embarazada en la foto lleva en su vientre a tu primer nieto. Desearíamos poder compartir este momento contigo. Con amor eterno, Benazir."

Con una mirada enigmática y una expresión serena en su rostro, Benazir cerró el sobre con meticulosidad, ocultando el contenido que guardaba en su interior, dejándolo listo como si fuera a ser enviado más tarde. El gesto de enviar la fotografía en secreto, sin revelar sus verdaderas intenciones, añadía un halo de misterio a su figura. Mientras se apresuraba de regreso a la celebración, un brillo de esperanza y paz iluminaba sus ojos, como si supiera algo que los demás aún desconocían. Con paso firme y una sonrisa enigmática, se unió nuevamente a la efervescencia de la fiesta, abrazando y compartiendo la alegría con sus seres queridos, sin dejar rastro alguno de su secreto guardado bajo llave.

F in...

Don't miss out!

Visit the website below and you can sign up to receive emails whenever Salomón Malak publishes a new book. There's no charge and no obligation.

https://books2read.com/r/B-A-GPMPC-KNGDF

BOOKS 2 READ

Connecting independent readers to independent writers.

Milton Keynes UK
Ingram Content Group UK Ltd.
UKHW021920281024
450365UK00017B/871

9 798227 484604